예원치언 下

예원치언 下

왕세정 저 · 이관성 역

보고사

목차

예원치언 卷七

예원치언 卷八

일러두기 _____

1 이 책은 왕세정(王世貞)의 저술을 정복보(丁福保)가 편한 『역대시화속편(歷代詩話續編)』 (중화서국(中華書局), 2001)를 저본으로 했으며, 나중정(羅仲鼎)이 교주(校注)한 『예원치언 교주(藝苑巵言校注)』(제노서사(齊魯書社), 1992)를 참고하여 번역했다.

2 여타의 책에서 인용한 부분에 대해서는 기존의 번역서를 참고해서 번역했다. 참고한 번역서는 다음과 같다.

　　최동호 역편, 『문심조룡』, 민음사, 1997.
　　배규범 역주, 『역주 창랑시화』, 다운샘, 1998.
　　이철리 역주, 『역주 시품』, 창비, 2009.

3 시의 경우 번역문과 함께 원문을 실었고 전체 원문은 각 기사 뒤에 수록했다.

4 한자는 괄호 속에 제시했다.

5 맞춤법과 띄어쓰기는 한글 맞춤법과 표준어 규정에 따랐다. 시 번역의 경우 전체적인 의미를 고려하여 간혹 이를 무시한 경우도 있다.

6 번역문의 경우, 전체적인 내용을 고려하여 생략된 내용에 대해서는 간략하게 보충해서 번역하거나 각주를 통해 밝혀두었다.

7 이 책에서 사용하고 있는 부호의 의미는 다음과 같다.

　　『　』: 단행본으로 간행된 서명
　　「　」: 편이나 작품 명
　　" ": 대화 및 직접 인용
　　' ': 간접 인용 및 강조

예원치언

卷五

5-1. 주원장의 문재(文才)

명 태조(明太祖) 주원장(朱元璋)의 신이한 무공(武功)은 하늘에서 준 것이지만 날 때부터 글을 배우지는 않았다. 집경(集慶)[1]을 점령한 뒤 비로소 전쟁에 싫증을 내었다. 긴 노래나 짧은 작품을 붓을 잡으면 곧바로 완성했는데 위무제(魏武帝) 조조(曹操)의 악부풍이 있었다. 시어는 질박하고 고아(古雅)하여 병려문의 화려한 풍조를 깨끗이 씻어 버렸다.

高皇帝神武天授, 生日不知書, 旣下集慶, 始厭馬上. 長歌短篇, 操筆 輒韻, 有魏武樂府風. 制詞質古, 一洗騈偶之習.

5-2. 인종황제와 선종의 문재(文才)

인종황제(仁宗皇帝)가 동궁(東宮)에 있을 때 유독 구양수(歐陽脩)의 문장을 좋아했다. 이런 까닭으로 문정(文貞) 양사기(楊士奇)가 황제에게 대단히 총애를 받았다.[2] 또한 찬선(贊善) 여옥(汝玉) 왕수(王璲)의 시를 좋아하여, 황제가 그에 대해 가장 깊고 넓게 알고 있었다. 선종(宣宗)은 하늘이 신민한 재주를 주어 긴 노래와 짧은 작품 등 붓을 잡으면 곧바로 완성했다. 매번 남궁(南宮)에서 과거를 볼 때면 문득 황제 스스로 정식문(程式文)의 초(草)를 잡으면서, "내가 회시(會試)의 장원으로 급제하지 않을까?"라 했다. 그러나 이 당시 관각의 여러 공들은 사마천과 사마상여의 재주와 광형(匡衡)과 유향(劉向)의 학문을 갖추지 못

---

1) 집경(集慶) : 지금의 강소성(江蘇省) 남경(南京)을 가리키다.
2) 양사기(楊士奇)는 구양수의 같은 고향 사람으로 구양수의 문장에 익숙했기에 한 말이다. 『열조시집소전(列朝詩集小傳)』에 보인다.

해 황제를 잘 받들어 모시지 못했으니, 참으로 탄식할 만하다.

仁宗皇帝在東宮時, 獨好歐陽氏之文, 以故楊文貞寵契非淺. 又喜王
贊善汝玉詩, 聖學最爲淵博. 宣宗天縱神敏, 長歌短章, 下筆卽就. 每遇
南宮試, 輒自草程式文曰, 我不當會元及第耶. 而一時館閣諸公, 無兩司
馬之才, 衡向之學, 不能將順黼黻, 良可歎也.

5-3. 명초의 시풍

원(元)나라 말기의 전문적인 시인으로, 도원(道園) 우집(虞集)[3]은 전
아하고 화려함을 귀하게 여겼으며, 염부(廉夫) 양유정(楊維禎)[4]은 기발
하고 험벽함으로 추앙을 받았었다. 명(明)나라가 흥기할 때 우계(虞啓)
가 문단에 도움을 남겼지만 문단의 종주가 된 사람은 두 사람 정도에
불과했다. 재주와 정서의 아름다움은 계적(季迪) 고계(高啓)[5]만한 이가
없었고 음색과 기운의 씩씩함은 백온(伯溫) 유기(劉基)[6]가 그 다음 간

---

3) 우집(虞集, 1272~1348) : 원대(元代)의 문장가로 자는 백생(伯生), 호는 도원(道
園), 시호는 문정(文靖)이다.

4) 양유정(楊維禎, 1296~1370) : 자는 염부(廉夫), 호는 철애(鐵崖) 또는 동유자(東
維子), 원나라 시대의 농학가(農學家), 절강(浙江) 제기(諸暨) 출신이다. 시문은 청
수준일(淸秀雋逸)하여 하나의 격조를 이루었다. 악부시를 잘했는데, 역사적인 사
실과 신화전설로 제재(題材)를 삼았다. 시는 비흥(比興)이 잘 어울렸으며 독창적인
상상력이 발휘되었다.

5) 고계(高啓, 1336~1373) : 자는 계적(季迪)이다. 어려서부터 문학 방면에서 이름
을 날렸으나 시국이 불안정한 탓으로 벼슬을 하지는 못했다. 1364년 조정의 부름
을 받고, 수도 난징[南京]에 가서 『원사(元史)』 편찬에 참여했다. 하지만 다음해에
사임하고 고향으로 돌아왔으며, 모반했다는 모함을 받아 1374년에 사형을 당했
다. 의고의 대가로 중국문학사의 이전 여러 시기의 문체·풍격·전범을 따른 것으
로 알려져 있으며 16세기에 일어났던 고문운동의 선구자로도 알려져 있다.

6) 유기(劉基, 1311~1375) : 자는 백온(伯溫)이다. 유기는 경사에 널리 통달했고, 서

다. 당시에 맹재(孟載) 양기(楊基)[7], 경문(景文) 원개(袁凱)[8], 자고(子高) 유숭(劉崧)[9] 등은 진실로 옆에서 보좌하는 역할을 수행한 정도였다. 당시의 문단에 대해 논의하는 사람들은 "원나라의 습관에 젖은 단점이 있어서, 시어는 송(宋)나라보다 못하여 노련함이 부족하고 격조는 당(唐)나라에 미치지 못한 채 겨우 만당(晚唐) 정도나 엿볼 뿐이었다. 그러나 앞에서 언급한 두세 명의 시인들이 온 힘을 쏟아 시의 풍조(風調)가 조화롭고 아름답게 되었다. 비록 완벽한 작품을 짓지는 못했지만 그래도 괜찮은 작품을 지어 한 시절의 시선집에 실릴 수는 있었다."라고 평가했다.

명나라 초기의 태평시절에도 시의 품격은 떨어지지는 않았으니, 우주 너머로까지 깊은 생각을 발휘했으며 또한 눈앞에 흘러가는 빛의 순간도 포착했다. 뜻이 왕성하게 넘치면 장편의 작품을 지었고 작품 다듬는 것을 숭상하면 조용히 몇 마디 말만 했을 뿐이다. 무릉 사람이 진(晉)나라가 있다는 것도 알지 못했다거나 야랑왕(夜郎王)이 한(漢)과 자신의 나라 중 어느 쪽이 큰지를 물었다는[10] 것이 모두 헛된 말이 아닌 것처럼, 후대와 비교하기 어려웠다.

그 후 성화(成化, 1465~1487) 홍치(弘治, 1488~1505) 연간에는 조금 재주 있는 사람이 그나마 괜찮은 작품을 지으면[11] 그를 거벽(巨擘)이라

　(書)에 있어서는 규명하지 않는 것이 없었으며, 상위(象緯)의 학문에는 더욱 정미했다.

7) 양기(楊基, 1326~1378) : 명대의 시인으로 자는 맹재(孟載), 호는 미암(眉庵)이다.

8) 원개(袁凱, ?~?) : 자는 경문(景文), 호는 해수(海叟)로 명초(明初) 시인이다.

9) 유숭(劉崧, 1321~1381) : 자는 자고(子高), 호는 사옹(槎翁)으로 원말명초의 문학가이다.

10) 한(漢)나라 때 남쪽 야랑국의 왕이 1개 주(州)에 불과한 작은 나라 왕으로서 한사(漢使)가 갔을 때 한과 자기 나라와 어느 것이 더 크냐고 물었다는 데서 온 말이다. 『사기(史記)』「서남이전(西南夷傳)」에 보인다.

고 불렀다. 그러나 정취는 옛 사람에게 미치지 못했고 중도에서 곧바로 그만두어 심오한 곳까지 찾아들어가지도 못했다. 경치를 대하면 즉흥적으로 작품을 바로 지었으니, 한결같이 졸속한 작품뿐이었다. 그러한 작품에 거듭거듭 화답하는 데만 재주가 많다는 것을 걱정하지 않았다.

북지(北地) 이몽양(李夢陽)이 이를 바로잡고 신양(信陽) 하경명(何景明)[12]이 이몽양을 이어 일어났으며, 창곡(昌穀) 서정경(徐禎卿)[13]과 정실(庭實) 변공(邊貢)[14]이 좌우에서 도와주었다. 건안(建安)[15]의 옛 작품부터 돈독하게 배우기를 시작했고 화려하게 꾸미는 것은 송(宋)의 사령운(謝靈運)과 사혜련(謝惠連) 및 사조(謝朓)의 수준에서 그치게 했다. 장가(長歌)는 당나라의 이백과 두보의 작품에서 취재(取裁)했으며, 근체시는 당나라 개원(開元, 714~741) 연간의 작품을 모범으로 삼았다.

---

11) 진(晉)나라 왕헌지(王獻之)가 소년 시절에 도박 놀음을 옆에서 지켜보다가 훈수를 하자, 그 어른들이 "대롱으로 표범을 보고는 그 반점 하나만을 보는 식이다.[管中窺豹, 見一斑.]"라고 비웃었던 고사가 있다. 『세설신어(世說新語)』 「방정(方正)」에 보인다.

12) 하경명(何景明, 1483~1521) : 호는 백파(白坡), 명대(明代)의 문인(文人)이다. 겨우 39세로 생을 마감했으나 명조문학가(明朝文學家) 전칠자(前七子) 가운데 한 사람으로 꼽히는 인물이다.

13) 서정경(徐禎卿, 1479~1511) : 명나라 시인으로, 자는 창곡(昌谷) 또는 창국(昌國)이다. 전칠자의 한 사람이다. 저서로 『담예록(談藝錄)』 등이 있다.

14) 변공(邊貢, 1476~1532) : 자는 정실(庭實), 호는 화천자(華泉子)이다. 명초 문학가로 『화천집(華泉集)』이 있다.

15) 건안(建安) : 중국(中國) 후한(後漢) 헌제 때의 연호(年號)이다. 건안은 동한 헌제(獻帝)의 연호로 이때는 실질적으로 조조(曹操)가 권세를 잡고 정치적 문화적인 중심이 된다. 조조의 정권 장악에 따라 유미적이고 형식적인 사부(辭賦)가 퇴조하고 현실적이고 남성적인 오언고시(五言古詩)가 성행했다. 대표적인 건안시인(建安詩人)으로는 조씨(曹氏) 삼부자(三父子)와 건안칠자(建安七子)를 들 수 있는데 이들을 중심으로 이룩된 집단의 문학을 건안문학이라 부르는데 이는 중국문학사상 최초로 문단이 형성되었다는 것에 중요한 의의를 둔다.

이렇게 해서 원나라 말기의 시풍을 완전히 제거하여 마침내 정시(正始)16)의 시풍을 엿볼 수 있게 되었다. 천지가 다시 열렸고 해와 달도 환히 빛나게 되었으니, 어찌 아름다운 일이 아니겠는가.

그러나 정체(正體)와 변체(變體)가 어지럽게 섞이고 표절만 일삼아 거의 똑같은 작품이 되었다. 신양 하경명이 시도(詩道)를 찾기 위해 그 과정에서 공부했던 것을 모두 버린 것은 사람들에게 좋은 경계가 되었고, 북지 이몽양이 옛 것을 모방한 것에 대해 어찌 개인적인 비평이 없었겠는가. 이 때문에 가정(嘉靖, 1522~1566) 말기에는 문사를 숭상한 작품은 바람과 구름을 빚어서 달과 이슬을 만들었고 이치를 담은 작품은 감우(感遇)라는 것만 떠받들면서 영회(詠懷)를 제거해 버렸다. 그래서 화려한 것을 좋아하는 자는 경룡(景龍, 707~710) 연간의 작품보다 더 꾸미었고 정을 깊게 하려는 사람은 원화(元和, 806~820) 연간의 작품보다 정감을 더 담아내었다. 그렇지만 이러한 경향이 모두 절로 문채를 이루어 이름을 세상에 알리는데 전혀 방해가 되지 않았다. 다만 감우 계통의 작품은 꾸밈이 전혀 없었고 달과 이슬을 읊은 작품은 질박함이 전혀 없었다. 경룡 연간 작품의 수준은 협소하고 원화 연간 작품은 너무 광범위한데, 모든 시풍이 여기에 젖어들어 어지럽게 섞여 흐르게 되었다.

중간에 다시 시풍을 흥기시킨 업적은 제남(濟南) 이반룡이 가장 크다. 지금 천하 사람은 야광옥(夜光玉)을 쥐고서 최고의 경지로 나아가려 하는데 한단의 걸음걸이를 배우는 꼴을 면할 수 없으며,17) 합포에

---

16) 정시(正始) : 처음을 바르게 한다는 뜻인데, 자하(子夏)의 「모시서(毛詩序)」에 "「주남」과 「소남」이야말로 왕도를 처음부터 단정하게 펴는 길이요, 제왕의 교화의 기초가 된다.[周南召南, 正始之道, 王化之基.]"라는 말이 나온다.

17) 연(燕)나라 수릉(壽陵) 땅의 청년이 조(趙)나라 서울 한단(邯鄲)에 가서 그곳의

서 구슬이 다시 나오지 않은 것처럼 훌륭한 작품이 다시는 나오지 않게 되었다.[18] 그래서 오묘한데까지 나아가는 힘은 부족하게 되었고 스스로 터득하는 정취가 적어진 것이다. 『시경』「증민(蒸民)」에서는 "사물이 있는 곳에 법칙이 있다.[有物有則]"라 했고 「문왕(文王)」에서는 "소리도 냄새도 없다.[無聲無臭]"라 했다.[19]

예전 화상국(華相國)을 추종하며 배우려는 사람이 있었는데, 화상국의 형체나 흔적의 밖에서 배울 수 있다고 생각했다. 그래서 갈수록 화상국에서 더욱 멀어지게 되었다. 어떤 사람이 글자[書]를 배우면서 날마다 왕희지의 「난정서」 한 첩을 모사했다. 그런데 이를 바로잡아주려는 사람이, "이것을 통해 글자를 배우게 되면 반드시 서도(書道)를 이루지 못할 걸세."라 했다. 그렇다면 정과 경이 오묘하게 배합되고 풍격이 절로 상승하는 것은 옛것을 모방하지 않고 좁은 길에 빠지지 않는 것이 최고의 단계가 된다. 자신의 자질에 따라 분수를 이루고 분수에 따라 일정 정도의 수준에 이르러 시인이라는 문호가 이미 서서 명성과 실상이 볼만한 것이 그 다음 단계이다. 간혹 어느 훌륭한 작가를 이어받았다고 내세우면 실제로 도둑이 되며, 겉모습이 서로 비슷하고 속 내용도 본떠서 쓰면서 자가(自家)를 이루었다고 하면 시간이 지날수록 그 명성은 반드시 사라질 것이다.

걸음걸이를 배우려다가 제대로 배우지도 못한 채 본래의 자기 걸음걸이마저 잊어버린 나머지 엉금엉금 기어서 돌아올 수밖에 없었다는 고사가 있다.

18) 후한(後漢) 때 합포에서 구슬이 생산되었는데, 탐관오리가 수령으로 오면서 잠시 구슬이 나오지 않다가, 맹상(孟嘗)이 태수로 부임하여 청렴한 정사를 행하자, 다시 구슬이 생산되기 시작했다는 고사가 전해 온다. 『후한서(後漢書)』「맹상전(孟嘗傳)」에 보인다.

19) 모든 사물에는 법칙이 있는데, 법칙은 소리나 냄새가 없어 직감할 수 없다는 것이다. 여기에서는 시법(詩法) 또한 눈에 보이지는 않지만, 법칙이 있다는 의미이다.

勝國之季, 業詩者, 道園以典麗爲貴, 廉夫以奇崛見推. 迨于明興, 虞
氏多助, 大約立赤幟者二家而已. 才情之美, 無過季迪, 聲氣之雄, 次及
伯溫. 當是時, 孟載景文子高輩實爲之羽翼. 而談者尙以元習短之, 謂辭
微於宋, 所乏老蒼, 格不及唐, 僅窺季晚. 然是二三君子, 工力深重, 風
調諧美, 不得中行, 猶稱殆庶, 翩翩乎一時之選也. 樂代熙朝, 風不在下,
斥沉思於宇外, 摭流景於目前, 志逞則滔滔大篇, 尙裁則寂寂數語, 武陵
人之不知有晉, 夜郞王之漢孰與大, 非虛語也. 其後成弘之際, 頗有俊
民, 稍見一斑, 號爲巨擘. 然趣不及古, 中道便止, 搜不入深, 遇境隨就,
卽事分題, 一唯拙速. 和章累押, 無患才多. 北地矯之, 信陽嗣起, 昌穀
上翼, 庭實下毗, 敦古昉自建安, 掞華止於三謝, 長歌取裁李杜, 近體定
軌開元, 一掃叔季之風, 遂窺正始之途. 天地再闢, 日月爲朗, 詎不媺哉.
然而正變雲擾, 勦擬雷同, 信陽之舍筏, 不免良箴, 北地之效顰, 寧無私
議. 以故嘉靖之季, 尙辭者醞風雲而成月露, 存理者扶感遇而奪詠懷, 喜
華者敷藻於景龍, 畏深者信情於元和, 亦自斐然, 不妨名世. 第感遇無
文, 月露無質, 景龍之境旣狹, 元和之蹊太廣, 浸淫諸派, 涸爲下流. 中
興之功, 則濟南爲大矣. 今天下人握夜光, 途遵上乘, 然不免邯鄲之步,
無復合浦之還, 則以深造之力微, 自得之趣寡. 詩云, 有物有則. 又曰,
無聲無臭. 昔人有步趨華相國者, 以爲形跡之外學之, 去之彌遠. 又人學
書, 日臨蘭亭一帖, 有規之者云, 此從門而入, 必不成書道. 然則情景妙
合, 風格自上, 不爲古役, 不墮蹊逕者, 最也. 隨質成分, 隨分成詣, 門戶
旣立, 聲實可觀者, 次也. 或名爲閏繼, 實則盜魁, 外堪皮相, 中乃膚立,
以此言家, 久必敗矣.

5-4. 명대 문인에 대한 논의

문장에 가장 통달한 자를 들어보면, 문헌(文憲) 송렴(宋濂),[20] 문정(文貞) 양사기(楊士奇),[21] 문정(文正) 이동양(李東陽),[22] 문성(文成) 왕수인(王守仁)[23]보다 뛰어난 이가 없다. 송렴은 갖춘 재주가 드넓고 의논을 견지함이 정당하다. 넉넉하게 뜻을 펼쳐 주제가 잘 드러나는 것을 위주로 했는데 문장을 다듬는 노력은 적었다. 문체는 물결을 따라 흘러가 되돌아오지 못한 것 같으며 말은 잡다하여 정돈되지 않았으니, 이것이 그의 단점이다. 그러나 작품의 의장(意匠)은 스스로 만들어 내었다.

양사기의 문학은 근원이 구양수(歐陽脩)에서 나왔으니, 간략하고 담담하며 온화하고 평이함을 위주로 했는데 확충하고 넓히는 노력이 부족하다. 지금 그의 문체를 귀하게 여겨 '대각체(臺閣體)'라고 부른다.

이동양의 문학은 도원(道園) 우집(虞集)에서 기원했다. 양사기보다 농밀하나 법은 뒤떨어지고 송렴보다 간략하나 학식이 부족하니, 어찌

---

20) 송렴(宋濂, 1310~1380) : 자는 경렴(景濂), 호는 잠계(潛溪)이다. 원나라 말기에 전란을 피해 용문산(龍門山)에 은거하며 저작에 종사하면서 호를 현진자(玄眞子)라 했다. 『원사(元史)』 편찬을 책임졌고, 일력(日曆) 등을 정리했다. 문헌(文憲)이란 시호가 내려졌다.

21) 양사기(楊士奇, 1365~1444) : 이름은 우(寓), 자는 사기(士奇), 호는 동리선생(東里先生)이다. 영락제(永樂帝, 成祖)가 즉위한 뒤 편수(編修)에 임명되고, 내각제도가 정착하자 양영(楊榮)과 함께 입각하여 정무에 참여했다. 이후 5대에 걸쳐 내각에 있으면서 보신(輔臣)으로 40여 년을 봉직했다. 시호는 문정(文貞)이다.

22) 이동양(李東陽, 1447~1516) : 자는 빈지(賓之), 호는 서애(西涯)이다. 40년 동안 조정의 요직을 역임했다. 명초에 성당(盛唐)의 시풍을 추구하는 당시(唐詩) 부흥운동을 전개했다.

23) 왕수인(王守仁, 1472~1528) : 자는 백안(伯安), 호는 양명(陽明)이다. 그는 어려서부터 성인이 되는 공부에 뜻을 두었으며, 성인이 되고자 하는 방법을 탐구하는 과정에서 주자학을 비판하고 '마음의 양지'를 중심으로 한 새로운 학문체계, 즉 양명학을 세웠다. 시호는 문성이다.

하늘이 내려준 재주는 참으로 뛰어나지만 문장을 짓는 것을 꺼려해서 그런 것이 아니겠는가.

왕수인은 자질이 본래 초일(超逸)하니, 비록 차분하게 생각하지 않아도 붓을 잡아 흥취(興趣)를 발휘하면 절로 문채(文彩)가 아름답다. 만년에 문호를 세워 문장이 통달하여 종장이 되었으나 끝내 취할 것은 없다. 그 문장은 실제로 동파(東坡) 소식(蘇軾)에게서 기원했다.

오상(烏傷) 왕위(王褘)24)와 금화(金華) 호한(胡翰)25)은 구양수, 증공, 소식, 황정견 등의 말을 뒤섞어 사용하면서 문장의 법도를 지키지 않고 힘으로 이기려고 했다. 성의(誠意) 유기(劉基)26)는 제가백가의 문장을 사용했다. 소백형(蘇伯衡)27)과 희고(希古) 방효유(方孝孺)28)의 문학은 모두 미산(眉山) 부자29)에서 나왔다. 방효유의 재주는 뛰어난 것 같지만 그러나 약간 파란을 일으켰을 뿐이다. 대신(大紳) 해진(解縉)30)은

---

24) 왕위(王褘, 1322~1373) : 자는 자충(子充), 호는 화천(華川)이다. 총재관(總裁官), 한림대제(翰林待制), 동지제고(同知制誥) 등을 역임했다.

25) 호한(胡翰, 1307~1381) : 자는 중신(仲申)·중자(仲子), 호는 장산(長山)이다. 오사도(吳師道)와 오래(吳萊)에게 고문(古文)을 배웠고, 허겸(許謙)에게 경학을 전수받았다.

26) 유기(劉基, 1311~13750) : 자는 백온(伯溫)이다. 주원장의 모사(謀士)가 되어 중국을 통일하는 데 중요한 역할을 했다.

27) 소백형(蘇伯衡) : 자는 평중(平仲), 동파 소식의 후손이다. 송렴이 은퇴할 때 소백형으로 자대(自代)했다.

28) 방효유(方孝孺, 1357~1402) : 자는 희직(希直)·희고(希古), 호는 손지(遜志), 방정학(方正學)이라고도 한다. 건문(建文) 4년(1402) 연왕(燕王) 주체(朱棣)가 황위를 찬탈한 뒤, 스스로 주공(周公)이 성왕(成王)을 도운 일에 비교하면서 그에게 즉위조서(卽位詔書)를 기초하도록 명하자 붓을 땅에 내던지며 "성왕이 어디에 있는가?"라면서 죽음을 각오하고 거부했다. 연왕은 노하여 그를 책형(磔刑)에 처했고, 일족과 친지, 제자 등 847명이 연좌되어 죽었다.

29) 소순(蘇洵)과 소식(蘇軾) 부자를 가리킨다.

30) 해진(解縉, 1369~1415) : 자는 대신(大紳)·진신(縉紳), 호는 춘이(春爾)이다. 『영락대전(永樂大典)』 등의 편수에 종사했으며, 성품이 호방하고 시문에 능했다. 글씨

산문이 실로 시보다 뛰어나다. 자못 충분히 흥취를 발했지만 다듬을 줄을 몰랐다. 광대(光大) 호광(胡廣),[31] 면인(勉仁) 양영(楊榮),[32] 유자(幼孜) 김선(金善),[33] 종예(宗豫) 황준(黃準),[34] 자계(子啓) 증계(曾棨),[35] 행검(行儉) 왕직(王直)[36] 등 여러 공들은 여릉(廬陵) 구양수의 우익(羽翼)이다. 문안(文安) 유정지(劉定之)[37]는 내용이 충실하나 천근하고 문장(文莊) 구준(丘濬)[38]은 잘 다듬었으나 속되다. 문의(文懿) 양수진(楊守陳)[39]

로도 유명하다.

31) 호광(胡廣, 1370~1418) : 자는 광대(光大), 호는 황암(晃庵)이다. 그가 주관한 대전본(大全本)은 조선 시대 기본 텍스트로 채택되어 널리 유통되었다. 시호는 문목(文穆)이다.

32) 양영(楊榮, 1371~1440) : 자는 면인(勉仁), 초명은 자영(子榮), 시호는 문민(文敏)이다. 영락제 이후 네 명의 황제를 섬기면서 지모와 결단력을 보여주었다. 양사기(楊士奇), 양부(楊溥)와 함께 '삼양(三楊)'으로 불리면서 국가원로로서 정계의 예우를 받았다.

33) 김선(金善, 1368~1431) : 자는 유자(幼孜), 호는 퇴암(退闇)이다. 황제의 명을 받아 호광(胡廣), 양영(楊榮) 등과 『사서오경대전(四書五經大全)』과 『성리대전(性理大全)』 등을 수찬(修撰)했다. 특히 『춘추』를 좋아하여 『춘추직지(春秋直指)』와 『춘추요지(春秋要旨)』 등을 저술했다.

34) 황준(黃準) : 자는 종예(宗豫), 호는 개암(介菴)이다. 소위 '삼양(三楊)'과 문장의 체격이 비슷했다.

35) 증계(曾棨, 1372~1432) : 자는 자계(子啓), 호는 서서(西墅)이다. 서예에 뛰어났고, 문장(文章)도 잘 지었다. 『영락대전(永樂大典)』의 수찬에 참여했다.

36) 왕직(王直, 1379~1462) : 자는 행검(行儉), 호는 억암(抑庵)이다. 한림으로 20여 년 동안 있으면서 고대(古代)의 언어를 살펴 편찬하고 기주(記注)하는 일을 주로 맡았다. 왕영(王英)과 이름을 나란히 했다.

37) 유정지(劉定之, 1409~1469) : 자는 주정(主靜), 호는 태재(呆齋), 시호는 문안(文安)이다. 정통(正統) 원년(1436) 회시(會試)에 장원급제하여 한림원(翰林院) 편수(編修)로 벼슬길에 나섰다.

38) 구준(丘濬, 1420~1495) : 자는 중심(仲深), 호는 경대(瓊臺)이다. 효종(孝宗) 때 예부상서가 되고 문연각대학사(文淵閣大學士)를 겸하여 정무에 참여했다. 상서로서 내각에 들어간 것은 그가 처음이다.

39) 양수진(楊守陳, 1425~1489) : 자는 유신(維新), 호는 경천(鏡川)·진암(晉庵)이

은 해박하나 평범하고, 문사(文思) 팽화(彭華)40)는 의미가 잘 전달되나 평이하다.

　그 밖에 극근(克勤) 정민정(程敏政),41) 원박(原博) 오관(吳寬),42) 제지(濟之) 왕오(王鏊),43) 명치(鳴治) 사탁(謝鐸)44) 등은 또한 이동양(李東陽)의 무리이다. 왕오는 창려 한유를 존모하여 체요(體要)를 갖췄으나 재주가 부족하니 아쉽다. 남성(南城)의 경명(景鳴) 나기(羅玘)45)는 문학을 진작(振作)시키려 했는데, 그 근원은 또한 창려 한유에게서 나왔다. 기이하고 은밀한 것을 힘써 찾아내어 특이한 경계(境界)를 탐구했는데, 뜻대로 이뤄지지 않았다. 오중(吳中)의 축윤명(祝允明)46)은 처음에는

다. 경태(景泰) 2년(1451)의 진사(進士) 출신으로 벼슬은 편수(編修), 시강(侍講), 이부우시랑(吏部右侍郎) 등을 역임했다.

40) 팽화(彭華, 1432~1496) : 자는 언실(彦實)이다. 이부좌시랑(吏部左侍郎) 겸 한림학사(翰林學士)가 되고, 입각(入閣)하여 기무(機務)에 참여했다.

41) 정민정(程敏政, 1445~1499) : 학문이 해박한 것으로 저명해 직접 황태자를 가르치기도 했다. 한림(翰林) 가운데 학문에 해박하기로는 민정(敏政)이라 일컬었으며, 문장이 고아(古雅)하기로는 이동양(李東陽)이라고 칭해져 각자 당시의 으뜸이 되었다.

42) 오관(吳寬, 1435~1504) : 자는 원박(原博), 호는 포암(匏庵)·옥정주(玉亭主)·포암선생(匏庵先生)이다. 예부상서에 이르고 문정(文定)이라 시호가 내려졌다.

43) 왕오(王鏊, 1450~1524) : 자는 제지(濟之)·수계(守溪), 호는 졸수(拙叟)·진택선생(震澤先生)이다. 호부상서(戶部尙書), 문연각대학사(文淵閣大學士) 등을 역임했다.

44) 사탁(謝鐸, 1435~1510) : 자는 명치(鳴治), 호는 방석(方石)이다. 예부우시랑(禮部右侍郎)을 지냈다. 경사(經史)에 해박하고 문학에 조예가 깊었다.

45) 나기(羅玘, 1447~1519) : 자는 경명(景鳴), 호는 규봉(圭峰)이다. 시독(侍讀)을 지냈다.

46) 축윤명(祝允明, 1460~1520) : 자는 희철(希哲), 호는 지지생(枝指生)·지산(枝山)이다. 일찍부터 글씨로 이름을 떨쳐 당인(唐寅), 문징명(文徵明), 서정경(徐禎卿) 등과 함께 '오중사재자(吳中四才子)'로 불렸다. 당인과 함께 임탄(任誕)하다는 평을 들었다.

제자백가들을 본뜨다가 육조의 문학을 익혔는데 재주가 난삽하여 그
에 걸맞지 않았으니, 모든 작품이 그럴 듯해 보이지만 정수를 얻지 못
했다. 그러나 고문(古文)에는 기미를 열었다.

하경명과 이몽양 이외에 비로소 덕함(德涵) 강해(康海)47)가 나왔다.
강해의 문학은 진한(秦漢)에서 나왔는데 거칠고 다듬어지지 않았지만,
질박한 작품들은 취할 만하다. 자형(子衡) 왕정상(王廷相)48)의 문학은
제자백가에서 나왔는데 자잘한 것에 얽매어 통창(通暢)하지 못했다.
자종(自鍾) 최선(崔銑)49)의 문학은『좌전』과『예기』「단궁(檀弓)」및 유
종원에서 나왔다. 재주가 박약하지만 법으로 그것을 이겨냈으니, 정
밀하고 간략함이 들쭉날쭉함이 있다. 준명(浚明) 육찬(陸粲)50)의 문학
은 반고의『한서』와 한유, 유종원에서 나왔다. 우아하여 문장의 법도
가 있으나 변격을 구사하는 데는 조금 군색하다. 면지(勉之) 황성증(黃
省曾)51)의 문학은 반악과 육기, 임방(任昉)과 유신(庾信) 등에서 나왔는
데 정돈되며 아름다우나 원만하지 않다. 윤녕(允寧) 왕유정(王維楨)52)

---

47) 강해(康海, 1475~1540) : 자는 덕함(德涵), 호는 대산(對山)·호서산인(湖西山
人)·반동어부(泮東漁父)다. 이몽양(李夢陽) 등과 문학 복고 운동을 제창해 전칠자
(前七子)의 한 사람이 되었다. 산곡(散曲)을 잘 지어 왕구상(王九思)과 함께 대가로
불렸다.

48) 왕정상(王廷相, 1474~1544) : 자는 자형(子衡), 호는 준천(浚川)·평애(平厓)이
다. 전칠자의 한 사람이다.

49) 최선(崔銑, 1478~1541) : 자는 중부(仲鳧)·자종(子鍾), 호는 후거(後渠)·소석(少
石)·원야(洹野), 시호는 문민(文敏)이다. 한림시독(翰林侍讀)에 올랐지만, 병으로
사직하고 귀향하여, 후거서옥(後渠書屋)을 지어놓고 그 안에서 독서와 강학(講學)
을 하며 지냈다.

50) 육찬(陸粲, 1494~1551) : 자는 자여(子餘)·준명(浚明)이다. 공과급사중(工科給
事中) 등을 역임했다.

51) 황성증(黃省曾, 1490~1540) : 자는 면지(勉之), 호는 오악(五岳)이다. 이몽양(李
夢陽)에게는 시를 배웠다. 거침없이 방탕하게 살면서 평생을 마쳤다.

52) 왕유정(王維楨, 1507~1555) : 자는 윤녕(允寧), 호는 괴야(槐野)이다. 시사(時事)

의 문학은 『사기』와 『한서』에서 나왔으니 서사(敍事)에 뛰어났다. 구절을 단련했으나 편법은 알지 못하여 신채(神采)가 유동하지 않는다. 자업(子業) 고숙사(高叔嗣)[53]와 약지(約之) 진속(陳束)[54]의 문학은 후한(後漢)의 잡다한 역사에서 나왔으니, 문장이 우아하고 개결하여 즐길 만하지만 기세는 떨치지 못했다. 강이달(江以達),[55] 문승(文升) 도응준(屠應峻),[56] 영지(永之) 원질(袁裘)[57] 등은 그들의 유파이다. 강이달은 기운이 세나 잡되고, 도응준은 법도를 지녔으나 군더더기가 많으며 원질은 우아하지만 기세가 약하다. 계지(繼之) 정선부(鄭善夫)[58]의 문학은 전한(前漢)에서 나왔으니 자못 고색창연하지만 단점이 많다. 진강(晉江) 왕신중(王愼中)의 문학은 증공(曾鞏)에게서 나왔는데 너무 번거롭고, 비릉(毗陵) 당순지(唐順之)[59]의 문학은 동파 소식에서 나왔는데 농밀함이 조금 부족하다. 이 둘은 한시절 문단의 명수(名手)였다.

에 대해 분개하여 술을 마시면 욕을 즐겨 했다.

53) 고숙사(高叔嗣, 1501~1537) : 자는 자업(字業), 호는 소문산인(蘇門山人)이다. 어려서부터 이몽양(李夢陽)의 지도를 받았다.

54) 진속(陳束) : 자는 약지(約之), 호는 후강(后岡)이다. '가정팔재자(嘉靖八才子)'의 한 사람으로, 33살 때 피를 토하면서 죽었다.

55) 강이달(江以達, 1502~1550) : 자는 자순(子順), 호는 우파(午坡)이다. 성격이 강개하여 권귀를 피하지 않았다.

56) 도응준(屠應峻) : 자는 문승(文升), 호는 점산(漸山)이다.

57) 원질(袁裘) : 자는 영지(永之), 호는 서대(胥臺)이다. 벼슬은 광서제학(廣西提學)을 지냈다.

58) 왕신중(王愼中, 1509~1559) : 자는 도사(道思), 호는 남강(南江), 별호는 준암거사(遵巖居士)이다. 당송파(唐宋派)의 주요 인물로 당순지(唐順之)와 명성을 나란히 했다. 산문의 필세가 유창하고 기세가 웅건(雄建)하며 자유로운 것으로 평가된다. '가정팔재자(嘉靖八才子)'로 불렸다.

59) 당순지(唐順之, 1507~1560) : 자는 응덕(應德)·의수(義修), 호는 형천선생(荊川先生)이다. 귀유광(歸有光), 왕신중(王愼中), 모곤(茅坤) 등과 함께 당송산문(唐宋散文)을 애호하여 당송파(唐宋派)로 불린다.

왕신중은 문장의 개합(開闔)이 옛날의 법도를 지녔으나 문장 전개에 군더더기가 많다. 크게는 할 수 있으나 작게는 할 수 없기에 증공에게 뒤떨어진다. 당순지는 치우친 곳에서 논의를 일으키고 자잘한 곳에서 법도를 일으켜서 저 어두운 운무(雲霧) 사이로 떨어져 버렸다.

文章之最達者, 則無過宋文憲濂楊文貞士奇李文正東陽王文成守仁. 宋庀材甚博, 持議頗當, 第以敷腴朗暢爲主, 而乏裁剪之功, 體流沿而不返, 詞枝蔓而不修, 此其短也. 若乃機軸, 則自出耳. 楊尚法, 源出歐陽氏, 以簡澹和易爲主, 而乏充拓之功, 至今貴之, 曰臺閣體. 李源出虞道園, 穠於楊而法不如, 簡於宋而學不足, 豈非天才固優, 憚於結撰故耶. 王資本超逸, 雖不能湛思, 而緣筆起趣, 殊自斐然, 晚立門戶, 辭達爲宗, 遂無可取. 其源實出蘇氏耳. 烏傷王禕金華胡翰雜用歐曾蘇黃家語, 空於文憲而力勝之. 劉誠意用諸子. 蘇伯衡方希古, 皆出眉山父子. 方才似高, 然少波瀾耳. 解大紳文實勝詩, 頗自足發, 不知所裁. 胡光大楊勉仁金幼孜黃宗豫曾子啓王行儉諸公, 皆廬陵之羽翼也. 劉文安充而近, 丘文莊裁而俗, 楊文懿該而凡, 彭文達達而易. 複有程克勤吳原博王濟之謝鳴治諸君, 亦李流輩也. 王稍知慕昌黎, 有體要, 惜才短耳. 南城羅景鳴欲振之, 其源亦出昌黎, 務抉奇奧, 窮變態, 意不能似也. 吳中祝允明始倣諸子, 習六朝, 材更辟澁不稱, 皆似是而非者, 然古文有機矣. 何李之外, 始有康德涵. 康源出秦漢, 然粗率而弗工, 有贅木者可取耳. 王子衡出諸子, 然拘碎而弗暢. 崔子鍾出左氏檀弓柳氏, 才力綿淺, 而能以法勝之, 精簡有次. 陸浚明出班史韓柳氏, 閑雅有法, 小窘變態. 黃勉之出潘陸任庾, 整麗而不圓. 王允寧出史漢, 善敍事, 工句而不曉篇法, 神采不流動. 高子業陳約之出東京雜史, 筆雅潔可喜, 氣乃不長. 江以達屠升文袁永之亦是流派. 江豪而雜, 屠法而冗, 袁雅而弱. 鄭繼之出西京, 頗

蒼老而短. 晉江出曾氏而太繁, 昆陵出蘇氏而微濃, 皆一時射雕手也. 晉
江開闔旣古, 步驟多贅, 能大而不能小, 所以遜曾氏也. 毗陵從偏處起
論, 從小處起法, 是以墮彼雲霧中.

5-5. 명초의 문풍

내가 일찍이 『문평(文評)』에 다음과 같이 서문을 썼다.

　　"국초의 문학은 잠계(潛溪) 송렴(宋濂)이 으뜸이며, 오상(烏傷) 왕위(王
褘)가 그 다음이다. 대각(臺閣)의 문체는 동리(東里) 양사기(楊士奇)가
시작을 열었고 장사(長沙) 이동양(李東陽)이 발전시켰다. 선진(先秦)의
문장 법칙은 북지(北地) 이몽양(李夢陽)이 반정(反正)했고 역하(曆下) 이
반룡(李攀龍)이 심도 있게 파고들었으며 신안(新安) 왕백옥(王伯玉)이 다
듬었다. 이학(理學)의 경우는 양명(陽明) 왕수인(王守仁)이 기조를 열었
다. 진강(晉江) 왕신중(王愼中)과 비릉(毗陵) 당순지(唐順之)는 육조(六朝)
문풍의 화려한 겉모습을 본받으려 했으며, 창곡(昌穀) 서정경(徐禎卿)은
위약(萎弱)하고 면지(勉之) 황성증(黃省曾)은 자유롭게 구사했다."

이 말은 큰 요점을 다 거론한 것이다.

　　余嘗序文評曰, 國初之業, 潛溪爲冠, 烏傷稱輔. 臺閣之體, 東里闢
源, 長沙道流. 先秦之則, 北地反正, 曆下極深, 新安見裁. 汪伯玉也.
理學之逃, 陽明造基, 晉江毗陵, 藻梲六朝之華, 昌穀示委, 勉之泛瀾.
大要盡之矣.

5-6. 명대 시작품의 좋은 구절

칠언율시는 하경명(何景明)과 이몽양(李夢陽)에 이르러 비로소 꽃을
피웠다. 그러나 그 당시에 또한 한두 아름다운 작품이 있었다. 예로
계적(季迪) 고계(高啓)의 작품들을 들어본다.

「송심좌사(送沈左司)」의60)

函關月落聽雞度　함곡관에 달이 지니 닭울음 듣고 지나고
華嶽雲開立馬看　화악에 구름이 열리니 말을 세우고 보네.

「경사추흥(京師秋興)」의61)

伎同北郭知應濫　재주는 북곽62)과 같으니 외람됨을 알겠고
俸比東方愧已多　봉록은 동방삭과 비슷하니 대단히 부끄럽네.
梁寺鍾來殘月落　양나라 절에 종이 울리니 새벽달은 지고
漢宮砧斷早鴻過　한 궁의 다듬이 소리 끊기니 새벽 기러기 가네.

「송정도사(送鄭都司)」의63)

賜履已分無棣遠　신을 하사하니 이미 머나먼 무체로 떠났고

---

60) 고계(高啓)의 「송심좌사(送沈左司)」는 다음과 같다. "重臣分陝去臺端, 賓從威儀盡
　漢官. 四塞河山歸版籍, 百年父老見衣冠. 函關月落聽雞度, 華岳雲開立馬看. 知爾西
　行定回首, 如今江左是長安."
61) 고계(高啓)의 「경사추흥(京師秋興)」은 다음과 같다. "柳外秋風起御河, 京華客子意
　如何. 伎同北郭知應濫, 俸比東方愧已多, 梁寺鍾來殘月落, 漢宮砧斷早鴻過. 不材幸
　得同趨闕, 幾度珊珊候曉珂."
62) 후한(後漢) 요부(廖扶)는 평생 은거하고 성시에 출입하지 않았는데 당시 사람들
　이 북곽선생(北郭先生)이라 불렀다.
63) 고계(高啓)의 「송정도사(送鄭都司)」는 다음과 같다. "上公承詔出蓬萊, 立馬風煙萬
　里開. 賜履已分無棣遠, 舞戈還見有苗來. 牙前部曲多收績, 幕下賓僚更倚才. 後夜軍
　門知子到, 郎星應是近三台."

舞戈還見有苗來　창으로 춤추더니 유묘에서 돌아옴을 보았네.

「송행변(送行邊)」의64)

兵馳空壁三千幟　삼천의 깃발 든 병사는 빈 성벽으로 내달리고
客宴高堂十萬錢　십만 전으로 객은 고당에서 연회하네.

「서오(西塢)」의65)

松風吹壁鶴翎墮　솔바람이 벽에 불어와 학은 날개를 떨어뜨리고
梅雨過溪魚子生　매우는 시내를 지나니 물고기가 뛰어오르네.

「사송주(謝送酒)」의66)

欲沽百錢不易得　백 전으로 사려 해도 쉽지 않더니
忽送一壺殊可憐　문득 한 병 보내주니 자못 사랑스럽네.
梳頭好鳥語窗下　새가 지저귀는 창 아래 머리 빗으며
洗盞流水到門前　문 앞으로 흐르는 시내에 잔을 씻네.

---

64) 고계(高啓)의 「송행변(送行邊)」은 다음과 같다. "風卷雙旌雪覆轜, 遠騎白馬出行邊. **兵馳空壁三千幟, 客宴高堂十萬錢.** 屛裏舊圖魚復陣, 燈前新著豹韜篇. 功成他日論諸將, 只有荀郎最少年."

65) 고계(高啓)의 「서오(西塢)」는 다음과 같다. "空山啄木聲敲鏗, 花落水流縱復橫. **松風吹壁鶴翎墮, 梅雨過溪魚子生.** 尙有人家機杼遠, 更無塵土衣裳輕. 斜陽已沒月未出, 樵子歸時吾獨行."

66) 고계(高啓)의 「사송주(謝送酒)」는 다음과 같다. "不忍醒愁只欲眠, 幾時花發自江邊. **欲沽百錢未易得, 忽送一壺眞可憐, 梳頭好鳥語窗下, 洗盞流水到門前.** 今朝得醉已無恨, 不使春光空一年."

「매화(梅花)」의67)

雪滿山中高士臥　　눈이 뒤덮인 산속에 고사는 누워 있고

月明林下美人來　　달빛은 매화에 밝으니 미인이 오네.

「매화(梅花)」의68)

簾外鐘來初月上　　달 떠오를 때 주렴 너머 종소리 들리고

燈前角斷忽霜飛　　문득 서리 날릴 때 등 앞에 피리소리 끊기네.

「매화(梅花)」의69)

不共人言惟獨笑　　사람과 말하지 않고 다만 홀로 웃더니

忽疑君到正相思　　문득 그리는 사람 찾아온 듯 대하네.

「청명(淸明)」의70)

白下有山皆繞郭　　백하의 산들은 모두 성곽을 에워싸니

淸明無客不思家　　청명에 나그네들은 고향 생각하네.

---

67) 고계(高啓)의 「매화(梅花)」 첫 번째 수는 다음과 같다. "瓊姿只合在瑤臺, 誰向江南處處栽. 雪滿山中高士臥, 月明林下美人來. 寒依疎影蕭蕭竹, 春掩殘香漠漠苔. 自去何郎無好詠, 東風愁寂幾回開."

68) 고계(高啓)의 「매화(梅花)」 일곱 번째 수는 다음과 같다. "獨開無那只依依, 肯爲愁多減玉輝. 簾外鐘來初月上, 燈前角斷忽霜飛. 行人水驛春全早, 啼鳥山塘晚半稀. 愧我素衣今已化, 相逢遠自洛陽歸."

69) 고계(高啓)의 「매화(梅花)」 세 번째 수는 다음과 같다. "斷魂祇有月明知, 無限春愁在一枝. 不共人言惟獨笑, 忽疑君到正相思. 歌殘別院燒燈夜, 粧罷深宮攬鏡時. 舊夢已隨流水遠, 山窓聊復伴題詩."

70) 고계(高啓)의 「청명(淸明)」은 다음과 같다. "新煙着柳禁垣斜, 杏酪分香俗共誇. 白下有山皆繞郭, 淸明無客不思家. 卜侯墓上迷芳草, 盧女門前暎落花. 喜得故人同待詔, 擬沽春酒醉京華."

자장(子章) 곽규(郭圭) 「숙우(宿雨)」의[71]

家在淮南靑桂老　집은 회남에 있으니 푸른 계수의 노인

門臨湖水白蘋深　문은 호수 마주보니 흰 마름이 깊네.

충문(忠文) 왕위(王禕) 「억소산(憶蕭山)」의[72]

夕陽玄度飛輪塔　현도[73]의 비륜탑에 석양이 지고

曉雨文通夢筆橋　문통[74]의 몽필교에 새벽 비가 내리네.

성의(誠意) 유기(劉基) 「시연(侍宴)」의[75]

萬里玉關傳露布　만리 옥문관에 격문을 전하고

九霄金闕絢雲旗　구중궁궐에 구름깃발이 아름답네.

---

71) 곽규(郭圭)의 「숙우(宿雨)」는 다음과 같다. "宿雨瀟瀟悴客心, 高牕連日滯秋陰. 一枝未遂鷦鷯託, 四壁應愁蟋蟀吟. 家在淮南靑桂老, 門臨湖水白蘋深. 鯉魚風熟香秔早, 釣艇誰撑近竹林."

72) 왕위(王禕)의 「억소산(憶蕭山)」은 다음과 같다. "長憶蕭然山下縣, 去秋爲客日招邀. 夕陽玄度飛輪塔, 曉雨文通夢筆橋. 搜檢蟲魚窮爾雅, 詠歌草木續離騷. 舊游回首成彫謝, 莫遣音書似路遙."

73) 현도(玄度) : 동진(東晉)의 청담(淸談) 명사 허순(許詢)의 자(字)이다. 현도는 승려 지도림(支道林)과 교유하면서 청담으로 일세를 풍미했는데, 유윤(劉尹)이 그에 대해서 "맑은 바람과 밝은 달을 대하노라면, 문득 현도가 생각난다.[淸風朗月, 輒思玄度.]"라고 평한 말이 유명하다. 『세설신어(世說新語)』 「언어(言語)」에 보인다.

74) 문통(文通) : 고봉(高鳳)의 자(字)로, 한(漢)나라 때 사람이다. 한번은 아내가 밭에 가면서 보리를 마당에 널어놓고, 그에게 닭을 보라고 부탁했는데, 마침 비가 와서 보리 멍석이 떠내려갔으나 그는 그런 줄도 모르고 장대만 들고 글을 읽었다고 한다. 『후한서(後漢書)』 「고봉열전(高鳳列傳)」에 보인다.

75) 유기(劉基)의 「시연(侍宴)」은 다음과 같다. "淸和天氣雨晴時, 翠麥黃花夾路岐. 萬里玉關馳露布, 九霄金闕約雲旗. 龍文驍裊驂鸞輅, 馬乳葡萄入羽巵. 衰老自慚無補報, 叨陪儀鳳侍瑤池."

유기(劉基) 「추화음상인(追和吾上人)」의76)

夜永星河低半樹　　밤 깊어 은하수는 나무에 반쯤 드리우고

天淸猿鶴響空山　　하늘 맑아 원숭이, 학 울음 빈 산에 울리네.

잠계(潛溪) 송렴(宋濂) 「송장한림귀취(送張翰林歸娶)」의77)

紅錦裁雲朝奠雁　　구름무늬 붉은 비단에 아침에 기러기 올리고

紫簫吹月夜乘鸞　　달빛에 자주 퉁소 불어 밤에 수레 타네.

해수(海叟) 원개(袁凱) 「백연(白燕)」의78)

月明漢水初無影　　한수에 달빛 밝아 비로소 그림자도 없고

雪滿梁園尚未歸　　양나라 정원79)에 눈 쌓여도 아직 돌아오지 않네.

안찰사 양기(楊基) 「춘초(春草)」의80)

六朝舊恨斜陽外　　석양 너머로 육조의 한 오래되고

---

76) 유기(劉基)의 「추화음상인(追和吾上人)」은 다음과 같다. "絶頂浮雲鎖石關, 曲途危磴阻躋攀. 他年甲楯孤臣泣, 此日齋鐘老衲閒. 夜永星河低半樹, 天淸猿鶴響空山, 干戈未定歸何處, 擬結茅廬積翠間."

77) 송렴(宋濂)의 「송장한림귀취(送張翰林歸娶)」는 다음과 같다. "少年歸娶奏金鑾, 喜得天顔一笑看. 紅錦裁雲朝奠雁, 紫簫吹月夜乘鸞, 靈椿堂上承中饋, 寶鏡臺前結合歡. 從此梅花消息好, 青綾不似玉堂寒."

78) 원개(袁凱)의 「백연(白燕)」은 다음과 같다. "故國飄零事已非, 舊時王謝見應稀. 月明漢水初無影, 雪滿梁園尚未歸, 柳絮池塘香入夢, 梨花庭院冷侵衣. 趙家姊妹多相忌, 莫向昭陽殿裏飛"

79) 양원(梁園) : 한(漢)나라 양효왕(梁孝王) 유무(劉武)의 정원 이름인데, 남조 송(南朝宋)의 사혜련(謝惠連)이 이 정원의 설경을 배경으로 설부(雪賦)를 지으면서부터 설원(雪園)이라는 별칭을 갖게 되었다.

80) 양기(楊基)의 「춘초(春草)」는 다음과 같다. "嫩綠柔香遠更濃, 春來無處不茸茸. 六朝舊恨斜陽裏, 南浦新愁細雨中, 近水欲迷歌扇綠, 隔花偏襯舞裙紅. 平川十里人歸晚, 無數牛羊一笛風."

南浦新愁細雨中　가랑비 속에 남포의 근심 새롭네.

좌사(左司) 손염(孫炎) 「증황련사(贈黃鍊師)」의[81]

天與數書皆鳥跡　하늘이 수서를 내리니 모두 새 발자국이며
家傳一劍是龍精　집에 한 검이 전하니 용의 정기라.

양사(良史) 동기(董紀) 「해옥(海屋)」의[82]

過橋雲磬天台寺　다리 건너니 높다란 풍경 울리는 천태사요
泊岸風帆日本船　해안에 정박하니 돛에 바람 부는 일본 배라.

양훈문(楊訓文) 「채석(采石)」의[83]

千山落日送樵笛　천산에 지는 해는 초동의 피리소리 보내고
萬里長風吹客衣　만리의 긴 바람은 객의 옷에 불어오네.

양훈문(楊訓文) 「강상(江上)」의[84]

小孤殘照收江左　소고산[85]의 낙조는 강좌에 비추고

---

81) 손염(孫炎)의 「증황련사(贈黃鍊師)」는 다음과 같다. "留侯弟子有初平, 九歲從師住玉京. **天與數書皆鳥迹, 家傳一劍是龍精.** 瑤池桃子無消息, 海水桑田又淺淸. 我爲紫芝歌一曲, 夜深相答洞簫聲."

82) 동기(董紀)의 「해옥(海屋)」은 다음과 같다. "海上高僧屋數椽, 珊瑚碧樹繞墙前. **過橋雲磬天台寺, 泊岸風帆日本船.** 龍女獻珠來供佛, 鮫人分席與參禪. 百年劫數如彈指, 眼見桑田幾變遷."

83) 양훈문(楊訓文)의 「채석(采石)」은 다음과 같다. "騎鯨仙人海上歸, 至今草木猶淸暉. **千山落日送樵笛, 萬里長風吹客衣.** 春空蛾眉浮翠黛, 夜光犀渚沈珠璣. 神遊故國應過此, 高蒙臨流知是非."

84) 양훈문(楊訓文)의 「강상(江上)」은 다음과 같다. "水國風高木葉霜, 滿舟山色入荒涼. **小孤殘照收江左, 大別寒煙鎖漢陽.** 新飯軟炊菰米白, 濁醪香泛菊花黃. 故鄕千里空回首, 雲樹茫茫鬢髮蒼."

85) 소고산(小孤山) : 일명 소고산(小姑山)이라고도 한다. 중국 강서성(江西省) 팽택

大別寒煙鎖漢陽　대별산86)의 차가운 연기는 한양을 감싸네.

주옥(舟屋) 곽문(郭文) 「등태화사(登太華寺)」의87)

湖勢欲浮雙塔去　호수의 형세는 두 탑까지 밀려올 듯

山形如湧五華來　산의 모습은 오화까지 솟구쳐 오르는 듯.

서수(徐璲) 「추일강관(秋日江館)」의88)

郢中白雪無人和　영 땅의 「백설부」는 화답하는 시인이 없고

湖上靑山有夢歸　호수가의 푸른 산으로 꿈속에 돌아가네.

우사(愚士) 당지순(唐之淳) 「장안유제(長安留題)」의89)

葡萄引蔓靑緣屋　포도는 넝쿨을 뻗혀 집을 푸르게 덮고

苜蓿垂花紫滿畦　거여목은 꽃을 드리워 밭두둑 붉게 만드네.

고관(顧觀) 「송인(送人)」의

重經白下橋邊路　다시 백하교 옆길을 지나니

현(彭澤縣) 북쪽 양자강에 있으며 대고산(大孤山)과 멀리서 서로 마주 보고 서 있
다. 송(宋)나라 구양수(歐陽脩)의 『귀전록(歸田錄)』에 자세한 내용이 실려 있다.
86) 대별산(大別山) : 형주(荊州)에 있다.
87) 곽문(郭文)의 「등태화사(登太華寺)」는 다음과 같다. "晚晴獨倚梅檀閣, 煙景蒼蒼一
望開. 湖勢欲浮雙塔去, 山形如擁五華來, 仙遊應有飛空鳥, 僧去寧無渡水杯. 不爲平
生仙骨在, 安能得上妙高臺."
88) 서수(徐璲)의 「추일강관(秋日江館)」은 다음과 같다. "水國天寒樹影稀, 西風又見鴈
南飛. 郢中白雪無人和, 江上靑山有夢歸. 獨對浮雲傷往事, 驚看秋草又斜暉. 十年浪
迹煙波外, 滿眼塵氛未拂衣."
89) 당지순(唐之淳)의 「장안유제(長安留題)」는 다음과 같다. "晚閣疎鐘午店雞, 客途
風物臁堪題. 蒲萄引蔓靑緣屋, 苜蓿垂花紫滿畦. 雁塔雨痕迷鳥篆, 龍池柳色送鶯啼.
前朝冠蓋多黃土, 翁仲凄涼石馬嘶."

頗憶玄都觀裏花　　자못 현도관안의 꽃이 생각나네.

고관(顧觀)「오강(吳江)」의[90]
鴻雁一聲天接水　　하늘이 물 닿는 곳에 외론 기러기 울음
蒹葭八月露爲霜　　이슬이 서리가 된 팔월의 갈대.

사행(士行) 장신(張紳)「호중관월(湖中觀月)」의[91]
地與樓臺相上下　　땅은 누대와 위아래이고
天隨星斗共沉浮　　하늘은 북두성과 함께 부침하네.

장신(張紳)「송인지안경(送人之安慶)」의[92]
年豊米穀上街賤　　풍년들어 미곡이 길거리에 넘치고
日落魚蝦入市鮮　　해가 지니 생선이 시장에 신선하네.

장원(長源) 포원(浦源)「송인(送人)」의[93]
雲邊路繞巴山色　　구름 끝의 길은 파산을 감돌고

---

90) 고관(顧觀)의「오강(吳江)」은 다음과 같다. "吳淞三萬六千頃, 震澤與之俱渺茫. **鴻雁一聲天接水, 蒹葭八月露爲霜.** 輕風漫颭漁郎笛, 落日偏驚估客航. 我亦年來倦游歷, 解纓隨處濯滄浪."

91) 장신(張紳)의「호중관월(湖中觀月)」은 다음과 같다. "銀波千頃照神州, 此夕人間別是秋. **地與樓臺相上下, 天隨星斗共沈浮.** 一塵不向空中住, 萬象都于物外求. 醉吸淸華遊碧落, 更于何處覓瀛洲."

92) 장신(張紳)의「송인지안경(送人之安慶)」은 다음과 같다. "舒州城在大江邊, 我昔過之曾繫船. **年豊米穀上街賤, 日落魚蝦入市鮮.** 山起正當官舍北, 潮來直到驛樓前. 知君此去紅蓮幕, 民訟無多但晝眠."

93) 포원(浦源)의「송인(送人)」은 다음과 같다. "長江風颭布帆輕, 西入莉門感客情. 三國已亡遺舊壘, 幾家猶在住荒城. **雲邊路遶巴山色, 樹裏河流漢水聲.** 若過旗亭多取醉, 不須弔古謾題名."

樹裏河流漢水聲　숲속 시내는 소리 내며 한수로 흘러드네.

포원(浦源) 「형문(荊門)」의

衣上暮寒吳苑雨　옷 위로 저물녘 한기 서린 오원의 비

馬頭秋色晉陵山　말머리에 가을 색 깊은 진릉의 산.

원공(元功) 사숙(謝肅) 「한신성(韓信城)」의[94]

天日可明歸漢志　하늘의 해는 한으로 돌아가는 뜻을 밝히고

風雲猶似下齊兵　풍운은 제에 항복한 병사 같네.

방행(方行) 「등진주산(登秦住山)」의[95]

採窮江海無靈藥　강해를 샅샅이 뒤져도 영약을 캐지 못하더니

歸到驪山有劫灰　여산으로 돌아오니 겁회[96]가 있구나.

구우(瞿佑) 「서사(書事)」의[97]

射虎何年隨李廣　언제나 호랑이 쏘던 이광을 따를까

---

94) 사숙(謝肅)의 「한신성(韓信城)」은 다음과 같다. “淮流浩蕩楚原平, 嘆息英雄不再生. **天日可明歸漢志, 風雲猶似下齊兵.** 千年城郭名空在, 百戰山河姓幾更. 還酹將軍一盃酒, 黃鸝碧草不勝情.”

95) 방행(方行)의 「등진주산(登秦住山)」은 다음과 같다. “此地曾經駐蹕來, 秦皇遺跡尙崔嵬. **採窮滄海無靈藥, 歸到驪山有劫灰.** 萬里黑風送鬼國, 一杯弱水隔蓬萊. 詩人弔古應多思, 落日高丘首重回.”

96) 겁회(劫灰): 불교 용어로, 세계가 파멸할 때 큰불이 일어나 타고 남은 재를 말한다. 한나라 무제(武帝) 때 곤명지(昆明池)를 축조하기 위해 땅을 파다가 밑에서 흑회(黑灰)가 나왔는데, 아무도 아는 사람이 없었다. 이에 동방삭(東方朔)이 요청하여 서역의 중에게 사람을 보내 알아보니, 천지가 다 타고 남은 재라고 답했다 한다.

97) 구우(瞿佑)의 「서사(書事)」는 다음과 같다. “過却春光獨掩門, 澆愁漫有酒盈樽. 孤燈聽雨心多感, 一劍橫秋氣尙存. **射虎何年隨李廣, 聞鷄中夜舞劉琨.** 平生家國縈橫抱, 濕盡靑衫總淚痕.”

聞雞中夜舞劉琨　　한밤중에 닭소리 듣고 유곤은 춤추었네.[98]

자우(子愚) 오철(吳哲) 「견흥(遣興)」의[99]

摩挲藥籠三年艾　　약주머니 속 삼 년 된 쑥을 어루만지며

濩落人實五石瓢　　인간 세상의 다섯 섬 표주박은 쓸모없구나.[100]

진여언(陳汝言) 「추야(秋夜)」의[101]

佳人擣練秋如水　　미인이 명주 두들기니 가을밤 강물처럼 흐르고

壯士吹笛月滿城　　장사가 피리 부니 달은 성에 가득하네.

---

98) 동진(東晉)의 유곤(劉琨)이 친구인 조적(祖逖)과 함께 한밤중에 닭소리를 듣고
　　잠에서 깨어 "이것은 불길한 소리가 아니다.[此非惡聲也]"라고 하면서 함께 춤을
　　추고는 군사들의 조련에 힘썼던 고사가 있다. 『세설신어(世說新語)』 「상예(賞譽)」
　　에 보인다.

99) 오철(吳哲)의 「견흥(遣興)」은 다음과 같다. "徒步何憂髀肉消, 賦歸無待楚辭招.
　　摩挲藥籠三年艾, 濩落人實五石瓢, 蓑笠雨淹滄海釣, 斧斤晴趁白雲樵. 遊仙枕上西池
　　月, 轉覺東華曙色遙."

100) 장자(莊子)의 친구 혜자(惠子)가 일찍이 장자에게 말하기를 "위왕이 나에게 큰
　　박씨 하나를 보내 주므로, 이것을 심었더니, 닷 섬들이 박이 열렸네. 그 속에다
　　음료수를 채우니 무거워서 들 수가 없었고, 다시 두 쪽으로 쪼개어 바가지를 만
　　들었으나 너무 넓어서 쓸 수가 없었네. 속이 텅 비어 크기는 했지만, 나는 아무
　　소용이 없어 부수어 버렸네.[魏王貽我大瓠之種, 我樹之成, 而實五石, 以盛水漿,
　　其堅不能舉也. 剖之以爲瓢, 則瓠落無所用, 非不呺然大也, 吾爲其無用而掊之.]"라
　　고 한 데 대하여, 장자가 말하기를 "지금 자네에겐 닷 섬들이 바가지가 있는데,
　　어찌하여 그것을 큰 통으로 만들어 강호에 띄울 생각은 하지 못하고, 그것이 너
　　무 커서 쓸 데가 없다고 걱정만 하는가.[今子有五石之瓠, 何不慮以爲大樽而浮乎江
　　湖, 而憂其瓠落無所容.]"라고 한 데서 온 말이다. 『장자(莊子)』 「소요유(逍遙遊)」
　　에 보인다.

101) 진여언(陳汝言)의 「추야(秋夜)」는 다음과 같다. "喔喔荒雞唱五更, 起瞻北極大星
　　明. **佳人擣練秋如水, 壯士吹笛月滿城,** 江海久慚生計拙, 干戈深動故園情. 尺書目斷
　　南來鴈, 悵望空令涕泗橫."

고문욱(顧文昱) 「백안(白雁)」의102)

錦瑟夜調冰作柱　비파를 밤에 연주하니 얼음이 기러기발에 생기고
玉關晨度雪沾衣　옥문관을 새벽에 지나니 눈이 옷을 적시네.

대신(大紳) 해진(解縉) 「만균간선생(挽筠澗先生)」의

山河百二歸眞主　산하는 난리 끝에 참된 군주에게 돌아가고
泉石東南隱少微　동남의 천석은 은자103)에게 돌아갔네.
黃菊花時高士醉　황국이 필 때 고사는 취하고
靑門瓜熟故侯歸　청문의 오이가 익을 때 옛 제후는 돌아가네.104)

허백(虛白) 호규(胡奎) 「송인지감주(送人之甘州)」의105)

馬援橐中無薏苡　마원의 전대에는 율무가 없고106)
張騫槎上有葡萄　장건의 뗏목에는 포도가 있네.107)

---

102) 고문욱(顧文昱)의 「백안(白雁)」은 다음과 같다. "萬里西風吹羽儀, 獨傳霜翰向南
　　飛. 蘆花映月迷淸影, 江水涵秋點素輝. 錦瑟夜調冰作柱, 玉關晨度雪沾衣, 天涯兄弟
　　離群久, 皓首江湖猶未歸."
103) 소미성(少微星) : 처사성(處士星)으로 처사를 가리킨다.
104) 진(秦)나라 광릉(廣陵) 사람 소평(邵平)이 동릉후(東陵侯)가 되었다가 진나라가
　　망하자 장안성(長安城) 동편에서 참외를 기르며 숨어 지냈다. 사람들은 그를 '종
　　과후(種瓜侯)'라 불렀다.
105) 호규(胡奎)의 「송인지감주(送人之甘州)」는 다음과 같다. "春寒初試越羅袍, 不惜
　　千金買寶刀. 馬援橐中無薏苡, 張騫槎上有葡萄. 崑崙西去黃河遠, 函谷東來紫氣高.
　　何事相逢又相別, 隴雲邊月夜勞勞."
106) 『후한서(後漢書)』「마원전(馬援傳)」에서 "마원이 교지(交趾)로 원정을 가서 율
　　무 종자를 수레에 싣고 돌아왔다. 사람들은 그것이 야광주가 들어있는 커다란
　　조개라고 비방했다."라고 했다.
107) 한 무제(漢武帝) 때 장건(張騫)이 서역에 사신으로 갔다가 돌아오면서 종자를
　　가져 왔다고 한다.

고병(高棅) 「의봉화조조대명궁(擬奉和早朝大明宮)」의108)

旌旗半卷天河落　은하수 질 때 깃발은 반쯤 감기고

閶闔平分曙色來　새벽이 다가올 때 대궐문은 열리네.

문안(文安) 왕영(王英) 「증이장군(贈李將軍)」의109)

夜斬單于冰上渡　밤에 선우 베러 얼음을 건너고

曉驅番馬雪中騎　새벽에 번마를 달려 눈 속에서 말 타네.

사복고(謝復古) 「의장안춘망(擬長安春望)」의110)

鶯聲盡入新豊樹　꾀꼬리 소리 신풍의 나무에 다 들어오고

柳色遙分太液波　버들색은 태액지의 물결을 멀리서 나누네.

패경(貝瓊) 「송왕극양(送王克讓)」의111)

白雪作花人面落　백설이 꽃이 되어 사람 얼굴에 떨어지고

靑山如鳳馬頭看　청산은 봉황 같아 말머리에서 바라보네.

---

108) 고병(高棅)의 「의봉화조조대명궁(擬奉和早朝大明宮)」은 다음과 같다. "明光漏盡
曉寒催, 長樂疎鐘度鳳臺. 月隱禁城雙闕逈, 雲迎仙仗九重開. 旌旗半捲天河落, 閶闔
平分曙色來. 朝罷珮聲花外轉, 回看佳氣滿蓬萊."

109) 왕영(王英)의 「증이장군(贈李將軍)」은 다음과 같다. "靑春玉帳樹牙旗, 蒲海風高
列陣時. 夜逐左賢氷上渡, 曉驅番馬雪中騎, 功存鐵券書丹字, 冠著金貂侍玉墀. 誰道
廉頗今白髮, 指揮猶可萬人師."

110) 사복고(謝復古)의 「의장안춘망(擬長安春望)」은 다음과 같다. "南山晴望鬱嵯峨,
上路春香御輦過. 天近帝城雙闕逈, 日臨仙仗五雲多. 鶯聲盡入新豊樹, 柳色遙分太液
波. 漢主離宮三十六, 樓臺處處起笙歌."

111) 패경(貝瓊)의 「송왕극양(送王克讓)」은 다음과 같다. "貂裘萬里獨衝寒, 舊是含香
漢署官. 白雪作花人面落, 靑山如鳳馬頭看, 關中相國資王猛, 海內蒼生問謝安. 應念
東南有遺佚, 采芝深谷尙盤桓."

유송(劉崧) 「기범실부(寄范實夫)」의[112]

林花落處頻中酒　숲의 꽃은 질 때 자주 술잔 들고
海燕飛時獨倚樓　바다제비는 날 때 홀로 누대에 기대네.

도근(陶瑾) 「산거(山居)」의[113]

江燕定巢來自熟　강가 제비는 익숙한 곳에 둥지 틀고
岩花落子結還稀　바위 꽃의 씨 떨어져 맺히기 더욱 어렵네.

감근(甘瑾) 「청명(清明)」의[114]

東風門巷桃花落　동풍이 문에 불어와 복사꽃 지고
流水池塘燕子飛　연못으로 흐르는 물을 제비가 차네.

감근(甘瑾) 「전당회고(錢唐懷古)」의[115]

秦關璧使星馳夕　진관에 구슬 사신 별처럼 내달리는 저녁[116]
漢苑銅仙露泣秋　한원에 구리 선인장 이슬 맞아 우는 가을.[117]

---

112) 유송(劉崧)의 「기범실부(寄范實夫)」는 다음과 같다. "細雨柴門生遠愁, 向來書帖
若爲酬. 林花落處頻中酒, 海燕飛時獨倚樓. 北郭晚晴山更遠, 南塘春盡水爭流. 可能
相別還相憶, 莫遣楊花笑白頭."

113) 도근(陶瑾)의 「산거(山居)」는 다음과 같다. "烟蘿寂寂蔭柴扉, 路入蒼苔一徑微.
江燕定巢來自熟, 巖花結子落還稀. 修琴有制先鈔譜, 沽酒無錢更典衣. 采藥山童終日
去, 夜深常與鶴同歸."

114) 감근(甘瑾)의 「청명(清明)」은 다음과 같다. "輕寒天氣半晴時, 隴麥畦桑綠漸肥.
誰與試煙傳蠟燭, 且謀沽酒典春衣. 東風門巷楊花落, 流水池塘燕子飛. 吟罷不堪搔短
髮, 杜鵑祇解促春歸."

115) 감근(甘瑾) 「전당회고(錢唐懷古)」는 다음과 같다. "咸洛彫殘幾百州, 中原誰切祖
生憂. 秦關璧使星馳夕, 漢苑銅仙露泣秋. 萬死奸諛和敵計, 百年臣子戴天讐. 欲從故
老詢遺事, 斗酒難澆磊碨愁."

116) 조(趙)나라 장군 인상여(藺相如)의 완벽(完璧) 고사를 인용하고 있다.

117) 한 무제(漢武帝)가 감로(甘露)를 받으려고 세웠던 두 선인장(仙人掌) 기둥을 말

왕열(王悅) 「관산월(關山月)」의[118]

| 漠北征人齊倚劍 | 사막의 북쪽에 수자리 병사 모두 칼에 기대고 |
| 城南思婦獨登樓 | 성의 남쪽에 임 생각 아낙은 홀로 누대에 오르네. |

증계(曾棨) 「유양회고(維揚懷古)」의[119]

| 玉樹聽殘猶有曲 | 옥수에서 희미하게 들리나 오히려 곡조가 있는데 |
| 錦帆歸去已無家 | 비단 돛배는 돌아가도 이미 집이 없네. |

오지순(吳志淳) 「춘유(春遊)」의[120]

| 燕來已覺社日近 | 제비 오니 사일[121]이 가까운지 알겠고 |
| 寒退始知春意深 | 추위 물러나니 봄기운 짙은 줄 아네. |

한다. 하늘에서 내리는 이슬을 받아먹으면 오래 산다는 방사(方士)의 말을 믿은 무제가 이슬을 받을 반[承露盤]을 높이 27길이나 되게 만들었다. 거기서 받은 이슬에 옥가루를 타서 마셨다고 한다.

[118] 왕열(王悅)의 「관산월(關山月)」은 다음과 같다. "漢月孤生瀚海頭, 迥臨荒野照邊州, 光殘金柝聲中曉, 暈滿雕弓影外秋. 塞北征人齊倚劍, 城南思婦獨登樓. 那堪今夜關山曲, 況有哀笳引淚流."

[119] 증계(曾棨)의 「유양회고(維揚懷古)」는 다음과 같다. "廣陵城裏昔繁華, 煬帝行宮接紫霞. 玉樹歌殘猶有調, 錦帆歸去已無家. 樓臺處處惟荒草, 風雨年年自落花. 古往今來多少恨, 只將哀怨付啼鴉."

[120] 오지순(吳志淳)의 「춘유(春遊)」는 다음과 같다. "山中蘭麝香滿林, 故人淸游能遠尋. 燕來已覺社日近, 寒退始知春意深. 山光入眼凝遠翠, 華影到湖生夕陰. 慈雲只尺不一去, 薄莫還家空復吟."

[121] 입춘(立春)이나 입추(立秋)가 지난 뒤, 다섯째의 무일(戊日)을 말하는데, 춘분의 것을 춘사(春社)라 하고 추분의 것을 추사(秋社)라 한다. 춘사에 제비가 돌아오고 추사에 제비가 떠난다고 한다.

자우(子羽) 임홍(林鴻) 「제중천누관도(題中天樓觀圖)」의[122]

樓當太乙星辰近　누대는 태을성을 마주하니 뭇별들이 가깝고
樹拂勾陳雨露香　나무는 구진대성까지 닿아 우로에 향기롭네.

임홍(林鴻) 「춘일유동원(春日遊東苑)」의[123]

堤柳欲眠鶯喚起　둑방의 버들은 자려 하나 앵무새가 불러 깨우고
宮花乍落鳥銜來　궁궐의 꽃은 지자마자 새가 물어 오네.

흠모(欽謨) 유창(劉昌) 「무제(無題)」의[124]

一春空自聞啼鳥　한 봄에 부질없이 새 우는 소리 듣는데
半夜誰來問守宮　깊은 밤에 누가 찾아와 독수공방을 묻네.

사현(思賢) 진관(陳觀) 「구일배이상유등고(九日陪李上猶登高)」의[125]

山雲映水搖秋色　산 구름이 물에 비춰 가을 경치 흔들리고
浦樹含風送晚涼　포구 나무 바람 머금어 저물녘 서늘함 보내네.

---

122) 임홍(林鴻)의 「제중천누관도(題中天樓觀圖)」는 다음과 같다. "海上仙山接混茫,
仙居遠在白雲鄕. 樓當太乙星辰近, 樹拂勾陳雨露香. 絳節馭風來阿母, 玉籟吹月醉周
王. 可憐八駿歸來晚, 蕭颯蛾眉兩鬢霜."

123) 임홍(林鴻)의 「춘일유동원(春日遊東苑)」은 다음과 같다. "長樂鐘鳴玉殿開, 千官
步輦出蓬萊. 已敎旭日催龍馭, 更借春流泛羽杯. 堤柳欲眠鶯喚起, 宮花乍落鳥銜來.
宸游好奏簫韶曲, 京國于今有鳳臺."

124) 유창(劉昌)의 「무제(無題)」는 다음과 같다. "簾幕深沉柳絮風, 象牀豹枕畫廊東.
一春空自聞啼鳥, 半夜誰來問守宮. 眉學遠山低晚翠, 心隨流水寄題紅. 十年不到門前
去, 零落棠梨野草中."

125) 진관(陳觀)의 「구일배이상유등고(九日陪李上猶登高)」는 다음과 같다. "百年能幾
遇重陽, 逐伴登高引興長. 邑宰喜陪元亮飮, 參軍那似孟嘉狂. 山雲映水搖秋色, 浦樹
含風送晚涼. 滿路黃花應笑我, 白頭猶自客他鄕."

희범(希範) 왕홍(王洪) 「만객(輓客)」의[126]

歸去天涯雙白髮　하늘가로 돌아가니 양 살쩍은 흰데

夢回江上一靑山　꿈속에서 강가 청산으로 돌아오네.

주류(朱琉) 「주효(舟曉)」의[127]

幾椽茅屋生春色　두어 서까래 초가집에 봄빛이 일어나니

無數桃花燒野村　무수한 복사꽃이 들녘 시골을 태우네.

모륜(牟倫)의 「별우(別友)」의[128]

天上故人靑眼在　장안의 벗들은 반갑게 대하는데

蜀中諸弟素書稀　촉중의 여러 제자들은 편지도 드물구나.

임원(任原) 「송서종사환해남(送舒從事還海南)」의[129]

珠崖日落天低海　아름다운 벼랑에 해가 지니 하늘은 바다에 낮고

銅柱雲寒雨過城　구리 기둥에 구름은 차니 비가 성을 지나네.[130]

---

126) 왕홍(王洪)의 「만객(輓客)」은 다음과 같다. "蚤從藩邸識天顔, 喜得功名半世間. **歸去天涯雙白鬢, 夢回江上一靑山,** 寒巖夜靜聞猿咳, 秋浦雲深見鶴還. 寂寞遺莊何處是, 數株烟柳夕陽間."

127) 주류(朱琉)의 「주효(舟曉)」는 다음과 같다. "鸂鶒將雛護石根, 莓苔綴縷雜衣痕. **幾椽茅屋生春色, 無數桃花燒野村,** 祈歲鄉儺簫鼓咽, 坐風舟子嘯歌喧. 蓬窓興劇誰憐我, 幾點靑峰映綠尊."

128) 모륜(牟倫)의 「별우(別友)」는 다음과 같다. "行行策馬去皇畿, 落木高原獨鳥飛. **天上故人靑眼在, 蜀中諸弟素書稀,** 秋風故隴雲連棧, 夜月淸笳霜滿衣. 白髮蕭蕭身萬里, 不知別後竟何依."

129) 임원(任原)의 「송서종사환해남(送舒從事還海南)」은 다음과 같다. "老逢離別倍傷情, 一騎臨秋復遠行. 客路驚心孤鴈影, 家林入夢斷猿聲. **珠崖日落天低海, 銅柱雲寒雨過城,** 翻憶舊遊多感慨, 獨嗟書劍誤儒生."

130) 『남사(南史)』에서, "임읍국(林邑國)의 남쪽 경계에 마원(馬援)이 두 개의 구리 기둥을 세워 한나라와의 경계임을 나타내었다."라 했다. 두보의 「제장오수(諸將

경기(景祺) 진정(陳禎) 「억소산우(憶蕭山友)」의[131]

石巖晝暖花偏好　　바위산 낮에 따뜻하니 꽃이 너무 아름답고

江樹春晴酒自香　　강가 나무에 봄 빛 비추니 술을 절로 향기롭네.

허빈(許彬)의 「송인섬서(送人陝西)」의[132]

黃河九曲天邊落　　황하의 아홉 구비는 하늘가로 흘러가고

華嶽三峰馬上來　　화악의 세 봉우리는 말 위로 다가오네.

곽등(郭登) 「송악정(送嶽正)」의[133]

靑海四年羈旅客　　청해에서 사 년을 떠도는 나그네

白頭雙淚倚門親　　흰 머리에 눈물 흘리며 문에서 기다리는 부모.

곡굉(谷宏) 「경화음(經華陰)」의[134]

遠道雁聲寒雨外　　차가운 비 너머로 멀리 가는 기러기 울고

離宮草色暮煙中　　저녁 안개 속에 이궁의 풀은 짙구나.

五首)」에서 "머리 돌려 남해의 구리 기둥 경계를 보니[回首扶桑銅柱標]"라 했다.

131) 진정(陳禎)의 「억소산우(憶蕭山友)」는 다음과 같다. "西風吹雨暗書房, 每憶蕭山
別意長. 馬駐西陵秋樹晚, 詩吟東浙夜窓涼. **石巖晝暖花空好, 江樹春晴酒自香.** 何日
南來重有約, 寒驢馱醉過錢塘."

132) 허빈(許彬)의 「송인섬서(送人陝西)」는 다음과 같다. "十載含香侍上台, 旬宣分陝
用奇才. **黃河九曲天邊落, 華岳三峰馬上來.** 長樂月明笳鼓靜, 終南雲斂障屛開. 行行
喜近重陽節, 黃菊飄香入酒杯."

133) 곽등(郭登)의 「송악정(送嶽正)」은 다음과 같다. "早登黃閣贊經綸, 欲報君恩敢愛
身. **靑海四年羈旅客, 白頭雙淚倚門親.** 鳴璫又喜趨仙仗, 補袞還思用舊臣. 謾道歸來
心便了, 天涯多少未歸人."

134) 곡굉(谷宏)의 「경화음(經華陰)」은 다음과 같다. "雲開太華倚三峯, 積翠遙連渭水
東. **遠塞鴈聲寒雨外, 離宮草色暮煙中.** 秦關日落行人少, 漢時天陰古戍空. 寂寂武皇
巡幸處, 祠前木葉起秋風."

곡굉(谷宏) 「등악양(登嶽陽)」의135)

| 中流雨散君山出 | 중류에 비가 개니 군산도(君山島)가 나타나고 |
| 故國風多夢澤寒 | 옛나라에 바람 많으니 운몽택이 차갑네. |

유적(劉績)136) 「기인(寄人)」의137)

| 歌鍾暗度新豊柳 | 울리는 종소리 은은하게 신풍의 버들에 들리고 |
| 遊騎晴驕上苑花 | 말 타고 맑은 날 상원의 꽃밭에서 으스대네. |

승려 내복(來復) 「기동정인(寄洞庭人)」의138)

| 丹壑泉春雲碓藥 | 붉은 골짜기 계곡은 물레방아의 약을 찧고 |
| 橘林風掃石床花 | 귤 숲의 바람은 석상의 꽃을 쓸어가네. |

장광계(張光啓) 「송인입촉(送人入蜀)」의139)

| 雲深蜀魄呼名語 | 구름 깊은데 두견새는 슬피 울며 |
| 月冷猿聲傍客啼 | 달이 차가워 손님 곁에서 잔나비 우네. |

---

135) 곡굉(谷宏)의 「등악양(登嶽陽)」은 다음과 같다. "對酒平臨百尺闌, 洞庭南望楚天寬. 中流雨散君山出, 故國風高夢澤寒. 帆掛夕陽鴻際沒, 波涵遙月鏡中看. 登臨最易輕軒冕, 惆悵滄浪羨釣竿."

136) 본문의 '鎦'는 '劉'의 오자이다.

137) 유적(劉績)의 「기인(寄人)」은 다음과 같다. "帝城佳氣接烟霞, 草色芊芊紫陌斜. 霽雪未消雙鳳闕, 春風先入五侯家. 歌鍾暗度新豊樹, 游騎晴驕上苑花. 獨有揚雄才思逸, 應傳麗句滿京華."

138) 내복(來復)의 「기동정인(寄洞庭人)」은 다음과 같다. "一舸南歸鬢欲華, 買山湖上臥煙霞. 尊如北海應多酒, 園擬東陵亦種瓜. 丹壑泉春雲碓藥, 橘林風掃石牀花. 傳家自與鄰翁異, 只說藏書有五車."

139) 장광계(張光啓)의 「송인입촉(送人入蜀)」은 다음과 같다. "回首鴿原感別離, 遠攜書劍上巴西. 雲深蜀魄呼名語, 月冷猿聲向客啼. 諸葛祠堂春草沒, 杜陵茅屋夕陽低. 相思亦有南來鴈, 莫道音書醉懶題."

요광효(姚廣孝)「기승(寄僧)」의140)

林封蘿屋長疑雨　숲에 넝쿨 집 올리니 비를 오래 걱정하고
泉響松岩半是風　시내는 솔과 바위에 울리니 바람이 부는가.

진지(振之) 안탁(安鐸)「등루(登樓)」의141)

青山遠戍寒煙積　변방 수루의 청산에 차가운 연기가 쌓이고
芳草平洲夕照多　잔잔한 모래톱 방초는 석양에 아름답네.

명고(明古) 사감(史鑒)「증별(贈別)」의142)

華髮鏡中看漸短　거울 속의 희끗한 머리는 볼수록 짧아지고
故人天際信全稀　하늘가의 벗은 소식이 전혀 없구나.
黃梅雨少河流澁　황매에 비가 적으니143) 물길은 막히고
綠樹陰多日景微　푸른 나무에 그늘 짙으니 햇빛이 적네.

시용장(時用章)「오중(吳中)」의

野店喚呼雙骰酒　들판 주점에서 와자지껄 투전하며 술 마시고
漁舟爭買四腮鱸　고깃배에선 농어를 다투어 파네.

---

140) 요광효(姚廣孝)의「기승(寄僧)」은 다음과 같다. "聞道瞻公如遠公, 一缾一鉢寄山
中. 林封蘿屋長疑雨, 泉響松巖半是風. 履破只緣行脚久, 囊空非爲作詩窮. 遙思短簿
祠前夜, 共聽寒鐘出澗東."

141) 안탁(安鐸)의「등루(登樓)」는 다음과 같다. "宦遊歲月易蹉跎, 對景其如感慨何.
黃鶴不來仙已去, 古樓猶在客重過. 青山遠戍寒煙積, 芳草平洲夕照多. 此日獨吟傷往
事, 長江渺渺水空波."

142) 사감(史鑒)의「증별(贈別)」은 다음과 같다. "一樽相對思依依, 老大空悲始願違.
華髮鏡中看漸短, 故人天際信全稀, 黃梅雨少河流澁, 綠樹陰多日影微. 欲把漁竿江海
上, 却愁風浪濕荷衣."

143) 황매우(黃梅雨)는 매실나무의 열매가 누렇게 익을 무렵에 내리는 비라는 뜻으
로 '장마'를 이르는 말이다.

문안(文安) 유정지(劉定之) 「영종만시(英宗挽詩)」의[144]

天傾玉蓋旋從北　하늘은 옥개를 기울였다가 북으로부터 돌아오고
日昃金輪却復中　해는 바퀴[145] 기울였다 곧 가운데로 돌아오네.

계남(啓南) 심주(沈周) 「종군(從軍)」의[146]

匈奴久自忘甥舅　흉노와 오래전부터 사위와 장인 관계 잊으니
僕射今誰托弟兄　복야는 지금 뉘 집 형제에게 맡겨졌는가.
雲外旌旗娑勒渡　구름 너머 깃발은 사근도에 펄럭이고
月中刁斗受降城　달빛 아래 조두[147]는 수항성에 울리네.

동전(東田) 마중석(馬中錫) 「유감(有感)」의[148]

衰信已憑雙鬢寄　늙은 소식은 이미 귀밑머리로 알고
世緣聊作一枰看　세상일은 에오라지 바둑판에서 보네.

---

144) 유정지(劉定之)의 「영종만시(英宗挽詩)」는 다음과 같다. "睿皇厭代返仙宮, 武烈
文謨有祖風. 享國卅年高帝並, 臨朝八閏太宗同. 天傾玉盖旋從北, 日昃金輪却復中.
賜第初元臣老朽, 受恩未報泣遺弓."

145) 금륜(金輪)은 해의 다른 이름이다.

146) 심주(沈周)의 「종군(從軍)」은 다음과 같다. "馬上黃沙拂面行, 漢家何日不勞兵.
匈奴久自忘甥舅, 僕射今誰托父兄. 雲外旌旗婆勒渡, 月中刁斗受降城, 左賢早待長繩
縛, 莫遣論功白髮生."

147) 옛날에 군에서 냄비와 징의 겸용으로 쓰던 기구이다. 낮에는 취사할 때, 밤에는
진지의 경계를 위하여 두드리는 데 썼다.

148) 마중석(馬中錫)의 「유감(有感)」은 다음과 같다. "矮窓缺月照人寒, 殘雪留簷凍水
乾. 衰信已憑雙鬢寄, 世緣聊作一枰看. 斜封官好空批敕, 神武門高未挂冠. 慆却登山
與臨水, 十年騎馬走長安."

동헌(童軒) 「구일(九日)」의[149]

黃菊酒香人病後　황국주는 향기로운데 사람은 병이 들고

白蘋風冷雁來時　흰 마름에 바람 차가우면 기러기 올 때라네.

충선(忠宣) 유대하(劉大夏) 「유서산(遊西山)」의[150]

幾處白雲前代事　두어 곳의 흰 구름은 전시대의 일이요

數村流水野人家　서너 마을에 흐르는 물은 들사람의 집이네.

문정(文定) 오관(吳寬) 「유동원(遊東園)」의[151]

繁花落盡留紅藥　많은 꽃 다 진 뒤 홍약만 남고

新筍叢生帶綠苔　새 죽순은 떨기로 자라 푸른 이끼 끼었네.

태복(太僕) 문림(文林) 「주중유회(舟中有懷)」의[152]

相思人在靑山外　그리는 사람은 청산 너머에 있으니

盡日舟行細雨中　가랑비 사이로 종일 배를 젓네.

---

149) 동헌(童軒)의 「구일(九日)」은 다음과 같다. "蕭蕭木葉下高枝, 又是深秋九月期. **黃菊酒香人病後, 白蘋風冷鴈來時.** 參軍帽落誰同調, 宋玉詩成益自悲. 有約不能逢一笑, 看山窓下獨搘頤."

150) 유대하(劉大夏)의 「유서산(遊西山)」은 다음과 같다. "曉來聯騎踏晴沙, 風景蒼蒼一望賖. **幾處白雲前代寺, 數村流水野人家.** 鶯啼別墅春猶在, 馬到西山日未斜. 回首不知歸路遠, 九重宮殿隔煙霞."

151) 오관(吳寬)의 「유동원(遊東園)」은 다음과 같다. "百畝園依淸廟開, 去年首夏憶曾來. **繁花盡落留紅藥, 新筍叢生帶綠苔.** 北闕倚雲通劍珮, 南宮隔水見亭臺. 令人又作山林想, 況有蕭蕭白髮催."

152) 문림(文林)의 「주중유회(舟中有懷)」는 다음과 같다. "渺渺長波映遠空, 依依新柳颺春風. **相思人在靑山外, 盡日舟行細雨中.** 汲黯身爲漢廷重, 杜陵詩到錦城工. 天王明聖江湖遠, 贏得驅馳兩鬢蓬."

조관(趙寬) 「우성(偶成)」의153)

枯木嗒然聊隱幾   우두커니 선 고목은 에오라지 기미를 숨기고
飛蓬搔盡不勝簪   뒤엉킨 머리 긁으니 비녀를 견디지 못하네.

정소(廷韶) 진기(秦夔) 「화인(和人)」의

羅雀已空廷尉宅   참새 그물 벌리니 이미 정위 댁은 비었고 154)
沐猴誰制楚人冠   원숭이 목욕시키니 누가 초인의 관을 만들었나.155)

웅봉(熊峰) 석보(石寶) 「조조(早朝)」의156)

煙靄著衣如過雨   이내와 아지랑이 옷을 적시니 비를 맞은 듯
御溝搖月欲生潮   대궐 하천에 달 흔들리니 파도가 이는 듯.

---

153) 조관(趙寬)의 「우성(偶成)」은 다음과 같다. "何處蕭蕭暝色侵, 海雲將雨過寒林. 間關旅雁天涯路, 寂歷啼蛩歲暮心. <u>槁木嗒然聊隱几, 飛蓬搔盡不勝簪,</u> 松垣深掩黃昏靜, 惟有爐薰對苦吟."

154) 세력이 있으면 빌붙고 권세가 없어지면 푸대접하는 염량세태(炎涼世態)를 가리키는 말이다. 한나라 적공(翟公)이 정위(廷尉)로 있을 때에는 찾아오는 사람들이 문전성시를 이루다가 관직을 그만두자 "대문 앞에 새 잡는 그물을 칠 정도가 되었는데[門外可設雀羅]", 다시 정위로 복귀하자 사람들이 예전처럼 몰려오니 책공이 대문에 "한 번 죽고 한 번 삶에 친구의 정을 알고, 한 번 가난하고 한 번 부유함에 친구의 태도를 알고, 한 번 천하고 한 번 귀해짐에 친구의 속마음이 그대로 드러난다.[一死一生, 乃知交情, 一貧一富, 乃知交態, 一貴一賤, 交情乃見.]"라고 써 붙였다는 이야기가 전한다. 『사기(史記)』「급정열전(汲鄭列傳)」에 보인다.

155) 항우(項羽)가 진나라 궁궐을 모두 불태우고는 고향으로 돌아갈 생각을 하며 "부귀해지고 나서 고향에 돌아가지 않는다면 비단옷을 입고 밤에 돌아다니는 것과 같으니 누가 알아주겠는가."라고 하자, 유세하는 자가 "초나라 사람은 원숭이를 목욕시키고 갓을 씌워 놓은 것과 같다고 하더니, 그 말이 사실이로구나.[人言楚人沐猴而冠耳, 果然.]"라고 했는데, 항우가 이 말을 듣고는 그를 삶아 죽였다는 고사가 전한다. 『사기(史記)』「항우본기(項羽本紀)」에 보인다.

156) 석보(石寶)의 「조조(早朝)」는 다음과 같다. "蓬萊宮闕玉爲橋, 曳履年年侍早朝. <u>煙靄著衣如過雨, 御溝搖月欲生潮,</u> 未排闆闔心猶壯, 纔望金莖渴已消. 奏罷從容過東觀, 五雲隱隱聽吹簫."

단구(單句)를 들어보면,

남안(南安) 장필(張弼) 「과강(過江)」의157)

六朝遺恨曉山靑   육조의 남은 한에 새벽 산은 푸르네.

공부(工部) 소규(邵珪)의

半江帆影落樽前   강 중간의 돛배 그림자가 술동이에 떨어지네.

이러한 시어들은 홍치(弘治)와 정덕(正德) 연간(1488~1521)에 들어오
면 다시 지을 수 없다. 정원(貞元)과 장경(長慶) 연간(785~824)과 비교해
도 또한 부끄럽지 않다.

七言律至何李始暢, 然曩時亦有一二佳者. 如高季迪送沈左司, 函關
月落聽雞度, 華嶽雲開立馬看. 京師秋興, 伎同北郭知應濫, 俸比東方愧
己多. 梁寺鍾來殘月落, 漢宮砧斷早鴻過. 送鄭都司, 賜履已分無棣遠,
舞戈還見有苗來. 送行邊, 兵馳空壁三千幟, 客宴高堂十萬錢. 西塢, 松
風吹壁鶴瓵墮, 梅雨過溪魚子生. 謝送酒, 欲沽百錢不易得, 忽送一壺殊
可憐. 梳頭好鳥語窗下, 洗盞流水到門前. 梅花, 雪滿山中高士臥, 月明
林下美人來. 簾外鍾來初月上, 燈前角斷忽霜飛. 不共人言惟獨笑, 忽疑
君到正相思. 清明, 白下有山皆繞郭, 清明無客不思家. 郭子章, 家在淮
南青桂老, 門臨湖水白蘋深. 王忠文憶蕭山, 夕陽玄度飛輪塔, 曉雨文通
夢筆橋. 劉誠意侍宴, 萬里玉關傳露布, 九霄金闕絢雲旗. 又夜永星河低
半樹, 天清猿鶴響空山. 宋潛溪送張翰林歸娶, 紅錦裁雲朝奠雁, 紫簫吹

---

157) 장필(張弼)의 「과강(過江)」은 다음과 같다. "篷底茶香酒夢醒, 大江風急正揚舲.
浪花作雨汀烟濕, 沙鳥迎人水氣腥. 三國舊愁春草碧, 六朝遺恨曉山靑, 不知別後東湖
上, 誰愛菱歌倚棹聽."

月夜乘鸞. 袁海叟白燕, 月明漢水初無影, 雪滿梁園尚未歸. 楊按察春
草, 六朝舊恨斜陽外, 南浦新愁細雨中. 孫左司遊仙, 天與數書皆鳥跡,
家傳一劍是龍精. 董良史海屋, 過橋雲磬天台寺, 泊岸風帆日本船. 楊訓
文采石, 千山落日送樵笛, 萬里長風吹客衣. 又江上, 小孤殘照收江左,
大別寒煙鎖漢陽. 郭舟屋登太華寺, 湖勢欲浮雙塔去, 山形如湧五華來.
徐璲, 郢中白雪無人和, 湖上青山有夢歸. 唐愚士, 葡萄引蔓青緣屋, 苜
蓿垂花紫滿畦. 顧觀送人, 重經白下橋邊路, 頗憶玄都觀裏花. 又吳江,
鴻雁一聲天接水, 蒹葭八月露爲霜. 張士行湖中觀月, 地與樓臺相上下,
天隨星斗共沉浮. 又送人之安慶, 年豐米穀上街賤, 日落魚蝦入市鮮. 浦
長源送人, 雲邊路繞巴山色, 樹裏河流漢水聲. 又衣上暮寒吳苑雨, 馬頭
秋色晉陵山. 謝元功韓信城, 天日可明歸漢志, 風雲猶似下齊兵. 方行登
秦住山, 探窮江海無靈藥, 歸到驪山有劫灰. 瞿佑書事, 射虎何年隨李
廣, 聞雞中夜舞劉琨. 吳子愚遣興, 摩挲藥籠三年艾, 漢落人寰五石瓢.
陳汝言秋夜, 佳人搗練秋如水, 壯士吹笳月滿城. 顧文昱白雁, 錦瑟夜調
冰作柱, 玉關晨度雪沾衣. 解大紳挽筠澗先生, 山河百二歸眞主, 泉石東
南隱少微. 黃菊花時高士醉, 青門瓜熟故侯歸. 胡虛白送人之甘州, 馬援
囊中無薏苡, 張騫槎上有葡萄. 高棅, 旌旗半卷天河落, 閶闔平分曙色
來. 王文安贈李將軍, 夜斬單于冰上渡, 曉驅番馬雪中騎. 謝復古, 鶯聲
盡入新豐樹, 柳色遙分太液波. 貝瓊, 白雪作花人面落, 青山如鳳馬頭
看. 劉崧, 林花落處頻中酒, 海燕飛時獨倚樓. 陶瑾山居, 江燕定巢來自
熟, 岩花落子結還稀. 甘瑾, 東風門巷桃花落, 流水池塘燕子飛. 又錢唐
懷古, 秦關璧使星馳夕, 漢苑銅仙露泣秋. 王悅關山月, 漢北征人齊倚
劍, 城南思婦獨登樓. 曾棨維揚懷古, 玉樹聽殘猶有曲, 錦帆歸去已無
家. 吳志淳, 燕來已覺社日近, 寒退始知春意深. 林子羽, 樓當太乙星辰
近, 樹拂勾陳雨露香. 又 堤柳欲眠鶯喚起, 宮花乍落鳥銜來. 劉欽謨, 一

春空自聞啼鳥, 半夜誰來問守宮. 陳思賢, 山雲映水搖秋色, 浦樹含風送
晚涼. 王希範餞客, 歸去天涯雙白髮, 夢回江上一青山. 朱琉舟曉, 幾椽
茅屋生春色, 無數桃花燒野村. 牟倫別友, 天上故人青眼在, 蜀中諸弟素
書稀. 任原送舒從事還海南, 珠崖日落天低海, 銅柱雲寒雨過城. 陳景祺
憶蕭山友, 石岩晝暖花偏好, 江樹春晴酒自香. 許彬送人陝西, 黃河九曲
天邊落, 華嶽三峰馬上來. 郭登送嶽正, 青海四年羈旅客, 白頭雙淚倚門
親. 谷宏經華陰, 遠道雁聲寒雨外, 離宮草色暮煙中. 又登嶽陽, 中流雨
散君山出, 故國風多夢澤寒. 鑭績寄人, 歌鍾暗度新豊柳, 遊騎晴驕上苑
花. 僧來復寄洞庭人, 丹過於泉春雲碓藥, 橘林風掃石床花. 張光啓送人
入蜀, 雲深蜀魄呼名語, 月冷猿聲傍客啼. 姚廣孝寄僧, 林封蘿屋長疑
雨, 泉響松岩半是風. 晏振之登樓, 青山遠戍寒煙積, 芳草平洲夕照多.
史明古贈別, 華髮鏡中看漸短, 故人天際信全稀. 黃梅雨少河流澁, 綠樹
陰多日景微. 時用章吳中, 野店喚呼雙骰酒, 漁舟爭買四腮鱸. 劉文安英
宗挽詩, 天傾玉蓋旋從北, 日昃金輪却復中. 沈啓南從軍, 匈奴久自忘甥
舅, 仆射今誰托弟兄. 雲外旌旗娑勒渡, 月中刁鬥受降城. 馬東田有感,
袁信已憑雙鬢寄, 世緣聊作一杯看. 童軒九日, 黃菊酒香人病後, 白蘋風
冷雁來時. 劉忠宣遊西山, 幾處白雲前代事, 數村流水野人家. 吳文定遊
東園, 繁花落盡留紅藥, 新筍叢生帶綠苔. 文太僕, 相思人在青山外, 盡
日舟行細雨中. 趙寬偶成, 枯木嗒然聊隱幾, 飛蓬撦盡不勝簪. 秦廷韶和
人, 羅雀已空廷尉宅, 沐猴誰制楚人冠. 石熊峰早朝, 煙靄著衣如過雨,
御溝搖月欲生潮. 單句, 如張南安, 六朝遺恨曉山青. 邵工部, 半江帆影
落樽前. 此等語入弘正間不復可辨, 參之貞元長慶, 亦無愧色.

5-7. 명대 오언율시의 명구(名句)들

오언율시 중에 청아(淸雅)한 구절은 다음과 같다.

유기(劉基) 「태공조위도(太公釣渭圖)」의158)

| 浮雲看富貴 | 부귀를 뜬 구름처럼 보노니 |
| 流水澹鬚眉 | 물에 비친 흰 수염도 담담하여라. |

유기(劉基) 「강촌잡시(江村雜詩)」의159)

| 已歸仍似客 | 돌아왔는데도 길손 같으며 |
| 投老漸如僧 | 늙어가매 점차 스님 같아라. |

왕의(王褘) 「송허시용귀월(送許時用歸越)」의160)

| 老來諸事廢 | 늙어가매 모든 일 그만두고 |
| 歸去此身全 | 돌아가 그 몸 온전히 하네. |

고계(高啓) 「강상답서경견증(江上答徐卿見贈)」의161)

| 往事愁人問 | 지난 일 근심스레 물어보고 |
| 虛名畏客稱 | 헛된 명성에 나그네 칭송 두려워라. |

---

158) 유기(劉基)의 「태공조위도(太公釣渭圖)」는 다음과 같다. "璇室群酣夜, 璜溪獨釣時. **浮雲看富貴, 流水澹鬚眉.** 偶應非熊兆, 尊爲帝者師. 軒裳如固有, 千載起人思."

159) 유기(劉基)의 「강촌잡시(江村雜詩)」는 다음과 같다. "判醉望愁醒, 愁因醉轉增. **已歸仍似客, 投老漸如僧.** 詩興風樓笛, 棋聲雪舫燈. 莫言渾不解, 此事野夫能."

160) 왕의(王褘)의 「송허시용귀월(送許時用歸越)」은 다음과 같다. "舊擢庚寅第, 新題甲子篇. **老來諸事廢, 歸去此身全.** 煙樹藏溪館, 霜禾被石田. 鑑湖求一曲, 吾計尙茫然."

161) 고계(高啓)의 「강상답서경견증(江上答徐卿見贈)」은 다음과 같다. "煙樹近松陵, 扁舟晚獨乘. 江黃連渚霧, 野白滿田冰. **往事愁人問, 虛名畏客稱.** 無才任蕭散, 敢望鶴書徵."

당숙(唐肅) 「숙진경암(宿眞慶庵)」의162)

雨花知佛境　　꽃비에 불가의 경계 알겠고

流水識禪心　　흐르는 물에 선심을 깨닫노라.

남간(藍澗) 「추석회장산인(秋夕懷張山人)」의163)

涼風動疏竹　　가을바람이 성긴 대나무 흔들고

明月在高樓　　맑은 달은 높은 누대에 있으리.

왕의(王誼) 「구일계산회고(九日稽山懷古)」의164)

聖代身全老　　태평시절 편안히 늙어가는데도

秋天景易悲　　가을이라 쉬이 서글퍼지노라.

유숭(劉崧) 「장씨계정잡흥(張氏溪亭雜興)」의165)

霜林收橘柚　　숲에 서리 내리자 유자를 수확하고

風磴坐莓苔　　돌다리에 바람 일자 이끼 위에 앉노라.

---

162) 당숙(唐肅)의 「숙진경암(宿眞慶庵)」은 다음과 같다. "落日古城陰, 蕭蕭竹樹深. <u>雨花知佛境, 流水識禪心.</u> 月到翻經榻, 苔緣掛壁琴. 不因支許輩, 那得遂幽尋."

163) 남간(藍澗)의 「추석회장산인(秋夕懷張山人)」은 다음과 같다. "鼓角邊聲壯, 林塘夜色幽. <u>涼風動疎竹, 明月在高樓.</u> 久客形容老, 孤城戰伐愁. 不眠懷魏闕, 長嘯拂吳鉤."

164) 왕의(王誼)의 「구일계산회고(九日稽山懷古)」는 다음과 같다. "山水自如昨, 古人今復誰. 雲烟謝家墅, 松栢禹陵祠. <u>聖代身全老, 秋天景易悲.</u> 無將搖落意, 相對菊花枝."

165) 유숭(劉崧)의 「장씨계정잡흥(張氏溪亭雜興)」은 다음과 같다. "草閣經秋淨, 柴扉近水開. <u>霜林收橘柚, 風磴坐莓苔.</u> 釣艇寒初放, 樵歌晚獨回. 城南車馬地, 欲往更徘徊."

양사기(楊士奇) 「부득창랑송인지양양(賦得滄浪送人之襄陽)」의[166]

| 分符來五馬 | 벼슬하러 다섯 말이 오니 |
| 如練照雙旌 | 마치 명주처럼 두 깃발 빛나누나. |

왕칭(王偁) 「송하정간숙이산난약(送夏廷簡宿怡山蘭若)」의[167]

| 一燈今夜雨 | 오늘밤 외론 등불 아래 비 내리니 |
| 千里故人心 | 천 리 밖 친구 생각이네. |

진련(陳璉) 「석경루(夕景樓)」의[168]

| 樹從京口斷 | 경구 밖으로 나오니 나무는 없고 |
| 山到海門稀 | 해문에 이르니 산도 드물어라. |

여확(黎擴) 「서패초당위여릉송내한부(西壩草堂爲廬陵宋內翰賦)」의[169]

| 野蠶成繭盡 | 들 누에로 고치를 모두 만들고 |
| 江燕引雛回 | 강 제비는 새끼 데리고 돌아오네. |

---

166) 양사기(楊士奇)의 「부득창랑송인지양양(賦得滄浪送人之襄陽)」은 다음과 같다.
　　"漢水帶襄城, 滄浪舊有名. **分符來五馬, 如練照雙旌**, 濟涉思爲楫, 聽歌想濯纓. 須令
　　郡人說, 堪比使君淸."

167) 왕칭(王偁)의 「송하정간숙이산난약(送夏廷簡宿怡山蘭若)」은 다음과 같다. "別
　　路繞珠林, 秋來落葉深. **一燈今夜雨, 千里故人心**, 已覺空門幻, 還驚旅況侵. 坐聞鐘
　　鼓曙, 離思轉沈沈."

168) 진련(陳璉)의 「석경루(夕景樓)」는 다음과 같다. "獨倚闌干久, 涼風滿客衣. **樹從
　　京口斷, 山到海門稀**, 雁影橫秋色, 蟬聲送夕暉. 蕪城纔咫尺, 樓堞望中微."

169) 여확(黎擴)의 「서패초당위여릉송내한부(西壩草堂爲廬陵宋內翰賦)」는 다음과 같
　　다. "聞說西谿上, 春風小院開. **野蠶成繭盡, 江燕引雛回**, 竹裏圍碁局, 荷香沁酒杯.
　　晚涼疎雨過, 隨意步蒼苔."

이정(李禎) 「송주수재유장사(送周秀才遊長沙)」의170)

亂山黃葉寺　　어지러운 산에 누런 잎 지는 절
孤棹白蘋洲　　외론 배 있는 흰 마름 핀 물가.

장영(張寧) 「제요공수산수(題姚公綏山水)」의171)

啼鳥醒人夢　　새 지저귀어 잠을 깨고
流泉淨客心　　흐르는 샘에 길손 마음 깨끗해지네.

녹서고(逯西皐) 「장행중상증(張行中甞贈)」의172)

身世雙蓬鬢　　양 머리털은 희게 새었고
功名一釣竿　　공명은 낚싯대에 매달려 있네.

왕공(王恭) 「한촌은자(寒村隱者)」의173)

古路無行客　　옛 길에 다니는 사람 없고
閑門有白雲　　한가로운 문엔 흰 구름 걸렸어라.

---

170) 이정(李禎)의 「송주수재유장사(送周秀才遊長沙)」는 다음과 같다. “迢遞長沙道, 蕭條歲晏遊. **亂山黃葉寺, 孤棹白蘋洲.** 夕鳥衝船過, 寒波背郭流. 毋論卑暑地, 賈傅昔曾留.”

171) 장영(張寧)의 「제요공수산수(題姚公綏山水)」는 다음과 같다. “幽意寫不盡, 萬山深更深. 白雲無出處, 綠樹漫成林. **啼鳥醒人夢, 流泉淨客心,** 何當隨釣艇, 看奕草堂陰.”

172) 녹서고(逯西皐)의 「장행중상증(張行中甞贈)」은 다음과 같다. “無官貧亦樂, 有暇趣偏寬. **身世雙蓬鬢, 功名一釣竿.** 透窗蟾影淡, 落枕鴈聲寒. 猶恐梅開早, 扶筇雪裏看.”

173) 왕공(王恭)의 「한촌은자(寒村隱者)」는 다음과 같다. “谷口微霜度, 寒村獨見君. 西風見蕭瑟, 落葉不堪聞. **古路無行客, 閑門有白雲,** 爲憐幽處好, 不忍更輕分.”

왕면(王冕) 「서회(書懷)」의[174]

聽雨愁如海　　빗소리 들리니 바다처럼 근심 가득하고
懷人夜似年　　그리움에 하룻밤은 일 년 같네.

장우(張羽) 「시궁(詩窮)」의[175]

已知如意事　　마음먹은 것을 이미 알았노니
不逐苦吟人　　괴롭게 읊조리길 마다 않으리.

첨동(詹同) 「기방호도인(寄方壺道人)」의[176]

臥雲歌酒德　　구름에 누워 주덕송을 읊조리고
對雨著茶經　　빗속에 다경을 짓노라.

고계(高啓) 「기희공(寄喜公)」의[177]

野岸隨流曲　　들 언덕은 물길 따라 굽어있고
山門隱樹深　　절문은 깊은 숲에 숨어 있어라.

왕의(王誼) 「구일계산회고(九日稽山懷古)」의[178]

雲煙謝家墅　　안개 이내 낀 사씨의 집

---

174) 왕면(王冕)의 「서회(書懷)」는 다음과 같다. "世情多曲折, 客況自堪憐. **聽雨愁如海, 懷人夜似年,** 草肥燕地馬, 花老蜀山鵑. 冷澹無歸計, 蒼苔滿石田."
175) 장우(張羽)의 「시궁(詩窮)」은 다음과 같다. "道在何妨拙, 身安一任貧. **已知如意事, 不逐苦吟人,** 瀑布空山月, 梅花破屋春. 奚囊有佳句, 未肯寄朝紳."
176) 첨동(詹同)의 「기방호도인(寄方壺道人)」은 다음과 같다. "海上神仙館, 天邊處士星. **臥雲歌酒德, 對雨著茶經,** 石洞龍噓氣, 松巢鶴隆翎. 都將金玉句, 一一寫空青."
177) 고계(高啓)의 「기희공(寄喜公)」은 다음과 같다. "禪居紫閣陰, 欲去問安心. **野岸隨流曲, 山門隱樹深,** 千燈燃雨塔, 一磬出風林. 想見跏趺處, 雲多不可尋."
178) 왕의(王誼)의 「구일계산회고(九日稽山懷古)」는 다음과 같다. "山水自如昨, 古人今復誰. **雲烟謝家墅, 松柏禹陵祠,** 聖代身全老, 秋天景易悲. 無將搖落意, 相對菊花枝."

松柏禹陵祠　　　소나무 잣나무의 우릉의 사당.

감근(甘瑾) 「제장씨죽원별업(題張氏竹園別業)」의179)

避難疏狂客　　　어지러운 세상 피한 미치광이로
長貧少定居　　　오래도록 빈곤하다 작은 거처 정했네.

원개(袁凱) 「사주서회(泗州書懷)」의180)

酒盡尋僧舍　　　술 다 마시고 절을 찾다가
書來問客船　　　편지 오자 나그네 배 묻노라.

유병(劉炳) 「교거잡흥(郊居雜興)」의181)

泉聲溪碓急　　　샘 소리에 물레방아 재빠르고
山色野墻低　　　산색은 들판 담장 아래 드리웠네.

당숙(唐肅) 「유송년선거도(劉松年仙居圖)」의182)

鳥靑呼作使　　　푸른 새 불러 사신을 삼고
鶴白養成群　　　흰 학 길러 무리를 이루었구나.

---

179) 감근(甘瑾)의 「제장씨죽원별업(題張氏竹園別業)」은 다음과 같다. "避難疏狂客,
長貧少定居. 採芝空有曲, 種樹豈無書. 擬製東山屐, 看馳下澤車. 肯容疎懶迹, 來與
狎樵漁."
180) 원개(袁凱)의 「사주서회(泗州書懷)」는 다음과 같다. "白髮三吳客, 淸秋泗水邊.
官途隨老馬, 歸夢逐風鳶. 酒盡尋僧舍, 書來問客船. 淮南與淮北, 漂泊過年年."
181) 유병(劉炳)의 「교거잡흥(郊居雜興)」은 다음과 같다. "桃李漫成蹊, 茅堂習隱棲.
泉聲溪碓急, 山色野牆低. 相領原非燕, 圍腰底用犀. 不嫌生理拙, 抱甕灌吾畦."
182) 당숙(唐肅)의 「유송년선거도(劉松年仙居圖)」는 다음과 같다. "曾出大茅君, 峰頭臥
古雲. 鳥靑呼作使, 鶴白養成群, 客較丹砂法, 童窺玉券文. 近來煙火斷, 花氣作爐醺."

원개(袁凱) 「객중제석(客中除夕)」의[183]

看人兒女大	계집 아이 큰 것을 보니
爲客歲年長	나그네 생활한 지 오래되었구나.

진여언(陳汝言) 「추흥(秋興)」의[184]

月從今夜滿	오늘 밤에 달은 가득 찼는데
人在異鄕看	나그네로 타향에 있어라.

왕칭(王偁) 「송이교위치사환강좌(送李校尉致仕還江左)」의[185]

功成百戰後	백 번 싸운 후에 공 이루었는데
老去一身輕	늙어감에 한 몸뚱이는 가볍다네.

유환(劉渙) 「송당생종군관합(送唐生從軍關陜)」의[186]

鄕淚看花落	고향 생각 눈물에 꽃 지는 걸 보고
愁腸縱酒寬	근심을 술 마시며 풀어보네.

---

183) 원개(袁凱)의 「객중제석(客中除夕)」은 다음과 같다. "今夕爲何夕, 他鄕說故鄕. **看人兒女大, 爲客歲年長.** 戎馬無休歇, 關山正渺茫. 一杯栢葉酒, 不敵淚千行."

184) 진여언(陳汝言)의 「추흥(秋興)」은 다음과 같다. "萬里浮雲盡, 孤城畫角殘. **月從今夜滿, 人在異鄕看.** 隱隱關山遠, 淒淒風露寒. 客愁難爲減, 應賴酒杯寬."

185) 왕칭(王偁)의 「송이교위치사환강좌(送李校尉致仕還江左)」는 다음과 같다. "雄劍委龍鳴, 關河白發生. **功成百戰後, 老去一身輕.** 夜月桓伊笛, 秋風驃騎營. 燕歌何處寫, 曲罷有餘情."

186) 유환(劉渙)의 「송당생종군관합(送唐生從軍關陜)」은 다음과 같다. "身逐征西將, 休歌行路難. 鳴弓霜力勁, 舞劍雪稜寒. **鄕淚看花落, 愁腸縱酒寬.** 少年曾許國, 直擬斬樓蘭."

유자견(劉仔肩) 「별서만청여영수구립(別墅晚晴與隣叟久立)」의[187]

落日在高樹　　지는 해가 높은 나무에 걸리자
涼風生客衣　　나그네 옷에는 싸늘한 바람 이네.

왕의(王誼) 「추일회맹희선생(秋日懷孟熙先生)」의[188]

夜月柯亭市　　밤 달은 정자에 퍼지고
涼風鏡水波　　싸늘한 바람에 물결 일렁이네.

이정(李禎) 「숙폐보제사(宿廢普濟寺)」의[189]

雲氣千峰暝　　천 봉우리에 구름 끼어 어둑하고
秋聲一院涼　　가을 소리에 절집은 싸늘해라.

소평(蘇平) 「강남여정(江南旅情)」의[190]

旅況頻看月　　나그네 되어 자주 달을 보고
鄕心獨聽潮　　고향 생각에 홀로 물결소리 듣네.

---

187) 유자견(劉仔肩)의 「별서만청여영수구립(別墅晚晴與隣叟久立)」은 다음과 같다. "郊原初雨歇, 散步出荊扉. 落日在高樹, 涼風生客衣. 佛香僧舍近, 江影塞鴻飛. 亦有南鄰叟, 忘言相與歸."
188) 왕의(王誼)의 「추일회맹희선생(秋日懷孟熙先生)」는 다음과 같다. "倏忽成遠騖, 幽棲仍薜蘿. 草芳經雨歇, 蟲響入秋多. 夜月柯亭市, 涼風鏡水波, 相期儘一醉, 何日重經過."
189) 이정(李禎)의 「숙폐보제사(宿廢普濟寺)」는 다음과 같다. "靑山行欲盡, 深樹見僧房. 雲氣千峰暝, 秋聲一院涼. 長藤懸破衲, 脫葉覆空廊. 龍象黃金地, 蕭蕭蔓草長."
190) 소평(蘇平)의 「강남여정(江南旅情)」은 다음과 같다. "天涯爲客久, 生計日蕭條. 旅況頻看月, 鄕心獨聽潮. 春歸江上早. 家在夢中遙. 無限相思意, 東風白下橋."

유자견(劉仔肩) 「춘일여이이문학유성남(春日與李二文學遊城南)」의[191]

獨醒愁對雨　　술에서 깨어 빗소리에 수심 겨우니

多病怕逢春　　병도 많아 봄 되는 것 두렵네.

유적(劉績) 「송왕내경중수료해(送王內敬重戍遼海)」의[192]

風塵仍作客　　풍진 세상에서 나그네 되니

寒暑易成翁　　더위 추위에 쉬 늙어가네.

서분(徐賁) 「병후과고정산(兵後過皐亭山)」의[193]

雁宿蘆中月　　기러기는 달빛 내린 갈대숲에서 자고

人歸草際煙　　사람은 풀 사이 연기 오르는 곳으로 돌아오네.

소백형(蘇伯衡) 「제유여필동원소은도(題劉汝弼東源小隱圖)」의[194]

種黍都爲酒　　심은 보리로는 모두 술 만들고

誅茅小作庵　　띠 베어 작은 집 만들었네.

---

191) 유자견(劉仔肩)의 「춘일여이이문학유성남(春日與李二文學遊城南)」은 다음과 같다. "浩蕩關河遠, 周流歲月新. **獨醒愁對酒, 多病怕逢春.** 楊柳南城路, 鶯花紫陌塵. 若爲聯騎出, 爲爾謫仙人."

192) 유적(劉績)의 「송왕내경중수료해(送王內敬重戍遼海)」는 다음과 같다. "別淚不可忍, 杯行到手空. **風塵仍作客, 寒暑易成翁.** 曙色連關樹, 秋聲起塞鴻. 天涯見親友, 還與故園同."

193) 서분(徐賁)의 「병후과고정산(兵後過皐亭山)」은 다음과 같다. "皐亭西去遠, 一過一凄然. **雁宿蘆中月, 人歸草際煙.** 漁家多近水, 戎壘半侵田. 尙喜餘民在, 停舟問昔年."

194) 소백형(蘇伯衡)의 「제유여필동원소은도(題劉汝弼東源小隱圖)」는 다음과 같다. "東源山水好, 聞說似終南. **種黍都爲酒, 誅茅小作庵.** 過門人問字, 看竹客停驂. 亦有幽栖意, 遲歸我獨慚."

임홍(林鴻) 「숙운문사(宿雲門寺)」의195)

海闊疑天近   바다 드넓어 하늘과 닿은 듯하고
山空得月多   산은 텅 비어 달빛도 많구나.

증계(曾棨) 「회남주중(淮南舟中)」의196)

斷雲京口樹   끊긴 구름 경구의 나무에 걸렸고
殘月廣陵鐘   광릉에는 희미한 달빛 모였네.

남지(藍智) 「추일유석당봉정노첨헌(秋日遊石堂奉呈盧僉憲)」의197)

白日義皇世   밝은 해는 희황 때의 빛이요
青山綺皓心   푸른 산은 기리계198)의 마음일세.

이정(李禎) 「송주수재유장사(送周秀才遊長沙)」의199)

夕鳥衝船過   저녁 새는 배 거슬러 날아가고
寒波背郭流   찬 물결은 성곽 뒤로 흐르네.

---

195) 임홍(林鴻)의 「숙운문사(宿雲門寺)」는 다음과 같다. "龍宮臨水國, 鳥道入煙蘿.
    海闊疑天近, 山空得月多, 鶴歸僧自老, 鬆偃客重過. 便欲依禪寂, 塵纓可奈何."
196) 증계(曾棨)의 「회남주중(淮南舟中)」은 다음과 같다. "遠戍雞聲曉, 遙堤柳色濃.
    斷雲京口樹, 殘月廣陵鐘, 簫鼓官船發, 圖書禦寶封. 朝臣多扈從, 冠佩日相逢."
197) 남지(藍智)의 「추일유석당봉정노첨헌(秋日遊石堂奉呈盧僉憲)」은 다음과 같다.
    "荒郊通徑僻, 野竹閉門深. **白日義皇世, 青山綺皓心,** 潛蛟多在壑, 宿鳥獨歸林. 知爾
    荷鋤倦, 時爲梁甫吟."
198) 기리계 : '기호(綺皓)'는 상산사호(商山四皓)의 한 사람인 기리계(綺里季)를 말
    한다.
199) 이정(李禎)의 「송주수재유장사(送周秀才遊長沙)」는 다음과 같다. "迢遞長沙道,
    蕭條歲晏遊. 亂山黃葉寺, 孤棹白蘋洲. **夕鳥衝船過, 寒波背郭流,** 毋論卑暑地, 賈傅
    昔曾留."

왕의(王誼) 「추일회맹희선생(秋日懷孟熙先生)」의200)

草芳經雨歇　　방초에 비 지나 개이더니
蟲響入秋多　　가을 벌레 소리 많기도 하여라.

오언율시 중에 장려(壯麗)한 구절은 다음과 같다.

양기(楊基) 「악양루(岳陽樓)」의201)

水吞三楚白　　물은 삼초를 삼킨 채 희고
山接九疑靑　　산은 구의에 맞닿아 푸르구나.

이덕(李德) 「기풍조태(寄馮朝泰)」의202)

故國秋雲合　　고국에는 가을 구름 드리웠고
大江春水深　　큰 강에는 봄물이 깊으리라.

서분(徐賁) 「송증백자부서하장막(送曾伯滋赴西河將幕)」의203)

風旗春獵野　　봄날 깃발 펄럭이며 들판서 사냥하고
雪帳夜歸營　　밤엔 눈 덮인 장막으로 돌아오리라.

---

200) 왕의(王誼)의 「추일회맹희선생(秋日懷孟熙先生)」은 다음과 같다. "倏忽成遠騖, 幽棲仍薜蘿. 草芳經雨歇, 蟲響入秋多. 夜月柯亭市, 涼風鏡水波. 相期儻一醉, 何日重經過."
201) 양기(楊基)의 「악양루(岳陽樓)」는 다음과 같다. "春色醉巴陵, 蘭干落洞庭. 水吞三楚白, 山接九疑靑. 空闊魚龍氣, 嬋娟帝子靈. 何人夜吹笛, 風急雨冥冥."
202) 이덕(李德)의 「기풍조태(寄馮朝泰)」는 다음과 같다. "金陵昔會面, 一別杳無音. 故國秋雲合, 大江春水深. 宦情同契闊, 老景各侵尋. 縱有衡陽雁, 何由寫宿心."
203) 서분(徐賁)의 「송증백자부서하장막(送曾伯滋赴西河將幕)」은 다음과 같다. "上將初分閫, 儒官解習兵. 風旗春獵野, 雪帳夜歸營. 洮水從岷下, 祁山入隴平. 知公能載筆, 草檄報連聲."

임홍(林鴻) 「출새곡(出塞曲)」의204)

王者應無敵　　왕은 응당 대적할 이 없으리니

胡塵不敢飛　　오랑캐가 먼지 어찌 날리겠느냐.

고계(高啓) 「송숙위장출수등주(送宿衛將出守鄧州)」의205)

舊射雙雕落　　예전에 활 하나로 두 마리 새 떨어뜨렸는데

新乘五馬行　　지금엔 다섯 마리 말 타고 벼슬살이 가네.

고계(高啓) 「장안도(長安道)」의206)

中郞長戟衛　　중랑이 긴 창 들고 호위하며

丞相小車來　　승상이 작은 수레 타고 오시네.

장은(章誾) 「송장이공사(送張二貢士)」의207)

千山懸落日　　온 산에 지는 해 걸렸는데

一騎出孤城　　한 마리 말 타고 외론 성 나가네.

---

204) 임홍(林鴻)의 「출새곡(出塞曲)」은 다음과 같다. "玉關秋信早, 未雪授征衣. 王者
應無敵, 胡塵不敢飛. 三河兵氣盛, 五道羽書稀. 日晚笳聲發, 將軍射獵歸."

205) 고계(高啓)의 「송숙위장출수등주(送宿衛將出守鄧州)」는 다음과 같다. "中郞身領
仗, 宿衛在承明. 舊射雙雕落, 新乘五馬行. 紅雲遙魏闕, 白水近穰城. 好勸諸年少,
春來賣劍耕."

206) 고계(高啓)의 「장안도(長安道)」는 다음과 같다. "長樂鐘聲動, 平津樹色開. 中郞
長戟衛, 丞相小車來. 新成賜將第, 更築候神台. 誰念公車客, 空懷作賦才."

207) 장은(章誾)의 「송장이공사(送張二貢士)」는 다음과 같다. "煙靄散春晴, 亂鴉深樹
鳴. 千山懸落日, 一騎出孤城. 急管催離宴, 飛花亂旅情. 殷勤懷上策, 謁帝向承明."

고계(高啓) 「장안도(長安道)」의208)

| 新成賜將第 | 새로 만들어 저택을 하사하고 |
| 更築候神臺 | 다시 신대를 쌓을까 묻네. |

왕홍(王洪) 「주행잡흥(舟行雜興)」의209)

| 河山千古在 | 산하는 천 년 전 그대로인데 |
| 登眺幾人同 | 몇 사람이나 올라 함께 보았던가. |

| 馬嘶秋草闊 | 가을 풀 드넓은 가운데 말은 울고 |
| 雕沒暮雲平 | 저녁 안개 내리자 새매도 숨었구나.210) |

정욱(程煜) 「과태호(過太湖)」의211)

| 地呑南極盡 | 땅은 남쪽을 모두 삼키었고 |
| 波撼北溟回 | 물결은 북극까지 갔다 돌아오네. |

당숙(唐肅) 「등촉부사각(登蜀阜寺閣)」의212)

| 山色元來蜀 | 산 빛은 본래 촉에서 온 것이고 |
| 江聲直到吳 | 강물소리는 곧바로 오에 이른다네. |

---

208) 고계(高啓)의 「장안도(長安道)」는 다음과 같다. "長樂鐘聲動, 平津樹色開. 中郎 長戟衛, 丞相小車來. **新成賜將第, 更築候神臺.** 誰念公車客, 空懷作賦才."

209) 왕홍(王洪)의 「주행잡흥(舟行雜興)」은 다음과 같다. "故國遍芳草, 高臺多大風. **河山千古在, 登眺幾人同.** 野澤鳴山雉, 荒陂起塞鴻. 新豊不可見, 煙樹五陵東."

210) 미상(未詳).

211) 정욱(程煜)의 「과태호(過太湖)」은 다음과 같다. "擊楫中流去, 西風客思催. **地呑 南極盡, 波撼北溟迴.** 蛟館懸秋月, 龍宮起夜雷. 濯纓人不見, 長嘯倒金罍."

212) 당숙(唐肅)의 「등촉부사각(登蜀阜寺閣)」은 다음과 같다. "同登梵閣孤, 往事問浮 圖. **山色元來蜀, 江聲直到吳.** 風簷鈴半落, 雨壁畵全無. 萬法俱空寂, 何煩起嘆吁."

나기(羅頎)「유선시(遊仙詩)」의[213]

千林喧藥杵   온 숲에선 약 찧는 소리 시끄러운데
一嶂起茶煙   한 봉우리선 차 끓이는 연기 오르네.

이규(李戣)「유거(幽居)」의[214]

入雲蒼隼健   구름에 든 푸른 매는 사납고
坐浪白鷗閑   물결에 앉은 흰 갈매기 한가롭네.

도의(陶誼)「송인종역(送人從役)」의[215]

山雨蟲蛇出   산 비에 벌레 뱀들 나올 테고
江天蠮螉懸   강가 하늘에는 무지개 걸리겠지.

임홍(林鴻)「출새곡(出塞曲)」의[216]

天地兵聲合   천지에 전쟁하는 소리만 들려오는데
關河秋色來   관하에도 가을빛이 물들어 오네.

왕직(王直)「증종중서자근(贈鐘中書子勤)」의[217]

建鳳黃金榜   봉황으로 황금의 방을 꾸미고

---

213) 나기(羅頎)의 「유선시(遊仙詩)」는 다음과 같다. "幽徑赤城顚, 鬆蘿九曲連. 千林喧藥杵, 一嶂起茶煙. 深竇源通海, 層岩樹隱天. 攜琴就猿鶴, 同種玉峰田."

214) 이규(李戣)의 「유거(幽居)」는 다음과 같다. "雨後看新水, 天空望遠山. 入雲蒼隼健, 坐浪白鷗閑. 慮淡時時遣, 詩淸字字刪. 才疏信樗散, 非爲惜朱顔."

215) 도의(陶誼)의 「송인종역(送人從役)」은 다음과 같다. "沅湘南去遠, 古戍楚雲邊. 山雨蟲蛇出, 江天蠮螉懸. 相思知後夜, 重會更何年. 喜得風濤靜, 官船任晝眠."

216) 임홍(林鴻)의 「출새곡(出塞曲)」은 다음과 같다. "從軍呼延塞, 勒馬單於台. 天地兵聲合, 關河秋色來. 酬恩憑玉劍, 致遠見龍媒. 旦夕邊城上, 喧喧笳鼓哀."

217) 왕직(王直)의 「증종중서자근(贈鐘中書子勤)」은 다음과 같다. "繡殿宜晴日, 彤樓切太虛. 卿雲連複道, 顥氣護宸居. 建鳳黃金榜, 疏龍白玉除. 仙莫乘月吐, 渾契史臣書."

疏龍白玉除　　　용으로 백옥의 계단 꾸미었네.

五言律. 淸雅如浮雲看富貴, 流水澹鬚眉. 已歸仍似客, 投老漸如僧. 老來諸事廢, 歸去此身全. 往事愁人問, 虛名畏客稱. 雨花知佛境, 流水識禪心. 涼風動疏竹, 明月在高樓. 聖代身全老, 秋天景易悲. 霜林收橘柚, 風磴坐莓苔. 分符來五馬, 如練照雙旌. 一燈今夜雨, 千里故人心. 樹從京口斷, 山到海門稀. 野蠶成繭盡, 江燕引雛回. 亂山黃葉寺, 孤棹白蘋洲. 啼鳥醒人夢, 流泉淨客心. 身世雙蓬鬢, 功名一釣竿. 古路無行客, 閑門有白雲. 聽雨愁如海, 懷人夜似年. 已知如意事, 不逐苦吟人. 臥雲歌酒德, 對雨著茶經. 野岸隨流曲, 山門隱樹深. 雲煙謝家墅, 松柏禹陵祠. 避難疏狂客, 長貧少定居. 酒盡尋僧舍, 書來問客船. 泉聲溪碓急, 山色野墻低. 鳥靑呼作使, 鶴白養成群. 看人兒女大, 爲客歲年長. 月從今夜滿, 人在異鄕看. 功成百戰後, 老去一身輕. 鄕淚看花落, 愁腸縱酒寬. 落日在高樹, 涼風生客衣. 夜月柯亭市, 涼風鏡水波. 雲氣千峰暝, 秋聲一院涼. 旅況頻看月, 鄕心獨聽潮. 獨醒愁對雨, 多病怕逢春. 風塵仍作客, 寒暑易成翁. 雁宿蘆中月, 人歸草際煙. 種黍都爲酒, 誅茅小作庵. 海闊疑天近, 山空得月多. 斷雲京口樹, 殘月廣陵鐘. 白日羲皇世, 靑山綺皓心. 夕鳥衝船過, 寒波背郭流. 草芳經雨歇, 蟲響入秋多. 壯麗如, 水呑三楚白, 山接九疑靑. 故國秋雲合, 大江春水深. 風旗春獵野, 雪帳夜收營. 王者應無敵, 胡塵不敢飛. 舊射雙雕落, 新乘五馬行. 中郎長戟衛, 丞相小車來. 千山懸落日, 一騎出孤城. 新成賜將第, 更築候神臺. 河山千古在, 登眺幾人同. 馬嘶秋草闊, 雕沒暮雲平. 地呑南極盡, 波撼北溟回. 山色元來蜀, 江聲直到吳. 千林喧藥杵, 一嶂起茶煙. 入雲蒼隼健, 坐浪白鷗閑. 山雨蟲蛇出, 江天蟒蝀懸. 天地兵聲合, 關河秋色來. 建鳳黃金榜, 疏龍白玉除.

5-8. 명대 율시의 기구(起句)들

오언율시 중에 기구(起句)가 좋은 작품은 다음과 같은 것들이 있다.

양기(楊基) 「악양루(岳陽樓)」의218)

春色醉巴陵	봄빛에 파릉에서 취하니
闌干落洞庭	악양루가 동정호에 떨어지는 듯.

왕광양(汪廣洋) 「송원판유자무진병번양(送院判俞子茂進兵番陽)」의219)

江東風日晴	강동에 날씨 맑게 갠 날에
把酒送君行	술잔 들고 그대를 송별하노라.

포원(浦源) 「회하사신적서하(懷何士信謫西河)」의220)

全家離故鄕	온 가족 데리고 고향을 떠나서
萬里謫窮荒	만 리 길 변방으로 유배 갔네.

왕칭(王偁) 「송하정간숙이산난약(送夏廷簡宿怡山蘭若)」의221)

別路繞珠林	숲 빙 돌아 헤어져 가는 길은

---

218) 양기(楊基)의 「악양루(岳陽樓)」는 다음과 같다. "**春色醉巴陵, 闌干落洞庭**. 水呑三楚白, 雲接九疑靑. 空闊魚龍舞, 娉婷帝子靈. 何人夜吹笛, 風急雨冥冥."

219) 왕광양(汪廣洋)의 「송원판유자무진병번양(送院判俞子茂進兵番陽)」은 다음과 같다. "**江東風日晴, 把酒送君行**. 好慰三千士, 將收七十城. 煙花催疊鼓, 雲騎擁連營. 山國人爭喜, 殊方自此淸."

220) 포원(浦源)의 「회하사신적서하(懷何士信謫西河)」는 다음과 같다. "**全家離故鄕, 萬里謫窮荒**. 草木疎邊境, 牛羊繞帳房. 風聲連雨雪, 漢語雜氐羌. 遠念平生友, 行吟淚竹痕."

221) 왕칭(王偁)의 「송하정간숙이산난약(送夏廷簡宿怡山蘭若)」은 다음과 같다. "**別路繞珠林, 秋來落葉深**. 一燈今夜雨, 千里故人心. 已覺空門幻, 還驚旅況侵. 坐聞鐘鼓曙, 離思轉沈沈."

秋來落葉深　　가을 되어 낙엽이 수북이 쌓였네.

왕광양(汪廣洋) 「부강상정운송주생성친(賦江上停雲送周生省親)」의222)

落日敞朱樓　　지는 해가 붉은 누대를 비추고
春雲暝不流　　시커먼 봄 구름은 흘러가지도 않네.

장은(章誾) 「송장이공사(送張二貢士)」의223)

煙靄散春晴　　아지랑이 맑은 봄날 한들거리고
亂鴉深處鳴　　까마귀들 깊숙이 숨어 울부짖노라.

유승직(劉承直) 「제손자양산수(題孫子讓山水)」의224)

斜日在松杉　　소나무 삼나무 사이로 해는 기울고
千崕暝色酣　　천 벼랑에는 저녁 빛 짙노라.

허백려(許伯旅) 「구월회일감회(九月晦日感懷)」의225)

長嘯拂吳鉤　　길게 읊조리며 칼226) 휘두르니

---

222) 왕광양(汪廣洋)의 「부강상정운송주생성친(賦江上停雲送周生省親)」은 다음과
　　같다. "**落日敞朱樓, 江雲暝不流,** 密依荊樹暗, 遙帶晉陵秋, 鳥外生歸思, 天涯念舊
　　遊, 亦知親舍近, 早晚放孤舟."
223) 장은(章誾)의 「송장이공사(送張二貢士)」는 다음과 같다. "**煙靄散春晴, 亂鴉深樹
　　鳴,** 千山懸落日, 一騎出孤城, 急管催離宴, 飛花惱客情, 殷勤懷上策, 謁帝向承明."
224) 유승직(劉承直)의 「제손자양산수(題孫子讓山水)」는 다음과 같다. "**斜日在松杉,
　　千崕暝色酣,** 山藏五柳宅, 路轉百花潭, 亂石明蒼玉, 遙峯露碧簪, 終希陪妙躅, 來此
　　晚征驂."
225) 허백려(許伯旅)의 「구월회일감회(九月晦日感懷)」는 다음과 같다. "**長嘯拂吳鉤,
　　南圖惜壯遊,** 乾坤同逆旅, 風雨忽窮秋, 牢落莊周劍, 飄颻范蠡舟, 行藏吾敢必, 天意
　　信悠悠."
226) 칼 : '오구(吳鉤)'는 갈고리 모양으로 휘어진 병기(兵器)로, 춘추 시대 오(吳)나
　　라 사람이 이를 잘 만들었기 때문에 오구라고 일컫는데, 후에는 예리한 검을 뜻

| 南圖惜壯游 | 큰 뜻 펼치려 한[227] 장대한 노닒 애석해라. |

오부(吳溥) 「기송자환(寄宋子環)」의[228]

| 聖恩寬逐客 | 황제 은혜로 너그럽게 쫓겨난 길손 |
| 不遣過輪臺 | 윤대[229]를 지나게는 하지 않았다오. |

유기(劉基) 「불매(不寐)」의[230]

| 不寐月當戶 | 잠 못 드는데 달빛이 창문에 내리어 |
| 起行風滿天 | 일어나 산보하니 바람만 가득하구나. |

원개(袁凱) 「객중제석(客中除夕)」의[231]

| 今夕爲何夕 | 오늘 밤은 어떤 밤이런가 |
| 他鄕說故鄕 | 타향에서 고향을 얘기하네. |

하는 말로 쓰인다.

227) 큰 뜻 펼치려 한 : '남도(南圖)'는 큰 뜻을 펼치기 위해 간다는 뜻이다. 『장자(莊子)』「소요유(逍遙遊)」에 "붕새는 바다에 바람이 일면 남명, 즉 남쪽 바다로 옮겨 간다. 이때 물결을 치는 것이 삼천리요, 회오리바람을 타고 구만 리를 올라가 여섯 달을 가서야 쉰다.[鵬之徙於南冥也, 水擊三千里, 搏扶搖而上者九萬里, 去以六月息者也.]"라고 했다.

228) 오부(吳溥)의 「기송자환(寄宋子環)」은 다음과 같다. "<u>聖恩寬逐客, 不遣過輪臺.</u> 談笑潼關去, 雲霞仙掌開. 故鄕深念汝, 遠道竟能來. 明日相思處, 高秋鴻雁迴."

229) 윤대 : 한무제(漢武帝) 때 이광리(李廣利)에게 멸망당한 서역의 나라 이름이다. 한나라 무제가 중앙아시아를 정벌하여 군사가 그곳까지 가 있었으나, 무제가 병으로 죽을 때에 윤대에 군사 보낸 것을 후회하는 조서를 내렸다.

230) 유기(劉基)의 「불매(不寐)」는 다음과 같다. "<u>不寐月當戶, 起行風滿天.</u> 山河靑靄裏, 弓斗白雲邊. 避世慙商綺, 匡時愧魯連. 徘徊懷往事, 惻愴感衰年."

231) 원개(袁凱)의 「객중제야(客中除夜)」는 다음과 같다. "<u>今夕爲何夕, 他鄕說故鄕.</u> 看人兒女大, 爲客歲年長. 戎馬無休歇, 關山正渺茫. 一盃椒葉酒, 未敵淚千行."

고계(高啓) 「장안도(長安道)」의232)

長樂鐘聲動　　　장락궁엔 종소리 울려 퍼지고
平津樹色開　　　넓은 나루에는 나무 짙푸르네.

유사소(劉師邵) 「송장효렴(送張孝廉)」의233)

別離知不遠　　　멀리 떠나지 않는 것을 알지만
情至亦潸然　　　정 지극해 또한 눈물만 흘리네.

고계(高啓) 「송사공(送謝恭)」의234)

涼風起江海　　　강해에 찬바람 불어오노니
萬樹盡秋聲　　　온 나무 모두 가을 소리네.

이정(李禎) 「숙폐보제사(宿廢普濟寺)」의235)

靑山行不盡　　　청산은 가도 가도 끝이 없는데
深樹見僧房　　　깊은 숲 사이로 절집이 보이노라.

---

232) 고계(高啓)의 「장안도(長安道)」는 다음과 같다. “**長樂鐘聲動, 平津樹色開.** 中郎
　　長戟衛, 丞相小車來. 新成賜將第, 更築候神台. 誰念公車客, 空懷作賦才.”
233) 유사소(劉師邵)의 「송장효렴(送張孝廉)」은 다음과 같다. “**別離知不遠, 情至亦潸
　　然.** 樹引投京路, 鷗隨出浦船. 去程秋雨裏, 歸夢曉霜前. 親舊如相問, 卑棲似往年.”
234) 고계(高啓)의 「송사공(送謝恭)」은 다음과 같다. “**涼風起江海, 萬樹盡秋聲.** 搖落
　　豈堪別, 躊躇空復情. 帆過京口渡, 砧響石頭城. 爲客歸宜早, 高堂白髮生.”
235) 이정(李禎)의 「숙폐보제사(宿廢普濟寺)」는 다음과 같다. “**靑山行欲儘, 深樹見僧
　　房.** 雲氣千峰暝, 秋聲一院涼. 長藤懸破衲, 脫葉覆空廊. 龍象黃金地, 蕭蕭蔓草長.”

소백형(蘇伯衡) 「제유여필동원소은도(題劉汝弼東源小隱圖)」의[236]

東源山色好   동원의 산빛은 너무도 좋으니

聞說似終南   종남산의 산빛과 같다고 말들 하네.

도연(道衍) 「송우인지무림(送友人之武林)」의[237]

我住湖西寺   나는 호수 서쪽 절에 있는데

君歸湖上山   그대는 호수 위 산으로 돌아가네.

유적(劉績) 「송왕내경중수료해(送王內敬重戌遼海)」의[238]

別淚不可忍   이별 눈물 참을 수 없어서

杯行到手空   술잔 들기만 하면 바로 마신다오.

칠언율시 중에 기구(起句)가 좋은 작품은 다음과 같은 것들이 있다.

장이저(張以寧) 「엄자릉조대(嚴子陵釣臺)」의[239]

故人已乘赤龍去   그대의 벗은 붉은 용 타고 이미 떠나갔는데

---

236) 소백형(蘇伯衡)의 「제유여필동원소은도(題劉汝弼東源小隱圖)」는 다음과 같다. "**東源山水好, 聞說似終南,** 種黍都爲酒, 誅茅小作庵. 過門人問字, 看竹客停驂. 亦有幽栖意, 遲歸我獨慚."

237) 도연(道衍)의 「송우인지무림(送友人之武林)」은 다음과 같다. "**我住城西寺, 君歸湖上山,** 馬聲知驛路, 樹色認鄉關. 遠戌霜鴻慘, 荒汀雪鷺閒. 自憐堤畔柳, 愁緒不禁攀."

238) 유적(劉績)의 「송왕내경중수료해(送王內敬重戌遼海)」는 다음과 같다. "**別淚不可忍, 杯行到手空,** 風塵仍作客, 寒暑易成翁. 曙色連關樹, 秋聲起塞鴻. 天涯見親友, 還與故園同."

239) 장이저(張以寧)의 「엄자릉조대(嚴子陵釣臺)」는 다음과 같다. "**故人已乘赤龍去, 君獨羊裘釣月明,** 魯國高名懸宇宙, 漢家小吏待公卿. 天回御榻星辰動, 人去空臺山水清. 我欲長竿數千尺, 坐來東海看潮生."

君獨羊裘釣月明.　그대 홀로 양 갓옷 입고 달밤에 낚시했지.

주익(周翼) 「중추여양씨곤계범주아진(中秋與楊氏昆季泛舟鵝津)」의240)

八月十五夜何其　8월 15일 밤은 그 어떠하던가

鵝湖漾舟人未歸　아호에서 뱃놀이하며 돌아가지 않네.

유기(劉基) 「동난(冬暖)」의241)

今年南國天氣暖　올해 남국은 날씨가 온화하여서

十月赤城桃有花　10월에도 적성에 복사꽃 피었다네.

유숭(劉崧) 「기만덕궁(寄萬德躬)」의242)

日暮山風吹女蘿　저물녘 산바람 담장이에 불어오는데

故人舟楫定如何　그대는 배 타고서 어디 가셨나요.

악정(岳正) 「연대회고(燕臺懷古)」의243)

督亢陂荒蔓草生　독항피에는 잡초가 무성하게 자랐고

---

240) 주익(周翼)의 「중추여양씨곤계범주아진(中秋與楊氏昆季泛舟鵝津)」은 다음과
　　같다. "八月十五夜何其, 鵝湖漾舟人未歸, 水生金浪兼天涌, 雲度靑冥傍月飛. 鴻鴈
　　沙寒微有影, 芰荷秋冷不成衣. 故人一去渺何許, 黃鶴舊磯今是非."

241) 유기(劉基)의 「동난(冬暖)」은 다음과 같다. "今年南國天氣暖, 十月赤城桃有花.
　　江楓未肯換故色, 汀草强欲抽新芽. 野畦落日舞殘蜨, 小池過雨喧鳴蛙. 城上幾時罷擊
　　柝, 愁見海雲蒸晩霞."

242) 유숭(劉崧)의 「기만덕궁(寄萬德躬)」은 다음과 같다. "日暮山風吹女蘿, 故人舟楫
　　定如何, 呂仙祠下寒砧急, 帝子閣前秋水多. 閩海風塵鳴戍鼓, 江湖烟雨暗漁蓑. 何時
　　醉把黃花酒, 聽爾南征長短歌."

243) 악정(岳正)의 「연대회고(燕臺懷古)」는 다음과 같다. "督亢陂荒蔓草生, 廣陽宮廢
　　故垣平. 秋風易水人何在, 午夜蘆溝月自明. 召伯封疆經幾換, 荊卿事業尙虛名. 黃金
　　不置高臺上, 似怪年來士價輕."

廣陽宮廢故城平　광양궁의 옛 궁전은 무너져 평탄해졌네.

왕칭(王偁)「등채석아미정(登采石蛾眉亭)」의244)
牛渚磯頭煙水生　우저기에 물안개 피어오르고
蛾眉亭下大江橫　아미정 아래 큰 강물 가로 흐르네.

起句, 五言如春色醉巴陵. 闌干落洞庭. 江東風日晴, 把酒送君行. 全家離故鄉, 萬里謫窮荒. 別路繞珠林, 秋來落葉深. 落日斂朱樓, 春雲暝不流. 煙靄散春晴, 亂鴉深處鳴. 斜日在松杉, 千崖暝色酣. 長嘯拂吳鉤, 南圖惜壯游. 聖恩寬逐客, 不遣過輪臺. 不寐月當戶, 起行風滿天. 今夕爲何夕, 他鄉說故鄉. 長樂鐘聲動, 平津樹色開. 別離知不遠, 情至亦潸然. 涼風起江海, 萬樹盡秋聲. 靑山行不盡, 深樹見僧房. 東源山色好, 聞說似終南. 我住湖西寺, 君歸湖上山. 別淚不可忍, 杯行到手空. 七言如故人已乘赤龍去, 君獨羊裘釣月明. 八月十五夜何其, 鵝湖漾舟人未歸. 今年南國天氣暖, 十月赤城桃有花. 日暮山風吹女蘿, 故人舟楫定如何. 督亢陂荒蔓草生, 廣陽宮廢故城平. 牛渚磯頭煙水生, 蛾眉亭下大江橫.

5-9. 명대 칠언율시의 결구(結句)들

칠언율시의 결구(結句) 중에 음미해 볼만 한 작품은 다음과 같다.
양기(楊基)「도차감추(途次感秋)」의245)

---

244) 왕칭(王偁)의「등채석아미정(登采石蛾眉亭)」은 다음과 같다. "牛渚磯頭烟水生, 蛾眉亭下大江橫. 春歸楚樹浮空盡, 山隱淮雲入望平. 瓊館有才看倚馬, 錦袍無夢借飛鯨. 停橈欲和滄洲曲, 都付吳歌子夜聲."

沅湘一帶皆秋草　　원수와 상수 가엔 온통 가을 풀이니
欲采芙蓉奈晚何　　부용을 캐려 했지만 왜 이리 늦었나.

유기(劉基) 「이월이일등루작(二月二日登樓作)」의[246]
見說蘭亭依舊在　　난정은 아직도 그대로 있다 하는데
只今王謝少風流　　지금 왕씨와 사씨의 풍류 적어라.

원개(袁凱) 「문적(聞笛)」의[247]
天邊楊柳雖無數　　하늘 가의 버들은 수없이 많지만
短葉長條非故園　　잎 짧고 가지 길어 고향과 같지 않아라.

원개(袁凱) 「백연(白燕)」의[248]
趙家姊妹多相忌　　조가의 자매[249]는 서로 시기함도 많으니
莫向昭陽殿裏飛　　소양궁 안으로는 날아들지 마시게.

---

245) 양기(楊基)의 「도차감추(途次感秋)」는 다음과 같다. "嫋嫋西風吹逝波, 冥冥灝氣
逼星河. 宣王石鼓靑苔澁, 武帝金盤白露多. 八陣雲開屯虎豹, 三江潮落見黿鼉. 沅湘
一帶皆秋草, 欲采芙蓉奈晚何."

246) 유기(劉基)의 「이월이일등루작(二月二日登樓作)」은 다음과 같다. "薄寒疎雨集春
愁, 愁極難禁獨上樓. 何處山中堪採藥, 幾時湖上好乘舟. 衝泥客燕聊相傍, 泛水浮萍
可自由. 見說蘭亭依舊在, 於今王謝少風流."

247) 원개(袁凱)의 「문적(聞笛)」은 다음과 같다. "花發吳淞江上村, 隔花吹笛正黃昏.
風塵遠道歸何日, 燈火高樓合斷魂. 夜靜幾家無別淚, 雨聲終日過閒門. 天邊楊柳今無
數, 短葉長條非故園."

248) 원개(袁凱)의 「백연(白燕)」은 다음과 같다. "故國飄零事已非, 舊時王謝見應稀.
月明湘水初無影, 雪滿梁園尙未歸. 柳絮池塘香入夢, 梨花庭院冷侵衣. 趙家姊妹多相
忌, 莫向昭陽殿裏飛."

249) 조가의 자매 : 조비연(趙飛燕)과 조합덕(趙合德)을 말한다.

당지순(唐之淳) 「장안유제(長安留題)」의250)

前朝冠蓋皆黃土　　앞 시대 벼슬아치 모두 죽어 흙 되었으니

翁仲凄凉石馬嘶　　늙은이는 서글프고 석마는 울부짖노라.

고계(高啓) 「송심좌사(送沈左司)」의251)

知爾西行定回首　　서쪽으로 가면서 고개 돌려 볼 것이니

如今江左是長安　　지금의 강좌가 바로 장안이리라.

상열(桑悅) 「증소시청(贈蕭時淸)」의252)

近來聞說有奇事　　요즘 기이한 일이 있다고 들었는데

買藥修琴曾到城　　약 팔고 거문고 타면서 성에 왔다지.

마식(馬軾) 「봉전계방선생(奉餞季方先生)」의253)

祭罷鱷魚歸去晚　　제악어문(祭鱷魚文) 짓고254) 돌아옴 늦었는데

---

250) 당지순(唐之淳)의 「장안유제(長安留題)」는 다음과 같다. "晚閣疎鐘午店雞, 客途風物牒堪題. 蒲萄引蔓靑綠屋, 苜蓿垂花紫滿畦. 雁塔雨痕迷鳥篆, 龍池柳色送鶯啼. **前朝冠蓋多黃土, 翁仲凄凉石馬嘶.**"

251) 고계(高啓)의 「송심좌사종왕참정분성섬서왕유어사중승출(送沈左司從汪參政分省陝西汪由御史中丞出)」은 다음과 같다. "重臣分省出臺端, 賓從威儀盡漢官. 四塞山河歸版籍, 百年父老見衣冠. 函關月落聽鷄度, 華岳雲開立馬看. **知爾西行定回首, 如今江左是長安.**"

252) 상열(桑悅)의 「증소시청(贈蕭時淸)」은 다음과 같다. "十里螺湖如掌平, 開門正挹滄浪淸. 偶逢道士贈丹訣, 閒課山童抄酒經. 畫長燕子飛入戶, 春盡樹陰鋪滿庭. **近來聞說有奇事, 賣藥修琴曾到城.**"

253) 마식(馬軾)「봉전계방선생(奉餞季方先生)」은 다음과 같다. "灤江江上水悠悠, 送客江邊莫上樓. 五嶺瘴高煙蔽日, 兩孤雲濕雨鳴秋. 豊城劍氣東南起, 合浦珠光日夜浮. **祭罷鱷魚歸去晚, 刺桐花外月如鉤.**"

254) 제악어문(祭鱷魚文) 짓고 : 당(唐) 헌종(憲宗) 때 이부시랑(吏部侍郎) 한유(韓愈)가 일찍이 궁중에 불골(佛骨)을 들여오지 못하도록 헌종에게 논불골표(論佛骨表)

刺桐花外月如鉤　　엄나무 꽃 밖에는 고리 같은 달 떠 있으리.

장창(莊昶) 「절부(節婦)」의
瑣窓獨對東風樹　　작은 창으로 홀로 봄바람 속의 나무 보니
歲歲花開他自春　　해마다 꽃은 피어 제절로 봄이 되었구나.

내가 앞선 작품의 구절들을 기록한 것은 계곡이나 물가의 풀도 또한 먹을 수 있으며 나그네를 위한 방석을 만들 수 있다고 생각했기 때문이다. 그렇다고 해도 이몽양이나 이반룡이 선집한 좋은 구절[255]보다는 못하다. 또한 내가 인용한 구절의 전체 작품이 다 좋은 것은 아니기에 구절만을 뽑은 것이다.

七言結句, 如沅湘一帶皆秋草, 欲采芙蓉奈晚何. 見說蘭亭依舊在, 只今王謝少風流. 天邊楊柳雖無數, 短葉長條非故園. 趙家姊妹多相忌, 莫向昭陽殿裏飛. 前朝冠蓋皆黃土, 翁仲淒涼石馬嘶. 知爾西行定回首, 如今江左是長安. 近來聞說有奇事, 買藥修琴曾到城. 祭罷鱷魚歸去晚, 刺桐花外月如鉤. 瑣窓獨對東風樹, 歲歲花開他自春, 俱有意味. 吾所以錄此者, 謂溪毛澗芷, 亦可餖飣客席耳. 非若二李輩之爲三鬝八菹也. 又

를 올렸다가 이 일로 죄를 얻어 조주 자사(潮州刺史)로 폄척(貶斥)되어 나갔을 때, 그곳 악계(惡溪)에 사는 악어가 백성들의 가축을 마구 잡아먹어서 백성들이 몹시 고통스럽게 여겼다. 이에 한유가 제악어문(祭鱷魚文)을 지어서 악계의 물에 던졌는데 바로 그날 저녁에 그 물에서 폭풍과 천둥이 일어나더니, 그로부터 수일 뒤에 그 물이 다 말라서 악어들이 마침내 그곳을 떠나 60리 밖으로 옮겨 감으로써 다시는 조주에 악어의 걱정이 없게 되었다는 데서 온 말이다. 계방선생이 조주지사를 역임했기에 한 말이다.

255) 좋은 구절 : '삼니팔저(三鬝八菹)'는 아주 좋은 안주를 말하는데, 보통 좋은 시문(詩文)을 비유하기도 한다.

其全章, 亦未盡稱. 故聊摘之耳.

5-10. 양기의 시

맹재(孟載) 양기(楊基)256)는 한 연(聯)을 한 번에 완성한 작품이 있는데 정치(情致)를 드러내는 데는 적합했지만 수준에 미치지 못한 작품들이 있다. 예를 들면, 「강촌잡시(江村雜詩)」의 "술 깨자 근심도 사라지더니, 근심 때문에 술 마시자 근심 더 해지네.[判醉望愁醒, 愁因醉轉增.]"란 구절은257) 「보살만(菩薩蠻)」의 조어(調語) 방식과 같으며, 「춘일백문사회용고계적운(春日白門寫懷用高季迪韻)」의 "짧은 버들가지는 갓 꺾은 후 나온 것 같고 이미 진 꽃은 피기 전과 같구나.[尙短柳如新折後, 已殘花似未開時.]"란 구절은258) 「완계사(浣溪沙)」의 조어(調語) 방식과 같다.

楊孟載有一起一聯, 甚足情致, 而不及之者. 判醉望愁醒, 愁因醉轉增, 是詞中菩薩蠻調語. 尙短柳如新折後, 已殘花似未開時, 是浣溪沙調語故也.

---

256) 양기(楊基, 1326~1378) : 명대의 시인으로 자는 맹재(孟載), 호는 미암(眉庵)이다.

257) 양기(楊基)의 「강촌잡시(江村雜詩)」는 다음과 같다. "判醉望愁醒, 愁因醉轉增. 已歸仍似客, 投老漸如僧. 詩興風樓笛, 棋聲雪舫燈. 莫言渾不解, 此事野夫能.

258) 양기(楊基)의 「춘일백문사회용고계적운(春日白門寫懷用高季迪韻)」은 다음과 같다. "得歸雖喜未忘悲, 夢裏愁驚在別離. 尙短柳如新折後, 已殘梅似半開時. 江雷殷夜蟲蛇早, 山雨崇朝蛺蝶遲. 製取烏紗籠白髮, 免敎春色笑人衰."

5-11. 역대 시평(詩評)에 대한 논의

탕혜휴(湯惠休), 사곤(謝琨), 심약(沈約), 종영(鍾嶸), 장열(張說), 유차장(劉次莊), 운수(蕓叟) 장순민(張舜民), 정후(鄭厚), 오도손(敖陶孫), 송설재(松雪齋) 조맹부(趙孟頫) 등은 전대의 시인에 대해 평을 한 책이 있는데, 원앙(袁昻)의 『고금서평(古今書評)』이나 『평서(評書)』 등의 논의에 바탕을 둔 것으로 원앙의 책을 모방한 것에 불과하다. 송나라 사람들은 스스로 시를 제대로 평가했다고 표방했지만 시를 평하는 법도로 삼기에는 부족하다. 그러나 나는 탕혜휴가 사령운(謝靈運)의 시를 평하면서 "아침 해에 솟아오른 연꽃과 같다."고 말한 것과 심약이 사조(謝朓)의 시를 평하면서 "탄환이 손에서 빠져 나가는 듯하다."라고 한 것 및 종영이 범운(范雲)의 시를 평하면서 "맑고 분명하면서도 유연함을 지니고 있어 마치 불어오는 바람에 눈꽃송이가 휘날리는 것 같다."란 것과 구지(丘遲)의 시를 평하면서 "눈부신 아름다움이 여기저기 있어서, 마치 막 떨어진 꽃들이 풀잎 위에 걸려 있는 듯하다."라 한 평어를 가장 좋아한다. 그 다음으로는 운수 장순민이 구양수(歐陽脩)의 시를 평하면서 "봄옷이 막 지어진 듯하고 술이 막 익어가는 듯하다. 산에 오르고 물가에 가서 종일토록 돌아올 줄 모르는 듯하다."라고 한 것과 정후가 맹교(孟郊)의 시를 평하면서 "가을 귀뚜라미가 풀뿌리에 있는 듯하다."란 것과 백거이(白居易)의 시를 평하면서 "봄 꾀꼬리가 버들 그늘에 있는 듯 하다."라고 한 평어를 좋아한다. 이러한 평가들이 완전히 합당한 것은 아니지만, 평어들에 매우 정미(精微)한 부분이 있다. 송설재 조맹부의 사람됨이 어떠한지는 모르겠지만 시에 대해서는 거의 안목이 없는 것 같다.

湯惠休謝琨沈約鍾嶸張說劉次莊張藎叟鄭厚敫陶孫松雪齋, 於詩人
俱有評擬. 大約因袁昂評書之論而模仿之耳. 其宋人自相標榜, 不足準
則. 吾獨愛湯惠休所云初日芙蕖, 沈約云彈丸脫手, 鍾嶸云宛轉清便, 如
流風白雪. 點綴映媚, 如落花在草. 其次則張藎叟云春服乍成, 釀醋初
熟. 登山臨水, 竟日忘歸. 鄭厚云秋蛩草根, 春鶯柳陰. 不必盡當, 而語
頗造微. 松雪齋不知爲何人, 大似不知詩者.

5-12. 역대 시인에 대한 오도손의 평가

오도손(敖陶孫)은 시인들에 대해서 다음과 같이 평가했다.

"위(魏) 무제(武帝) 조조(曹操)는 유연(幽燕)의 노련한 장수처럼 기운
이 침착하고 웅장하며, 자건(子建) 조식(曹植)은 삼하의 젊은이 같아서
풍류를 볼 만하다. 명원(明遠) 포조(鮑照)는 굶주린 매가 홀로 날아오
른 듯하여 기발한 발상이 이보다 좋을 수 없으며, 강락(康樂) 사령운
(謝靈運)은 동해의 돛단배에 바람이 지나가고 햇볕이 쬐는 것 같다. 팽
택(彭澤) 도잠(陶潛)은 붉은 구름이 하늘에 있는 것 같아서 자유자재로
모였다 흩어지며, 우승(右丞) 왕유(王維)는 가을 물에 피어난 연꽃이
바람결에 웃는 것만 같다. 소주(蘇州) 위응물(韋應物)은 원객(園客)이
홀로 양잠(養蠶)하는 것과 같아 아름다운 음색이 그윽이 담겨 있으며,
맹호연(孟浩然)은 동정호에 파도가 일어나자 나뭇잎이 약간 떨어지는
것 같다. 목지(牧之) 두목(杜牧)은 구리 탄환이 비탈을 구르고 천리마
가 언덕을 내려오는 것과 같으며, 낙천(樂天) 백거이(白居易)는 산동의
부노가 농사일에 힘쓰는 것 같아 일과 말이 모두 착실하다. 미지(微之)
원진(元稹)은 이귀년(李龜年)[259]이 당나라 천보(天寶) 연간의 일을 애
기하는데 그 모양은 초췌하나 정신은 온전한 것 같으며, 몽득(夢得) 유

우석(劉禹錫)은 얼음과 옥에 조각을 한 것 같아서 절로 빛이 난다. 태백(太白) 이백(李白)은 유안의 닭과 개[260] 소리가 흰 구름 사이에서 들려오는 듯하나 그 소리가 들려오는 곳을 찾으려 하면 황홀하여 그 곳을 알 수 없는 것 같으며, 퇴지(退之) 한유(韓愈)는 한신(韓信)처럼 모래주머니로 강물을 막고 배수진(背水陣)을 친 것과 같다.[261] 장길(長吉) 이하(李賀)는 무제(武帝)가 승로반(承露盤)의 이슬을 마시면서도 오래 살고자 한 것에 아무런 도움이 되지 못한 것과 같으며,[262] 동야(東野) 맹교(孟郊)는 샘에 묻힌 끊어진 검과 계곡에 누운 차가운 소나무와 같다. 장적(張籍)은 배우가 시골에 돌아다니면서 향음례를 행하고 노인에게 차례대로 헌수하면서 때때로 우스갯 소리를 하는 것 같으며, 자후(子厚) 유종원(柳宗元)은 중추(仲秋)에 홀로 바라보며 비 갠 저녁에 홀로 피리 부는 것 같다. 의산(義山) 이상은(李商隱)은 온갖 보물의 미관(美觀)을 위한 장식과 천사(千絲)의 철망(鐵網)이 화려하고 고우나 쓰기에 적합하지 않은 것과 같으며, 송조(宋朝)의 동파(東坡) 소식(蘇軾)은 은하수를 쏟아 부어 푸른 바다로 흐르게 하는데 온갖 변괴(變怪)가 다 생기지만 끝내는 웅장(雄壯)하고 혼후(渾厚)한 데로 돌아가는 것과 같다. 구양수(歐陽脩)는 네 개의 호(瑚)와 여덟 개의 연(璉)을 종묘(宗廟)에 베풀어 놓은 것과 같으며, 형공(荊公) 왕안석(王安石)은 등애(鄧

---

259) 이귀년(李龜年) : 당 현종(唐玄宗) 때의 악공(樂工)이다.

260) 유안의 닭과 개 : 한(漢)나라 회남왕(淮南王) 유안(劉安)이 신선술을 터득하여 온 가족을 데리고 백일(白日)에 승천(昇天)했는데, 이때 그릇에 남아 있던 단약(丹藥)을 개와 닭이 핥아먹고 함께 하늘로 올라가서 닭은 천상에서 울어대고 개는 구름 속에서 짖어대었다는 전설이 있다.

261) 한(漢)의 한신(韓信)이 초(楚)의 용저(龍且)와 강물을 사이에 두고 전쟁할 때 밤중에 몰래 일만여 개의 모래 자루를 만들어 상류를 막은 다음, 용저의 군사를 강으로 유인하여 막았던 둑을 한꺼번에 터서 승리했던 고사(故事)이다.

262) 한 무제(漢武帝)가 신선술에 미혹된 나머지 승로반(承露盤)에 감로(甘露)를 받아 마셔 수명(壽命)을 늘려 보려고 했던 고사가 있다.

艾)가 음평도(陰平道)에서 줄을 타고 내려가 촉(蜀)에 들어간 것처럼 험
절함을 이용해 공을 이룬 것과 같다.263) 산곡(山谷) 황정견(黃庭堅)은
도홍경(陶弘景)264)이 궁중(宮中)으로 들어와서 이치를 변론하고 현학
(玄學)을 담론하면서도 송풍(松風)을 그리워하는 생각이 여전한 것과
같으며, 성유(聖兪) 매요신(梅堯臣)은 황하(黃河)의 흐름을 막았다가 터
트리니 한순간에 모든 소리들이 사라지는 것과 같다. 소유(少游) 진관
(秦觀)은 혼기(婚期)를 맞은 처녀가 봄나들이를 하다가 끝내 아름다움
에 손상을 끼친 것과 같으며, 후산(後山) 진무기(陳無己)는 깊숙한 곳에
서 학(鶴)이 홀로 울고 깊은 숲속에 꽃이 외로이 피어 스스로 곱게 여
길 뿐 알아주기를 구하지 않는 것과 같다. 자창(子蒼) 한구(韓駒)는 배
나무 동산에서 음악을 연주하는데 차례대로 악기를 연주하면서도 화
음(和音)을 이룬 것 같으며, 거인(居仁) 여본중(呂本中)은 유학(儒學)을
버리고 선(禪)으로 돌아간 것을 스스로 뛰어났다고 여긴 것과 같다. 그
밖의 작가들을 다 진술하기는 어렵지만, 당(唐)나라의 두보(杜甫)는 주
공(周公)이 예를 제정하고 음악을 만든 것과 같아서 후대 사람이 두보
에 대해서는 평가를 할 수 없을 정도이다."265)

오도손이 시인들을 평가한 말들이 명료하고 훌륭하여 타당한 것 같
은데, 송나라 시인들에 대해서는 제대로 파악하지 못한 부분이 조금
은 있다. 그렇지만 『시인옥설(詩人玉屑)』의 전문을 기록해 둔다.

---

263) 등예는 삼국 시대 때 위(魏)나라의 장수로, 종회(鍾會)와 함께 촉(蜀)나라를 공
격하면서 갖은 고생을 다하면서 촉나라 군사들 몰래 음평도(陰平道)로 나아가 성
도(成都)를 함락시켰다.
264) 남북조(南北朝) 때의 은사(隱士)이다.
265) 『시인옥설(詩人玉屑)』 권2에 보이는 구절이다.

敖陶孫評魏武帝如幽燕老將, 氣韻沈雄. 曹子建如三河少年, 風流自賞. 鮑明遠如饑鷹獨出, 奇矯無前. 謝康樂如東海揚帆, 風日流麗. 陶彭澤如絳雲在霄, 舒卷自如. 王右丞如秋水芙蓉, 倚風自笑. 韋蘇州如園客獨繭, 暗合音徽. 孟浩然如洞庭始波, 木葉微落. 杜牧之如銅丸走阪, 駿馬注波. 白樂天如山東父老課農桑, 事事言言皆著實. 元微之如龜年說天寶遺事, 貌悴而神不傷. 劉夢得如鏤冰琱瓊, 流光自照. 李太白如劉安雞犬, 遺響白雲, 覈其歸存, 恍無定處. 韓退之如囊沙背水, 惟韓信獨能. 李長吉如武帝食露盤, 無補多欲. 孟東野如埋泉斷劍, 臥壑寒松. 張籍如優工行鄕飮, 醻獻秩如, 時有詼氣. 柳子厚如高秋獨眺, 霽晚孤吹. 李義山如百寶流蘇, 千絲鐵網, 綺密環姸, 要非適用. 宋朝蘇東坡如屈注天潢, 倒連滄海, 變眩百怪, 終歸雄渾. 歐公如四瑚八璉, 正可施之宗廟. 荊公如鄧艾縋兵入蜀, 要以險絶爲功. 山谷如陶弘景入官, 析理談玄, 而松風之夢故在. 梅聖兪如關河放溜, 瞬息無聲. 秦少游如時女步春, 終傷婉弱. 陳後山如九皋獨淚, 深林孤芳, 沖寂自步姸, 不求識賞. 韓子蒼如梨園按樂, 排比得倫. 呂居仁如散聖安禪, 自能奇逸. 其他作者, 未易殫陳. 獨唐杜工部如周公制作, 後世莫能擬議. 語覺爽俊, 而評似穩妥, 唯少爲宋人曲筆耳, 故全錄之.

5-13. 명대 시인에 대한 논의

내가 국조(國朝)의 선배 가운데 명가(名家)에 대하여 조금 넘겨본 것이 있으니 에오라지 여기에 기록하여 한가할 때 감상하는 소재로 삼고자 한다.

먼저 시에 대해서 살펴본다.

계적(季迪) 고계(高啓)는 수리를 사냥하는 오랑캐가 굳세고 튼튼하여 급하게 활을 당겨 이따금 명중한 것 같다. 또한 연(燕)의 무희가 화장하고 아름답게 웃으며 사람을 유혹하는 것 같다. 백온(伯溫) 유기(劉基)는 유송(劉宋)266)의 무예를 좋아하는 많은 왕과 같아서 능력이 이미 뛰어난데 문예에 힘써 화려하고 정돈되었지만, 왕도와 사안의 의관을 갖춘 자제들과 비교하면 고개를 숙일 수밖에 없는 것과 같다. 가잠(可潛) 원개(袁介)는 사광(師廣)의 손으로 거문고를 연주하니 유려(流麗)하게 마음을 노래하지만 높은 산은 아직도 먼 것과 같다. 자고(子高) 유숭(劉崧)은 빗속에 소형화(素馨花)267)가 비록 빙긋 웃고 있지만 오래된 한매(寒梅)의 풍골은 지니지 못한 것과 같다. 맹재(孟載) 양기(楊基)는 서호의 버들가지가 하늘거리며 사람에게 다가서서 마음을 지극하게 말하지만 풍아(風雅)로 땅을 쓰는 것 같다.268) 조종(朝宗) 왕충근(王忠勤)은 호금(胡琴)과 강관(羌管)이 비록 태상악(太常樂)은 아니지만 낭랑하여 운치가 있는 것 같다.

서유문(徐有文)과 장래의(張來儀)는 시골의 사녀(士女)가 질박한 정을 갖추었으나 체도(體度)269)가 없는 것과 같다. 백융(伯融) 손염(孫炎)은 새로 재갈 물린 말을 타나 말을 조종함이 서투른 것과 같다. 중연(仲衍) 손분(孫蕡)은 부호가의 자제가 소년들이 모인 곳에 들어가 경쾌하게 노닐면서 절로 즐기는 것과 같다. 장원(長源) 포원(浦源)과 자우(子羽) 임홍(林鴻)은 소승법의 논사(論師)270)가 되어, 죽으면 천당에 다시

---

266) 유송(劉宋) : 남조(南朝)의 유씨들이 세운 왕조를 말한다.
267) 소형화(素馨花) : 재스민이다.
268) 천자가 연회를 열자, 축흠명(祝欽明)이 팔풍무(八風舞)를 추었다. 이에 모든 학사들이 "축공의 이러한 행동은 오경(五經)으로 땅을 깨끗이 쓰는 것이다."라 한 일이 『전당시화(全唐詩話)』 「이적(李適)」에 보인다.
269) 체도(體度) : 체제(體制)를 말한다.
270) 논사(論師) : 삼장 가운데 특히 논장에 통달하거나 또는 논을 지어 불법을 널리

태어나지만 성불(成佛)이 되는 것은 매우 요원(遙遠)한 것과 같다. 대신 (大紳) 해진(解縉)은 하삭(河朔)의 뛰어난 협객이 수염을 늘어트리면서 창을 꼬나 쥐고 사방을 돌아다니며 사람을 돕는데 촌놈들과도 주육을 나눠 먹는 것과 같다. 동리(東里) 양사기(楊士奇)는 평평한 다리로 흐르는 물이 약간 운치를 이룬 것과 같다. 자계(子啓) 증계(曾棨)는 절도사에 봉해져 병사를 모아 동으로 정벌을 나서 화려함이 계속 이어졌지만 정예 기병은 매우 적은 것과 같다. 공양(公讓) 탕윤적(湯允勣)과 유원제(劉原濟)는 회음(淮陰)의 소년이 대단히 강건하여 사람을 잡아먹는 듯한 형상을 짓는 것 같다.

흠모(欽謨) 유창(劉昌)은 시골 아낙이 꽃을 꽂고 농염함과 부끄러움을 반반 지닌 것과 같다. 정부(正夫) 하인(夏寅)은 시골의 좀스런 사내가 비단 옷을 입고 있다가 고관을 보고 비록 단정하게 몸가짐을 하지만 때로 본모습이 드러나는 것과 같다. 서애(西涯) 이동양(李東陽)은 연못에 가을 장마가 내려 아득히 넘실거리는데 쉽게 바닥이 보이는 것과 같다. 방석(方石) 사탁(謝鐸)은 향촌의 글방 선생이 날마다 어린아이처럼 웅얼거리는 것과 같다. 포암(匏庵) 오관(吳寬)은 책상물림 출신이 비록 한아(閒雅)한 행동을 하지만 끝내 더러운 습관에서 벗어나지 못한 것과 같다. 계남(啓南) 심주(沈周)는 노성한 농부가 실제 경험이 많지만 다만 저속한 말이 많은 것과 같다. 공보(公甫) 진헌장(陳獻章)은 선을 배우는 사람이 우연히 한마디 진리를 깨친 말271)을 얻어 자재무애(自在無碍)의 삼매라고 이른 것과 같다. 공양(孔陽) 장창(莊昶)은 아름다운 곳은 반드시 말할 만한 것이 없고 나쁜 곳은 시골 무당이 귀신을

펴는 승려이다.
271) 자연어(自然語) : 불교에서 불법 그 자체의 진리를 표현하는 경우에 쓰는 말이다.

내려, 접신한 노인이 좌중을 꾸짖는 것과 같다.

정의(鼎儀) 육익(陸釴)은 말을 더듬는 사람이 우아한 말을 하는데 대부분 목구멍에서 웅얼대는 것과 같다. 형부(亨父) 장태(張泰)는 사람을 위로하여 노래를 부르는데 도도한 가락 가운데 속세의 때가 섞여 있는 것과 같다. 정지(精之) 장녕(張寧)은 작은 배가 급류를 타고 한순간에 지나가니 아름다운 경치를 구경할 틈이 없는 것과 같다. 문양(文襄) 양일청(楊一淸)은 늙은 익양(弋陽)의 기녀가 발성을 매우 쉽게 하나 비음이 많이 섞여 있어서 가락을 알아들을 수 없는 것과 같다. 민역(民懌) 상열(桑悅)은 낙양의 도박꾼이 집에는 조금의 재산도 없으면서 한번에 백만을 거는 것과 같다. 대용(代用) 임준(林俊)은 태호(太湖) 안의 잡석(雜石)이 은미한 운치를 갖추긴 했으나, 하찮은 것에 너무 빠지는 것과 같다. 희대(希大) 교녕(喬寧)은 한나라 관리가 먼 군(郡)으로 제수받아 출발할 때 대강 위의를 갖춘 것과 같다. 희철(希哲) 축윤명(祝允明)은 맹인이 장사치가 되어 가게를 열었는데 자못 진귀한 물건을 갖추었지만 마구 뒤섞어 진열한 것과 같다. 구규(九逵) 채우(蔡羽)는 호숫가 작은 섬에 우거진 장미가 때로 곱기도 하지만 한번 보고 그만둔 것과 같다.

경부(敬夫) 왕구사(王九思)는 한무제가 신선을 구하지만 욕망의 뿌리는 깊이 물들었으니, 때로 신선을 만나지만 끝내 실제 상황이 아닌 것과 같다. 소보(少保) 석방언(石邦彦)은 모래밭을 뒤져 금을 찾는데 가끔 보석을 찾는 것과 같다. 징중(徵仲) 문징명(文徵明)은 미녀가 담박하게 화장하고 유마(維摩)[272]가 앉아서 이야기하는 것과 같으며, 또는 작은

---

272) 유마(維摩) : 부처의 속제자(俗弟子)이다. 인도 비사리국(毘舍離國)의 장자(長者)로서 속가(俗家)에 있으면서 보살 행업을 닦았다. 대승 불교의 경전인 『유마경(維摩經)』의 주인공이다.

정각(亭閣)의 드문드문한 유리창이 우아하게 배치되었으나 눈앞에 보이는 경치는 쉽게 질리는 것과 같다. 덕함(德涵) 강해(康海)는 정강(靖康) 연간273)의 재상이 귀한 자리에 처하기는 했지만 겁에 질려 허둥대며 제대로 된 처분을 내리지 못하는 것과 같다. 자운(子雲) 장산경(蔣山卿)은 백랍의 설탕이 보기는 매우 달 것 같지만 맛을 음미할 수 없는 것과 같다. 흠패(欽佩) 왕위(王韋)는 어린 여자아이가 꽃을 걸치장을 하고 곱고 아리따운 자태를 배우는 것과 같다. 우좌(虞佐) 당룡(唐龍)은 고행을 하여 온갖 번뇌를 끊어버리려고 하지만 끝내 스스로의 이치를 깊이 깨우치지 못한 것과 같다. 자형(子衡) 왕정상(王廷相)은 외국 사람이 당(唐)에 귀순하여 무장으로 위엄을 보이거나 승려가 되어 좌선하던 가운데 부지불식간에 거칠고 사나운 본색을 드러낸 것과 같다.

사선(士選) 웅탁(熊卓)은 이른 가을 성근 숲에서 차가울 때 매미가 잠깐 우니 청초(清楚)하긴 하지만 다른 운치가 부족한 것이 안타까운 것과 같다. 장기(張琦)는 밤에 개구리가 이슬에 울어 절로 소리의 운치가 지극하지만 그러나 진흙을 벗어나지 못한 것과 같다. 백호(伯虎) 당인(唐寅)은 거지가 「연화악(蓮花樂)」274)을 부르는데, 그가 젊었을 때는 옥루(玉樓)와 금담장의 집에서 산 것과 같다. 정실(庭實) 변공(邊貢)은 낙양(洛陽)의 유명한 정원에 곳곳마다 아름다운 꽃이 피어 아름다운 모란275)이 필요하지 않은 것과 같다. 또한 오릉(吳陵)의 소년들이 갖옷에 말을 타고 천금을 지닌 것과 같다. 화옥(華玉) 고린(顧璘)은 봄날

---

273) 정강(靖康) 연간 : 송 흠종이 다스리던 시기로 정강(靖康)의 변(變)이 일어났다. 이 사건은 1126년 금(金)이 송(宋)의 개봉을 함락시키고 휘종과 그의 아들 흠종을 만주로 납치해 갔다.

274) 연화악(蓮花樂) : 거지가 구걸할 때 부르는 노래이다.

275) 요위(姚魏)는 요황(姚黃)과 위자(魏紫)의 합칭으로 진귀한 모란의 이름이다. 옛날 낙양의 요씨(姚氏)와 위씨(魏氏)의 두 집에 귀한 모란이 있었다고 한다.

동산에 꽃이 모두 폈는데 장미도 적지 않은 것과 같다. 원서(元瑞) 유린(劉麟)은 남방의 민 지방 사람이 억지로 제나라 말을 하려는데 무슨 말인지 알아들을 수 없는 것과 같다. 승지(升之) 주응등(朱應登)은 환온(桓溫)이 유곤(劉琨)과 닮았으나 부족한 것이 많은 것과 같다.276)

근부(近夫) 은운소(殷雲霄)는 월나라 병사가 장강(長江)과 회수(淮水) 사이를 주름잡지만 끝내 패자(覇者)가 되지 못한 것과 같다. 신건(新建) 왕수인(王守仁)은 장조범지(長爪梵志)277)가 설법에서 웅변을 토하여 사람을 감동시킨 것과 같다. 자연(子淵) 육심(陸深)은 입자관(入貲官)이 지은 문장이 비록 매우 우아하다고 해도 회계를 기록한 본래 면모를 벗어나지 못한 것과 같다. 계지(繼之) 정선부(鄭善夫)는 얼음이나 바위덩어리가 단단하지만 아름답지 못한 것과 같다. 또한 천보(天寶) 연간278)의 노인이 난리가 일어난 상황을 말하는데 일이 모두 실제 같아 때때로 눈물짓게 만드는 것과 같다. 망지(望之) 맹양(孟洋)은 가난한 딸깍발이가 술상을 차려 안주 한두 개에 맹맹하고 맛도 없지만, 그래도 비린내 나는 음식은 올리지 않는 것과 같다. 면지(勉之) 황성증(黃省曾)은 조경으로 가산(假山)에 연못을 갖춰 비록 화려하고 잘 구성되었으

---

276) 대사마 환온(桓溫)은 늘 사마의(司馬懿)나 유곤과 같은 일류 인물로 자처했다. 북벌에서 돌아오며 유곤의 늙은 여종을 데려왔다. 노비가 환온을 보고 눈물을 흘리며 유곤과 흡사하다고 말했다. 환온이 기뻐서 어디가 닮았느냐고 물었다. 노비는 "얼굴은 흡사하지만 얇고, 눈도 흡사하지만 작으며, 수염도 매우 흡사하지만 아쉽게도 붉고 짧고, 목소리도 매우 흡사하지만 아쉽게도 약합니다."라고 대답했다.

277) 장조범지(長爪梵志) : 부처의 16제자인 마하 구치라는 사리불존자의 외삼촌으로 나면서부터 손톱이 길어 장조범지(長爪梵志)라 했다. 출가하여 능수능란하게 언변이 뛰어나 어떠한 어려운 질문에도 잘 대답했으므로 문답제일로 불렸다.

278) 천보(天寶) 연간 : 당나라 현종(顯宗)이 다스리던 시기로 안녹산(安祿山)의 난이 일어났다.

나 인력을 많이 낭비한 것과 같다.

자업(子業) 고숙사(高叔嗣)는 높은 산에서 거문고를 연주하며 깊은 생각에 빠져 있는데, 나뭇잎은 다 떨어지고 돌은 절로 푸르른 것과 같다. 또한 세마 위개(衛玠)279)가 근심을 말할 때 마음 아파하면서도 돌려서 완곡하게 말하니 듣는 사람의 마음이 찢어지는 것과 같다.

군채(君采) 설혜(薛蕙)는 송나라 사람의 엽옥(葉玉)이 천의무봉의 경지에 오른 것과 같으며, 또한 어여쁜 여자가 연못을 산책하다가 꽃을 솎으며 웃는 것과 같다. 효사(孝思) 호찬종(胡纘宗)은 기세 넘치는 한량이 오(吳)나라 음악을 좋아하여 흥이 넘치면 곧바로 노래를 불러 합판(合板)280)이 필요치 않는 것과 같다. 중방(仲房) 마여기(馬汝驥)는 위위(衛尉) 정불식(程不識)이 서궁(西宮, 미앙궁)을 엄격하게 경비하며 의장(儀仗)이 웅장하지만 전사들은 목숨을 바쳐 싸울 기세가 없는 것과 같다. 풍도생(豊道生)은 사원(沙苑)281)의 말이 노마(駑馬)와 준마가 반쯤 뒤섞여 있는데, 마음 내키는 대로 말을 몰다가 많이 넘어지는 경우와 같다. 순부(舜夫) 왕구(王謳)는 찢어진 철망으로 산호를 주워 담는데 온 힘을 기울이지만 떨어트리지 않고 가져온 것은 별로 없는 것과 같다. 태초(太初) 손일원(孫一元)은 눈 내리는 밤에 작은 부대를 이끌고 좁은

---

279) 위개(衛玠) : 진 회제(晉懷帝) 때 태자사마에 있었는데, 당시 정국이 혼란했다. 309년에 북방 흉노인 유유(劉裕)가 쳐들어오자 식솔을 거느리고 남방으로 피난을 떠난다. 위개는 병약했기에 피난길이 여간 고역이 아니었는데, 피난 도중에 아내가 먼저 죽고 만다. 그 후 다시 남경으로 돌아왔지만 27세의 나이로 죽고 만다. 항상 인품이 부족한 자는 용서(容恕)하고 고의로 기만하는 것이 아니면 이치(理致)로 타일렀기 때문에 평생 동안 기쁘거나 성낸 빛을 얼굴에 나타내지 않았다.

280) 합판(合板) : 정확히 무엇을 가리키는지 알 수 없는데, 악기의 일종으로 보인다.

281) 사원(沙苑) : 당나라 때 황궁에서 필요한 말을 기르던 곳이다. 두보의 「사원행(沙苑行)」이란 시가 있다.

길로 채(蔡)나라로 들어가는 것과 같으며, 또한 매미가 이슬 내리는 달밤에 천지를 울리며 우는데 땅 속의 지렁이는 진흙을 몸에 두르고 있는 것과 같다.

자우(子羽) 시점(施漸)은 시내가 흐르는 외로운 마을 차가운 저녁에 두어 까마귀가 멀리서 점점이 돌아가니, 저물녘 경물이 쓸쓸하여 여운이 없는 것과 같다. 이길(履吉) 왕총(王寵)은 시골 소년이 도회지에서 오랫동안 유람하여 풍류가 조금 세련되었지만 끝내 본래 면목을 벗어나지 못한 것과 같으며, 또한 양주(揚州)의 큰 연회에 비록 바다와 육지의 진수성찬을 갖추었지만 때로 변변찮은 음식이 있는 것과 같다. 명경(明卿) 상륜(常倫)은 사원의 어린 망아지가 기세등등하게 울며 자부하지만 날쌔게 내달리지 못하는 것과 같다. 문은(文隱) 장치(張治)는 고대의 솥을 본떠 만들었는데 뛰어나 사람을 놀라게 하지만 끝내 고아한 멋이 없는 것과 같다. 치흠(稚欽) 왕정진(王廷陳)은 준마가 들판을 내달리고 미녀가 춤을 추는 것과 같은데, 오언시는 만리장성처럼 뛰어나다.[282]

약지(約之) 진속(陳束)은 청루(靑樓)의 소녀가 달빛 아래 공후(箜篌)를 부는데 처음에는 한가로운 가락을 연주하다가 결국 처량한 가락으로 끝맺음하는 것과 같으며, 또한 시든 연꽃에 비가 내리니 비록 시들었으나 아리따운 자태를 지닌 것과 같다. 용수(用修) 양신(楊愼)은 졸부가 동산(銅山)[283]과 금랄(金埒)[284]을 소유했지만 밥 먹고 옷 입을 줄 모르

---

[282] 다섯 글자가 만리장성 같다는 뜻으로, 오언시에 능숙한 것을 비유적으로 이르는 말이다. 원래 유장경(劉長卿)을 가리키는 말이었다.

[283] 동산(銅山) : 한 문제(漢文帝)가 총신 등통(鄧通)에게 촉군(蜀郡) 엄도(嚴道)의 동산(銅山)을 하사하여, 스스로 동전을 만들게 해서 거부(巨富)가 되도록 했다는 고사가 있다. 『사기(史記)』「영행열전(佞幸列傳)」에 보인다.

[284] 금랄(金埒) : 왕제(王濟)가 진 무제(晉武帝)의 딸인 상산공주(常山公主)에게 장

는 것과 같다. 자중(子中) 이사윤(李士允)은 교활한 종놈이 수레와 말을 화려하게 꾸미고 금과 비단을 널리 베풀어도 원래 자신의 물건이 아닌 것과 같다. 명오(鳴吾) 요도남(廖道南)은 새 비가 도랑을 깨끗이 쓸어 떠 있던 잡풀과 더러운 진흙이 한 순간에 씻겨 내려간 것과 같다. 자안(子安) 황보효(皇甫涍)는 옥이 쟁반을 구르듯 대단히 청아한데 짧은 편목의 작품을 다듬지 않아 안타깝다. 영지(永之) 원질(袁袠)는 왕도(王導)와 사안(謝安) 문중의 귀한 자제의 행동거지가 볼만한 것과 같다. 재백(才伯) 황좌(黃佐)는 붉은 옥돌이 말갈(靺鞨)[285]과 대단히 비슷한데, 만년의 행동이 한스럽다. 주이언(周以言)은 중지(中智)의 비구(比丘)가 비록 선근(善根)이 다 갖춰지지는 않았지만 소승의 말을 내지는 않는 것과 같다. 평숙(平叔) 시준(施俊)은 작은 고을의 백성이 집을 짓고 가구를 다 갖춘 것과 같다.

이언(以言) 장응양(張應揚)은 감주(甘州)의 석두(石斗)[286]는 어리는 은은한 빛이 옥과 같은데 표면의 무늬는 거친 것과 같다. 승지(承之) 호시(胡侍)는 병든 책상물림이 백원공(白猿公)[287]의 검술을 배워 검법대로 검을 휘두르지만 힘이 없어 사람을 찌르지 못하는 것과 같다. 자잠(子潛) 화찰(華察)은 성근 숲에 너럭바위와 맑은 시내의 작은 배가 있는 곳에 비록 가을에서 겨울로 넘어갈 때에도 단풍나무와 귤나무에 잎이 지지 않은 것과 같다. 맹독(孟獨) 장치도(張治道)는 군영의 병사를 꾸짖을 때 눈을 부릅뜨고 팔을 휘두르니 용맹한 자태로 씩씩하게 진군하

가들었는데, 대단한 호사를 누렸다. 땅을 사들여 도랑을 만들고 그 안을 금으로 채워 말을 내달렸다.

285) 말갈(靺鞨) : 보석의 일종이다.

286) 석두(石斗) : 아름다운 돌로 만든 술잔이다.

287) 백원공(白猿公) : 춘추시대 검술로 유명한 인물로, 이백의 「결객소년장행(結客少年場行)」에 보인다.

는 것과 같다. 유광(愈光) 장함(張숨)은 졸렬한 장인이 산골(山骨)[288]을 깎으니 도끼로 깎은 자국이 그대로 있는 것과 같으며, 또한 구리를 묶어 그 배[腹]를 땜질할 때 안에 구리가 가득하지만 밖으로 자욱이 드러난 것과 같다. 자중(子重) 탕진(湯珍)은 시골의 장노(長老)가 성에 들어와 위엄을 차려 행동하지만 끝내 세련되고 우아한 모습이 적은 것과 같다. 부여주(傅汝舟)는『법화경(法華經)』을 말하면서 난잡하게 이야기하니 저속함은 많고 성스러움은 적은 것과 같다.

경숙(景叔) 교세녕(喬世寧)은 맑은 시내가 쏟아져 흘러가고 달이 떠서 나무에 걸렸는데, 그러나 이런 경치가 그다지 많지 않아 끝까지 읽기 힘든 것과 같다. 자목(子木) 채백석(蔡白石)은 고집 센 여자가 유황(流黃)[289]을 짜는데 실의 이치를 알지 못하고 억지로 무늬를 만들려고 하는 것과 같다. 도사(道思) 왕신중(王愼中)은 잠자는 새를 주살로 잡는데 재빨리 다가가 쳐서 잡으나 자못 유한(幽閑)한 운치가 적은 것과 같다. 백성(伯誠) 허종노(許宗魯)는 오랑캐 장사치가 지나치게 놀면서 수많은 돈은 낭비하며 절제할 줄 모르는 것과 같다. 우백(羽伯) 진풍(陳鳳)은 동시(東市)의 기생이 유곽의 기녀가 높은 값을 받는 것을 부러워하여 화장하고 억지로 미소 지으며 손님을 부르는 것과 같다. 윤녕(允寧) 왕유정(王維楨)은 마복자(馬服子)[290]가 병사로 진을 치며 변칙과 정법을 운용하지만 결국 병법을 알지 못하는 것과 같다. 또한 항우가 죽

---

288) 산골(山骨) : 바윗돌을 가리킨다. 한유의 「석정(石鼎)」 첫머리에 "솜씨 좋은 장인(匠人)이 산의 뼈를 깎아다가, 속을 파내고서 끓일 물건을 만들었네.[巧匠斲山骨, 刳中事煎烹.]"라는 구절이 나온다.

289) 유황(流黃) : 황견(黃繭)의 실로 짠 비단을 말한다.

290) 마복자(馬服子) : 마복군에 봉해진 조사(趙奢)의 아들 조괄(趙括)을 가리킨다. 조괄은 교주고슬(膠柱鼓瑟) 고사의 주인공으로 진나라와 장평의 전투에서 30만의 대군을 몰살당한 장본인이다.

기 직전에 노래를 마치면서 훌쩍거리며 운 것과 같다.

창곡(昌谷) 서정경(徐禎卿)은 흰 구름이 하늘을 흘러 다니다가 새로 나온 달을 가리기도 하고 드러내기도 하며, 산골 시내가 차가워 잔설이 아직 녹지 않은 것과 같다. 또한 하늘을 나는 신선이 우연히 인간 세상에 내려와 떠도는데 조금도 더러움에 물들지 않은 것과 같다. 중묵(仲默) 하경명(何景明)은 아침 노을이 강물에 드리우고 연꽃이 바람에 흔들리는 것과 같다. 또한 서시(西施)와 모장(毛嬙)291)의 재예(才藝)는 말할 것도 없고 부채를 물리치고 한번 바라보면 화장한 여자들이 무색해지는 것과 같다. 헌길(獻吉) 이몽양(李夢陽)은 금시조가 하늘을 가르고 용이 바다를 희롱하는 것과 같으며, 또한 한신(韓信)이 병사를 부릴 때 많거나 적거나 마음먹은 대로 지휘하여 신묘막측(神妙莫測)한 전법으로 적을 물리치는 것과 같다. 우린(于鱗) 이반룡(李攀龍)은 아미산(蛾眉山)에 눈이 쌓이고 낭풍봉(閬風峰)292)에 노을이 피어올라 높고 화려한 경치를 비교하기 어려운 것과 같다. 또한 커다란 상선(商船)에 실은 명주와 기이한 보물의 귀함은 한 나라 만큼이나 되고 그것보다 떨어진 것도 목난(木難)과 화제(火齊)293)인 것과 같다.

자상(子相) 종신(宗臣)은 악와(渥窪)의 신구(神駒)294)가 하루에 천리를 달리지만 말을 잘 듣지 않고 깨무는 흠이 있는 것과 같다. 또한 화산(華山)에 사는 도사가 그곳의 연하(煙霞)를 이야기하는데 모두 인간세상의 일이 아닌 것과 같다. 공실(公實) 양유예(梁有譽)는 푸른 들판과

---

291) 모장(毛嬙) : 『장자(莊子)』에 나오는 미인이다.
292) 낭풍봉(閬風峰) : 곤륜산(崑崙山)의 꼭대기이다.
293) 목난(木難)과 화제(火齊) : 모두 보물이다.
294) 악와(渥窪)의 신구(神駒) : '악와'는 감숙성(甘肅省)에 있는 냇물 이름인데, 한 무제(漢武帝) 때에 악와천에서 신마(神馬)가 나왔으므로 이른 말이다.

산과 연못이 적당한 곳에 자리 잡아 매우 아름다운 것과 같다. 또한 한나라 사예(司隷)의 의관이 사람으로 하여금 경탄을 자아내게 하지만 다만 당대 전성기의 의물(儀物)이 아닌 것과 같다. 준백(峻伯) 오유악(吳維嶽)은 자양(子陽)이 촉(蜀)에 있을 때 위의를 갖춘 것과 같고, 또한 초지(初地)295)의 사람이 이승(二乘)의 성문(聲聞)을 보면 들어가지만 대승(大乘)의 차원은 멀리하는 것과 같다. 여행(汝行) 풍유민(馮惟敏)은 유주(幽州)를 말로 여행하는 나그네가 비록 좋은 짝을 보았더라도 자못 우아함이 부족한 것과 같다. 여언(汝言) 풍유눌(馮惟訥)은 진(晉)나라 사람이 회계왕(會稽王)을 비평하면서 원대한 체제는 있지만 심원한 신운(神韻)은 없다고 한 것과 같다. 무삼(茂參) 장재(張才)는 비루하고 조야(粗野)한 사람이 장강을 건너와 예의를 소략하게 차리면서 옛날 중원의 이름난 집안의 자제라고 말하는 것과 같다.

소편(少梗) 노남(盧柟)은 어지러운 세상에서 여유롭게 지내는 아름다운 공자(公子)가 얽매임 없이 경준(輕俊)한 것과 같다. 자개(子价) 주왈번(朱曰藩)은 높이 앉은 도인이 차의(衩衣)296)에 나막신을 신고 문득 오랑캐 말을 하는 것과 같다. 명야(鳴野) 진학(陳鶴)은 자옥(子玉)297)의 군대가 삼백 승이 넘으면 패배한 것과 같다. 공가(孔嘉) 팽년(彭年)은 광록대부가 사신에게 잔치를 여는데 수많은 음식을 내왔으나 그 가운데 변변치 않은 음식이 있는 것과 같다. 여사(汝思) 서문통(徐文通)은 이제 막 단련한 매가 새를 보고 공격하니 사냥하기 어려운 것과 같다.

---

295) 초지(初地) : 보살의 수행하는 계단인 52위 가운데 10지위의 첫 계단이다. 환희지(歡喜地)라고도 한다.
296) 차의(衩衣) : 남자가 평소에 입는 양 옆을 튼 긴 옷을 이른다.
297) 자옥(子玉) : 초나라의 장수로 3백 승의 군사를 거느리고 송(宋)나라를 침공했다가 진(晉)의 원군에 의해 패배당한 뒤 자결했다.

순부(淳父) 황희수(黃姬水)는 북리(北里)[298]의 이름난 기생이 주규(酒
糾)[299]를 만들었는데, 재색이 볼 만하며 때때로 빼어난 말을 하니 손
님들이 많이 찾아든 것 같다. 무진(茂秦) 사진(謝榛)은 태관(太官)[300]의
오랜 부엌에서 작은 고을을 위하여 잔치를 여는데 비록 음식이 기이
하진 않지만 그렇다고 맛이 없지 않는 것과 같다. 순보(順甫) 위상(魏
裳)은 황매좌인(黃梅坐人)[301]이 상승(上乘)을 말하는데 비록 철저하게
깨닫지 못했어도 문종(門宗)을 잃지 않은 것과 같다.

余於國朝前輩名家, 亦偶窺一斑, 聊附於此, 以當鼓腹.

詩

高季迪如射雕胡兒, 伉健急利, 往往命中. 又如燕姬靚妝, 巧笑便辟.
劉伯溫如劉宋好武諸王, 事力旣稱, 服藝華整, 見王謝衣冠子弟, 不免低
眉. 袁可潛如師手鳴琴, 流利有情, 高山尚遠. 劉子高如雨中素馨, 雖復
嬌然, 不作寒梅老樹風骨. 楊孟載如西湖柳枝, 綽約近人, 情至之語, 風
雅掃地. 汪朝宗如胡琴羌管, 雖非太常樂, 琅琅有致. 徐幼文張來儀如鄉
士女, 有質有情, 而乏體度. 孫伯融如新就銜馬, 步驟未熟, 時見輕快.
孫仲衍如豪富兒入少年場, 輕脫自好. 浦長源林子羽如小乘法中作論
師, 生天而可, 成佛甚遙. 解大紳如河朔大俠, 鬚髯戟張, 與之周旋, 酒
肉儈父. 楊東裏如流水平橋, 粗成小致. 曾子啓如封節度兵東征, 鮮華雜
沓, 精騎殊少. 湯公讓劉原濟如淮陰少年, 斗健作噉人狀. 劉欽謨如村女

簪花, 穠艶羞澁, 正得各半. 夏正夫如鄉嗇夫衣繡見達官, 雖復整飭, 時露本態. 李西涯如陂塘秋潦, 汪洋澹泹, 而易見底裏. 謝方石如鄉里社塾師, 日作小兒號嗄. 吳匏庵如學究出身人, 雖復閑雅, 不脫酸習. 沈啓南如老農老圃, 無非實際, 但多俚辭. 陳公甫如學禪家, 偶得一自然語, 謂爲遊戲三昧. 莊孔陽佳處不必言, 惡處如村巫降神, 里老罵坐. 陸鼎儀如吃人作雅語, 多在咽喉間. 張亨父如作勞人唱歌, 滔滔中俗子耳. 張靜之如小棹急流, 一瞬而過, 無復雅觀. 楊文襄如老弋陽會, 發喉甚便而多鼻音, 不復見調. 桑民懌如洛陽博徒, 家無擔石, 一擲百萬. 林待用如太湖中頑石, 非不具微致, 無乃癡重何. 喬希大如漢官出臨遠郡, 亦自粗具威儀. 祝希哲如盲賈人張肆, 頗有珍玩, 位置總雜不堪. 蔡九逵如灌莽中薔薇, 汀際小鳥, 時複娟然, 一覽而已. 王敬夫如漢武求仙, 欲根正染, 時復遇之, 終非實境. 石少保如披沙揀, 金, 時時見寶. 文徵仲如仕女淡妝, 維摩坐語. 又如小閣疏窗, 位置都雅, 而眼境易窮. 康德涵如靖康中宰相, 非不處貴, 恒擾粗率, 無大處分. 蔣子雲如白蠟糖, 看似甘美, 不堪咀嚼. 王欽佩如小女兒帶花, 學作軟麗. 唐佐如苦行頭陀, 終少玄解. 王子衡如外國人投唐, 武將坐禪, 威儀解悟中, 不免露抗浪本色. 熊士選如寒蟬乍鳴, 疏林早秋, 非不清楚, 恨乏他致. 張琦如夜蛙鳴露, 自極聲致, 然不脫淤泥中. 唐伯虎如乞兒唱蓮花樂, 其少時亦復玉樓金坅. 邊庭實如洛陽名園, 處處綺卉, 不必盡稱姚魏. 又如五陵裘馬, 千金少年. 顧華玉如春原盡花, 蕪蘼不少. 劉元瑞如閩人强作齊語, 多不辨. 朱升之如桓宣武似劉司空, 無所不恨. 殷近夫如越兵縱橫江淮間, 終不成霸. 王新建如長爪梵志, 彼法中錚錚動人. 陸子淵如入貲官作文語雅步, 雖自有餘, 未脫本來面目. 鄭繼之如冰凌石骨, 質勁不華. 又如天寶父老談喪亂, 事皆實際, 時時感慨. 孟望之如貧措大置酒, 寒酸澹泊, 然不至腥膻. 黃勉之如假山池, 雖爾華整, 大費人力. 高子業如高山鼓琴, 沉思忽往, 木葉盡脫, 石氣自青. 又如衛洗馬言愁, 憔悴婉篤, 令人心折. 薛君采如宋人葉玉, 幾奪天巧. 又如倩女臨池, 疏花獨笑. 胡孝思如驕兒郎愛吳音, 興到卽謳, 不必合板. 馬仲房如程衛尉屯西宮, 斥堠精嚴, 甲仗雄整, 而士乏樂用之氣. 豊道生如沙苑馬, 駑駿相半, 姿情馳騁, 中多敗蹶. 王舜夫如敗鐵網取珊瑚, 用力堅深, 得寶自少. 孫太初如雪夜偏師, 間道入蔡. 又如鳴蜩伏蚓, 聲振月露, 體滯泥壤. 施子羽如寒鴉數點, 流水孤村, 惜其景物蕭條, 迫晩意盡. 王履吉如鄕少年久遊都會, 風流詳雅, 而不盡脫本來面目. 又似揚州大宴, 雖鮭珍水陸, 而時有宿味. 常明卿如沙苑兒駒, 驕嘶自賞, 未諧步驟. 張文隱如藥鑄鼎, 燦爛驚人, 終乏古雅. 王稚欽如良馬走阪, 美女舞竿, 五言尤自長城. 陳約之如青樓小女, 月下箜篌, 初取閑適, 終成淒楚. 又如過雨殘荷, 雖爾衰落, 嫣然有態. 楊用脩如暴富兒郎, 銅山金埒, 不曉吃飯著衣. 李子中如刁家奴, 煇赫車馬, 施散金帛, 原非己物. 謬鳴吾如新決渠, 浮楚濁泥, 一瞬皆下. 皇甫子安如玉盤露屑, 清雅絶人, 惜輕縑短幅, 不堪裁剪. 袁永之如王謝門中貴子弟, 動止可觀. 黃才伯如紫瑛石, 大似靺鞨, 晩年不無可恨. 周以言如中智芘蒭, 雖乏根具, 不至出小乘語. 施平叔如小邑民築室, 器物俱完. 張以言如甘州石斗, 色澤似玉, 膚理粗漫. 胡承之如病措大習白猿公術, 操舞如度, 擊刺未堪. 華子潛如盤石疏林, 清溪短棹, 雖在秋冬之際, 不廢楓橘. 張孟獨如罵陣兵, 嗔目揎袖, 果勢壯往. 張愈光如拙匠琢山骨, 斧鑿宛然. 又如束銅錮腹, 滿中外道. 湯子重如鄕三老入城, 威儀擧擧, 終少華冶態. 傅汝舟如言法華作風話, 凡多聖少. 喬景叔如清泉放溜, 新月掛樹, 然此景殊少, 不耐縱觀. 蔡子木如驕女織流黃, 不知絲理, 强自斐然. 王道思如驚弋宿鳥, 撲刺遒迅, 殊愧幽閑之狀. 許伯誠如賈胡子作狎遊, 隨事揮散, 無論中節. 陳羽伯如東市倡, 慕青樓價, 微傅粉澤, 强工顰笑. 王允寧如馬服子陳師, 自作奇正, 不得兵法. 又如項王嘔嘔未了,忽發暗鳴. 徐昌穀如白雲自流, 山泉冷然, 殘雪在地, 掩映新月. 又如飛天仙人, 偶遊下界, 不染塵俗. 何仲默如朝霞點水, 芙蕖試風. 又如西施毛嬙, 毋論才藝, 却扇一顧, 粉黛無色. 李獻吉如金鳷擘天, 神龍戲海. 又如韓信用兵, 衆寡如意, 排蕩莫測. 李于鱗如峨眉積雪, 閬風蒸霞, 高華氣色, 罕見其比. 又如大商舶, 明珠異寶, 貴堪敵國, 下者亦是木難火齊. 宗子相如渥窪神駒, 日可千裏, 未免齧決之累. 又如華山道士, 語語煙霞, 非人間事. 梁公實如綠野山池, 繁雅勻適, 又如漢司隸衣冠, 令人驚美, 但非全盛儀物. 吳峻伯如子陽在蜀, 亦具威儀. 又如初地人見聲聞則入, 大乘則遠. 馮汝行如幽州馬行客, 雖見伉俍, 殊乏都雅. 馮汝言如晉人評會稽王, 有遠體而無遠神. 張茂參如荒儉度江, 揖讓簡略, 故是中原門第. 盧少楩如翩翩濁世佳公子, 輕俊自肆. 朱子價如高坐道人, 衩衣躡屐, 忽發胡語. 陳鳴野如子玉兵, 過三百乘則敗. 彭孔嘉如光祿宴使臣, 餼飣詳整, 而中多宿物. 徐汝思如初調鷹見擊鷙, 故難獲鮮. 黃淳父如北裏名姬作酒糾, 才色旣自可觀, 時出俊語, 爲客所賞. 謝茂秦如太官舊庖, 爲小邑設宴, 雖事饌非奇, 而餼飣不苟. 魏順甫如黃梅坐人, 談上乘縱未透汗, 不失門宗.

5-14. 명대 문인에 대한 논의

다음은 문(文)에 대한 평가이다.

경렴(景濂) 송렴(宋濂)은 걸(桀)이 술로 연못을 이루고 고기로 숲을 이룬 것처럼 아주 풍요롭고 넉넉하지만 작약(芍藥)과 같은 온화함은 부족하다. 자충(子充) 왕위(王褘)와 중신(仲申) 호한(胡翰) 두 사람은 조정에서 하사한 궁중 술과 같아서 풍치와 법도가 있지만 청절(淸絶)함은 부족하다. 백온(伯溫) 유기(劉基)는 총대(叢臺)[302]의 젊은이들이 설사(說社)에 들어가는 것처럼 화려함에 치우쳐 말 재주는 볼만한 것이 적다. 계적(季迪) 고계(高啓)는 처마 끝에 매달이 놓은 깃발이 바람에 심하게 휘날리어 눈을 어지럽게 만드는 것과 같다. 소백형(蘇伯衡)은 열 집이 모여 사는 작은 마을에 큰 길은 대략 갖추어져 있지만 작은 골목이 없는 것과 같다. 희직(希直) 방효유(方孝孺)는 넘실거리며 흐르는 물이 한 번에 천 리 길을 달리지만 휘돌거나 거슬러 올라가는 다양한 변화가 없는 것과 같다. 대신(大紳) 해진(解縉)은 잘 달리는 말을 번갈아 타면서 재빨리 달려가지만 잰걸음으로 가는 것과 같다. 양사기(楊士奇)는 책상물림 서생(書生)[303]이 관리가 되어 우아하게 걷고 느긋하게 말하지만 차분하고 온화한 가운데 때때로 한미하고 가난한 모습이 드러나는 것만 같으며, 또 정위(廷尉)의 문서 관리하는 자리에 갓 제수되어 법도가 있지만 성근 것과 같다.

중심(仲深) 구준(丘濬)은 창고에 곡식이 썩어 들어가 먹지 못하는 것과 같다. 빈지(賓之) 이동양(李東陽)은 스님이 강연을 열어 당에 올라 유려하게 말을 하여 들을 만한 것은 있지만 정밀한 의리가 부족한 것 같다. 정의(鼎儀) 육익(陸釴)은 하경용(何敬容)처럼 정결한 것을 좋아하여, 한여름 옷을 다림질하다가 등을 태운 경우와 같다. 극근(克勤) 정민정(程敏政)은 어쩔 수 없이 조문 하면서 천천히 걷고 엄숙하게 옷을 입어 그 행동거지가 법도에는 맞지만, 슬퍼하는 마음은 부족한 것과 같다. 원박(原博) 오관(吳寬)은 대나무로 울타리는 친 초가집에서 그럭저럭 살아가기는 하지만 특별히 볼만한 화려함이 없는 것과 같다. 제지(濟之) 왕오(王鏊)는 장무성(長武城)의 오천 병사가 평소에 잘 훈련되

---

302) 총대(叢臺) : 전국 시대 조(趙)나라에서 쌓은 대로, 하북성(河北省) 한단성(邯鄲城)의 안에 있는데, 몇 개의 대가 서로 연해 있으므로 이렇게 이름했다고 한다.
303) 조대(措大) : 가난하고 실의한 선비를 말한다.

어 전투에 나갈 만하지만, 적은 적군에게도 패하는 것과 같다. 경명(景鳴) 나기(羅玘)는 약을 만드는 솥과 같아 비록 사람을 놀라게 할 만한 옛 빛깔이 있지만, 삼대 시절의 그릇이 아닌 것과 같다. 민역(民懌) 상열(桑悅)은 제사에 오랑캐 노래가 가득한 것 같으며 또한 자만심이 눈에 가득할 뿐이다. 군겸(君謙) 양순길(楊循吉)은 야랑왕(夜郎王)처럼 약간의 군신(君臣)이 있으면서 한(漢)나라가 크다는 것을 모르는 것과 같다.[304]

이정(彝正) 나륜(羅倫)은 강빈(姜斌)도사가 강단에 올라 강연하는데 말이 불법을 설파하는 데서 떠나지는 않았지만, 현묘한 이치가 부족한 것과 같다. 공보(公甫) 진헌장(陳獻章)은 좌선한 스님이 부처의 한마디 말로 이리저리 꿰맞추어[305] 또한 절로 사람을 감동시키는 것과 같다. 희철(希哲) 축윤명(祝允明)은 말더듬는 이가 마음이 급하여 말을 버벅거리는 것 같으며, 또 서투른 사람이 비단으로 실을 짜 흠이 많은 것과 같다. 백안(伯安) 왕수인(王守仁)은 애가(哀家)의 배[306]를 먹고 목이 너무도 시원하여 말로 형용할 수 없는 것과 같으며, 또 벼랑에서 폭포가 한 번에 천 길이나 쏟아지는데 연못에 깊이 고이지 않는 것과 같다. 자종(子鍾) 최선(崔銑)은 비단을 만드는데 옛 법도를 그대로 따라 무늬는 화려하지 못하나 그래도 우아하여 좋아할 만하지만 비단의 편

---

304) 한(漢)나라 때 남쪽 야만족인 자그마한 야랑국(夜郎國)의 왕이 한나라 황제와 자신을 견주었던 고사가 있다. 자신의 능력과 분수도 모른 채 자존망대(自尊妄大)하며 설쳐대는 사람을 말한다.

305) 동도서말(東塗西抹) : '동쪽에서 바르고 서쪽에서 지운다'라는 뜻으로 이리저리 간신히 꾸며대어 맞춤을 이르는 말이다.

306) 한(漢)나라 말릉(秣陵)의 애중(哀仲)의 집에서 배를 심었는데, 그 열매가 크고 맛이 좋아서 당시 사람들이 애가리(哀家梨)라고 칭했다는 말이 『세설신어』「경저(輕詆)」의 주(註)에 나온다.

폭이 넓지 못한 것이 아쉽다. 원명(源明) 담약수(湛若水)는 길거리에서 빌어먹는 사람이 불경의 몇 마디 말을 외어, 문(門)에 이를 때마다 이를 외는 것과 같다.

헌길(獻吉) 이몽양(李夢陽)은 화려한 술잔의 비단이 천하의 보배이기는 하지만 조금의 흠이 없지는 않은 것과 같다. 중묵(仲默) 하경명(何景明)은 다섯 빛깔을 띠며 나는 꿩이 백 걸음도 못 날지만 사람들의 눈을 현혹시킬 수 있는 것과 같다. 창곡(昌穀) 서정경(徐禎卿)은 풍류의 젊은 이가 자신의 그림자를 보고 사랑에 빠지는 경우와 같다. 계지(繼之) 정선부(鄭善夫)는 북해 공융(孔融)처럼 일을 말하데 뜻은 크지만 재주가 부족한 것 같다. 자형(子衡) 왕정상(王廷相)은 실로 짠 모우(旄牛)가 진귀한 것을 등에 질 수는 있지만 걷지 못하는 것과 같다. 덕함(德涵) 강해(康海)는 목맨 소리로 「예상곡(霓裳曲)」의 서두 부분을 불러 곡조는 높지만 음색이 저속한 것과 같다. 경부(敬夫) 왕구사(王九思)는 외로운 스님과 녹선(鹿仙)[307]이 또한 제멋대로 방자한 것과 같다. 자업(子業) 고숙사(高叔嗣)는 옥쟁반에 이슬이 떨어져 청귀(清貴)하지만 한담(寒淡)한 것과 같다. 문민(文愍) 하언(夏言)은 작은 언덕을 오르면 바로 평야가 보이는 것과 같지만, 잘 정돈된 것에 불과하다.[308] 치흠(稚欽) 왕정진(王廷陳)의 편지는 고운 여인이 하소연하는 것 같고 다른 글은 쥐[鼠]를 옥[璞]이라 하고[309] 나귀[驢]를 위자(衛子)[310]라 한 것과 같다.

---

307) 녹선(鹿仙) : 노자(老子)를 가리킨다.

308) 소의(疏議) : 네 글자 또는 여섯 글자로 대구(對句)를 이루는 문체의 하나이다.

309) 서박(鼠璞) : 마른 쥐[乾鼠]란 뜻인데 정(鄭)나라에서는 연마하지 않은 옥(玉)을 박(璞)이라 했다. 주(周)나라 사람이 정나라 장사치에게 박을 사겠느냐고 하여 사게 되었는데 나중에 보니 '마른 쥐'이므로 사지 않았다는 고사가 있다.

310) 위자(衛子) : 나귀의 별칭이다. 위령공(衛靈公)이 나귀가 모는 수레 타기를 좋아했기에 나귀[驢]를 '위자'라고 부르게 된 것이다. 또한 진(晉)나라 위개(衛玠)가

강경소(江景昭)는 홍려관(鴻臚館)에 들어갔는데, 새가 시끄럽게 지저 귀어 무슨 소리인지 도통 알 수 없는 것과 같다. 명오(鳴吾) 요도남(廖 道南)은 고기 파는 작은 가게에 억지로 부유한 사람들을 불러 모으지 만 더러움만을 더하는 것과 같다. 가부(價夫) 곽유번(郭維藩)은 시골사 람이 조잡한 견해만을 계속 말하는 것과 같다. 풍도생(豊道生)은 골동 품 파는 가게에 진품과 모조품이 섞여 진열되어 때때로 보물도 눈에 띄지만 모조품을 속일 수 없는 것과 같다. 이순신(李舜臣)은 어항 속의 금붕어처럼 구경할 만하나, 드넓은 강호의 경치와는 절로 멀어진 것 같다. 약지(約之) 진속(陳束)은 골목에 꽃이 지는데 시든 잎 가운데서도 아름다운 잎이 조금은 있는 것과 같다. 덕조(德兆) 황정(黃禎)은 산요(山 徭)를 하면서 억지로 한나라 말을 하지만 때까치 같은 오랑캐 소리를 면하지 못하는 것과 같다. 면지(勉之) 황성증(黃省曾)은 신안(新安) 땅의 큰 장사치가 돈과 비단, 미곡과 금은은 모두 풍족하지만 법서(法書)나 명화(名畫)가 가짜인 것과 같다. 준명(浚明) 육찬(陸粲)은 스님이 털이개 를 붙잡고 조용하게 말은 하지만 명리(名理)가 전혀 부족하지 않는 것 과 같다. 우순(于順) 강이달(江以達)은 어린 독수리가 바람 속에 날며 스스로 멋있다고 자부하는 것과 같다. 영지(永之) 원질(袁袠)은 왕무자 (王武子)[311]가 집안의 자식 중에서 재주 있는 병사를 뽑았는데, 그를 후하게 대접하지 않는 것과 같다.

절뚝거리는 나귀 타는 것을 좋아했기에 당시에 나귀를 '위자'라고 하여 위개를 조롱했기에 절뚝거리는 위개[蹇衛]라는 말이 생겼다.

311) 왕무자(王武子) : 진(晉)나라 왕제(王濟)이다. 왕제의 숙부인 왕담(王湛)을 온 집안이 모두 치(癡)라 했다. 왕제가 평소에 말이 없는 숙부를 존경하지 않다가 『주역』의 이치를 깊이 분석하는 것을 보고 감탄하기를 "집안에 명사가 있는데도 30년 동안이나 몰랐으니 이는 나의 허물이다.[家有名士, 三十年而不知, 濟之罪 也.]"라고 한 일이 전한다.

중목(仲木) 여남(呂柟)은 잠을 자면서 끊임없이 잠꼬대를 하다가 우연히 그친 것과 같다. 백순(伯循) 마리(馬理)는 하삭(河朔)에서 양락(羊酪)을 먹은 놈에게 오랑캐의 비린내가 코를 찌르는 것과 같다. 안유교(顔惟喬)는 가난뱅이 서생이 세상에 이름이 알려졌지만, 그만한 능력이 없는 것과 같다. 용수(用脩) 양신(楊愼)은 비단 무늬로 꽃을 만들었지만, 꽃 하나하나에 생기가 없는 것과 같다. 문승(文升) 도응준(屠應峻)은 대부 집안의 훌륭한 자제와 빈천한 집안의 자식처럼 끝내 서로 비슷해질 수 없는 것과 같다. 윤영(允寧) 왕유정(王維楨)은 지방의 장인이 옥으로 기물을 만들어 너무도 기이하고 귀한데, 다듬은 흔적이 그대로 남아 있는 것과 같으며, 또 왕자의 스승이 화상국(華相國)을 배워 그 형적은 남아 있지만, 더욱 멀어진 것과 같다. 달부(達夫) 나홍선(羅洪先)은 강연하는 자리와 참선하는 자리 두 곳에 발 딛고 있지만 이 두 자리에서도 상석(上席)에 앉기에는 부족한 것과 같다. 도사(道思) 왕신중(王愼中)은 번화한 도회지의 가장 부유한 사람의 저택처럼 집은 너무 화려하고 건물 배치도 잘 되었는데, 집을 짓는 장인이 『목경(木經)』을 배우지 않아 중간 중간 잘못된 부분이 많은 것과 같다. 백성(伯誠) 허종노(許宗魯)는 나루와 역참을 두루 다니는데 본래 가지고 있는 돈은 적었지만 수요와 공급을 적절하게 하는 것과 같다. 군채(君采) 설혜(薛蕙)는 꿀을 먹고 청려장을 짚으면서도 자기 몸을 이기지 못하는 경우와 같다.

자개(子价) 주왈번(朱日藩)은 어린아이가 갈대 피리를 부는데 한두 소리가 그럴싸하다고 해서 태상의 반열에 올리려고 하는 것과 같다. 경숙(景叔) 교세녕(喬世寧)은 강동의 수재로 글은 모두 우아하지만 기운이 씩씩하지 못한 것과 같다. 오준백(吳俊伯)은 불문(佛門)에서 강연하는 스님이 많이 알고는 있지만 불법의 진면목에 대해서는 잘 모르는 것과 같다. 희보(熙甫) 귀유광(歸有光)은 가을비가 내리면 때때로 흘러넘치기도 하지만, 비가 내리지 않으면 한줄기 물길만 있는 것과 같다. 소편(少楩) 노남(盧柟)은 봄물이 이리저리 넘쳐 멋대로 흐르다가 본래 물길로 돌아오지 못하는 것과 같다. 공실(公實) 양유예(梁有譽)는 가난한 선비가 골동품을 좋아하여 눈에 띄는 한둘의 좋은 골동품은 얻었지만 가난하여 계속 골동품을 얻기 힘든 것과 같다. 자상(子相) 종신(宗臣)은 천리마가 자주 넘어지는 것과 같으며, 오묘하게 음악을 연주하는 사람이 다만 「위성곡(渭城曲)」312) 한 곡조만 알아서 날마다 그 노래만 부르는 것과 같다. 우린(于麟) 이반룡(李攀龍)은 상(商)나라 종묘에서 제사 지낼 때 쓰는 술그릇[彝]이나 주대(周代)의 구정(九鼎)이 천하의 진귀함 보물이지만, 삼대 시절의 사람이나 페르시아 상인313)이 아니면 그 값어치를 따질 수 없는 것과 같다.

文

宋景濂如酒池肉林, 直是豐饒, 而寡芍藥之和. 王子充胡仲申二公如官廚內醞, 差有風法, 而不堪清絶. 劉伯溫如叢臺少年入說社, 便辟流利, 小見口才. 高季迪如拍張簥幢, 急迅眩眼. 蘇伯衡如十室之邑, 粗有街市, 而乏委曲. 方希直如奔流滔滔, 一瀉千里, 而瀠洄滉瀁之狀頗少. 解大紳如遞夾快馬, 急速而少步驟. 楊士奇如措大作官人, 雅步徐言, 詳和中時露寒儉, 又如新廷廚牘, 有法而簡. 丘仲深如太倉粟, 陳陳相因, 不甚可食. 李賓之如開講法師上堂, 敷腴可聽, 而實寡精義. 陸鼎儀如何

---

312) 「위성곡(渭城曲)」: 왕유(王維)의 작품으로 전문은 다음과 같다. "渭城朝雨浥輕塵, 客舍靑靑柳色新. 勸君更進一杯酒, 西出陽關無故人."
313) 페르시아 상인: 파사(波斯)는 페르시아를 가리키고, 파사호(波斯胡)는 페르시아 상인이다. 기원전 6세기경 대제국을 건설, 각국의 모든 보물들이 모여들었다.

敬容好整潔. 夏月熨衣焦背. 程克勤如假面吊喪, 緩步嚴服, 動止舉舉,
而乏至情. 吳原博如茅舍竹籬, 粗堪坐起, 別無偉麗之觀. 王濟之如長武
城五千兵, 閑整堪戰, 而傷於寡. 羅景鳴如藥鑄鼎, 雖古色驚人, 原非三
代之器. 桑民懌如社劇夷歌, 亦自滿眼充耳. 楊君謙如夜郎王小具君臣,
不知漢大. 羅彝正如姜斌道士升講壇, 語不離法, 而玄趣自少. 陳公甫如
坐禪僧聖諦一語, 東塗西抹, 亦自動人. 祝希哲如吃人氣迫, 期期艾艾,
又如拙工制錦, 絲理多痕. 王伯安如食哀家梨, 吻咽快爽不可言, 又如飛
瀑布巖, 一瀉千尺, 無淵渟沉冥之致. 崔子鍾如古法錦, 文理黯然, 雅殆
可愛, 惜窘邊幅. 湛源明如乞食道人, 記經唄數語, 沿門唱誦. 李獻吉如
樽彝錦綺, 天下瑰寶, 而不無追蝕絲理之病. 何仲默如雉翬五彩, 飛不百
步, 而能鑠人目睛. 徐昌穀如風流少年, 顧景自愛. 鄭繼之如孔北海言
事, 志大才短. 王子衡如絲笮旄牛, 珍貴能負, 而不曉步驟. 康德涵如嘶
聲人唱霓裳散序, 格高音卑. 王敬夫如孤禪鹿仙, 亦自縱橫. 高子業如玉
盤露屑, 故是清貴, 如寒淡何. 夏文愍如登小丘, 展足見平野, 然是疏議
耳. 王稚欽書牘如麗人訴情, 他文則改鼠爲璞, 呼驢作衛. 江景昭如入鴻
臚館, 鳥語侏儷, 一字不曉. 廖鳴吾如屠沽小肆, 强作富人紛紜, 殊增厭
賤. 郭價夫如鄉老敍事, 粗見矗矗. 豐道生如骨董肆, 眞贗雜陳, 時亦見
寶, 而不堪儇詐. 李舜臣如盆池中金魚, 政使足玩, 江湖空闊, 便自渺然.
陳約之如小徑落花, 衰悴之中, 微有委艷. 黃德兆如山傔强作漢語, 不免
鴂舌. 黃勉之如新安大商, 錢帛米穀金銀俱足, 獨法書名畫不眞. 陸浚明
如捉麈尾人, 從容對談, 名理不乏. 江于順如試風雛鷹, 矯健自肆. 袁永
之如王武子擇有才兵家兒, 命相不厚. 呂仲木如夢中囈語不休, 偶然而
止. 馬伯循如河朔餐羊酪漢, 膻肥逆鼻. 顔惟喬如暴顯措大, 不堪造作.
楊用脩如繪彩作花, 無種種生氣. 屠文升如小家子充烏衣諸郎, 終不甚
似. 王允寧如下邑工琢玉器, 非不奇貴, 痕跡宛然, 又如王子師學華相

國, 在形跡間, 所以愈遠. 羅達夫如講師參禪, 兩處着脚, 俱不堪高坐. 王道思如金市中甲第, 堂構華煥, 巷空宛轉, 第匠師手不讀木經, 中多可憾. 許伯誠如通津郵, 資用本少, 供億不虛. 薛君采如嚼白蠟, 杖青蘆, 不勝淡弱. 朱子价如小兒吹蘆笙, 得一二聲似, 欲隸太常. 喬景叔如江東秀才, 文弱都雅, 而氣不壯. 吳俊伯如佛門中講師, 雖多而不識本面目. 歸熙甫如秋潦在地, 有時汪尖, 不則一瀉而已. 盧少楩如春水橫流, 滔蕩縱逸, 而少歸宿. 梁公實如貧士好古器, 非不得一二醒眼者, 政苦難繼耳. 宗子相如駿馬多蹶, 又如妙音聲人, 止解唱渭城一曲, 日日在耳. 李于麟如商彝周鼎, 海外瑰寶, 身非三代人與波斯胡, 可重不可議.

예원치언

卷六

6-1. 명대 문인에 대한 논의

고제(高帝)가 송렴(宋濂)[1]에게 "절강성 동쪽의 인재는 오직 그대와 왕위(王禕)[2]뿐이네. 재사(才思)의 뛰어남은 그대가 왕위만 못하지만 폭넓은 학문은 왕위가 그대만 못하네."라고 했다. 또한 고제는 성의(誠意) 백온(伯溫) 유기(劉基)와 문(文)에 대해 논한 적이 있었는데, 유기가 "송렴이 가장 뛰어나고 아무리 양보해도 그 다음 자리는 신이며, 그 다음은 맹겸(孟兼) 장정(張丁)입니다."라고 했다.

장정은 성품이 까다롭고 괴팍하여 다른 사람보다 윗자리에 있는 것을 좋아했다. 장정이 안찰부사(按察副使)가 되어 성묘(省墓)하고 돌아오는데, 고을의 수령이 찾아왔다. 그런데 고을 수령을 예우하지 않았다. 이 소리를 듣고 고제가 장정을 좋지 않게 여겼다. 또 포정사(布政使) 오인(吳印)과 다툰 일이 있었는데 이 소리를 듣고 고제가 크게 노하여 거의 죽을 지경이 될 때까지 매질을 했으며, 이 일로 인해 장정은 결국 사사(賜死) 되었다.

高帝嘗謂宋濂, 浙東人才, 惟卿與王禕耳. 才思之雄, 卿不如禕. 學問之博, 禕不如卿. 又嘗與劉誠意論文, 誠意謂, 宋濂第一, 其次臣不敢多讓, 又其次張孟兼. 孟兼性剛愎, 好出人上. 爲按察副使, 上塚歸, 邑令謁之, 不爲禮. 帝聞之弗善也. 又與布政使吳印爭, 帝大怒, 摘箠之幾絶, 乃賜死.

---

1) 송렴(宋濂, 1310~1381) : 명대 초기의 문학가로, 자는 경렴(景濂), 호는 잠계(潛溪)이다. 명초에 의식과 제도를 제정하는 데 많은 기여를 하여 일등 개국공신으로 인정받았다. 말년에 관직에서 물러나 있다가, 맏손자 송신(宋愼)이 호유용(胡惟庸)의 사건에 연루되어 가족 모두 무주로 귀양 가는 도중에 병으로 죽었다.

2) 왕위(王禕, 1322~1374) : 원말(元末) 명초(明初)의 학자로, 자는 자충(子充), 호는 화천(華川)이다.

6-2. 불우했던 명대 문인들

당시 시(詩)로써 명성을 이룬 사람은 성의(誠意) 백온(伯溫) 유기(劉基), 태사(太史) 계적(季迪) 고계(高啓), 시어(侍御) 가사(可師) 원개(袁凱)에 불과하다. 유기는 비록 모사가로 황제를 도왔지만, 간사한 무리들이 참소하여 황제가 은혜로 끝까지 감싸지 못했고 결국 호유용(胡惟庸)의 참소를 당하여 죽었다.

고계는 제수받은 벼슬을 사직하고 고향으로 돌아와 여러 제자들을 가르쳤다. 그러나 옛 친구인 위수관(魏守觀)의 부탁으로 상량문(上梁文)을 지었는데, 이 일로 인해 허리가 베어지는 형벌을 받아 죽었다. 원개(袁凱)는 어사(御史)가 되었는데, 의문태자(懿文太子)가 미워했기에 거짓으로 미치광이 되어 갖은 고생을 하다가 수 년 후에 늙어 죽었다.

문장으로 이름난 사람들은 학사(學士) 경렴(景濂) 송렴(宋濂), 시제(侍制) 자충(子充) 왕위(王褘)가 있을 뿐이었다. 송렴은 벼슬에서 물러난 뒤에 손자인 송신(宋愼)의 잘못으로 인해 아들 한 명과 손자 한 명이 벽형(闢刑)을 받았고 송렴도 촉(蜀)으로 유배 갔다가 죽었다. 왕위는 운남(雲南) 지방으로 벼슬 나갔다가 원(元)나라 왕의 첩의 자식인 잡랄와이밀(匝剌瓦尔密)에게 피살되었는데 뼈도 수습하지 못했다. 아, 선비가 이 때에 태어난 것이 또한 불행이구나.

當是時, 詩名家者, 無過劉誠意伯溫高太史季迪袁侍御可師. 劉雖以籌策佐命, 然爲讒邪所間, 主恩幾不終, 又中胡惟庸之毒以死. 高太史辭遷命歸, 敎授諸生, 以草魏守觀上梁文腰斬. 袁可師爲御史, 以解懿文太子忤旨, 僞爲風癲, 備極艱苦, 數年而後得老死. 文名家者, 無過宋學士景濂王侍制子充. 景濂致仕後, 以孫愼註誤, 一子一孫大闢, 流竄蜀道而死. 子充出使雲南, 爲元孽所殺, 歸骨無地. 嗚呼, 士生於斯, 亦不幸哉.

6-3. 유기의 선견지명

성의(誠意) 백온(伯溫) 유기(劉基)는 하욱(夏煜), 손염(孫炎) 등과 함께 호방함과 시와 술로써 이름나 있었다. 하루는 서호에서 노닐면서 건업(建業)에서 오색의 구름이 피어오르는 것을 보았다. 모든 사람들은 경사스러운 구름이라고 여겨 시 작품을 지었다. 그러나 유기만은 홀로 큰 술잔을 부여잡고 기운을 토해내며, "이것은 제황의 기운이다. 10여 년 뒤에 훌륭한 제황이 나올 것이니, 나는 마땅히 그 제황을 보필하리라."라고 했다. 이에 모든 사람들이 귀를 막았다. 유기는 고황제(高皇帝)를 찾아 금릉(金陵)으로 내려와서는 개국에 공을 세워 상좌(上佐)가 되었고 결국 제후의 지위[3]에까지 올랐다. 그 말이 이렇게 꼭 들어맞은 것이다.

劉誠意伯溫與夏煜孫炎輩, 皆以豪詩酒得名. 一日游西湖, 望建業五色雲起, 諸君謂爲慶雲, 擬賦詩. 劉獨引大白慷慨曰, 此王氣也. 後十年有英主出, 吾當輔之. 衆皆掩耳. 尋高皇帝下金陵, 劉建帷幄之勛, 爲上佐, 開茅土, 其言若契.

6-4. 고영, 예원진, 양유정, 위소

우리 곤산(昆山) 고영(顧瑛)과 무석(無錫)의 예원진(倪元鎭)은 모두 아

---

3) 제후의 지위 : '모토(茅土)'는 천자가 제후를 봉해 줄 때에 띠(茅)에다 흙을 싸서 나누어 주었다.

름답고 뛰어난 자질에다가 글 짓는 재주를 지녀, 자연을 감상하며 음
풍농월하는 것은 동남지역에서 으뜸이다. 염부(廉夫) 양유정(楊維禎)이
실제로 문단을 주도했지만 예원진의 시적인 묘사는 대단히 뛰어났다.

고황제(高皇帝)⁴⁾가 양유정을 불러 『원사(元史)』를 개수하고, 그에게
벼슬을 주려고 했다. 이에 양유정은 「노객부요(老客婦謠)」⁵⁾를 지어 벼
슬하지 않겠다는 자신의 뜻을 굽히지 않자 고황제가 그를 풀어주어
돌려보냈다.

이 당시 태박(太樸) 위소(危素)가 홍문관의 학사였는데 매우 존귀한
대접을 받고 있었다. 하루는 황제가 신발 끄는 소리를 듣고서 누구냐
고 물었다. 위소가 경솔하게 "노신(老臣) 위소입니다."라 하자, 황제가
찡그리면서 "나는 문천상(文天祥)인가 여겼네."라 했다. 뒤에 임호(臨
濠)에 귀양 가서 죽었다. 사람들은 위 이야기를 가지고 양유정과 위소
의 우열을 정한다.

예원진과 고영은 각각 집안의 많은 재산을 널리 베풀었다. 고영이
자신의 화상(畵像)을 그리고 다음과 같이 제(題)했다.

儒衣僧帽道人鞋	유자 옷에 승려의 모자, 도인의 신발
天下靑山骨可埋	천하의 청산에 뼈를 묻으리라.
若說少年豪俠處	만약 소년의 호협처를 말한다면
五陵鞍馬洛陽街	낙양 거리 오릉의 화려한 말이로세.

---

4) 고황제(高皇帝) : 명 태조 주원장(朱元璋)을 가리킨다.
5) 양유정(楊維禎)의 「노객부요(老客婦謠)」는 다음과 같다. "老客婦老客婦, 行年七十
又一九. 少年嫁夫甚分明, 夫死猶存舊箕帚. 南山阿妹北山姨, 勸我再嫁我力辭. 涉江
采蓮, 上山采蘗, 采蓮采蘗, 可以療饑. 夜來道過娼門首, 娼門蕭然驚老醜. 老醜自有能
養身, 萬兩黃金在纖手. 上天織得雲錦章, 繡成願補舜衣裳. 舜衣裳, 爲妾佩古意, 揚淸
光, 辨妾不是邯鄲娼."

이 시는 지금도 사람들에게 전해진다.

대개 고영과 예원진의 부귀함과 양유정이 호탕하여 얽매이지 않음이 이와 같으니, 정절(靖節) 도잠(陶潛)에 비교하면 '가는 길은 다르지만 생각은 같다.'고 할 수 있다.

吾昆山顧瑛無錫倪元鎭, 俱以猗卓之資, 更挾才藻, 風流豪賞, 爲東南之冠, 而楊廉夫實主斯盟. 倪繪事尤稱絶倫. 高皇帝徵廉夫修元史, 欲官之, 廉夫作老客婦謠示不屈, 乃放之歸. 時危素太樸爲弘文館學士, 方貴重. 上一日聞履聲, 問爲誰, 太樸率然曰, 老臣危素. 上不懌曰, 吾以爲文天祥耶. 謫佃臨濠死. 人以定楊危之優劣. 倪顧各散家資, 顧仍畫其像, 題曰, 儒衣僧帽道人鞋, 天下靑山骨可埋. 若說少年豪俠處, 五陵鞍馬洛陽街. 至今人傳之. 夫以顧倪之富與廉夫之豪縱而若此, 其於陶靖節, 可謂異軌同操.

6-5. 원나라의 시사(詩社)

원(元)나라 시절에는 법망이 느슨하여 사람들이 반드시 벼슬하려고 하지 않았다. 절중(浙中) 지역에는 매 해마다 시사(詩社)가 열렸는데 염부(廉夫) 양유정(楊維禎)처럼 한두 명의 이름난 숙유(宿儒)를 초대하여 주재하게 하고, 그 중 뛰어난 작품을 새겨 법식으로 삼았다. 개지(介之) 요개(饒介)는 오(吳)나라에서 벼슬했는데 여러 선비들에게 「취초가(醉樵歌)」를 지으라고 요구하여 중간(仲簡) 장간(張簡)을 1등으로 뽑고 계적(季迪) 고계(高啓)를 다음으로 뽑았다. 그리고 장간에게는 황금 10냥을 주었고 고계에게는 백금 3근을 내렸다. 후에 태평시절이 오래 지속되어 시사도 계속 열렸다. 수찬(修撰) 장홍(張洪)은 매번 다른 사람을 위하여 문장을 지어주었는데 겨우 오백 전을 얻었다.

　當勝國時, 法網寬, 人不必仕宦. 浙中毎歲有詩社, 一二名宿如廉夫
輩主之, 刻其尤者爲式. 饒介之仕僞吳, 求諸彦作醉樵歌, 以張仲簡第
一, 季迪次之. 贈仲簡黃金十兩, 季迪白金三斤. 後承平久, 張洪修撰毎
爲人作一文, 僅得五百錢.

6-6. 해진의 일화

　대신(大紳) 해진(解縉)은 18살에 향시에서 1등으로 뽑히고 진사에 합
격하여 중서성(中書省)의 서길사(庶吉士)가 되었다. 황제가 그에게 시를
시험하고 마음이 흡족하여 안장을 얹힌 말과 붓과 종이를 하사했다.
경솔한 해진은 사양하지 않고 병부(兵部)로 들어가 하인을 찾았다. 그
러나 찾지 못하자 곧바로 상서(尙書)가 있는 곳으로 가서 종들을 꾸짖
었다. 상서가 이를 황제에게 알렸는데 황제는 그를 책망하지 않고,
"해진은 빼어나니 마땅히 그렇게 해야 하지 않겠느냐." 해진이 어사에
게 고통을 받으며 곧바로 어사를 그만두게 하였다.
　시간이 많이 흐른 뒤 문황제(文皇帝)[6]를 섬겨 내각(內閣)에 들어갔는
데, 문사의 민첩함은 당대의 으뜸이었다. 의기가 막힘이 없으나 본성
이 강하여 다른 사람들에게 미움을 많이 받았다. 황제가 이런 소식을
듣고 또한 그를 잘 대우하지 않게 되었다. 이에 광서(廣西)의 참의(參
議)로 쫓겨나게 되자 날마다 검토(檢討) 왕칭(王偁)과 함께 산수간을 유
람하며 유유자적했다. 소장을 올려 장강(長江)에 물길을 내달라고 요

---

6) 문황제(文皇帝) : 명 태종 영락제(永樂帝)를 가리킨다.

청한 뒤 그곳을 오가며 유람하자 황제가 크게 노하여 그를 서울로 불러 하옥했다. 삼 년이 지난 뒤에 옥리(獄吏)에게 명하여 소주를 실컷 마시게 한 뒤 눈 속에 파묻어 얼어 죽게 했다.

解大紳十八擧鄉試第一, 以進士爲中書庶吉士, 上試詩稱旨, 賜鞍馬筆札. 而縉率易無所讓, 嘗入兵部索皁人, 不得, 卽之尚書所嫚罵. 尚書以聞, 上弗責也, 曰, 縉逸當爾耶. 苦以御史, 卽除御史. 久之, 事文皇帝入內閣, 詞筆敏捷, 爲一時冠, 而意氣闊疏, 又性剛多忤, 上聞之, 亦弗善也. 出參議廣西, 日與王檢討偁探奇山水自適. 上書請鑿章江水, 便來往, 上大怒, 徵下獄. 三載, 命獄吏沃以燒酒, 埋雪中死.

6-7. 증계의 일화

학사(學士) 자계(子啓) 증계(曾棨)를 황제가 불러 「천마가(天馬歌)」를 짓게 했는데 붓을 주자마자 곧바로 완성했다. 작품이 아름다워 보대(寶帶)를 하사했다. 한번은 술에 취해 실화(失火)하여 민가 몇 채를 태웠는데 황제가 처벌하지 않았다. 훗날 병으로 죽게 되었는데, 장차 숨이 끊어지려 할 때 술을 찾아 취할 때까지 마시며 다음과 같이 썼다.

"태자궁(太子宮) 첨사(詹事)는 낮은 벼슬이 아니며 60살은 일찍 죽은 것이 아니다. 나는 이 정도면 만족하다고 여기는데 사람들은 부족하다고 한다. 죽을 때 대자리와 덮을 관이면 달리 무엇이 필요하랴. 백운(白雲)과 청산(靑山)을 이 무덤에서 누리리라."

曾學士子啓, 上嘗召試天馬歌, 援筆立就, 佳之, 賜寶帶. 又因醉遺火, 延燒民居, 上弗罪也. 後病卒, 且氣絶, 呼酒飮至醉, 題曰, 宮詹非

小, 六十非天. 我以爲多, 人以爲少. 易簣蓋棺, 此外何求. 白雲靑山,
樂哉斯丘.

6-8. 유부, 탕윤적, 유창, 하인

경태(景泰) 연간(1450~1457)에 시로 뛰어난 십제자(十弟子)가 있었는
데, 유부(劉溥)와 탕윤적(湯胤績)이 가장 뛰어났다. 유부는 태의원(太醫
院) 이목(吏目)이며 탕윤적은 참장(參將)이었다. 탕윤적은 매우 거리낌
이 없어서 두보에게는 좋은 시구가 없다고 항상 떠들었는데, 그러나
유부와 시를 논할 때는 납작 엎드려 한 마디도 하지 않았다. 흠모(欽謨)
유창(劉昌)이 그 일 및 유부의 「백작(白鵲)」을 매우 자세하게 기록했다.

성화(成化) 연간에 낭서(郎署)로 시명이 있는 자들 가운데 흠모 유창과
정부(正夫) 하인(夏寅)이 가장 뛰어났다. 유창의 「무제(無題)」[7]와 하인의
「건주회고(虔州懷古)」[8]는 이동양(李東陽)의 『회록당시화(懷麓堂詩話)』에
실려 있다. 그러나 그 작품들은 그저 평범하며, 다른 작품들은 더욱
수준이 떨어진다.

景泰中, 稱詩豪者十才子, 而劉溥湯胤勳爲之首. 劉太醫吏目, 湯參
將也. 湯尤縱誕, 每稱杜陵無好句, 然與劉論詩, 伏不出一語. 劉欽謨載
其事及溥白鵲詩甚詳. 成化中, 郞署有詩名者, 無過於劉昌欽謨夏寅正

---

7) 유창(劉昌)의 「무제(無題)」는 다음과 같다. "簾幕深沉柳絮風, 象牀豹枕畫廊東. 一
春空自聞啼鳥, 半夜誰來問守宮. 眉學遠山低晚翠, 心隨流水寄題紅. 十年不到門前去,
零落棠梨野草中."

8) 하인(夏寅)의 「건주회고(虔州懷古)」는 다음과 같다. "宋家後葉如東晉, 南渡虔州益
可哀. 母后撤簾行在所, 相臣開府濟時才. 虎頭城向江心起, 龍脉泉從地底來. 人代興
亡今又古, 春風回首鬱孤臺."

夫. 欽謨無題與正夫虔州懷古詩, 懷麓堂詩話亦載之, 然俱平平耳, 他作
愈不稱.

6-9. 오만방자했던 상열

민역(民懌) 상열(桑悅)은 집이 가난하여 집에 모아두었던 책을 모두
팔아버렸다. 저자거리에서 죽을 얻어먹으며 살았는데, 책을 구해 읽
으면 곧바로 그 책을 불태워버렸다. 그리고는 자신이 대단하다고 큰
소리로 허풍떨면서 자제하지 않았다. 때때로 고인을 순서대로 나열하
면서 자신을 맹자에 비견했으며, 굴원과 사마천은 자신보다 못하다고
여겨 거론조차 하지 않았다. 또한 한유를 비방하면서 "한유는 어린아
이가 칭얼거리는 것과 같으니, 어찌 전해지겠는가."라 했다. 지금 한
림에서 문장이 좋은 사람이 누구냐고 묻자, 상열은 "문장을 제대로 하
는 사람은 아무도 없는데, 온 천하에서 또한 상열만 있을 뿐이고, 그
다음은 축윤명(祝允明)이며, 또 그 다음은 나기(羅玘)이다."라 했다. 상
열은 상투를 틀면서부터 박사제자에 보임되었는데, 부사자(部使者)[9]
가 하읍의 수리(水利)를 다스리자 상열이 부사자에게 나아가 알현하고
자 하면서 '강남재자상열(江南才人桑悅)'이라는 명함을 준 일이 있다.
박사제자는 명함이 있어서는 안 되는데 또한 자신을 심하게 자랑했기
에 부사자가 크게 놀랐다. 이윽고 이런저런 것을 묻다가 상열의 평소
학식을 알고서는 교서(校書)의 자리에 앉히고 일부로 미리 글의 한 부
분을 빠트려서 그의 능력을 시험했다. 상열이 교정하는데 의미가 연

---

9) 부사자(部使者) : 중앙 각부의 낭관(郎官)으로 충당하는 사자라는 뜻으로 보통
   어사(御使)를 의미한다.

결되지 않는 부분에 이르면 곧바로 붓을 들고 고치기를 청했는데, 잘 못된 부분이 하나도 없었기에 부사자가 크게 상열을 인정해 주었고 자신의 지위를 굽히고 상열과 교유하게 되었다.

상열은 열아홉에 향시(鄕試)에 급제했으며, 성시(省試)를 볼 때는 예부의 관리들이 상열의 문장을 대단하게 여겼었다. 그러나 상열이 「도통론(道統論)」에서 "부자가 나에게 전해주었네."라고 쓴 구절을 보고서는 모두 어안이 벙벙해서 "강남 땅의 상열이 아닌가? 너무 미친 선비로구나."라 하고서는 상열을 합격시키지 않았다.

당시에 구준(丘濬)이 상서(尙書)가 되어 상열의 명성을 좋아하여 빈주(賓主)의 예를 갖추어 초빙했다. 이윽고 구준은 자신이 지은 글을 꺼내어 상열에게 보이며, 속여 "어떤 선배가 지은 것이다."라고 했다. 상열은 구준의 의도를 눈치 채고는 "어르신은 제가 이렇게 더러운 문장이나 좋는다고 생각하십니까? 어찌하여 이런 글을 제게 보이십니까?"라 했다. 이에 구준은 "그렇다면 그대가 시험 삼아 다시 지어보시게."라 했다. 상열은 돌아와 찬술하여 올리니, 구준은 잘 지었다고 칭찬했다. 또한 다른 글을 지어 올리니, 구준은 잘 지은 글이라고 칭찬을 마다하지 않았다. 상열의 이름이 을방(乙榜)에 있었지만 사양하고서는 벼슬을 하지 않았다. 후시(後試)를 기다리는데 이때에 상열의 방자함이 극에 이르러 받아들여지지 않아서 지방의 박사로 보임되었다.

상열은 박사로 몇 해를 보내고 있었는데, 안찰시학관(按察視學官)[10]이 구준과 헤어지면서, 구준이 "내 벗 중에 상열이 있는데, 다행히 아전의 눈을 거슬리지는 않았네."라 했다. 이에 안찰은 지방으로 가 그 고을에 이르렀지만, 상열은 보이지 않았다. 그래서 장리(長吏)에게 "상

---

10) 시학(視學) : 천자가 유사를 보내어 학자들을 상대로 시험을 보게 하는 것을 말한다.

열은 지금 어디 있는가? 혹시 병이라도 들었는가?"라 물었다. 장리는 평소에 상열의 오만함을 좋아하지 않았기에, 모두들 "아프지는 않습니다. 자신이 대단하다고 자부하면서 감히 찾아뵙지 않은 것입니다."라 대답했다. 안찰은 아전에게 가서 불러오라고 했다.

이에 상열은 심부름꾼에게 "저녁부터 아침까지 비가 내려, 머물던 곳이 무너져 처자를 돌보느라 겨를이 없는데, 어찌 찾아뵐 수 있겠는가?"라 말했다. 안찰은 오래 기다렸으나 상열이 오지 않자, 다시 두 아전에게 빨리 상열을 데리고 오라 재촉했다. 상열은 더욱 화를 내며 "진실로 귀도 없는 사람이구나. 안찰의 힘이면 능히 박사를 굴복시킬 수 있겠지만, 상열 선생을 굴복시킬 수 있겠는가. 선생이 3일 후에 간다고 약속했는데, 아직 3일이 지나지 않았기에 가지 않은 것이다."라고 심부름꾼에게 말했다. 안찰은 상열을 잡아들이려 했지만 구준 때문에 잡아들이지는 못했다.

그런데 3일이 지나자 상열이 안찰에게 와서 길게 읍하고 서 있을 뿐 꿇어앉지는 않았다. 안찰은 성난 목소리로 "박사의 직분에 맞게 꿇어앉아야 되지 않는가?"라 묻자, 상열은 앞으로 나오며 "한나라 장유 급암(汲黯)은 대장군에게 길게 읍했지만, 그대의 귀함이 어찌 대장군보다 낫겠습니까? 급암도 진실로 나보다는 어질지 못합니다. 어찌하여 서로 얼굴 보는 것을 꺼린다고 해서 천하의 선비를 버리려 하십니까? 내가 지금 가면, 천하에서는 어진 그대가 상열을 받아들이지 않았다고 할 터이니 이러한 오해를 어떻게 풀려 하십니까?"라 했다. 그리고는 곧바로 관모(官帽)를 벗고 나가버렸다. 안찰은 일이 잘못됐다고 생각하고서는 이에 자신을 굽혀 상열을 머무르게 했다.

안찰이 뒷날 2명의 박사를 선발하여 자신을 따라다니게 했는데, 상열이 응시하여 선발되었다. 그러나 옛 전통에 따르면, 박사는 안찰의 좌우에서 하루 종일 모시고 서 있어야 했다. 이에 상열은 "개나 말은 이빨이 길어 늙게 되면, 근력으로 자신의 역할을 수행하지 못한다고 합니다. 또한 오랫동안 서 있을 수가 없으니 날 불쌍히 여겨 자리에 앉게 해 주십시오."라 요청했다. 그리고 안찰이 허락하기도 전에 상열은 곧바로 다른 자리에 가서 앉아버렸다.

어사가 상열의 이름을 듣고 자주 불러들이면서, "광형(匡衡)이 『시경』에 대해 설명하면 사람들이 경탄에 입을 벌린다고 하는데,11) 그대에게도 이러한 재주가 있는가?"라 물었다. 상열은 "제가 말한 현묘함을 어찌 광형이 미칠 수 있겠습니까? 광형이 이 자리에 있다면, 광형 또한 입이 벌어질 것입니다. 공이 다행히 연회를 베푼다면 제 능력을 다 펼쳐 보이겠습니다."라 했다. 이 말을 듣고 어사는 상열을 대단하다고 여겨 강연하는 자리에 앉혔다. 잠시 후에 상열이 버선을 벗고 발가락에 묻은 때를 손으로 긁고 있었다. 어사는 그만두라고 할 수 없어서 나가라고 명했다.

곧이어 다시 벼슬자리에 천거되어 장사(長沙)의 원으로 옮겨갔고 다시 유주통판(柳州通判)이 되었다. 그러나 상열은 유주가 황량한 곳이라고 싫어하여 가려고 하지 않았다. 어떤 사람이 그 이유를 묻자, 상열은 곧바로 "유종원의 후손들이 유주라는 명칭을 멋대로 사용한 지 오래되었다. 내가 하루아침에 이곳에 가면 문득 그 윗자리를 빼앗은 꼴이 되니 마음이 편치 못해서이다."라 했다. 결국 상열은 유주에서 일년 여를 지내고서는 아버지 상으로 인해 돌아왔다. 아버지의 3년 상

---

11) 광형(匡衡)은 한(漢)나라 때 사람으로 일찍이 박사(博士)에게서 『시경』을 전공했고 특히 시(詩)를 잘 했으므로, 당시 제유(諸儒)들이 서로 말하기를, "시를 말하지 말라, 광형이 곧 올 것이다. 광형이 시를 말하면 모두 입이 벌어질 것이다.[無說詩, 匡鼎來, 匡說詩, 解人頤.]"라고 했다. 『한서(漢書)』 「광형전(匡衡傳)」에 보인다.

을 마쳤지만 다시 벼슬살이를 하지 않았다. 집에서 지내면서 더욱 방
탕하여 초나라 복식의 옷을 입고서는 고을 사이를 오갔다고 한다.

桑民懌家貧, 亡所蓄書, 從肆中驕得, 讀過輒焚棄之. 敢爲大言, 不自
量, 時銓次古人, 以孟軻自況, 原邊而下, 弗論也. 而更非薄韓愈氏曰,
此小兒號嘎何傳. 問翰林文今爲誰, 曰, 虛無人, 擧天下亦唯悅, 其次祝
允明, 又次羅玘. 悅髻椎而補博士弟子, 部使者按水利下邑, 悅前謁之,
書刺江南才人桑悅. 博士弟子業不當刺, 又厚自譽, 使者大駭. 已問, 知
悅素, 乃延之校書, 而預刊落以試. 悅校至不屬, 卽索筆請書, 亡誤, 使
者大悅服, 折節交悅矣. 十九擧鄕試, 再試, 禮部奇其文. 至閱道統論,
則曰, 夫子傳之我. 縮舌曰, 得非江南桑生耶, 大狂士. 斥不取. 時丘濬
爲尙書, 慕悅名, 召令具賓主. 已, 出己文令觀, 紿曰, 某先輩撰. 悅心知
之, 曰公謂悅爲逐穢也耶, 奈何得若文而令悅觀. 濬曰, 生試更爲之. 歸
撰以奏, 濬稱善. 已令進他文, 濬未嘗不稱善也. 悅名在乙榜, 請謝不爲
官. 俟後試, 而時竟以悅狂, 抑弗許, 調邑博士. 悅爲博士逾歲, 而按察
視學者別丘濬, 濬曰, 吾故人桑悅, 幸無以屬吏視也. 按察旣行部抵邑,
不見悅, 顧問長吏, 悅今安在, 豈有恙乎. 長吏素恨悅, 皆曰, 無恙, 自負
不肯迎耳. 乃使吏往召之. 悅曰, 連宵旦雨淫, 傳舍圮, 守妻子亡暇, 何
候若. 按察久不待, 更兩吏促之. 悅益怒曰, 若眞無耳者. 卽按察力能屈
博士, 可屈桑先生乎. 爲若期三日先生來, 不三日不來矣. 按察欲遂收
悅, 緣濬不果. 三日, 悅詣按察, 長揖立, 不跪. 按察屬聲曰, 博士分不當
得跪耶. 悅前曰, 漢汲長孺長揖大將軍, 明公貴豈逾大將軍, 而長孺固亡
賢於悅, 奈何以面皮相恐, 寥廓天下士哉. 悅今去, 天下自謂明公不容
悅, 曷解耳. 因脫帽徑出. 按察度亡已, 乃下留之. 他日當選兩博士自隨,
悅在選. 故事博士侍左右立竟日, 悅請曰, 犬馬齒長, 不能以筋力爲禮,

亦不能久任立. 願假借, 且使得坐. 卽移所便坐. 御史聞悅名, 數召問,
謂曰, 匡說詩, 解人頤. 子有是乎. 曰, 悅所談玄妙, 何匡鼎敢望. 卽鼎
在, 亦解頤. 公幸賜清燕, 畢頃刻之長. 御史壯之, 令坐講. 少休, 悅除
襪, 跣而爬足垢. 御史不能禁, 令出. 尋復薦之, 遷長沙倅, 再調柳州,
悅實惡州荒落, 不欲往. 人問之, 輒曰, 宗元小生, 擅此州名久, 吾一旦
往, 掩奪其上, 不安耳. 爲柳州歲餘, 父喪歸. 服除, 遂不起. 居家益任
誕, 褐衣楚制, 往來郡邑間.

6-10. 양순길의 일화

군겸(君謙) 양순길(楊循吉)이 의부(儀部)[12]의 주사(主事)가 되었는데
낭중(郞中)과 사이가 좋지 않아 벼슬을 그만두고 병을 핑계로 고향으
로 돌아갔다. 오랜 뒤에 병이 낫자 다시 벼슬길에 나와 원래의 관직에
임명 되었다. 양순길은 여러 가지 병을 앓았는데도 책 읽기를 좋아했
으며, 사람들과 어울리는 것을 가장 싫어했다. 항상 책을 보다가 마음
에 드는 구절이 있으면 한참 동안을 발을 구르고 손을 휘두르니 사람
들이 그를 지목하여 '미친 주사[顚主事]'라고 불렀다.

관직에 다시 임명된 뒤 한 달 정도 지나서 다시 병으로 인해 휴가를
요청하자 이부(吏部)에서 막아 허락하지 않으면서, "그대는 병이 나았
다고 하는데 다시 병이 도졌는가? 어찌 휴가를 청하는고? 그대가 이
제 할 수 있는 일은 벼슬에서 물러나는 것뿐이다."라 했다. 이에 양순
길은 화를 내면서, "내가 벼슬에서 물러나는데 무엇이 어렵겠는가."
라 하고 곧바로 자기가 자신을 탄핵하고 물러나니 당시 나이가 겨우

---

12) 의부(儀部) : 명나라 초기에 예부(禮部)에 소속된 사부(四部)의 하나이다.

30대 초반이었다. 이윽고 고향으로 돌아와 바깥일에 대해서는 조금도 관심을 쏟지 않았으며 행적이 더욱 괴이하여 세상과 부합하지 않았으니, 헤진 관복을 입고 파리한 말이 끄는 수레를 타고 집을 나서기도 하여 사람들이 그를 업신여기고 깔보았다. 또한 그는 문장을 지어 사람들을 비방하는 것을 좋아했다.

정덕(正德) 말기에 양순길은 늙고 가난했는데, 일찍이 악공 장현(臧賢)이 천자에게 사랑을 받는 것을 알고 있었다. 하루는 천자가 묻기를, "누가 사(詞)를 잘 짓느냐? 그를 데리고 함께 오라."라 하자, 장현이 머리를 조아리면서, "오(吳) 지역 사람으로 이전에 주사였던 양순길이 사를 잘 짓습니다."라 했다. 이에 천자가 곧바로 조서를 내려 양순길을 불러들였다. 고을의 수령이 양순길이 괴상하게 차려 입을 것이라 추측하고 억지로 미리 그의 치장을 도와주려 했는데, 무인의 관을 쓰고 붉은 가죽 슬갑에 군복을 입은 양순길을 보고 그 괴이함에 놀랐는데 그는 기세등등하게 거친 말로 수령을 무시했다. 이윽고 천자를 배알한 뒤에, 천자가 매번 놀러가거나 연회를 열 때면 양순길을 불러 새로 노래 가사를 지으라고 했다. 지어 올리면 항상 만족스럽게 여겨 상을 내렸지만 악공들에게 내리는 수준에 그치었다. 또한 양순길에게 관직과 녹봉을 내리지 않았다.

시간이 흘러 어느 날 천자가 이르기를, "네가 음악을 익혔으니 악공의 대장이 될 수 있을 것이다."라 하자, 양순길은 자괴감에 땀으로 등이 흥건했다. 이에 장현과 대책을 논의한 뒤 다른 핑계를 대고 천자에게 간청하여 고향으로 돌아왔다. 돌아와서는 세상에 대해 더욱 앙앙불락(怏怏不樂)했는데, 대부분의 젊은 후진들은 그를 무시하여 예를 갖춰 대우하지 않았다. 그의 문장 또한 평가가 점점 떨어져 다시 궁중에 올려지지 않았다. 마침내 궁핍하게 늙다가 죽었다. 그가 지은 『해

낭잡찬(奚囊雜纂)』은 책으로 완성되지 못했다.

楊君謙爲儀部主事, 與郎中不相得, 因謝病歸. 久之, 病良已, 起復除
原官. 循吉多病而好讀書, 最不喜人間酬應, 嘗開卷至得意, 因起踔掉不
休, 人遂相目呼顚主事云. 復官彌月, 再乞病告, 吏部以格不可, 曰, 郎
病已, 復病耶. 安得告而可爲者致仕耳. 循吉恚曰, 吾難致仕何. 卽自劾
罷, 時僅三十餘. 旣以歸, 益亡復問外事, 而蹤蹤益詭怪寡合, 出敝冠服
羸輿馬, 故以起人易而更侮之, 又好緣文章語中傷人. 正德末, 循吉老且
貧, 嘗識伶臧賢, 爲上所幸愛. 上一日問, 誰爲善詞者. 與偕來. 賢頓首
曰, 故主事楊循吉, 吳人也, 善詞. 上輒爲詔起循吉. 郡邑守令心知故,
强前爲循吉治裝, 見循吉冠武人冠, 韎韐戎錦, 已怪之. 又乘勢語多侵守
令. 已見上畢, 上每有所幸燕, 令循吉應制爲新聲, 咸稱旨受賞, 然賞亡
異伶伍. 又不授循吉官與秩, 間謂曰, 若嫺樂, 能爲伶長乎. 循吉愧悔,
汗洽背, 謀於賢, 乃以他語懇上放歸. 歸益不自憚, 諸後進少年非薄之,
亡禮問者. 而其文亦漸落, 不復進. 卒窮老以死, 所著奚囊雜纂, 未成書.

6-11. 축윤명의 일화

희철(希哲) 축윤명(祝允明)은 태어날 때 오른손이 육손이었기에 자호
를 지지생(枝指生)이라고 했다. 본성이 주색(酒色)과 도박을 좋아하여
행동을 조심하지 않았다. 자주 화장을 하고서 배우를 따라 술자리에
서 새로 지은 가사를 불렀는데 젊은 협객들이 그를 좋아하여 많이들
금을 싸들고 축윤명을 따라다니며 대단히 즐겁게 놀았다. 향시(鄕試)
에 합격하여 춘관시를 보았으나 불합격했다.

이 시기에 해내(海內)에서는 점점 축윤명의 이름이 알려지게 되어

문장과 글씨를 구하는 사람들이 끝없이 많았다. 어떤 사람이 금과 비단을 수레에 싣고 찾아왔는데, 축윤명은 병을 핑계 대고 만나 주지 않았다. 그러나 축윤명이 기생집에서 술에 흠뻑 취하여 글씨를 쓰면 그것을 숨겨 두어 비록 몇 장을 얻기는 했지만, 집안에 오래전부터 보관했던 것에 대해서는 노비들에게도 어떤 작품들이 있는지 묻지 못했다. 그는 또한 생계를 돌보지 않고 고서법(古法書) 가운데 이름난 작품을 수집했는데 미술상이 간혹 높은 가격으로 속이더라도 가격을 따지지 않고 구입했다. 이렇기 때문에 시간이 지나 손님을 붙잡아 집에서 대접할 때 술을 사올 돈이 없을 정도로 대단히 군색하게 되었다. 그러면 수집했던 작품을 팔았는데 처음 살 때의 가격에 10분의 1이나 2 정도 밖에 받지 못했다. 집안에 먹을 것이 떨어졌을 때, 그가 평소 더럽게 여긴 자가 약간의 돈과 쌀을 가지고 와서 문장이나 글씨와 맞바꾸자고 요구하면 곧바로 바꾸었다. 이윽고 조금 배가 부르자 다시 자존심을 되찾고 그를 무시했다.

일찍이 집에 전해져 내려오던 검은 담비 갖옷이 매우 아름다웠는데 그것을 팔려고 했다. 어떤 이가 "눈서리[13)가 곧 다가올 텐데 어째서 그것을 팔려고 하시오."라 묻자, 축윤명이 "엊그제 종놈이 말하여 비로소 그것이 있는 줄 알았으니, 만약 팔지 않는다면 또 잊어버릴 것이오. 그러면 상자에서 눅어갈 테니 좋을 게 머 있소."라 대답했다.

뒤에 광중(廣中) 고을의 수령을 제수받고 돌아왔는데, 그는 녹봉을 받을 전대 안을 천금이 들어갈 수 있게 꾸몄다. 돌아오는 날 바로 술을 마련하고 예전 친하게 지내던 벗들을 불러 잔치를 열어 노래 부르며 헌수(獻壽)했는데 2년도 되지 않아 모두 죽었다. 축윤명은 관원으

---

13) 눈서리 : 청녀(靑女)는 눈서리를 말한다.

로서의 임무를 돌보지 않았는데 그가 나들이하면 뒤따르는 사람들이 많았다. 한편으론 그를 비방하는 사람들도 끝이 없었는데 그는 그런 것에 조금도 신경 쓰지 않았다.

祝希哲生而右手指枝, 因自號枝指生. 爲人好酒色六博, 不修行檢. 嘗傅粉黛, 從優伶酒間度新聲, 俠少年好慕之, 多齎金遊允明甚洽. 擧鄕薦, 從春官試下第. 是時海內漸熟允明名, 索其文及書者接踵. 或輦金幣至門, 允明輒以疾辭不見, 然允明多醉伎館中, 掩之雖累紙可得, 而家故給, 以不問僮奴作業. 又捐業蓄古法書名籍, 售者或故昻直欺之, 弗算. 至或留客, 計無所出酒, 窘甚, 以所蓄易置, 得初直什一二耳. 當其窘時, 黠者持少錢米乞文及手書輒與, 已小饒, 更自貴也. 嘗遺黑貂裘甚美, 欲市之, 或曰, 靑女至矣, 何故市之. 允明曰, 昨蒼頭言始識, 不市而忘, 敝之篋, 何益. 後拜廣中邑令歸, 所請受橐中裝可千金, 歸日張酒, 呼故狎遊宴, 歌呼爲壽, 不兩年都盡矣. 允明好負逋責, 出則群萃而訶誶者至接踵, 竟弗顧去.

6-12. 장령의 일화

백호(伯虎) 당인(唐寅)은 같은 마을의 몽진(夢晉) 장령(張靈)과 친했다. 장령의 재주는 당인에 한참 미치지 못했지만, 장령은 당인보다 방탄(放誕)했다. 장령은 항상 말하기를 "피일휴(皮日休)는 어린 아이에 지나지 않는데도 오히려 취사(醉士)라고 불렸으니, 내가 어찌 그만 못하랴."라 했다.

어느 날 호구(虎丘)에서 노니는데 마침 두어 상인이 산꼭대기 정자에서 술을 마시면서 시를 읊조리고 있었다. 장령이 "이 재물의 지배나 받는 것들은 술자리에서 회롱하는 대상에 불과한데 어찌 시를 읊조리고 있는가. 내가 저놈들을 데리고 장난이나 쳐보리라."라고 했다. 이에 거지처럼 옷을 갈아입고 올라가 상인들에게 구걸했다. 구걸한 음식을 다 먹고 앞으로 나아가 청하기를, "주제넘게 그대들에게 음식을 얻어먹었는데 갚을 길이 없군요. 비록 문장을 잘 짓지 못하지만 개꼬리 같은 작품으로 그대들의 훌륭한 작품을 이어보면 어떻겠습니까."라고 하자, 상인들은 거지가 시를 지을까 여기면서 크게 웃었다. 이에 상인들은 자신들이 방금 읊었던 시로 시험하려고 하니 장령이 그들의 시를 틀리지 않고 낭랑하게 읊었다. 상인들은 아직도 그가 거지가 아닌 것을 파악하지 못하고 화답시를 짓게 했는데, 장령은 다시 술을 달라고 하고 열두어 잔을 연거푸 마신 다음 붓을 들어 곧바로 백 수를 지었다. 그리고는 인사도 하지 않고 그곳을 떠난 다음 얽어진 넝쿨의 그늘 아래에서 옷을 갈아입었다. 상인들이 사람을 시켜 그를 찾았지만 끝내 보지 못하자 크게 놀라며 신선이 왔다가 갔다고 여겼다. 장령은 상인들이 멀리 갈 때 쯤 정자에 올라 붉은 옷에 금빛 눈의 가면을 쓰고 오랑캐들의 춤을 추니 모습이 대단히 아름다웠다.

당인은 향시(鄕試)에서 장원으로 합격했으나 어떤 일에 연좌되어 무효가 되었다. 그는 술을 좋아했기에 집안은 더욱 빈곤했다. 부인은 투기(妬忌)가 심하여 내쫓아버렸는데, 이로 인해 더욱 비관하고 자신을 돌보지 않게 되었다. 일찍이 「답문징명서(答文徵明書)」와 「도화암가(桃花庵歌)」를 지었는데 읽는 이들이 눈물을 글썽이지 않는 이가 없었다.

唐伯虎與里中生張夢晉善. 張才大不及唐, 而放誕過之, 恒曰, 日休小豎子耳, 尚能稱醉士, 我獨不耶. 一日遊虎丘, 會數賈飮山上亭, 且詠. 靈曰, 此養物技不過弄杯酒間具, 何當論詩, 我且戲之. 事更衣爲丐者,

上丐賈. 食已, 前請曰, 謬勞君食, 無以報. 雖不能句, 而以狗尾續, 柰
何. 賈大笑, 漫擧詠中事試之, 如響. 賈不測, 始令贖. 張復丐酒, 連擧大
白十數, 揮毫頃而成百首, 不謝竟去. 易維蘿陰下, 賈陰使人伺之, 無見
也, 大駭, 以爲神仙云. 張度賈遠則上亭, 朱衣金目, 作胡人舞, 形狀殊
絶. 伯虎擧鄕試第一, 坐事免. 家以好酒益落, 有妬婦, 斥去之, 以故愈
自棄不得. 嘗作答文徵明書及桃花庵歌, 見者靡不酸鼻也.

6-13. 문징명의 일화

　태사(太史) 문징명(文徵明)은 세 부류의 사람들을 위해서는 시문을
짓거나 서화(書畵)를 그리지 않았으니, 높은 벼슬아치와 환관(宦官) 및
외국의 오랑캐들이었다. 평소 여색을 가까이 하지 않았고 높은 벼슬
아치들의 집을 찾아가지 않았으며 재상들에게 편지를 보내지 않았으
니, 참으로 우리 오(吳) 지역의 뛰어난 인물이라 할 수 있다. 내가 젊
었을 때 그를 높게 치지 않았으며 그의 시문을 가볍게 여겨, 비록 그
와 이야기를 나누더라도 매우 업신여겼다. 근래 그의 둘째 손자의 요
청을 받고 그의 전(傳)을 지었으니 또한 과거의 행동에 참회하는 문장
이라고 할 수 있다.

　文徵仲太史有戒不爲人作詩文書畵者三, 一諸王國, 一中貴人, 一外
夷. 生平不近女色, 不干謁公府, 不通宰執書, 誠吾吳傑出者也. 吾少年
時不經事, 意輕其詩文, 雖與酬酢, 而甚鹵莽. 年來從其次孫請, 爲作傳,
亦足稱懺悔文耳.

6-14. 이동양의 시명

장사공(長沙公) 이동양(李東陽)은 젊은 시절부터 시(詩)로써 명성이 있었는데 높은 지위에 오르자 자신의 시에 대한 자부심이 더욱 대단해졌다. 경준(輕俊)한 젊은이들을 선발해서 데리고 다니니 동시대에 이동양을 다투듯 사모하여 그에게 귀의한 사람들이 많았다. 비록 이동양의 시를 본보기로 삼기에는 부족한 부분이 있었지만 시를 고무시키기에는 충분했다. 이동양과 하경명(何景明)·이몽양(李夢陽)의 관계는 진승(陳勝)이 한 고조(漢高祖)를 일으킨 것과 같다고 하겠다.

長沙公少爲詩有聲, 旣得大位, 愈自喜, 携拔少年輕俊者, 一時爭慕歸之. 雖模楷不足, 而鼓舞攸賴. 長沙之於何李也, 其陳涉之啓漢高乎.

6-15. 이몽양의 작품 경향

헌길(獻吉) 이몽양(李夢陽)은 재기(才氣)가 드높고 웅대하며 성격은 강직하고 유려하다. 타고난 성품이 이미 대단했으며 복고(復古)를 법도로 삼아 손수 어수선한 상황을 바로잡아 한 시절 문인들의 사종(詞宗)이 되었다.
이몽양의 조예를 또한 간략하게 말하면 다음과 같다.

소부(騷賦)에 있어서는 위로는 굴원과 송옥을 본받았으며 아래로는 육조의 시풍까지 섭렵하여 바탕은 넉넉함이 있었지만 정밀한 생각을 다 펼치지는 못했다. 의고악부(擬古樂府)는 위(魏)나라 이후와 같은 핍진한 것이 있었으나 자신만의 생각을 맘껏 담아내지는 못했다. 선집한 것은 건안(建安)시기부터 이백과 두보까지의 작품이 두루 갖추어져 있는데, 다만 사령운(謝靈運)의 연꽃처럼 떠오르는 아침 해와 같은 맛은 없고 겨우 광록(光祿) 안연지(顏延之) 수준 정도의 작품뿐이었다. 칠언가행(七言歌行)은 자신의 의도대로 마음껏 지었지만 시상을 열고 닫는 것에 법도가 있어 가장 법식에 맞는다. 오언율시와 오언절구 및 칠언절구는 이따금 오묘한 경지에 이른 작품이 있다. 칠언의 경우 웅혼하고 화려한 작품은 소릉 두보보다 더 심오한 것이 있어 손뼉치고 가슴 조이게 하는데, 사람들을 감동시킬 만한 수준에 이르지는 못했다. 문(文)은 좌구명(左丘明)이나 사마천(司馬遷)의 글과 아주 흡사하여 사건을 서술한 곳은 기발하지만 의논을 펼친 부분에 단점이 있고 간혹 응수한 문장을 지었는데 경솔한 부분이 있다.

獻吉才氣高雄, 風骨遒利, 天授旣奇, 師法復古, 手闢草昧, 爲一代詞人之冠. 要其所詣, 亦可略陳. 騷賦上擬屈宋, 下及六朝, 根委有餘, 精思未極. 擬樂府自魏而後有逼眞者, 然不如自運滔滔莽莽. 選體建安以至李杜, 無所不有, 第於謝監未是初日芙蓉, 僅作顏光祿耳. 七言歌行縱橫如意, 開闔有法, 最爲合作. 五言律及五七言絶, 時詣妙境, 七言雄渾豪麗, 深於少陵, 抵掌捧心, 不能厭服衆志. 文酷倣左氏司馬, 敍事則奇, 持論則短, 間出應酬, 頗傷率易.

6-16. 하경명의 시명

중묵(仲默) 하경명(何景明)의 재주는 이몽양보다 뛰어나지만, 이몽양의 훌륭함만은 못하다. 또한 하경명은 스승인 이몽양의 심법(心法)을 따르면서도 그 법도에서 벗어난 작품을 지으려고 했기에 격조는 미약하지만 잘못된 구절은 없으며 시체는 우아한데 대부분 비슷비슷하다.

화옥(華玉) 고린(顧璘)이 『국보신편(國寶新編)』에서 하경명에 대해 "내뱉
는 말이 모두 구슬이 되니 사람들 사이에서도 뛰어나다."라 평가했다.
소부(騷賦)의 작품 중에 육조시대의 것을 본뜬 것은 자못 아름답다. 그
러나 다른 글은 촉박하고 가벼워 좋지 않은 듯하다.

仲默才秀於李氏, 而不能如其大. 又義取師心, 功期舍筏, 以故有弱
調而無累句. 詩體翩翩, 俱在雁行. 顧華玉稱其咳唾珠璣, 人倫之儁. 騷
賦啓發擬六朝者頗佳, 他文促薄, 似未稱是.

6-17. 서정경의 명성

　창곡(昌穀) 서정경(徐禎卿)은 젊은 시절부터 글로 명성이 있었는데,
문장은 제(齊)와 양(梁)의 것을 주로 익혔으며 시는 만당(晚唐)의 시풍
을 익혔다. 그러나 진사에 급제하여 헌길 이몽양을 만나고서는 크게
후회하고 자신의 문풍을 고쳤다. 악부(樂府)와 선체(選體), 가행(歌行)
및 절구(絕句)에서는 육조시기의 정밀한 의미를 맛보았고 초당(初唐)의
오묘한 법식을 취했는데, 천부적인 자질이 고명(高明)하여 환하게 홀
로 빛났다. 율시의 경우에는 정돈된 맛이 조금은 부족하지만 또한 맹
호연과 이백의 유풍이 있다. 소(騷), 뇌(誄), 송(頌), 차(劄)는 반악(潘
岳)·육기(陸機)와 흡사한데 부족한 부분이 있어 아쉽다.
　지금 중원의 호걸들은 헌길 이몽양을 스승으로 섬기고 조금 뒤 시
기의 준걸한 이들은 하경명에게 신복(信服)하며, 삼오(三吳) 지방의 준
걸들은 다시 창곡 서정경을 사종(詞宗)으로 삼는다. 서로 단점을 들춰
내고 잘못된 부분을 공격하면서 이몽양에 대해 모방하고 표절했다고
헐뜯었다. 그들은 이몽양이 재주가 크고도 견고하여 하경명을 포괄하

고 서정경이 거기에서 기원한 것임을 알지 못하니, 이몽양의 뛰어난
재주는 무시할 수 없다. 이몽양의 단점을 가다듬는다면 정밀하게 될
것이다. 하경명과 서정경에게 부족한 부분은 그들이 더 오래 산다고
해도 이몽양의 수준에는 미칠 수 없을 것이다.

　昌穀少卽摛詞, 文匠齊梁, 詩沿晩季, 迨擧進士, 見獻吉大悔改. 其樂
府選體歌行絶句, 咀六朝之精旨, 探唐初之妙則, 天才高朗, 英英獨照.
律體微乖整栗, 亦是浩然太白之遺也. 騷誄頌劄, 宛爾潘陸, 惜微短耳.
今中原豪傑, 師尊獻吉. 後俊開敏, 服膺何生. 三吳輕雋, 復爲昌穀左袒.
摘瑕攻纇, 以模剽病李, 不知李才大固苞何孕徐, 不掩瑜也. 李所不足
者, 刪之則精. 二子所不足者, 加我數年, 亦未至矣.

6-18. 용수 양신과 군채 설혜

　창곡(昌穀) 서정경(徐禎卿)은 육조시대의 재주는 있지만 육조시대를
배우지 않았고, 용수(用脩) 양신(楊愼)은 육조시대의 학문이 있지만 재
주가 거기에 걸맞지 않았다. 군채(君采) 설혜(薛蕙)[14]는 재주가 서정경
만 못하고 학문도 양신만 못하지만 조금은 그들의 단점을 극복했다.
또한 작품이 모두 하경명과 이몽양만 못하지만, 악부와 오언고시는
하경명과 이몽양에 버금간다.

　徐昌穀有六朝之才而無其學, 楊用脩有六朝之學而非其才. 薛君采才
不如徐, 學不如楊, 而小撮其短, 又事事不如何李, 樂府五言古可得伯

---

14) 설혜(薛蕙, 1489~1539) : 명나라의 대신(大臣)으로, 자는 군채(君采), 호는 서원
　(西原)이다.

仲耳.

6-19. 명대 시인에 대한 시평

창곡(昌穀) 서정경(徐禎卿)의 시는 새에 비유하면 황곡(黃鵠)이며 돌에 비유하며 옥이고 나무에 비유하면 소나무와 계수나무이다. 고숙사(高叔嗣)의 시는 빈 골짜기의 그윽한 난초향기와 같고 종묘에 있는 솥과 술잔[15] 같다. 계적(季迪) 고계(高啓)의 시는 물 흐르듯 유창하며, 정실(庭實) 번공(邊貢)의 시는 우아하고, 계지(繼之) 정선부(鄭善夫)의 시는 웅건하며, 왕형(王衡)의 시는 광대하고, 태초(太初) 손일원(孫一元)의 시는 기발하며, 화옥(華玉) 고린(顧璘)의 시는 조화롭고 빈지(賓之) 이동양(李東陽)의 시는 시원하며, 중방(仲房) 마여기(馬汝驥)의 시는 우아하게 잘 정돈되어 있어 모두 서정경 그 다음은 되니 능력을 겸비했지만 부족하다고 할 만하다. 군채(君采) 설혜(薛蕙)와 중울(仲蔚) 유윤문(俞允文)은 오언고시에, 치흠(稚欽) 왕정진(王廷陳)과 명경(明卿) 오국륜(吳國倫)은 오언율시에, 명경(明卿) 오국륜(吳國倫)과 자여(子與) 서중행(徐中行)은 칠언율시에, 자업(子業) 고숙사(高叔嗣)는 오언고시와 오언근체시에 있어 각각 오묘한 경지에 이르렀기에 온 마음을 기울여 넉넉함이 있게 되었다고 할 만하다.

昌穀之於詩也, 黃鵠之於鳥, 瓊瑤之於石, 松桂之於木也. 高叔嗣空谷之幽蘭, 崇庭之鼎彝也. 高季迪之流暢, 邊庭實之開麗, 鄭繼之之雄健, 王衡之宏大, 孫太初之奇拔, 顧華玉之和適, 李賓之之通爽, 馬仲房

---

15) 정이(鼎彝) : 공적이 있는 사람의 사적을 새겨 종묘에 갖추어 놓는 솥과 술잔을 말한다.

之華整, 皆其次也, 可謂兼能而不足. 薛君采兪仲蔚之於五言古, 王稚欽
吳明卿之於五言律, 又明卿子與之於七言律, 高子業之於五言古近體,
各極妙境, 可謂專至而有餘.

6-20. 명대의 고악부

　문정(文正) 이동양(李東陽)의 고악부에 대해 평가한다면 열 가지 중
에 하나도 얻을 만한 것이 없다. 재백(才伯) 황좌(黃佐)는 시어(詩語)가
법도에 맞지 않고 화옥(華玉) 고린(顧璘)과 정실(庭實) 변공(邊貢), 백온
(伯溫) 유기(劉基)는 법도가 시어에 뒤쳐진다. 이 네 사람은 열 가지 중
에 두 개 정도는 얻을 수 있다. 자형(子衡) 왕형(王衡)은 문(文)보다는
질(質)이 조금 나아 열 가지 중에 세 개 정도는 얻을 수 있다. 창곡(昌
穀) 서정경(徐禎卿)은 비록 악부의 원류와는 거리가 멀지만 격조(格調)
만은 뛰어났기에, 열 가지 중에 네 개 정도는 얻을 수 있다. 하경명(何
景明)과 이몽양(李夢陽)은 악부 본래의 면목이 제대로 표현되었지만 때
때로 자신의 격조가 섞여 있어 열 가지 중에 여섯 개 정도 얻을 수
있다. 우린(于鱗) 이반룡(李攀龍)은 한 글자마다 모두 합당하며 열 가지
중에 하나도 실수하지 않았다고 할 만하니, 또한 열 가지 중에 일곱
개는 얻을 수 있다.

　李文正爲古樂府, 一史斷耳, 十不能得一. 黃才伯辭不稱法, 顧華玉
邊庭實劉伯溫法不勝辭. 此四人者, 十不能得三. 王子衡差自質勝, 十不
能得四. 徐昌穀雖不得叩源推委, 而風調高秀, 十不能得五. 何李乃饒本
色, 然時時己調雜之, 十不能得七. 于鱗字字合矣, 然可謂十不失一, 亦
不能得八.

6-21. 하경명과 이몽양의 교유

중묵 하경명과 헌길 이몽양은 사귀는 정이 돈독했다. 이몽양이 역적 유근(劉瑾)[16]에게 미움을 받게 되자, 하경명이 이장사(李長沙)에게 글을 올려 함께 이몽양을 도왔으며, 수찬(修撰) 강해(康海)가 유근을 달래어 이몽양이 화를 면할 수 있었다. 뒷날 하경명과 이몽양이 문장에 대해 논할 때에는 서로를 심하게 공격하여 마침내 사이가 조금은 멀어지게 되었다. 아마도 하경명이 이몽양보다 늦게 문단에 나왔는데, 하경명의 명성이 한순간 이몽양을 뛰어넘었기에 이몽양의 마음이 조금씩 편치 못하게 된 것이다. 그러나 하경명이 위중한 병에 걸리자 이몽양에게 뒷일을 부탁하면서, "내 묘지명은 반드시 이몽양의 손에서 나와야 한다."라 했다. 이때 하경명의 제자인 이언(以言) 장시(張詩)와 망지(望之) 맹양(孟洋)이 그 옆에 있다가 귓속말로, "하경명 선생이 돌아가시면서 이몽양의 글을 알지 못할까 걱정하는데 이몽양의 글이 하 선생의 의도를 제대로 드러내지 못할까 두렵구나. 그러니 우리들이 중갈(仲鶡) 대관(戴冠), 소남(少南) 번붕(樊鵬)과 함께 묘지명을 짓는 것이 좋겠구나."라 했다. 지금 전해지고 있는 맹양이 지은 묘지명은 또한 너무 형편없다.

何仲默與李獻吉交誼良厚, 李爲逆瑾所惡, 仲默上書李長沙相救之, 又畫策令康修撰居間, 乃免. 以後論文相掊擊, 遂致小間. 蓋何晚出, 名遽抗李, 李漸不能平耳. 何病革, 屬後事, 謂墓文必出李手, 時張以言孟

---

16) 유근(劉瑾) : 명(明)나라 효종(孝宗)·무종(武宗) 때의 내시(內侍)이다. 본래는 담씨(談氏)였는데, 내관(內官) 유씨(劉氏)에 의하여 유성(劉姓)으로 행세했다. 무종 때 종고사(鍾鼓司)를 맡아, 무종의 신임을 얻어 백관을 마음대로 살리고 죽일 수 있었다. 뒤에 역모를 꾀하다가 처형되었다.

望之在側, 私曰, 何君沒, 恐不能得李文, 李文恐不得何意, 吾曹與戴仲
鶡樊少南共成之可也. 今望之銘, 亦寥落不甚稱.

6-22. 이몽양의 작시 일화

헌길 이몽양이 호부랑(戶部郎)이 되어 황제에게 글을 올려 수령후(壽
寧侯)의 일에 대해서 극론(極論)하다가 옥에 갇히게 되었는데, 다행히
황제의 은총을 받아 사면되었다. 그러던 어느 날 밤에 취하여 우연히
큰 저자거리에서 수령후를 만났다. 이몽양은 수령후에게 일을 꾸며
사람을 해치려 한다고 욕을 퍼붓고 채찍으로 때려 수령후의 이를 깨
트렸다. 이에 수령후는 너무도 화가 나서 그 일을 황제에게 알리고자
했다. 그러나 황제에게 소장을 올린 지 얼마 되지 않았기에 꾹꾹 참으
며 그만두었다. 이몽양이 뒷날 「희작방가기별오자(戲作放歌寄別吳子)」
란 시에서 "반쯤 취해 문성후에게 침 뱉고 욕을 했네.[半醉唾罵文成侯]"
라 했는데, 아마도 이 일을 가리키는 것 같다.

李獻吉爲戶部郎, 以上書極論壽寧侯事下獄, 賴上恩得免. 一夕遇醉
侯於大市街, 罵其生事害人, 以鞭梢擊墮其齒. 侯恚極, 欲陳其事, 爲前
疏未久, 隱忍而止. 獻吉後有詩云, 半醉唾罵文成侯. 蓋指此事也.

6-23. 이몽양의 곧은 절개

헌길(獻吉) 이몽양(李夢陽)이 이전에 곧은 절개로 당대에 미움을 받
았지만 강서(江西) 지역에서 기강을 바로잡아 이름이 천하에 떨쳤다.
유중승(俞中丞)이 병사를 동원하여 도적을 평정하자고 간(諫)하면서 광

동(廣東)과 광서(廣西)에서 했던 대로 여러 관원들을 함부로 다루면서 몸을 꼿꼿이 세우고 무릎을 꿇게 했다. 그러나 이몽양만은 홀로 서 있었다. 유중승이 괴이하게 여기면서 "그대는 무슨 관원인가."라 묻자, 이몽양이 느릿하게 "공은 천자의 조서를 받들어 모든 군대를 감독하고 나는 천자의 조서를 받들어 모든 유생을 감독합니다."라 대답하고 그냥 나가버렸다. 뒤에 어사와 사이가 좋지 않게 되자 여러 유생들을 거느리고 쇠사슬을 손에 들고 가서 어사를 묶으려고 하자 어사는 문을 닫아걸고 응하지 않았다. 이 일로 인해 파면되었으나 이몽양의 명성은 더욱 높아졌다.

부사(部使) 방악(方岳)은 변(汴) 지방을 지날 때는 반드시 이몽양을 배알했다. 이몽양은 방악에 비해 나이나 지위가 그리 높지 않았는데도 만나면 정좌하고서 손님인 방악에게 자신을 시중들게 하자 이따금 방악은 그것을 견디지 못했다. 이에 영번(寧藩)의 옥사를 일으켜 이몽양을 함정에 빠트리니 거의 죽을 뻔했다. 상서 대용(待用) 임준(林俊)이 힘써 구하여 죽음을 면하게 되니, 이때부터 다시는 현달하지 못했다.

李獻吉旣以直節忤時, 起憲江西, 名重天下. 兪中丞諫督兵平寇, 用二廣例, 抑諸司長跪, 李獨植立. 兪怪, 問, 足下何官耶. 李徐答, 公奉天子詔督諸軍, 吾奉天子詔督諸生. 竟出. 後與御史有隙, 卽率諸生手銀鐺, 欲鎖御史, 御史杜門不敢應. 坐構免, 名益重. 方岳部使過汴, 必謁李, 年位旣不甚高, 見則據正坐, 使客侍坐, 往往不堪, 乃起寧藩之獄, 陷李幾死. 林尙書待用力救得免, 自是不復振.

6-24. 이몽양의 공과

중묵(仲默) 하경명(何景明)이 이르기를, "헌길 이몽양(李夢陽)은 대단히 우아함을 떨쳐 백세에 가장 뛰어나다. 글은 양웅에 가깝고 부(賦)는 굴원을 뒤따른다."라 했다. 자형(子衡) 왕정상(王廷相)이 이몽양의 「이공동집서(李空同集序)」에서 이르기를, "『시경』과 『서경』의 경지에 이르고 한위(漢魏)의 정신에서 노닐었는데, 웅혼으로 지취(旨趣)를 삼고 온자(蘊藉)로 핵심을 삼았다. 생각은 현묘함에 이르렀지만 가락은 조화롭지 못하다. 봉황이 날개를 펼치고 날아오르며 용이 구름 속에서 변화를 일으킨 것 같아 사람들이 그대의 문장을 상서(祥瑞)롭다고 여겼으며 또한 그 특이함에 놀랐다."라 했다. 면지(勉之) 황성증(黃省曾)은 「여이공동서(與李空同書)」에서 이르기를, "그대는 학사들을 흥기하고 고문(古文)을 부흥시켰네. 오색(五色)이 화려하게 어울려 무늬를 드러냈고 팔음(八音)이 조화롭게 어울려 아름답네. 마치 자연의 조화가 만물을 감싸고 바다에 파도가 모여드는 것과 같네."라 했다. 또 이르기를, "강서(江西)에서 살기 시작한 이후 그대는 더욱 오묘하게 변했으니, 마치 자연의 조화가 만물을 빚어내고 천지의 묘리(妙理)가 기운을 퍼트리는데 이따금 특별한 것이 나와 새롭고 새로워 끝이 없는 것과 같다네."라 했으니, 이는 이몽양을 지극히 추존한 것이다.

그러나 경부(敬夫) 왕구사(王九思)와 군채(君采) 설혜(薛蕙)는 각각 「만흥(漫興)」이란 시를 지었는데, 왕구사는 그 시에서 하경명을 다음과 같이 읊었다.

若使老夫須下拜　　만약 노부(하경명)에게 절을 올리게 한다면
便教獻吉也低頭　　헌길은 고개를 숙여야 할 것이라.

설혜는 다음과 같이 읊조렸다.

俊逸終憐何大復　빼어난 하대복은 끝내 사랑스럽고
粗豪不解李空同　거치른 이공동은 이해하기 어렵네.

이 말들을 보면 모든 사람들이 앞에서 본 것처럼 이몽양을 추존한
것은 아닌 듯하다.

하경명이 이몽양의 시에 대해 논박한 것을 보면 「여이공동논시서
(與李空同論詩序)」에서 다음과 같이 말했다.

  "시에서 의상(意象)이 상응하는 것을 '합(合)'이라 이르고 의상이 어
  긋난 것을 '리(離)'라 이르네. 자네의 병인년간의 시는 합(合)이 되지만
  강서 이후의 시는 리(離)가 되네. 시험 삼아 병인년간의 작품을 취하여
  그 음을 살펴보면 음률에 들어맞는데, 강서 이후의 작품은 시어가 어
  려운 것은 뜻이 도리어 천근하고 뜻이 껄끄러운 것은 시어가 도리어
  평범하네. 색이 선명하지 않으나 이치에는 들어맞는데, 흥미 없이 책
  을 펼쳐 읽으니 마치 버들가지를 씹는 것[17]과 같다네."

이몽양이 하경명에 대해 논박한 것은 다음과 같다.

  "모래를 뭉치고 진흙을 이겨 놓은 것 같아 펼쳐놓으면 뚜렷하지가
  않네. 편폭이 큰 작품은 내용을 파악하기 힘들고 산문은 또한 줄거리
  가 없네."

---

17) 요비탁(搖轡鐸) : 원래 공양을 한 뒤 입을 헹구고 버들가지를 씹는 것으로 일종의
　　양치질이다.

"중묵 그대는 '신녀부(神女賦)', '제경편(帝京篇)', '남유일(南遊日)', '북상년(北上年)'을 네 구에 걸쳐 연이어 사용했는데,18) 옛날에도 이런 방식으로 작품을 지은 적이 있었던가? 아마도 그대는 신(神)과 정(情)이 합할 때 붓을 잡아 문장을 이룬 것이 최고의 경지인 것만을 알고, 높은 경지이지만 법(法)이 되지 못한 것은 알지 못하네. 그 형세가 커다란 뱀을 치고 바람을 타는 교룡을 멍에 맨 것과 같으니 운필(運筆)은 비록 기이하지만 가르칠 만한 것은 아니네. 그대 시의 결어는 대단히 졸렬하니 칠언율시와 칠언절구 등은 더욱 작품을 이루지 못하며 또한 음률에 맞는 것도 적은데, 백년의 짧은 인생 드넓은 만 리 중국에서 어찌 그리 그대의 작품을 거듭 보는가. 칠언시에서 만약 앞 두 글자를 잘라 내버린다면 혹 좋을지도 모르는데, 하필 칠언시만 지으려고 고집하는가."19)

두 사람이 서로에 대해 비판한 말은 비록 창끝처럼 날카롭게 들어맞으니 각자에게는 아프겠지만, 또한 아픈 곳을 제대로 지적한 약이 된다. 다만 하경명이 "이몽양의 강서 이후의 작품은 리(離)라 한 것"은 황성증이 말한 내용과 상반되니, 이것은 그가 이몽양을 제대로 알지 못했기 때문이다. 이몽양은 두 가지 병을 가지고 있었는데, 하나는 모방을 많이 하면서 억지로 문장을 짜 맞추려 했기에 그 흔적이 쉽게 드러났고 또 하나는 결구를 허투루 지으며 조잡하게 풀어놓으면서 공력을 들여 마무리 하지 않은 것이다.

---

18) 하경명(何景明)의 「방자용자형주사회(訪子容自荊州使回)」는 다음과 같다. "使節荊門返, 文章楚郡傳. 綵雲神女賦, 斑竹帝妃篇. 弔古南遊日, 憂時北上年. 停盃問世事, 轉眼幾回遷."
19) 앞의 언급과 이 언급은 이몽양(李夢陽)의 「재여하씨서(再與何氏書)」에 보인다.

何仲默謂獻吉振大雅, 超百世, 書薄子雲, 賦追屈原. 王子衡云, 執符
於雅謨, 遊精於漢魏, 以雄渾爲堂奧, 以蘊藉爲神樞, 思入玄而調寡和.
如鳳矯龍變, 人罔不知其爲祥, 亦罔不駭其異. 黃勉之云, 興起學士, 挽
回古文, 五色錯以彪章, 八音和而協美. 如玄造包乎品物, 海渤滙夫波
流. 又云, 江西以後, 愈妙而化, 如玄造範物, 鴻鈞播氣, 種種殊別, 新新
無已. 其推尊之可謂至矣. 然王敬夫薛君采各有漫興詩, 王詠何云, 若使
老夫須下拜, 便敎獻吉也低頭. 薛云, 俊逸終憐何大復, 粗豪不解李空
同. 則似有不盡然者. 及觀何之駁李詩, 有云, 詩意象應曰合, 意象乖曰
離. 空同丙寅間詩爲合, 江西以後詩爲離. 試取丙寅作, 叩其音, 尙中金
石, 而江西以後之作, 辭艱者意反近, 意苦者辭反常, 色黯淡而中理, 披
慢讀之, 若搖鞞鐸耳. 李之駁何則曰, 如搏沙弄泥, 散而不瑩, 闊大者鮮
把持. 文又無針線. 又云, 如仲默神女賦, 帝京篇, 南遊日, 北上年, 四句
接用, 古有此法乎. 蓋彼知神情會處下筆成章爲高, 而不知高而不法, 其
勢如搏巨蛇, 駕風螭, 步驟雖奇, 不足訓也. 君詩結語太咄易, 七言律與
絶句等, 更不成篇, 亦寡音節, 百年萬里, 何其層見疊出也. 七言若剪得
上二字, 言何必七也. 二子之言, 雖中若戈矛, 而功等藥石, 特何謂李江
西以後爲離, 與勉之言背馳, 此未識李耳. 李自有二病, 曰, 模倣多, 則
牽合而傷跡, 結構易, 則粗縱而弗工.

6-25. 이몽양 복고의 단점

헌길 이몽양은 문장에 대해 복고(復古)를 주창한 공이 크다. 그런데
대중의 마음을 충분히 따르게 하지 못한 것은 무엇 때문인가. 하나는
문장 구성을 너무 쉽게 한 것이고 또 하나는 단어의 사용이 조잡하다
는 점이다. 구성을 너무 쉽게 하면 깊이 생각하는 자들이 단점으로 여

기고, 단어가 조잡하면 옛 법을 따르는 자들이 비루하게 여긴다.

獻吉之於文, 復古功大矣. 所以不能厭服衆志者, 何居. 一曰操撰易, 一曰下語雜. 易則沉思者病之, 雜則頡古者卑之.

6-26. 이몽양 산문의 장단

헌길 이몽양의 산문, 예로 들면 「우숙민(于肅愍)」, 「강장공비(康長公碑)」와 두어 편의 봉사(封事)는 아름답다. 그 밖에 많은 작품은 투식에 빠졌는데, 가는 사람을 전송하는 서(序)는 더욱 마음 내키는 대로 지었기에 보고 싶지 않다. 소보(少保) 은정보(殷正甫)가 이반룡의 묘지명을 지어 이르기를, "능히 이몽양이 했던 것을 하지 않은 자들이라야 비로소 이몽양을 위하는 자들이다."라 했다. 이반룡도 또한 그렇다고 말했다.

獻吉文, 如諧傳于肅愍康長公碑封事數章佳耳, 其他多涉套, 而送行序, 尤率意可厭. 殷少保正甫爲于鱗誌銘云, 能不爲獻吉也者, 乃能爲獻吉者乎. 唯于鱗自云亦然.

6-27. 이몽양, 하경명, 이반룡의 가행

가행체(歌行體)에 있어서 헌길 이몽양은 마치 용과 같은 존재이며, 하경명과 이반룡은 기린이나 봉황과 같은 존재인가. 대저 봉황은 질박하고 용은 변화무쌍하다고 하는데, 나는 그런 말은 들었지만 그런 사람은 보지 못했다.

歌行之有獻吉也, 其猶龍乎. 仲默于鱗, 其麟鳳乎. 夫鳳質而龍變, 吾聞其語矣, 未見其人也.

6-28. 노남과 유윤문의 작품

부(賦)가 하경명과 이몽양에 이르면 제법 기운을 토해내지만 그러나 아직은 대가(大家)라고 부르기엔 미흡하다. 근래에 차편(次楩) 노남(盧柟)의 대단히 화려하고 농밀한 부 작품을 보았는데, 그가 부 분야에서는 제일 뛰어났다. 안타까운 것은 응수(應酬)한 작품에 단점이 많으니 잘못된 것을 다 씻어내지는 못했다. 내가 우린 이반룡과 더불어 이야기를 나누면서, "노남은 부자 장사치여서 많은 보물을 다 가지고 있지만, 그에게 부족한 것은 도주공(陶朱公)[20]처럼 변통하여 재물을 모아들였다가 파는 오묘한 방법을 모르는 것이다."라고 하자 이반룡이 크게 웃으며 실정을 정확하게 파악한 말이라고 했다. 그러나 이반룡은 재주가 뛰어났는데도 부를 즐겨 짓지 않았으니, 어째서인지 잘 모르겠다. 중울(仲蔚) 유윤문(俞允文)의 작품은 많지 않지만 때때로 아름다운 작품을 볼 수 있다. 그의 뇌(誄)와 찬(贊)에 쓰인 말은 대단히 고풍스럽다.

賦至何李, 差足吐氣, 然亦未是當家. 近見盧次楩繁麗濃至, 是伊門第一手也. 惜應酬爲累, 未盡陶洗之力耳. 余與李于鱗言盧是一富賈胡,

---

20) 도주공(陶朱公) : 범려(范蠡)는 월왕(越王) 구천(句踐)을 섬겨서 오(吳)를 멸망시킨 후에, 제(齊)에 가서 성명(姓名)을 치이자피(鴟夷子皮)로 바꾸고 재산을 수천만금이나 모았다. 제나라에서, 그가 어질다는 말을 듣고 정승으로 삼고자 하자 그는 다시 재물을 다 흩어버리고 도(陶) 지방에 가서, 스스로 도주공(陶朱公)이라 이름하고 농목과 무역으로 또 거만의 부(富)를 이루고 살다 도에서 죽었다.

君寶悉聚. 所以乏陶朱公通融出入之妙, 李大笑以爲知言. 然李材高, 不 肯作賦, 不知何也. 兪仲蔚小, 乃時得佳者, 其爲誄贊, 辭殊古.

6-29. 이몽양에 대한 시기질투

내가 일찍이 과거에 함께 합격한 원생(袁生)의 거처에서 헌길 이몽 양과 원생의 부친인 첨헌서(僉憲書) 영지(永之) 원질(袁袠)이 대화하는 것을 보았는데, 이몽양은 그의 처남인 좌국기(左國璣)가 자신을 시기 하는 것에 대해 신랄하게 이야기했다. 마지막에, "이 사람은 아직도 그러니, 어찌 변씨(邊氏)와 내가 사귀는 것과 비교하랴!"라고 했다. 변 씨는 상서(尙書) 정실(庭實) 변공(邊貢)을 가리키는데, 이몽양과 그의 교 유는 나라에서 으뜸가는 선비들의 교유라고 일컬어졌다.

또한 이몽양은 만년에 그의 조카인 조가(曹嘉)에게 횡액을 당하여 대단히 고달팠으니, 어찌 문사들이 상대방을 시기하는 뿌리 깊은 습 관이 중인들도 꺼려하는 행태에서 벗어나지 못한단 말인가.

余嘗於同年袁生處, 見獻吉與其父永之僉憲書, 極言其內弟左國璣猜 忌之狀. 末有云, 此人尙爾, 何況邊李耶. 邊蓋尙書庭實, 與獻吉素稱國 士交者. 又獻吉晩爲其甥曹嘉所厄良苦, 豈文士結習, 例不免中人忌耶.

6-30. 이몽양의 일시(逸詩)

중묵(仲默) 하경명(何景明)의 『별집(別集)』은 또한 그리 좋지 못하다. 『공동집(空同集)』은 헌길 이몽양(李夢陽)이 스스로 찬술한 것인데, 이런 저런 말이 섞여 있어 삭제해야 할 것들이 많다. 나는 헌장(憲長) 이숭

(李嵩)이 이몽양의 「추망(秋望)」한 수를 칭송하는 것을 보았는데, 이몽
양의 「추망」은 다음과 같다.

黃河水繞漢宮墻	황하의 물은 한궁의 담장 감싸 돌고
河上秋風雁幾行	황하 가엔 가을바람에 몇 줄기 기러기 나네.
客子過壕追野馬	길손은 해자 지나 아지랑이 쫓고
將軍韜箭射天狼	장군은 활 들고 천랑21)을 쏘는구나.
黃塵古渡迷飛輓	누런 먼지 낀 옛 나루에 식량 수레22) 어지럽고
白月橫空冷戰場	흰 달 가로 걸린 전장은 싸늘하구나.
聞道朔方多勇略	듣자니, 변방엔 용맹한 계책 많다는데
只今誰是郭汾陽	지금은 그 누가 곽분양23)과 같은고.

소경(少卿) 이개선(李開先)은 이몽양의 일시(逸詩) 십여 수를 외고 있
었는데 모두 웅혼하고 유창하며 화려하여, 이몽양의 문집에 실려 있
는 작품보다 훨씬 나았다. 그런데도 선집되지 못했으니, 왜 그랬을
까? 내가 예전에 질탕하게 술에 취해 이개선에게 이몽양의 일시를 적
어달라고 하지 못한 것이 대단히 한스럽다.

仲默別集, 亦不能佳, 惟空同集是獻吉自選, 然亦多駁雜可刪者. 余見
李嵩憲長稱其黃河水繞漢宮墻, 河上秋風雁幾行. 客子過壕追野馬, 將

---

21) 천랑(天狼) : 옛날에 침략을 상징하는 것으로 여겨졌던 별 이름이다.
22) 식량 수레 : '비만(飛輓)'은 군량을 운송하는 수레를 말한다.
23) 곽분양(郭汾陽) : 당(唐)나라의 명장 곽자의(郭子儀)를 가리킨다. 곽자의는 숙종
   (肅宗) 때 안녹산(安祿山)과 사사명(史思明)의 반란을 평정하여 분양왕(汾陽王)에
   봉해졌고 덕종(德宗) 때부터 상보(尙父)의 호를 하사받았으며, 무려 20년 동안 천
   하의 안위(安危)를 한 몸에 짊어졌던 불세출의 명장이다.

軍韜箭射天狼. 黃塵古渡迷飛輓, 白月橫空冷戰場. 聞道朔方多勇略, 只
今誰是郭汾陽一首. 李開先少卿誦其逸詩凡十餘首, 極有雄渾流麗, 勝
其集中存者, 爾時不見選, 何也. 余往被酒跌宕, 不能請錄之, 深以爲恨.

6-31. 서정경의 문집

창곡(昌穀) 서정경(徐禎卿)이 스스로 찬술한 『적공집(迪功集)』에 실린
작품은 모두 정밀하고도 아름다워 부족함이 없어 보였다. 근래 황보자
안(皇甫子安)이 『서적공외집(徐迪功外集)』을 만들었고 원씨(袁氏)가 『서씨
별고오집(徐氏別稿五集)』을 출간했다. 『서씨별고오집』은 서정경의 젊은
시절 작품으로, 칭송할 만한 구절은 「화간(花間)」의 "문장의 강좌는 집
집마다 옥이요, 풍경 좋은 양주는 나무마다 꽃이로세.[文章江左家家玉,
煙月揚州樹樹花.]"란 구절뿐이다. 그 밖의 작품에는 유치하고 천박한 말
이 많아 항아리 뚜껑으로도 쓸 수가 없다. 세상 사람들은 서정경의 두
터운 명성에 압도당하여 작품을 모두 끌어 모아 출간했다. 이는 번쾌(樊
噲)[24]나 주발(周勃) 및 관영(灌嬰)[25]이 귀한 몸이 된 뒤에, 사람들이 그
들이 젊은 날 개백정과 어울려 피리 불었던 것도 좋은 일이라고 여기는
것과 같음을 알지 못하니, 어찌 이마에서 땀이 흐르지 않겠는가.

昌穀自選迪功集, 咸自精美, 無復可憾. 近皇甫氏爲刻外集, 袁氏爲
刻五集. 五集卽少年時, 所稱文章江左家家玉, 煙月揚州樹樹花者是已,

---

24) 번쾌(樊噲) : '무양(舞陽)'은 무양후에 봉해졌던 번쾌(樊噲)를 말한다. 진(秦)이
   망한 후 유방(劉邦)이 천하를 통일할 때 큰 공을 많이 세웠다.
25) 주발(周勃) 및 관영(灌嬰) : '강관(絳灌)'은 한(漢)나라의 개국공신인 강후(絳侯)
   주발(周勃)과 영음후(潁陰侯) 관영(灌嬰)의 병칭이다.

餘多稚俗之語, 不堪覆瓿. 世人猥以重名, 遂槪收梓, 不知舞陽絳灌旣貴
後, 爲人稱其屠狗吹簫, 以爲佳事, 寧不泚顙.

6-32. 명대의 절구와 율시

오언율시와 칠언율시는 중묵 하경명에 이르러 널리 유행하게 되었
고 헌길 이몽양에 이르러 위상이 대단해졌으며 우린 이반룡에 이르러
높은 수준에 이르게 되었다. 절구에 있어서는 세 사람 모두 큰 공이
있으니, 절구의 최고 경지에 이르렀다 하겠다.

五七言律至仲默而暢, 至獻吉而大, 至于鱗而高. 絶句俱有大力, 要
之有化境在.

6-33. 이몽양과 서정경의 칠언율시

헌길 이몽양의 「한운증황자(限韻贈黃子)」는 다음과 같다.

禁煙春日紫煙重 　 궁궐은 봄날에 자줏빛 안개 짙은데
子昔爲雲我作龍 　 예전에 그댄 구름, 나는 용이 되었지.[26]

---

26) 예전에…… 되었지 : 한유(韓愈)가 술에 취하여 벗 맹교(孟郊)에게 보낸 시 「취유
동야(醉留東野)」에 "저는 조금 약삭빠르니, 장송에 붙은 덩굴인 양 스스로 부끄럽
군요. 고개 숙여 동야에게 절하며, 시종 공궐(蛩蹶)처럼 친하게 지내길 바라지만,
동야가 돌아보지 않으니, 마치 조그만 막대로 커다란 종을 치는 격입니다. 나는
구름 되고 동야는 용이 되길 바라지만, 사방 사람들이 동야를 따르니, 비록 이별해
있어도 만날 길 없군요.[韓子稍姦黠, 自慙靑蒿倚長松. 低頭拜東野, 願得終始如駏
蛩, 東野不廻頭, 有如寸莛撞鉅鍾. 吾願身爲雲, 東野變爲龍, 四方上下逐東野, 雖有離
別無由逢.]"라고 한 구절이 보인다.

有酒每邀東省月　술 가지고 늘 동성에서 달맞이했고

退朝曾對掖門松　퇴근하여 궁궐 옆문의 소나무 대했지.

十年放逐同梁苑　십 년 동안 내쫓기어 양원[27]처럼 살았지만

中夜悲歌泣孝宗　한밤중에 슬픈 노래로 효종 위해 울었다네.

老體幸强黃犢健　늙은 몸이 다행히 누런 황소처럼 건장하니

柳吟花醉莫辭從　버들 읊조리며 술 취하는 것 사양 마시게.

창공 서정경의 「기헌길(寄獻吉)」은 다음과 같다.

汝放金雞別帝鄉　그대는 사면되어[28] 제향을 떠나갔으니

何如李白在潯陽　이백이 심양[29]에 있던 때와 비교해 어떠한가.

日暮經過燕市曲　저물녘 연 지방 저자거리를 지나서

解裘同醉酒爐傍　갖옷 벗고 함께 화로 옆에서 취하리라.

徘徊桂樹涼風發　서성이니 계수나무에선 찬바람 일고

仰視明河秋夜長　올려보니 은하수에 가을 밤 길어라.

此去梁園逢雨雪　양원[30]으로 가서 싸락눈을 만난 때면

---

27) 양원(梁苑) : 한(漢) 문제(文帝)의 차남이자 경제(景帝)의 동생인 양효왕(梁孝王) 무(武)가 꾸민 동원(東苑)으로 사방이 3백여 리나 되었으며 궁실을 크게 짓고 복도 (復道)를 만들었는가 하면, 사방의 호걸들을 초치하여 천자와 같은 생활을 했던 곳이다. 이몽양은 왕세정(王世貞)·이반룡(李攀龍)·하경명(何景明)과 함께 가정 (嘉靖) 사대가(四大家)로 꼽혔던 인물로서, 그 역시 누차 옥에 갇히고 외방에 좌천 되고 귀양살이를 한 뒤 고향에 돌아와 원지(園池)를 가꾸고 빈객을 불러 모아 유유 자적한 생활을 했으므로 양원에 비유한 것이다.

28) 사면되어 : '금계'는 죄수를 사면할 때에 걸었던 물건으로, 7장쯤 되는 대나무에 4척의 닭을 만들어 매달았다. 머리를 황금으로 꾸미기 때문에 금계라 한다.

29) 심양 : 이백이 심양과 야랑(夜郞)으로 유배간 적이 있었다.

30) 양원(梁園)은 한(漢)나라 양 효왕(梁孝王)의 화려한 정원으로 토원(兎苑)이라고 도 한다. 『문선(文選)』에 실려 있는 사혜련(謝惠連)의 설부(雪賦)에 의하면, 양 혜

知子遙度赤城梁　내가 멀리서 적성의 다리 건너 찾아가리.

　이몽양은 자신을 소릉 두보에 견주었고 서정경은 자신을 청련 이백
에 견주었는데, 이몽양은 이백의 장편 작품의 법도를 얻었고 서정경
은 최호(崔顥)와 심약(沈約)의 구절을 가다듬는 법을 얻었다. 그래서 명
나라 칠언율시의 최고봉이 되었다. 그런데도 여러 문인들이 선집하는
데 이 작품들이 실리지 않았다. 게다가 우린 이반룡도 이들의 작품을
선집하지 않았다. 모두 이해할 수 없는 일이다.

　獻吉有限韻贈黃子一律云, 禁煙春日紫煙重, 子昔爲雲我作龍. 有酒
每邀東省月, 退朝曾對掖門松. 十年放逐同梁苑, 中夜悲歌泣孝宗. 老體
幸强黃犢健, 柳吟花醉莫辭從. 昌穀有寄獻吉一律云, 汝放金雞別帝鄕,
何如李白在潯陽. 日暮經過燕市曲, 解裘同醉酒壚傍. 徘徊桂樹涼風發,
仰視明河秋夜長. 此去梁園逢雨雪, 知予遙度赤城梁. 李雖自少陵, 徐自
靑蓮, 而李得靑蓮長篇法, 徐得崔沈琢句法, 當爲本朝七言律翹楚. 而諸
家選俱未及, 于鱗亦遺之, 皆所未解也.

6-34. 두보를 익힌 명대 시인들

　명나라에 두보의 시를 익힌 사람이 몇 사람 있다. 화용(華容) 사람
손의(孫宜)는 두보의 고깃덩어리를 얻었고 동군(東郡) 사진(謝榛)[31]은

왕이 세모(歲暮)에 눈이 내리자 문사(文士)들을 초청하여 주연(酒宴)을 베풀고 사
마상여(司馬相如)에게 눈을 노래하게 했다 한다.
31) 사진(謝榛, 1495~1575) : 명대(明代) 포의시인(布衣詩人)으로, 자는 무진(茂秦),
호는 사명산인(四溟山人)이다.

두보의 겉모습을 얻었으며, 화주(華州) 왕유정(王維楨)은 두보의 한 가지를 얻었고 민주(閩州) 정선부(鄭善夫)는 두보의 뼈를 얻었다. 이들이 성취한 바는 또한 두보와 비슷할 뿐이다. 오직 이몽양만이 두보의 체제를 두루 갖추었으나 힘이 부족하다.

國朝習杜者凡數家, 華容孫宜得杜肉, 東郡謝榛得杜貌, 華州王維楨得杜一支, 閩州鄭善夫得杜骨. 然就其所得, 亦近似耳, 唯夢陽具體而微.

6-35. 명대 작품의 작가 변증

소경(少卿) 이개선(李開先)의 「보소속국서(報蘇屬國書)」는 그 문장이나 글 가운데 뛰어난 부분은 일단 논하지 않더라도, 체제가 사전(史傳)과 같은데 아주 작은 것까지 모두 갖추고 있으니 이개선이 지었다고 하는 것은 거짓임에 틀림없다. 그 내용이 감개 깊고 비장하며 독실한 격조가 있으니 아마도 육조 시기 고수의 작품일 것이다. 명(明)나라 백호(伯虎) 당인(唐寅)의 「보문징명(報文徵明)」과 치흠(稚欽) 왕정진(王廷陳)의 「답여무소(答余懋昭)」 두 글은 그래도 말세의 문장보다는 낫다. 이 작품은 당인이 지은 다른 작품과 격차가 있고 왕정진의 작품은 글의 내용이 이리저리 찢어져 있어 죽음을 앞 둔 사람의 글과 같으니, 그들의 작품이 아닌 듯하다. 왕정진의 글 중에 편지글만은 그래도 볼만하다.

李少卿報蘇屬國書, 不必論其文及中有逗脫者, 其傳合史傳, 纖毫畢備, 贗作無疑. 第其辭感慨悲壯, 宛篤有致, 故是六朝高手. 明唐伯虎報文徵明, 王稚欽答余懋昭二書, 差堪叔季. 伯虎他作俱不稱, 稚欽於文割裂, 比擬亡當者, 獨尺牘差工耳.

6-36. 명대의 뛰어난 칠언의 구절들

학문을 강론하는 사람들은 걸핏하면 문사라는 것은 화려하게 꾸미는 것으로만 여기고 문장을 잘 짓는 사람은 다른 사람의 서투른 표현을 가지고 웃음거리로 삼는다. 학문을 강론하는 이와 문장을 잘 짓는 사람들이 서로를 마치 둥근 도끼 구멍에 네모난 도끼 자루가 들어가지 않는 것처럼 여기면서, 내용과 실질이 부합하지 못하는 것에 대해서는 따지지도 않는다. 칠언시를 잘 짓기가 가장 어려우니 내가 우선여러 사람들의 몇 연(聯)을 예로 들어보겠다.

문청(文淸) 설선(薛瑄) 「원주잡시(沅州雜詩)」의[32]

翼軫衆星朝北極	익성 진성 등 뭇 별이 북극성에 조회하고
岷嶓諸嶺導南條	민산 파산 모든 봉우리 남조형산[33]으로 뻗어있네.
天連巫峽常多雨	하늘과 무협이 맞닿아 항상 비 내리고
江過潯陽始上潮	강은 심양 지나 비로소 넘실거리누나.

공양(孔暘) 장욱(莊旭) 「우숙나한사화신향원외(雨宿羅漢寺和藎鄕員外)」의[34]

溪聲夢醒偏隨枕	잠깬 베갯머리에 시냇물 소리 들리고

---

32) 설선(薛瑄)의 「원주잡시(沅州雜詩)」는 다음과 같다. "辰沅風壤帶三苗, 一望中原萬里遙. **翼軫衆星朝北極, 岷嶓諸嶺導南條, 天連巫峽常多雨, 江過潯陽始上潮.** 近日詩懷殊浩蕩, 謾將新句答漁樵."

33) 남조형산 : '남조(南條)'는 남조형산(南條荊山)의 약칭이다.

34) 장욱(莊旭)의 「우숙나한사화신향원외(雨宿羅漢寺和藎鄕員外)」는 다음과 같다. "天地那容也謬莊, 白頭還醉我公觴. **溪聲夢醒偏隨枕, 山色樓高不得墻.** 定性無書天我泯, 風雲有趣古今長. 可知漏洩西林意, 詩滿寒衾月一房."

山色樓高不礙墻　산빛은 높은 누대 담장을 넘어오는구나.

공양(孔暘) 장욱(莊旭) 「용운기황제학(用韻寄黃提學)」의35)

狂搔短髮孤鴻外　외론 기러기 되어 수심 속에 늙어가고

病臥高樓細雨中　가랑비 속에 높은 누대에 병으로 누웠네.

공양(孔暘) 장욱(莊旭) 「제령주중(濟寧舟中)」의36)

千家小聚村村暝　천 집 모인 작은 마을 모두 어둠 속에 있고

萬里河流處處同　만 리 흐르는 강물에 곳곳마다 풍경은 같구나.

공양(孔暘) 장욱(莊旭) 「병안(病眼)」의37)

殘書漢楚燈前壘　한나라 초나라의 책은 등불 앞에 쌓여 있고

小閣江山霧裏詩　강산 작은 누대의 안개 속에서 시 짓네.

공양(孔暘) 장욱(莊旭) 「절부(節婦)」의

化石未成猶有淚　완전히 돌 못 되어 눈물은 남아 있고

舞鸞雖在不驚塵　난새가 춤을 추지만 먼지에 놀라지 않네.38)

---

35) 장욱(莊旭)의 「용운기황제학(用韻寄黃提學)」은 다음과 같다. "秋老靑山色更濃,
年年此地問元龍. **狂搔短髮孤鴻外, 病臥高樓細雨中.** 詩寄故人如見面, 年過五十敢稱
翁. 何時許作西巖會, 一日一壺傾一峰."

36) 장욱(莊旭)의 「제령주중(濟寧舟中)」은 다음과 같다. "不管靑天問去鴻, 百年都只此
杯中. **千家小聚村村暝, 萬里河流處處同.** 遠樹入河留返照, 布帆隨力飽西風. 南來北
往奔波地, 留與兒童笑老翁."

37) 장욱(莊旭)의 「병안(病眼)」은 다음과 같다. "天嗔白眼陳祭政, 我輩山中白眼誰. 世
事相乘難兩得, 先生內照恐無虧. **殘書漢楚燈前壘, 草閣江山霧裏詩.** 一點明通終可藉,
濂溪夫子是神醫."

38) 봉황새는 원래 부부간의 두터운 정을 상징하는 새인데, 홀로 남은 새가 거울에
자신의 모습을 비춰 보고는 슬피 울다 죽었다는 난경(鸞鏡)의 고사가 있다.

공보(公甫) 진헌장(陳獻章) 「차운정산선생종수(次韻定山先生種樹)」의[39]

竹林背水題將徧　대숲은 물 등지고 앞쪽으로 넓게 퍼지려 하고
石筍穿沙坐欲平　죽순은 모래 뚫고 올라와 자리 평평하게 하네.

공보(公甫) 진헌장(陳獻章) 「춘일우성(春日偶成)」의[40]

出墻老竹靑千個　담장 위로 솟은 늙은 대나무 천 가지 푸르고
泛浦春鷗白一雙　포구의 봄 갈매기 한 쌍이 하얗구나.

공보(公甫) 진헌장(陳獻章) 「신축원단희필(辛丑元旦戲筆)」의[41]

時時竹几眠看客　때때로 안석에 기대 자며 길손 맞이하는데
處處桃符寫似人　곳곳의 도부[42]를 마치 사람처럼 그렸구나.

공보(公甫) 진헌장(陳獻章) 「차장정산청강잡흥(次莊定山淸江雜興)」의[43]

竹徑傍通沽酒寺　대숲 길은 술파는 절집으로 이어졌고

39) 진헌장(陳獻章)의 「차운정산선생종수(次韻定山先生種樹)」는 다음과 같다. "花時風日美新晴, 北沜南坨迤邐行. 春色醺醺薰我醉, 年光滾滾歎人生. 竹林背水題將徧, 石筍穿沙坐欲平. 客問定山何所有, 滿山紅紫數聲鶯."
40) 진헌장(陳獻章)의 「춘일우성(春日偶成)」은 다음과 같다. "蛺蝶飛飛花映窓, 流鶯恰恰柳垂江. 出墻老竹靑千個, 泛棹春鷗白一雙. 暖日暄風酣獨臥, 來牛去馬亂相撞. 江山指點非無句, 誰致先生酒百缸."
41) 진헌장(陳獻章)의 「신축원단희필(辛丑元旦戲筆)」은 다음과 같다. "酒杯不與年顔老, 詩思還隨物候新. 分外不加毫末事, 意中長滿十分春. 棲棲竹几眠看客, 處處桃符寫似人. 除却東風花鳥句, 更將何事答洪鈞."
42) 도부(桃符) : 옛 풍속에 신년(新年) 초하루가 되면 복숭아나무 판자[桃木板] 두 개에다 신도(神荼), 울루(鬱壘)라는 두 신명(神名)을 써서 문 양쪽 곁에 걸어 이것으로 사귀(邪鬼)를 물리쳤던 데서 온 말로, 전하여 부적(符籍)을 가리킨다.
43) 진헌장(陳獻章)의 「차장정산청강잡흥(次莊定山淸江雜興)」은 다음과 같다. "家學華山一覺眠, 圖書亦在枕頭邊. 傍花隨柳我尋句, 剩水殘山天賜年. 竹徑旁通沽酒市, 桃花亂點釣魚船. 平生我愛孫思邈, 自古高人方又圓."

桃花亂點釣魚船　복사꽃 고기잡이 배에 어지럽게 날리네.

문성(文成) 왕수인(王守仁) 「인우화두운(因雨和杜韻)」의[44]

萬里滄江生白髮　만 리의 푸른 강가에서 흰머리 생기노니
幾人燈火坐黃昏　몇 사람이나 등불 켜고 황혼녘에 앉았던가.

문성(文成) 왕수인(王守仁) 「이거승과사(移居勝果寺)」의[45]

半空虛閣有雲住　허공의 누각에는 구름이 머물러 있고
六月深松無暑來　유월 깊은 솔 숲 더위도 오지 않네.

문성(文成) 왕수인(王守仁) 「춘일유제산사용두목지운(春日游齊山寺用杜牧之韻)」의[46]

春山日暮成孤坐　봄 산에서 해질녘 홀로 앉아 있자니
游子天涯正憶歸　하늘 밖 나그네 돌아가고픈 생각만 드네.

문성(文成) 왕수인(王守仁) 「제야(霽夜)」의[47]

沙邊宿鷺寒無影　모래사장서 자던 백로 추워 날지 않는데

---

44) 왕수인(王守仁)의 「인우화두운(因雨和杜韻)」은 다음과 같다. "晩堂疎雨暗柴門, 忽入殘荷瀉石盆. 萬里滄江生白髮, 幾人燈火坐黃昏, 客途最覺秋先到. 荒徑惟憐菊尙存. 却憶故園耕釣處, 短蓑長笛下江村."

45) 왕수인(王守仁)의 「이거승과사(移居勝果寺)」는 다음과 같다. "江上但知山色好, 峰回始見寺門開. 半空虛閣有雲住, 六月深松無暑來, 病肺正思移枕簟, 洗心兼得遠塵埃. 富春咫尺烟濤外, 時倚層霞望釣臺."

46) 왕수인(王守仁)의 「춘일유제산사용두목지운(春日游齊山寺用杜牧之韻)」은 다음과 같다. "倦鳥投枝已亂飛, 林間暝色漸霏微. 春山日暮成孤坐, 遊子天涯正憶歸, 古洞濕雲含宿雨, 碧溪明月弄淸暉. 桃花不管人間事, 只笑山人未拂衣."

47) 왕수인(王守仁)의 「제야(霽夜)」는 다음과 같다. "雨霽僧堂鐘磬淸, 春溪月色特分明. 沙邊宿鷺寒無影, 洞口流雲夜有聲, 靜後始知群動妄, 閒來還覺道心驚. 問津久已慚沮溺, 歸向東皐學耦耕."

洞口流雲夜有聲　골짜기의 구름은 밤이 되자 소리 있네.

문성(文成) 왕수인(王守仁) 「재경무운관서림옥기도사벽(再經武雲觀書林玉璣道士壁)」의48)
春巖過雨林芳淡　봄 산에 비 지나자 숲 향기 싱그럽고
暗水穿花石溜分　땅 속 물 꽃 사이로 솟아 돌 틈으로 흐르네.

문성(文成) 왕수인(王守仁) 「별희안(別希顔)」의49)
且留南國春山興　또한 남국에는 봄 산의 흥취 있겠지만
共聽西堂夜雨聲　함께 서당에서 밤 비 소리 들던 일 생각하게.

문성(文成) 왕수인(王守仁) 「추야(秋夜)」의50)
天迥樓臺含氣象　하늘 저 멀리 누대는 가을 기운 품었고
月明星斗避光輝　달이 밝아 별들은 빛을 잃었구나.

문성(文成) 왕수인(王守仁) 「용담야좌(龍潭夜座)」의51)
幽人月出每孤往　유인은 달 뜨면 늘 혼자 못에 가니

48) 왕수인(王守仁)의 「재경무운관서림옥기도사벽(再經武雲觀書林玉璣道士壁)」은 다음과 같다. "碧山道士曾相約, 歸路還來宿武雲. 月滿僊臺依鶴侶, 書留蒼壁看鵞群. **春巖多雨林芳淡, 暗水穿花石溜分,** 奔走連年家尙遠, 空餘魂夢到柴門."
49) 왕수인(王守仁)의 「별희안(別希顔)」은 다음과 같다. "後會難期別未輕, 莫辭行李滯江城. **且留南國春山興, 共聽西堂夜雨聲,** 歸路終知雲外去, 晴湖想見鏡中行. 爲尋洞裏幽棲處, 還有峰頭雙鶴鳴."
50) 왕수인(王守仁)의 「추야(秋夜)」는 다음과 같다. "春園花木始菲菲, 又是高秋落葉稀. **天迥樓臺含氣象, 月明星斗避光輝,** 閒來心地如空水, 靜後天機見隱微. 深院寂寥群動息, 獨憐烏鵲繞枝飛."
51) 왕수인(王守仁)의 「용담야좌(龍潭夜座)」는 다음과 같다. "何處花香入夜淸, 石林茅屋隔溪聲. **幽人月出每孤往, 棲鳥山空時一鳴,** 草露不辭芒屨濕, 松風偏與葛衣輕. 臨流欲寫猗蘭意, 江北江南無限情."

棲鳥山空時一鳴 둥지의 새 텅 빈 산에서 때때로 우네.

문성(文成) 왕수인(王守仁) 「등열강루(登閱江樓)」의[52]
山色古今餘王氣 산빛은 고금에 왕의 기운이 넘쳐나는데
江流天地變秋聲 강물 흘러 천지는 가을 소리로 바뀌었네.

문성(文成) 왕수인(王守仁) 「숙정사(宿淨寺)」의[53]
棋聲竹裏消閑晝 대숲에서 바둑 두며 여유롭게 한낮 보냈고
藥裹窗前對病僧 창 앞에서 약봉지 들고 병든 스님 대했지.

문성(文成) 왕수인(王守仁) 「알복파묘(謁伏波廟)」의[54]
月遶旌旗千嶂暗 달빛은 깃발에 내려온 벼랑은 어둑하고
風傳鈴柝九溪寒 바람결의 딱따기 소리에 시내는 차가웠네.

이러한 구절들이 어찌 그 흥취를 다한 대목이 아니겠는가.

講學者動以詞藻爲雕搜之技, 工文者則擧拙語爲談笑之資, 若柄鑿不相入, 無論也. 七言最不易工, 吾姑擧諸公數聯, 如翼軫衆星朝北極, 岷嶓諸嶺導南條, 天連巫峽常多雨, 江過潯陽始上潮, 此薛文淸句也. 溪聲

---

52) 왕수인(王守仁)의 「등열강루(登閱江樓)」는 다음과 같다. "絶頂樓荒舊有名, 高皇曾此駐龍旌. 險存道德虛天塹, 守在蠻夷豈石城. 山色古今餘王氣, 江流天地變秋聲. 登臨授簡誰能賦, 千古新亭一愴情."

53) 왕수인(王守仁)의 「숙정사(宿淨寺)」는 다음과 같다. "老屋深松覆古藤, 羈棲猶記昔年曾. 棋聲竹裏消閑晝, 藥裹窗前對病僧. 烟艇避人長曉出, 高峰遠望亦時登. 而今更是多牽繫, 欲似當時又不能."

54) 왕수인(王守仁)의 「알복파묘(謁伏波廟)」는 다음과 같다. "樓船金鼓宿烏蠻, 魚麗群舟夜上灘. 月遶旌旗千嶂靜, 風傳鈴柝九溪寒. 荒夷未必先聲服, 神武由來不殺難. 想見虞廷新氣象, 兩堦干羽五雲端."

夢醒偏隨枕, 山色樓高不礙墻, 狂搔短髮孤鴻外, 病臥高樓細雨中, 千家
小聚村村暝, 萬里河流處處同, 殘書漢楚燈前壘, 小閣江山霧裏詩, 化石
未成猶有淚, 舞鸞雖在不驚塵, 此莊孔暘句也. 竹林背水題將徧, 石筍穿
沙坐欲平, 出墻老竹青千個, 泛浦春鷗白一雙, 時時竹几眠看客, 處處桃
符寫似人, 竹徑傍通沽酒寺, 桃花亂點釣魚船, 此陳公甫句也. 萬里滄江
生白髮, 幾人燈火坐黃昏, 半空虛閣有雲住, 六月深松無暑來, 春山日暮
成孤坐, 游子天涯正憶歸, 沙邊宿鷺寒無影, 洞口流雲夜有聲, 春巖過雨
林芳淡, 暗水穿花石溜分, 且留南國春山興, 共聽西堂夜雨聲, 天迥樓臺
含氣象, 月明星斗避光輝, 幽人月出每孤往, 棲鳥山空時一鳴, 山色古今
餘王氣, 江流天地變秋聲, 棋聲竹裏消閑晝, 藥裹窗前對病僧, 月遠旌旗
千嶂暗, 風傳鈴柝九溪寒, 此王文成句也, 何嘗不極其致.

6-37. 진헌장과 왕수인의 시

공보(公甫) 진헌장(陳獻章)은 젊었을 때 시를 열심히 공부하지 않았
고 백안(伯安) 왕수인(王守仁)은 젊을 때부터 시를 열심히 공부했으나
성취를 이루지는 못했다. 진헌장은 깊이 생각하지 않고 시를 쓴 것 같
고 왕수인은 의도하는 바가 있어서 시를 지은 것 같다. 그래서 진헌장
의 시는 조금은 자연스러웠지만, 왕수인의 시는 이따금 경구(警句)가
있다.

公甫少不甚攻詩, 伯安少攻詩而未就, 故公甫出之若無意者, 伯安出
之不免有意也. 公甫微近自然, 伯安時有警策.

6-38. 고린의 시작품

화옥(華玉) 고린(顧璘)의 재주와 화려함은 주응등(朱應登)이나 정선부(鄭善夫)보다는 나았지만 다만 격조는 조금 그들에게 뒤진다.

예를 들면, 고린 「의궁원(擬宮怨)」의55)

君王自信圖中貌　군왕은 그림 속의 모습을 그대로 믿었고
靜女虛迎夢裏車　정녀는 헛되이 꿈속의 수레 맞이했다오.

고린 「등청량사후서색산정(登淸凉寺後西塞山亭)」의56)

古寺頻來僧盡老　옛 절에 자주 오니 스님도 모두 늙었고
重陽欲近蟹爭肥　중양절 가까워 오니 게는 살쪘구나.

이 구절은 그 시체(詩體)를 막론하고 모두 기발하고 아름다운 운치가 있다.

또 고린 「의궁원(擬宮怨)」의57)

御前卻輦言無忌　황제 앞에서 수레 물리고 꺼림 없이 말하니
衆裏當熊死不辭　사람들 속에서 곰 막으며58) 죽음도 사양 않네.

---

55) 고린(顧璘)의 「의궁원(擬宮怨)」은 다음과 같다. "翠黶金蟬入帝家, 擬將新寵屬鉛華. **君王自信圖中貌, 靜女虛迎夢裏車.** 帳殿秋陰生角枕, 屧廊空響應琵琶. 含情獨倚朱闌暮, 滿院微風動落花."

56) 고린(顧璘)의 「등청량사후서색산정(登淸凉寺後西塞山亭)」은 다음과 같다. "晚上高亭對落暉, 萬山寒翠濕秋衣. 江流一道杯中瀉, 雲樹千門鳥外微. **古寺頻來僧盡老, 重陽欲近蟹爭肥.** 霜楓惡作蕭條色, 故夫殘紅繞客飛."

57) 고린(顧璘)의 「의궁원(擬宮怨)」은 다음과 같다. "漢皇宮殿月明時, 曾侍宸游百子池. 舞馬登牀春進酒, 盤龍卸燭夜觀碁. **御前卻輦言無忌, 衆裏當熊死不辭.** 舊恨飄零同落葉, 春風空遶萬年枝.

58) 곰 막으며 : '당웅(當熊)'은 곰의 앞을 막아선다는 말로, 위태로움에 임하여 자신

이 구절은 더욱 굳세고 웅장하며 화려함이 있다.

주응등 「기좌(起坐)」의[59]

寒菊抱花餘舊摘　　찬 국화꽃 품으니 이전 딴 꽃송이도 많으며

慈鴉將子試新飛　　어미 까마귀 새끼 데리고 처음 나는 것 연습하네.

이 구절은 산뜻한 운치가 있다.

　고린은 초(楚) 지역에서 벼슬하는데 황제가 조서를 내려 『승천대지(承天大志)』를 정리하게 하니 고린은 왕정진(王廷陳)과 안목분(顔木應) 등을 불러 정리하게 했다. 뒤에 책이 완성되었지만 고린의 뜻과는 부합하지 않았고 당시 사람들도 마땅하지 않다고 여겼다. 지금 생각해보면, 그렇게 생각한 고린의 수준에도 나는 미칠 수도 없다. 고린은 지금의 강릉공(江陵公) 장거정(張居正)이 벼슬하기 전에 그의 재주를 알아보았으니, 사람 보는 눈이 있다고 할 만하다.

　顧華玉才華在朱鄭之上, 特以其調少下耳. 如君王自信圖中貌, 靜女虛迎夢裏車, 又古寺頻來僧盡老, 重陽欲近蟹爭肥, 無論體裁, 俱儁婉有味. 至御前卻輂言無忌, 衆裏當熊死不辭, 尤覺矯矯壯麗. 朱句如寒菊抱花餘舊摘, 慈鴉將子試新飛, 亦自楚楚. 華玉塡楚, 詔修承天志, 以王廷陳顔木應. 後不稱旨, 一時人亦以爲非宜. 自今思之, 自不可及. 華玉能識今江陵公於未冠時, 足稱具眼.

을 돌보지 않고 용감하게 앞에 나서는 여성을 뜻한다. 『한서(漢書)』 「효원풍소의전(孝元馮昭儀傳)」에 보인다.

59) 주응등(朱應登)의 「기좌(起坐)」는 다음과 같다. "窓含曉日尙熹微, 起坐從容意不違. 寒菊抱花餘舊摘, 慈鴉將子試新飛, 久知初服無覊束, 始信浮名有是非. 暫欲展書還棄擲, 閑心已習靜中機."

6-39. 왕구사의 「박주」

경부(敬夫) 왕구사(王九思)의 칠언율시에

出門二月已三月　　2월에 나와 3월이 되어서야
騎馬陳州來亳州　　진주에서 말 타고 박주에 이르렀구나.

라는 구절로 시작하는 「박주(亳州)」라는 작품이 있는데,[60] 격조가 대단히 아름답다. 그러나 선시(選詩)하는 사람들이 모두 이 작품을 알지 못하니, 이유가 무엇인가?

　　王敬夫七言律有出門二月已三月, 騎馬陳州來亳州一首, 風調佳甚, 而選者俱不之知, 何也.

6-40. 변공의 「문기묘남정사」와 「무제」

정실(庭實) 변공(邊貢)은 「문기묘남정사(聞己卯南征事)」란 작품에서,[61]

不信土人傳接駕　　황제 수레에 따르라는 말 믿지 않았는데
似聞天語詔班師　　마치 황제가 벼슬 반열에 불러들인 듯.

---

60) 왕구사(王九思)의 「박주(亳州)」는 다음과 같다. "出門二月已三月, 騎馬陳州來亳州, 暮雨桃花此客館, 春風燕子誰家樓. 簿書堆案不相放, 太守下堂仍苦留. 浮名羈絆有如此, 媿爾沙邊雙白鷗."

61) 변공(邊貢)의 「문기묘남정사(聞己卯南征事)」는 다음과 같다. "六軍南下九秋時, 江寇平來廟筭奇. 不信土人傳接駕, 似聞天語詔班師. 閭閻稼穡眞須問, 水陸兵戈恐未宜. 東海細臣瞻巨斗, 北樞終夜幾曾移."

이란 구절을 지었는데, 이것은 옛 사람의 진심어린 참마음을 말하는 것 같지만 벼슬하고 싶은 생각을 드러낸 것에 불과하다. 또한 이 작품의 마지막 구절에서,

| 東海細臣瞻巨斗 | 동해의 미천한 신하 북두칠성 바라보니 |
| 北樞終夜幾曾移 | 북극성 밤사이 몇 번이나 옮겨갔던가. |

라고 했는데, 이치는 있지만 아름답지 못한 표현이다. '동해'나 '북추'는 오히려 좋은 표현이라 할 수 있지만, '세신'이나 '거두'라는 2글자를 왜 작품에 썼는가?

나는 변공의 「무제(無題)」란 작품을 가장 좋아하는데, 그 작품은 다음과 같다.

庭際何所有	뜰 가에 무엇이 있는가
有萱復有芋	원추리 있고 토란도 있다네.
自聞秋雨聲	가을비 소리를 듣고 나서는
不種芭蕉樹	파초는 심지도 않았다오.

이 작품은 우린 이반룡의 『고금시산(古今詩刪)』에도 실려 있다.

그러나 '파초'를 어찌 하여 '나무[樹]'라 할 수 있으며, '토란[芋]'이 어찌 뜰 가운에 있는 볼만한 것이겠으며, 또한 유독 빗소리를 형용하는 말은 없는가? 그러니 이 작품은 마땅치가 않다. 만약 이 작품을,

| 自憐秋雨滴 | 뚝뚝 지는 가을비 애달파 |
| 不復種芭蕉 | 다시는 파초 심지 않았다오. |

라고 하던가, 아니면,

自聞秋雨聲　　가을비 소리 들은 이후로는
不愛芭蕉色　　파초의 빛깔 좋아하지 않았네.

라고 했다면, 위 작품은 운자도 절로 압운이 되고 의미도 더욱 은근하
게 될 것이다.

　　그래도 「알문산사(謁文山祠)」의[62]

花外子規燕市月　　연시의 달빛 아래 꽃 너머에서 자규 울고
柳邊精衛浙江潮　　절강의 물결 이는 버들 가엔 정위새[63] 우네.

라는 구절은 잘 다듬어졌고 화려하다.

　　邊庭實聞己卯南征事云, 不信土人傳接駕, 似聞天語詔班師. 此欲爲
古人惻怛忠厚之語, 而未免紐造也. 至結語東海細臣瞻巨斗, 北樞終夜
幾曾移, 愈有理趣而愈不佳. 東海北樞猶爲彼善, 細臣巨斗二字何出. 吾
最愛其庭際何所有, 有萱復有芋. 自聞秋雨聲, 不種芭蕉樹. 于鱗詩刪亦
收之. 然芭蕉豈可言樹, 芋豈庭中佳物, 且獨無雨聲乎, 俱屬未妥. 若作
自憐秋雨滴, 不復種芭蕉, 或云自聞秋雨聲, 不愛芭蕉色, 則上韻亦自可

---

62) 변공(邊貢)의 「알문산사(謁文山祠)」는 다음과 같다. "丞相英靈猶未消, 絳帷燈火颺
　　寒飇. 乾坤浩蕩身難寄, 道路間關夢且遙. 花外子規燕市月, 水邊精衛浙江潮. 祠堂亦
　　有西湖樹, 不遣南枝向北朝."

63) 정위(精衛) : 염제(炎帝)의 막내딸 여와(如娃)가 동해에서 놀다가 빠져 죽어 변했
　　다는 신화 속의 새 이름이다. 동해에 대해 원한을 품고서 복수를 하려고 늘 서산(西
　　山)의 목석(木石)을 물어다 빠뜨려 바다를 메우려 한다고 한다. 『산해경(山海經)』에
　　보인다.

押. 而意尤深婉. 如題文山祠, 花外子規燕市月, 柳邊精衛浙江潮. 却甚
精麗.

6-41. 장대한 마음을 풀어내는 방법

정실(庭實) 변공(邊貢)은 안찰사가 되었는데 병을 핑계로 돌아와서는
늘 술에 취해 있었다. 술에 취하면 두 기녀를 양쪽에 끼고 길에서 부
축 받으면서도 노래를 불렀는데, 이 광경을 사람들이 담장처럼 늘어
서 보면서도 전혀 이상하게 여기지 않았다. 관중(關中)의 허종노(許宗
魯)나 하동(何棟) 및 서촉(西蜀)의 양명(楊名)이 밤마다 서로 어울려 멋
대로 놀지 않은 적은 없었는데, 이것이 차츰 풍속이 되었다.

용수(用脩) 양신(楊愼)을 질책하는 이가 있어서, 양신은 다음과 같은
답서(答書)를 보냈다.[64]

"문장에서는 경(境)에 기대어 정(情)을 일으키고, 시에서는 사물에
의탁해서 흥(興)을 일으키네. 최연백(崔延伯)이 늘 전쟁터에 나가면 전
승취(田僧趣)를 불러 장사가(壯士歌)를 부르게 한 것이나, 송자경(宋子
京)이 역사를 찬술하면서 예쁜 내시로 하여금 서까래를 태우게 해 촛불
로 사용한 것이나, 오원중(吳元中)이 초고(草稿)를 쓸 때 원산(遠山)으로
하여금 유미먹[65]을 가져다가 갈게 한 일과 같은 것은 그래도 하나의
방법이었다고 할 만하니, 달려가는 사람이 어찌 채찍을 직접 잡겠는

---

64)「답중경태수유숭양서(答重慶太守劉嵩陽書)」란 글로, 양신(楊愼)의『승암집(升菴
集)』권6에 보인다.

65) 유미(隃糜) : 먹 이름이다. 유미는 지금의 섬서성 천양(千陽)이다. 동한 때 유미
지역에 커다란 소나무 숲이 있었는데, 이를 태워 먹으로 만들면 품질이 우수했다
고 한다.

가. 옛 사람들은 장대한 마음을 풀어내면서 남은 생을 보냈으니, 이른
바 늙으면 자신의 심경을 풍경에 다 담아내고자 한다는 것이 진실로
또한 이유가 있네. 나를 알지 못하는 사람은 이 말을 제대로 알아듣지
못하겠지만, 나를 아는 사람이라면 이 말을 반드시 알아들을 걸세."

邊庭實以按察移疾還, 每醉, 則使兩伎肩臂, 扶路唱樂, 觀者如堵, 了
不爲怪. 關中許宗魯何棟西蜀楊名無夕不縱倡, 漸以成俗. 有規楊用脩
者, 答書云, 文有伇境生情, 詩或托物起興. 如崔延伯, 每臨陣則召田僧
趣爲壯士歌, 宋子京修史, 使麗豎燃椽燭, 吳元中起草, 令遠山磨隃糜.
是或一道也, 走豈能執鞭. 古人聊以耗壯心, 遣餘年, 所謂老顚欲裂風景
者, 良亦有以. 不知我者不可聞此言, 知我者不可不聞此言.

6-42. 강해의 풍류

함덕(德涵) 강해(康海)는 나이 예순이 되자, 이름난 기녀 백 명을 불
러 백 세까지 살기를 기원하는 모임을 열었다. 이 모임이 끝나자 돈이
한 푼도 없었고 다만 자신이 시를 짓고 화답하기를 바라는 두루마리
를 왕구사(王九思)의 저택으로 보냈다. 이때 호두(鄠杜)[66]의 경부(敬夫)
왕구사는 명성과 지위가 강해 다음이었지만 재주와 정치(情致)는 강해
보다 나았다. 강해가 보내온 시에 화답한 왕구사의 시가 민간에 전해
져서 마침내 관서지방에서는 최고의 풍류가 되었고 변락(汴洛) 지역에
점차 스며들어 마침내 풍속이 되었다.

---

66) 호두(鄠杜) : 한(漢) 나라 때 서도(西都) 근방에 있던 호현(鄠縣)과 두양현(杜陽縣)
을 합칭한 말이다.

康德涵六十, 要名伎百人, 爲百歲會. 旣會畢, 了無一錢, 第持幾命詩送王邸處置. 時鄠杜王敬夫名位差亞, 而才情勝之, 倡和章詞, 流布人間, 遂爲關西風流領袖, 浸淫汴洛間, 遂以成俗.

6-43. 최선의 풍류

자종(子鍾) 최선(崔銑)은 술을 너무도 좋아해 마셨다 하면 새벽까지 마시고 달빛 내린 장안의 거리를 걷다가 땅바닥에 그냥 앉아버렸다. 문정(文正) 이동양(李東陽)이 이때 원상(元相)으로 궁궐에 조회를 가다가 우연히 새벽에 이곳을 지나게 되었다. 이동양은 멀리서 바라보면서 "자종이 아닌가?"라 했다. 최선은 곧바로 이동양의 수레 옆으로 달려와서 두 손을 공손히 모으고 "어르신 잠시만 머물다 가시면 안 될까요?"라 했다. 이동양은 "좋지."라 말하고서는 곧바로 옷을 벗고 함께 술을 마셨다. 그러다가 고관들의 행렬이[67] 점차 많아지자, 그때서야 비로소 헤어졌다. 최선은 늘 한번 술을 마시면 돛단배 같은 술잔으로 백여 잔을 마셔도 취하지 않았다. 그러다가 취하면 곧바로 "유령(劉伶)[68]이여, 날 만나지 못해 한스럽겠구려."라고 소리치곤 했다.

崔子鍾好劇飮, 嘗至五鼓, 踏月長安街, 席地坐. 李文正時以元相朝天, 偶過早, 遙望之曰, 非子鍾耶. 崔便趨至輿傍拱曰, 老師得少住手. 李曰佳. 便脫衣行觴, 火城漸繁, 始分手別. 崔每一擧百餘舡船不醉, 醉輒呼, 劉伶小子, 恨不見我.

---

67) 화성(火城) : 밤에 불을 밝힌 고관의 의장(儀仗) 행렬을 말한다.
68) 유령(劉伶) : 진(晉)나라 죽림칠현의 한 사람으로 한 번 술을 마시면 한 섬이요 해장할 땐 다섯 말의 술을 마셨다는 "오두해정(五斗解酲)"이란 고사가 전해 온다.

6-44. 양신의 최후

용수(用修) 양신(楊愼)은 전중(滇中) 지역으로 귀양 갔다가 잠시 노주(瀘州)로 돌아왔는데, 그때 이미 70이 넘었다. 전중의 어떤 선비가 감찰관인 병(昺) 아무개에게 참소했는데 병 아무개는 비루하고 모진 사람으로, 사지휘(四指揮)로 하여금 쇠사슬로 양신을 묶어 잡아오게 했다. 양신은 어쩔 수 없이 다시 진중으로 끌려갔는데 병 아무개는 이미 관직에서 쫓겨난 뒤였다. 그러나 양신은 끝내 노주로 돌아가지 못하고 병에 걸려 절에서 지내다가 죽었다.

楊用脩自滇中戍暫歸瀘, 己七十餘, 而滇士有讒之撫臣昺者. 昺俗庆人也, 使四指揮以銀鐺鎖來. 用脩不得已至滇, 則昺已墨敗. 然用脩遂不能歸, 病寓禪寺以沒.

6-45. 양신의 저술과 편찬

명나라가 세워진 뒤 박학과 많은 저술로 유명한 사람 가운데 양신만 한 이가 없다. 그가 지은 것은 다음과 같다. 『승암시집(升庵詩集)』, 『승암문집(升庵文集)』, 『승암옥당집(升庵玉堂集)』, 『남중집(南中集)』, 『남중속집(南中續集)』, 『입십행수고(卄十行戍稿)』, 『승암장단구(升庵長短句)』, 『도정악부(陶情樂府)』, 『속도정악부(續陶情樂府)』, 『동천현기(洞天玄記)』, 『전재기(滇載記)』, 『전주고음략(轉注古音略)』, 『고음총목(古音叢目)』, 『고음렵요(古音獵要)』, 『고음복자(古音復字)』, 『고음병자(古音骈字)』, 『고음부록(古音附錄)』, 『이어도찬(異魚圖贊)』, 『단연여록(丹鉛餘錄)』, 『단연속록(丹鉛續錄)』, 『단연적록(丹鉛摘錄)』, 『단연윤록(丹鉛閏錄)』, 『단연별록(丹

鉛別錄)』, 『단연총록(丹鉛總錄)』, 『묵지쇄록(墨池瑣錄)』, 『서품(書品)』, 『사품(詞品)』, 『승암시화(升庵詩話)』, 『시화보유(詩話補遺)』, 『공후신영(箜篌新詠)』, 『월절사(月節詞)』, 『단궁총훈(檀弓叢訓)』, 『근호록(墐戶錄)』, 『폭포천행수후기(瀑布泉行須候記)』, 『하소정록(夏小正錄)』, 『승암경설(升庵經說)』, 『양자치언(楊子卮言)』, 『치언윤집(卮言聞集)』, 『폐추병탑수일(敝帚病榻手呔)』, 『희전와(晞籛秝)』, 『육서색은(六書索隱)』, 『육서련증(六書練證)』, 『경서지요(經書指要)』 등이 있다.

그가 편찬한 것은 다음과 같다. 『사림만선(詞林萬選)』, 『선조집(禪藻集)』, 『풍아일편(風雅逸編)』, 『예림벌산(藝林伐山)』, 『오언율조(五言律祖)』, 『촉예문지(蜀藝文志)』, 『당절정선(唐絕精選)』, 『당음백절(唐音百絕)』, 『황명시초(皇明詩抄)』, 『적독청재(赤牘淸裁)』, 『적독습유(赤牘拾遺)』, 『경의모범(經義模範)』, 『고문운어서(古文韻語敍)』, 『관자록(管子錄)』, 『인서정둔(引書晶鈍)』, 『선시외편(選詩外編)』, 『교유시록(交遊詩錄)』, 『절구변체(絕句辨體)』, 『소황시체(蘇黃詩體)』, 『완릉육일시선(宛陵六一詩選)』, 『오언삼운시선(五言三韻詩選)』, 『오언별선(五言別選)』, 『이시선(李詩選)』, 『두시선(杜詩選)』, 『송시선(宋詩選)』, 『원시선(元詩選)』, 『군서려구(群書麗句)』, 『명주청영(名奏菁英)』, 『군공사륙절문(群公四六節文)』, 『고금풍요(古今風謠)』, 『고운시략(古韻詩略)』, 『설문선훈(說文先訓)』, 『문해조오(文海釣鰲)』, 『선림구현(禪林鉤玄)』, 『전사선격(塡詞選格)』, 『백배명주(百琲明珠)』, 『고금사영(古今詞英)』, 『전사옥설(塡詞玉屑)』, 『운조고언고준(韻藻)』, 『고언(古諺)』, 『고준(古雋)』, 『환중수구(寰中秀句)』, 『육서색은(六書索隱)』, 『육서련증(六書練證)』, 『일고편(逸古編)』, 『경서지요(經書指要)』, 『시림진수(詩林振秀)』 등이 있다.

양신은 경전을 고증하는 데 정밀했으나 경전을 해석하는 것은 소홀했다. 패사(稗史)에는 박문했으나 정사(正史)에는 소홀했다. 시와 관련

된 이야기에는 자세하나 시의 본지를 알지 못했다. 문자학에는 정밀
했지만 자법의 운용에는 졸렬했다. 우주의 밖에서까지 널리 고증했지
만 바로 눈앞에 있는 것은 제대로 알지 못했다. 그가 끌어당겨 증거를
댄 것은 묵자(墨子)가 성(城)을 지킨 것처럼 자신의 학문 지향에 방해
가 되지 않았지만 비평하여 공격한 것은 공수반(公輪盤)이 성(城)을 공
격한 것처럼 부족한 면이 있다.[69]

明興, 稱博學饒著述者, 蓋無如用脩. 其所撰, 有升庵詩集升庵文集
升庵玉堂集南中集南中續集廿十行戌稿升庵長短句陶情樂府續陶情樂
府洞天玄記滇載記轉注古音略古音叢目古音獵要古音復字古音駢字古
音附錄異魚圖贊丹鉛餘錄丹鉛續錄丹鉛摘錄丹鉛閏錄丹鉛別錄丹鉛總
錄墨池瑣錄書品詞品升庵詩話詩話補遺筵篋新詠月節詞檀弓叢訓墐戶
錄瀑布泉行須候記夏小正錄升庵經說楊子厄言厄言閏集敝帚病榻手欹
晞饡瓶六書索隱六書練證經書指要. 其所編纂, 有詞林萬選禪藻集風雅
逸編藝林伐山五言律祖蜀藝文志唐絕精選唐音百絕皇明詩抄赤牘清裁
赤牘拾遺經義模範古文韻語敍管子錄引書晶鈍選詩外編交遊詩錄絕句
辨體蘇黃詩體宛陵六一詩選五言三韻詩選五言別選李詩選杜詩選宋詩
選元詩選群書麗句名奏菁英群公四六節文古今風謠古韻詩略說文先訓
文海釣鰲禪林鉤玄塡詞選格百琲明珠古今詞英塡詞玉屑韻藻古諺古雋
寰中秀句六書索隱六書練證逸古編經書指要詩林振秀.　楊工於證經而
疏於解經, 博於稗史而忽於正史, 詳於詩事而不得詩旨, 精於字學而拙
於字法, 求之宇宙之外而失之耳目之前, 凡有援據, 不妨墨守, 稍涉評
擊, 未盡輪攻.

---

[69] 『묵자(墨子)』에 공수반(公輪盤)이 초(楚)나라의 요청으로 운제(雲梯)를 이용하여
　　송(宋)을 아홉 차례나 공격하지만 묵자가 그것을 막아내는 이야기가 있다.

6-46. 양신의 문명(文名)

용수 양신이 전중(滇中)으로 귀양 갔을 때 기생들과 어울리며 노는 취벽이 있었다. 여러 오랑캐 실력자들은 그의 시문을 얻으려 했으나 얻지 못하자 흰색의 고운 비단으로 치마를 만들어 기녀들에게 입게 했다. 술자리에서 양신에게 글씨를 써 달라고 요청하면 양신은 흥에 겨워 술 취한 채 붓을 잡고 치마폭에 낭자하게 써 주었다. 이에 오랑캐의 실력자는 기녀에게 많은 돈을 주고 사 들여 그것을 재단하여 책으로 만들었다. 시간이 지나 양신도 그러한 것을 알고 기분 좋게 여겼다.

用脩謫滇中, 有東山之癖. 諸夷酋欲得其詩翰, 不可, 乃以精白綾作裞, 遺諸伎服之, 使酒間乞書. 楊欣然命筆, 醉墨淋漓裙袖, 酋重賞伎女購歸, 裝潢成卷. 楊後亦知之, 便以爲快.

6-47. 스스로를 욕보인 양신

용수 양신이 노주(瀘州)에 잠시 돌아왔을 때 항상 술에 취해 분을 얼굴에 바르고 갈래 머리를 틀고 꽃을 꽂았다. 문생들이 그를 가마에 들고 나서면 여러 기생들이 술잔을 받쳐 올렸는데 그렇게 성시를 돌아다니면서도 전혀 부끄러워하지 않았다. 사람들이 "이 사람은 일부러 자신을 욕보인다."라고 말했는데, 그렇지가 않다. 딸깍발이 서생이 죄수복[70]을 입었으니 꺼릴 게 무에냐! 다만 장대한 마음이 죄수로 쓸쓸하게 된 것을 참지 못하여 그렇게나마 풀어내려 한 것이다.

---

70) 자의(赭衣) : 붉은 색 옷으로 죄수들이 입는 옷이다.

用脩在瀘州, 嘗醉, 胡粉傅面, 作雙丫髻插花, 門生舁之, 諸伎捧觴,
遊行城市, 了不爲怍. 人謂此君故自汙, 非也. 一措大裏赭衣, 何所可忌.
特是壯心不堪牢落, 故耗磨之耳.

6-48. 양신의 「춘흥」과 육심의 「문경」

내가 젊었을 때 전해져 내려오는 용수 양신의 「춘흥(春興)」을 본 적
이 있는데, 마지막 연(聯)은 다음과 같다.[71]

虛擬短衣隨李廣　짧은 군복 입고 이광을 따르리라 헛되이 바랐으니[72]
漢家無事勒燕然　한나라에는 연연산에 공적 새길 만한 일이 없구나.[73]

그 의미가 대단히 아름다우니 감탄하며 무릎을 쳤다.

또한 자연(子淵) 육심(陸深)의 「문경(聞警)」한 연을 읽었는데, 다음과
같다.[74]

---

71) 양신(楊愼)의 「춘흥(春興)」은 다음과 같다. "遙岑樓上俯晴川, 萬里登臨絶塞邊. 碣
石東浮三絳色, 秀峯西合點蒼煙. 天涯遊子懸雙淚, 海畔孤臣謫九年. **虛擬短衣隨李廣,
漢家無事勒燕然.**

72) 『한서(漢書)』「이광전(李廣傳)」에서, "이광이 남전(藍田)의 남산에서 사냥하며
숨어 지냈다. 어느 날 풀숲 가운데 돌을 보고 호랑이라고 여겨 활을 쏘았는데, 정
통으로 맞았다. 이에 가서 살펴보니 화살이 돌을 꿰뚫고 있었다. 이광이 살던 고을
에는 호랑이가 많아 항상 호랑이를 잡으려고 활을 쏘았었기 때문에 이런 일이 벌
어진 것이다."라 했다.

73) 후한(後漢)의 거기장군(車騎將軍) 두헌(竇憲)이 흉노를 크게 격파한 다음에 돌에
다 공적을 새겨 기념하면서, 문사(文士)인 반고(班固)로 하여금 연연산명(燕然山
銘)을 짓게 했다는 유명한 고사가 있다. 『후한서(後漢書)』「두헌열전(竇憲列傳)」에
보인다.

74) 육심(陸深)의 「야좌념동정장사(夜坐念東征將士)」는 다음과 같다. "長河乘夜渡貔
貅, 兵氣如雲擁上游. **大將能揮白羽扇, 君王不愛紫貂裘.** 十二關山齊故國, 百年疆域

大將能揮白羽扇　대장은 백우선으로 지휘하고

君王不愛紫貂裘　군왕은 자초구를 사랑하지 않네.[75]

　이 시에서 인용한 자초(紫貂)에 관한 일은 비록 송 태조(宋太祖)의 고사에 매우 가깝지만 그러나 그 흔적이 심하게 드러나지 않았다. 그가 고사를 뛰어나게 사용한 것과 대우를 통한 함축미는 자못 필적한 만한 이를 찾기 쉽지 않다. 후에 작품 전체를 구하여 읽어보았는데 이연의 수준에 미치지 못한다. 이에 이곳에 기록한다.

　予少時嘗見傳楊用脩春典, 末聯云, 虛擬短衣隨李廣, 漢家無事勒燕然. 甚美其意, 爲之擊節. 又讀陸子淵聞警一聯云, 大將能揮白羽扇, 君王不愛紫貂裘. 紫貂事雖稍涉宋, 然不甚露. 其使事之工, 騈整含蓄, 殊不易匹. 後得全什讀之, 俱不稱也. 因記於此.

6-49. 상륜의 호협한 기상

　명경(明卿) 상륜(常倫)은 힘이 세고 활을 잘 쏘았다. 비록 문서를 기록하는 관리에 불과했지만 가죽으로 된 무복(武服)을 입고 양쪽 어깨

漢神州, 不眠霜月聞刁斗, 自啓茅堂望斗牛.”

75) 송 태조(宋太祖)의 고사를 인용한 것이다. 전빈(全斌)이 촉(蜀)을 정벌할 적에 마침 변경(汴京)에 큰 눈이 왔다. 송 태조가 강무전(講武殿)에다 장막을 친 다음 '자색의 담비 가죽 모자[紫貂裘帽]'를 쓰고 일을 보다가 갑자기 시종에게 말하기를 "나는 이처럼 옷을 입어도 추위를 느끼는데, 서쪽으로 정벌 나간 장사(將士)들은 눈 속에서 어떻게 견디는지 모르겠다."라고 하고 곧바로 모자를 벗어 내관(內官)에게 주어, 달려가 전빈에게 하사하도록 하고 이어 여러 장수들에게 이르기를 "두루 다 줄 수는 없다."라고 했다. 전빈이 그 모자를 받고 감읍했기 때문에 그의 군대가 가는 곳마다 전공을 세웠다.『송사기사본말(宋史紀事本末)』「벌촉(伐蜀)」에 보인다.

에 화살집을 멘 뒤 말을 타고 교외를 내달렸다. 여러 열후(列侯)의 자
제들이 젊은 협객을 따라다니며 술을 마시고 있었는데 상륜이 갑자기
그들 앞에 나타나 윗자리를 차지했다. 이윽고 자리에서 일어나 활을
쏘았는데 모두들 상륜만은 못했다. 그러자 젊은 협객들이 누구인지를
물었고 대리시우평사(大理寺右評事) 상륜인 줄 알고서는 공손하게 대하
며 큰 술잔으로 헌수(獻壽)했다. 상륜은 가득한 술잔을 연거푸 마신 뒤
술에 취하여 돌아보지도 않고 말을 달려 자리를 떠났다.

또한 때로 기생집에서 하룻밤을 지낸 경우에는 오후 늦게서야 천천
히 일어나니 조회(朝會)에 빠지곤 했다. 관리의 우두머리가 꾸짖으면,
거만하게 "내가 미천할 때 기녀와 놀며 술을 마셨으니, 지금 박정하게
대하고 싶지 않아서입니다."라 대답했다. 끝내 감찰에 걸려 외직인
진주판관(陳州判官)에 임명되었는데 관정(官庭)에서 어사를 꾸짖다가
법에 따라 파직되었다. 고향으로 돌아와 더욱 술에 빠져 방탕하게 지
냈다. 항상 술을 차려놓고 가기(歌妓)들과 어울려 새로 지은 노래를 시
험했는데 곡조가 비장하고 매우 아름다워 그의 사람됨과 비슷했다.
그는 또한 노자(老子)와 팽조(彭祖)의 어내술(御內術)[76]을 좋아하여, 스
스로 '이를 깨쳤으니 곧 신선이 될 것이다.'라 했다.

하루는 성묘를 하고 외삼촌인 세마(洗馬) 등 아무개와 함께 술을 마
셨는데 크게 취하여 붉은 옷을 입고 쌍칼을 허리에 차고 먼지를 일으
키며 말을 힘차게 내달리니 종자(從者)가 따라오지 못했다. 물을 건널
때 말이 물에 비친 그림자를 보고 놀라 물속으로 거꾸러지니 허리에
찼던 칼이 빠져나와 배를 찔러 죽게 되었다. 그의 나이 겨우 34살이
었다. 평양(平陽)의 수령인 왕진(王溱)은 상륜의 벗으로 그의 시체를 수

---

76) 어내술(御內術) : 방중술(房中術)을 말한다.

습하여 장사를 지내주었다.

상륜은 시를 지어 한신(韓信)을 조상한 바 있는데, 그 시는 다음과 같다.

漢代稱靈武	한대에 신령한 무공을 칭할 때
將軍第一人	장군이 제일 으뜸이라.
禍奇緣躡足	재앙은 미행에서 나왔으니
功大不謀身	공은 커도 자신을 도모하지 않았네.
帶礪山河在	충정은 산하에 남아 있고[77]
丹靑祠廟新	단청은 사당에 새롭네.
長陵一抔土	장릉[78]은 한줌 흙으로 남고
寂寞亦三秦	삼진도 쓸쓸하구나.

상륜은 지금까지도 중원의 호협 가운데 으뜸가는 인물이다.

常明卿多力善射, 雖爲文法吏, 時銶韋跗注兩鞬騎而馳於郊. 諸徹侯子弟從俠少年飮, 常前突據上坐, 起角射, 咸不及. 問, 稍知爲常評事, 敬之, 奉大白爲歸壽, 常引滿沾醉, 竟馳去弗顧. 又時遇倡家宿, 至日高舂徐起, 或參會不及, 長吏訶之, 敖然曰, 故賤時過從胡姬飮, 不欲居薄耳. 竟用考調判陳州, 庭詈禦史, 以法罷歸, 益縱酒自放. 居恒從歌伎酒

77) 한 고조(漢高祖) 유방(劉邦)이 개국 공신들을 책봉하면서 "황하가 변하여 끈처럼 되고, 태산이 바뀌어 숫돌처럼 될 때까지, 그대들의 나라가 영원히 존속되어, 후손들에게 전해지도록 할 것을 맹세한다.[使河如帶, 泰山若礪, 國家永寧, 爰及苗裔.]"라고 말했던 고사가 있다. 『사기(史記)』「고조공신후자년표(高祖功臣侯者年表)」에 보인다.

78) 장릉(長陵) : 한 고조(漢高祖)의 묘호이다.

間度新聲, 悲壯艶麗, 稱其爲人. 又好彭老御內術, 自謂得之, 神仙可立
致. 一日省墓, 從外男滕洗馬飮, 大醉, 衣紅, 腰雙刀, 馳馬塵絶, 從者不
及前. 渡水, 馬顧見水中影, 驚蹶墮水, 刃出於腹, 潰腸死, 年僅三十四.
平陽守王溱其故人, 爲收葬之. 常有詩弔韓信曰, 漢代稱靈武, 將軍第一
人. 禍奇緣躃足, 功大不謀身. 帶礪山河在, 丹靑祠廟新. 長陵一抔土,
寂寞亦三秦. 至今爲中原豪俠之冠.

6-50. 오만방자했던 풍방

풍방(豊坊)의 처음 자는 존례(存禮)였다. 진사에 높은 성적으로 합격
하여 예부주사가 되었으나 행실이 좋지 않아 벼슬에서 쫓겨나 집으로
돌아왔다. 법에 연좌되어 오중(吳中)으로 귀양 갔는데, 이름을 도생(道
生)으로 자를 인옹(人翁)으로 고쳤다. 늙고 병들어 그곳에서 죽었다.

풍방은 재주가 뛰어나고 박학했으며 서법에도 정밀했다. 그는 13경
에 대해 스스로 훈고를 내었는데 깊은 뜻을 많이 발명했다. 그러나 약
간 거짓되고 궁벽된 것을 거론할 때는 이름난 옛 주소(注疏)를 갖다 대
거나 또는 외국본에 나온다고 둘러대었다. 시문을 지을 때는 붓을 잡
으면 수천 언(言)의 장편을 곧바로 완성했는데 다른 유명한 사대부들
의 인장을 많이 새겨 감상인(鑑賞印)으로 찍었다. 그는 서법으로도 유
명했는데 잘못 쓴 글자가 자못 졸렬하더라도 그는 "이것은 어떤 묘비
의 글자체이고 저것은 또 어떤 묘비의 글자체이다."라고 거짓말을 했
다. 다른 사람의 법서(法書)를 찬술할 때에 진품을 받은 뒤 위조품을
돌려주더라도 따질 수가 없었다.

그는 독사를 길러 그 독으로 사람을 죽였으며 강제로 손녀를 간음
하고 재산을 빼앗았다. 그 일이 탄로 나자 사람들이 그를 꺼리면서 더

럽게 여겼다. 나의 벗인 가칙(嘉則) 심명신(沈明臣)이 이르기를 "독사를
길러 사람을 죽인 것과 일련의 일 등은 없는 사실이다. 다만 입에서
쏟아내는 미친 말들은 마치 모래를 쏘아 독을 퍼트리는 역(蜮)[79]과 같
으며 또한 정신병에 걸린 사람과 같다."라고 했다. 이어 풍방에게 있
었던 그전의 일을 다음과 같이 말해 주었다.

　　"그가 일찍이 나에게 성찬(盛饌)을 차려 망년지교(忘年之交)를 맺자고
　　요구했네. 한 해가 지났는데 어떤 사람이 그를 욕하면서 '그가 그대의
　　문장을 비웃었습니다.'라고 하니 내가 몹시 화가 나서 술상을 차려 상
　　제(上帝)에게 올리면서 그를 저주했지. 즉 아래 열거하는 세 부류의 사
　　람과 짐승은 그가 세상에 살아 있을 때는 빨리 잡아들이고 그가 죽으면
　　무간지옥(無間地獄)[80]에 떨어트려 사람의 형체를 지니지 못하게 해 달
　　라고. 첫 번째 부류는 공경, 대부 가운데 그의 꼴을 보기 싫어하는 사람
　　이네. 두 번째 부류는 문사나 혹은 시골의 포의인데, 내가 우두머리가
　　될 것이네. 세 번째 부류는 쥐, 파리, 벼룩, 이슬, 모기 등이지."

참으로 껄껄 웃을 만하다.

　豊坊者, 初字存禮, 擧進士高第, 爲禮部主事, 以無行黜歸家. 坐法竄
吳中, 改名道生, 字人翁, 年老篤病死. 坊高材博學, 精法書. 其於十三
經, 自爲訓詁, 多所發明, 稍誕而僻者, 則托名古注疏, 或創稱外國本.

---

79) 역(蜮) : 전설에 따르면 물속에 사는 역(蜮)이라고 하는 괴물은 사람의 그림자를
　　보고 모래를 내뿜어 쏘는데 그 모래에 맞은 사람은 병이 들거나 심히면 죽음에까
　　지 이른다고 한다.
80) 무간(無間) : 끝이 없다는 말로 불가에서 오역(五逆)의 죄를 저질러 끝이 없는
　　고통을 받는다는 지옥이다.

於攟詩文, 下筆數千言立就, 則多刻他名士大夫印章. 僞撰字稍怪拙, 則
假曰, 此某碑某碑體也. 又爲人撰定法書, 以眞易贗, 不可窮詰. 又用蓄
毒蛇藥殺人, 强淫子女, 奪攘財産, 事露, 人畏而恥之. 吾友沈嘉則云,
蓄毒蛇以下事無之, 第狂僻縱口, 若含沙之蠹, 且類得心疾者. 因擧其一
端云, 嘗要嘉則具盛饌, 結忘年交. 居一歲, 而人或惡之曰, 是嘗笑公文
者. 卽大怒, 設醮詛之上帝. 凡三等, 云在世者宜速捕之, 死者下無間獄,
勿令得人身. 一等皆公卿大夫與有眶眥者也. 二等文士或田野布衣, 嘉
則爲首, 三等鼠蠅蚤虱蚊也. 此極大可笑.

예원치언

卷七

7-1. 고숙사 오언시의 풍격

자업(子業) 고숙사(高叔嗣)는 젊어서 해박하고 영민함을 자부했는데 태어난 간지(干支)가 한(漢)을 세운 진우량(陳友諒)[1]과 같았다. 변방 초 (楚) 지역인 광서(廣西) 안찰사(按察使)가 되자 항상 불만을 품고 지내다 가 병이 나서 죽었는데 진우량이 팽호(彭湖)에서 죽었던 해와 같다. 고 숙사의 시를 들어본다.

積賤詎有基	오래 천하였으니 어찌 기반이 있으랴
履榮誠無階	영광스런 길은 참으로 오를 수 없구나.
......	
旣妨來者途	이미 오는 사람 길을 막았으니
誰明去矣懷	누가 가는 사람 마음 밝혀줄까.[2]
茫然大楚國	아득하게 드넓은 초나라
白日失兼城	밝은 태양 같은 화벽[3]을 잃었네.[4]

---

1) 진우량(陳友諒, 1320~1363) : 원나라 말기 국세가 쇠해지자 서수휘(徐壽輝)의 홍 건군에 들어가 반원 봉기에 참가했고, 1357년 이후 통수가 되었다. 1360년 서수휘 를 죽이고 스스로 황제가 되어 국호를 한(漢)이라고 했다. 1363년 주원장(朱元璋) 과 파양호(鄱陽湖)에서 격전을 벌이다가 죽었다.

2) 고숙사(高叔嗣)의 「재조고공작이수(再調考功作二首)」 두 번째 수는 다음과 같다. "引疾三上書, 微願不克諧, 徙官復在茲, 心跡一何乖. 軒裳日待旦, 閶闔凌雲排. 入屬 金馬籍, 出與群龍偕. **積賤詎有基, 履榮誠無階,** 但惜平生節, 逾久浸沉埋. **旣妨來者 途, 誰明去矣懷,** 鳥迷思故林, 水落存舊涯. 惟當尋素業, 歸臥守荊柴."

3) 화벽 : 겸성(兼城)은 '연성지벽(連城之璧)'인 화씨벽을 가리킨다.

4) 고숙사(高叔嗣)의 「고사이수(古謝二首)」는 다음과 같다. "荊和當路泣, 良璞爲誰 明. **茫然大楚國, 白日失兼城,** 燕石十襲重, 魚目一笑輕. 古來共感歎, 今予益吞聲. 黃 河決孟門, 捧土安可補. 君子被微言, 擢髮不能數. 衆毁積鑠金, 群言倏成虎. 籲嗟復籲 嗟, 有懷予莫吐."

久臥不知春   오래 누워 지내니 봄 온 줄 모르고
茫然怨行役   우두커니 행역을 원망하네.5)

爲客難稱意   떠돌아다니니 즐거운 일 별로 없어
逢人未敢言   사람 만나도 말하지 않네.6)

失路還爲客   길 잃어 떠돌이 되었는데
他鄉獨送君   타향에서 다만 그대를 보내네.7)

衆女競中閨   후궁 왕비와 다투면
獨退反成怒   홀로 물러나와 화를 삭이네.8)

寒星出戶少   문을 나서니 차가운 별은 작게 보이고
秋露墜衣繁   가을 이슬은 옷을 흠뻑 적시네.9)

---

5) 고숙사(高叔嗣)의 「병기우제(病起偶題)」는 다음과 같다. "空齋晨起坐, 懶遊罷不
   適. 微雨東方來, 陰靄倏終夕. 久臥不知春, 茫然怨行役, 故園芳草色, 惘悵今如積."
6) 고숙사(高叔嗣)의 「여왕용지음(與王庸之飮)」은 다음과 같다. "旅舍背都門, 春風酒
   一尊. 坐看芳草路, 回憶故山村. 爲客難稱意, 逢人未敢言, 留君須醉倒, 無奈日黃昏."
7) 고숙사(高叔嗣)의 「송별덕조무선방귀(送別德兆武選放歸)」는 다음과 같다. "燕郊
   秋已甚, 木葉亂紛紛. 失路還爲客, 他鄉獨送君. 罷歸時共惜, 棄置古常聞. 莫作空山
   臥, 令人望白雲."
8) 고숙사(高叔嗣)의 「간원영지옥중(簡袁永之獄中)」은 다음과 같다. "本同江海人, 俱
   爲軒冕誤. 子抱無妄憂, 余有多言懼. 昔來始靑陽, 今此已白露. 豈乏速進階, 苟得非余
   慕. 罪至欲何言, 直以愚慵故. 衆女競中閨, 獨退反成怒, 追誦古時人, 蒙冤誰能愬. 皇
   心肯照微, 與子齊歸路."
9) 고숙사(高叔嗣)의 「중추동율몽길음(中秋同栗夢吉飮)」은 다음과 같다. "罷酒俱不
   樂, 開簾望北軒. 寒星出戶少, 秋露墜衣繁, 散步憐新詠, 平居想故園. 空庭今夜月, 客
   思豈堪言."

以我不如意	내가 뜻대로 되지 않으니
逢君同此心	그대 만나 같은 마음 알겠네.[10]
當軒留駟馬	처마에 수레 끄는 말을 세우고
出戶倚雙童	문을 나서 두 아이에게 기대네.[11]
里中夷門監	마을의 이문감이며
牆外酒家胡	담장 너머 술집 장사치.[12]
爲農信可歡	농사지으니 기쁜데
世自薄耕稼	세상은 농부를 경시하네.[13]
問年有短髮	나이 물으니 머리카락 짧아지고
逐世無長策	세상을 좇느라 원대한 계책 없네.[14]

---

10) 고숙사(高叔嗣)의 「세모답허무부(歲暮答許武部)」는 다음과 같다. "掩閣日愁晚, 他鄉歲已深. 未能逃世網, 豈是戀朝簪. 以我不如意, 憐君同此心, 故園春事及, 歸路儻相尋."

11) 고숙사(高叔嗣)의 「자수시어견과시사병(子修侍御見過時謝病)」은 다음과 같다. "郊扉臨巨壑, 野日照晴空. 柳色春衣上, 波光曉鏡中. 當軒留駟馬, 出戶倚雙童, 欲問朝簪懶, 人今臥病同."

12) 고숙사(高叔嗣)의 「소년행(少年行)」은 다음과 같다. "死士結劍客, 生年藏博徒. 裏中夷門監, 墻外酒家胡, 有時事府主, 無何擊匈奴. 虎頸一侯印, 猿臂兩雕弧. 誓使名王侍, 羞聞邊吏誅. 長驅隨汗馬, 轉鬪出飛狐. 蒲壘逾破滅, 莎車不支吾. 甲第起北闕, 蠻邸開東都. 豈學嫖姚將, 椒房伎子夫."

13) 고숙사(高叔嗣)의 「여객집화씨원(與客集和氏園)」은 다음과 같다. "惟君遊每接, 自余居多暇. 留連上客筵, 款曲中園駕. 賦詩芳泉側, 擧爵茂陰下. 放心安知憂, 携手不能罷. 日氣淡將夕, 雲影垂方夏. 爲農信可歡, 世自薄耕稼."

14) 고숙사(高叔嗣)의 「추석(秋夕)」은 다음과 같다. "問年有短髮, 逐世無長策. 日已遠人徒, 秋方臥阡陌. 天高星流火, 夜久月生魄. 萬形觀此化, 四運愁相迫. 身非塞北翁, 情是周南客. 聊齊得喪心, 安此留滯跡."

| 林深得日薄 | 숲 깊어 햇빛이 희미하고 |
| 地靜覺蟬多 | 사위 고요하니 매미 울음 크구나.15) |

또 다음과 같은 구를 남겼다.

| 文章知汝在 | 문장은 그대에게 있고16) |

| 功名何物是 | 공명은 무엇이란 말이냐.17) |

| 騎馬問春星 | 말을 달리며 봄 별을 찾고18) |

| 殘雨夕陽移 | 개는 비에 석양은 지고.19) |

대단히 청완(淸婉)한 풍격을 보이니 오언시 가운데 최고라 할 수 있다.

高子業少負淵敏. 生支幹與僞漢友諒同. 旣遷楚枲, 恒邑邑不自得,

---

15) 이 작품은 이몽양의 작품으로 보인다. 이몽양(李夢陽)의 「복인재주심고사봉독서처이수(伏日載酒尋高司封讀書處二首)」 두 번째 수는 다음과 같다. "養寂爲園臥, 尋幽當暑過. 林深得日薄, 地靜覺蟬多. 舊業元杭稻, 新亭復薜蘿. 誰憐朱紱客, 遠戀白雲窩"

16) 고숙사(高叔嗣)의 「송별가형장액문(送別家兄張掖門)」은 다음과 같다. "敢謂齊年齒, 常嗟夙抱心. 文章知汝在, 交契爲誰深. 華屋春燈艶, 層城夜柝沉. 賴蒙終夕語, 客路一開衿."

17) 고숙사(高叔嗣)의 「송별가형장액문(送別家兄張掖門)」은 다음과 같다. "垂泣一相送, 臨途無限情. 功名何物是, 流落此心驚. 夢裏窺鄕樹, 愁邊滯帝城. 終朝誰復語, 猶去戀塵纓"

18) 고숙사(高叔嗣)의 「사병후초조(謝病後初朝)」는 다음과 같다. "舊識趨朝路, 重來謁帝庭. 出門聽曉漏, 立馬望春星. 拙病身仍在, 羈棲志少寧. 盛時誰不戀, 終日憶山坰."

19) 고숙사(高叔嗣)의 「우제(偶題)」는 다음과 같다. "久爲南畝客, 況此北窓時. 翻笑陶元亮, 應多歸去辭. 涼風昨夜起, 殘雨夕陽移. 坐臥身無事, 茫然生遠思."

發病卒, 實友諒彭湖之歲也. 其詩如積賬託有基, 履榮誠無階. 旣妨來者
途, 誰明去矣懷. 茫然大楚國, 白日失兼城. 久臥不知春, 茫然怨行役.
爲客難稱意, 逢人未敢言. 失路還爲客, 他鄕獨送君. 衆女競中閨, 獨退
反成怒. 寒星出戶少, 秋露墜衣繁. 以我不如意, 逢君同此心. 當軒留駒
馬, 出戶倚雙童. 里中夷門監, 牆外酒家胡. 爲農信可歡, 世自薄耕稼.
問年有短髮, 逐世無長策. 林深得日薄, 地靜覺蟬多. 又文章知汝在. 功
名何物是. 騎馬問春星. 殘雨夕陽移. 淸婉深至, 五言上乘.

7-2. 교만하고 방종했던 왕정진

치흠(稚欽) 왕정진(王廷陳)은 젊어서 문장을 지었는데 짧은 기간에
곧 성취하여 빼어난 기상이 많았다. 그러나 버릇없이 굴기, 장대로 벌
레 잡기, 연날리기 등 동자들의 놀이를 좋아했다. 그는 버릇이 없어
교육시키기 어려웠는데 부모가 그를 매질하자 문득 큰 소리로, "아버
지는 어째서 해내(海內)의 명사(名士)를 학대하십니까."라 했다.

한림원 서길사(庶吉士)가 되었을 때 시로 이미 명성이 나 있었는데,
그는 한 시대뿐만 아니라 길이 문단에 명성을 날리고자 했다. 하경명
(何景明)을 약간 존중했고 설혜(薛蕙)와 정선부(鄭善夫)를 좋아했다. 관
례에 의하면 학사 두 사람이 서길사의 스승이 되는데 사제간의 관계
가 매우 엄중했다. 왕정진은 홀로 스승을 경시했는데, 한림원 청사 안
에 있는 나무에 올라 엿보다가 학사가 지나가면 일부러 소리를 내어
놀라게 만들어 쳐다보게 했다. 이에 학사가 대단히 화를 내었으나 어
쩔 도리가 없음을 깨닫고는 일부러 모르는 척했다. 그러면 왕정진은
장난을 그쳤다.

급사중(給事中)의 벼슬에 있을 때 조정에 올린 상소 때문에 황제가

화가 나서 조서를 내려 외직인 유주(裕州)의 지주(知州)로 보임했다. 중앙에 있으면서 지방 장관을 달갑게 여기지 않았는데 간하다가 쫓겨났기 때문에 마땅히 훗날 다시 부를 것이라 짐작하고 더욱 교만하게 굴었다. 대성(臺省)의 감사(監司)가 유주를 지날 때도 성(城)을 나가서 맞이하지 않으면서도 병을 핑계되지 않았다. 사람들이 나가 마중하라고 권하면 화를 내면서, "비열하고 멍청한 관리가 나의 영접을 받을 만한가? 내 마땅히 부끄러워 죽지 않겠느냐?"라 했다.

하루는 관청에게 나가 스승인 채조(蔡潮)에게 인사를 올렸는데, 그는 다른 번진(藩鎭)으로 가는 길이었다. 채조는 잘 타이르면서 "그대가 와서 나에게 인사하니 참으로 고마운 일이다. 분수(分守)가 뒤에 올 테니 또한 한번 나와 인사를 드리겠는가. 그대가 나를 스승으로 대우하니 고마운데, 분수는 임금의 명령을 받든 자이다."라고 했다. 이에 왕정진이 "좋습니다."라 대답했다. 이윽고 분수가 올 때 나아가 마중했는데, 분수가 수레에서 내렸다. 고을의 두어 아전이 조금 잘못을 저질렀는데 왕정진 앞에서 아전들이 열 대씩 매질을 당했다. 이에 왕정진은 대단히 화를 내며, "채사(蔡師)가 나 왕 선생을 속여 모욕을 당하게 했도다."라고 하고 그곳에서 빠져나오며 아전과 병졸들을 모두 불러내어 분수를 모시지 않게 했다. 그러자 온 부중(府中)이 두려움에 떨며 감히 성안에 남아 있는 자가 없었다. 분수는 아침 식사를 마련할 수 없을 정도로 군색하게 되자 채조에게 도움을 요청하게 되었다. 채조는 왕정진을 대신하여 사과하고 필요한 물품을 공급하니 겨우 밤이 되어서야 떠날 수 있게 되었다. 이 소식을 들은 감사들은 서로 경계하며 유주를 지나지 않았지만 왕정진에 대한 불만은 더욱 심해졌다. 이에 상소가 올라와 결국 옥에 갇히게 되었다가 벼슬에서 쫓겨난 뒤 고향으로 돌아왔다.

집에 거처할 때는 더욱 방종했다. 고관과 귀족 가운데 그와 친한 사람이 문장을 구매하러 오면 그는 봉두난발에 발에는 때가 덕지덕지한 채로 죄수복을 입고 그들을 상대했다. 간간이 붉은 모시 적삼을 입고 말을 내달리거나 소를 타고 들판에서 노래를 불렀는데, 사람들은 그를 바라보고 피했다. 만년에는 시가 더욱 정밀했으며 창악(倡樂)[20]으로 부르기 좋았다. 그가 지은 「문쟁(聞箏)」은 다음과 같다.

花月可憐春	꽃과 달에 봄은 가련한데
房櫳映玉人	방 창으로 옥인이 비치네.
思繁纖指亂	생각 복잡하니 섬섬옥수 어지럽고
愁劇翠蛾顰	근심 가득하니 검은 눈썹 찡그리네.
授色歌頻變	청중의 낯빛을 보며 노래는 자주 변하고
留賓態轉新	손님 붙잡으니 모습은 더욱 새롭네.
曲終仍自敍	노래 끝나 자신을 말하는데
家世本西秦	집은 대대로 본래 서진에서 살았다오.

또한 한 편지에서 어떤 사람에게 다음과 같이 답했다.

　"비단 방석을 자주 옮기며 악공, 기생들이 뒤섞여 앉아 있네. 현악기와 노래가 다투듯 연주되며 궁음과 치음이 조용히 어울리네. 해는 저물고 난초 등불 빛나는데, 즐거운 일흥(逸興)은 하늘의 구름에 닿을 듯하다네. 격식도 멀리하고 허물도 하지 않고 신발은 벗어던지고 옷도 풀어 젖혔네."

---

20) 창악(倡樂) : 광대가 연주하던 음악을 말한다.

대단히 뛰어난 형용(形容)을 갖추었으니, 재자(才子)라 부를 만하다.

王稚欽少爲文, 頃刻便就, 多奇氣, 然好狎遊黏竿風鷗諸童子樂. 又
蹶不可馴, 父每扶扑之, 輒呼曰, 大人奈何輒虐海內名士耶. 爲翰林庶
吉士, 詩已有名, 其意不可一世, 僅推何景明, 而好薛蕙鄭善夫. 故事,
學士二人爲庶吉士師, 甚嚴重. 稚欽獨心易之, 時登院署中樹而窺, 學
士過故作聲驚使見, 大恚, 然度無如何, 佯爲不知也, 乃已. 當授官給事
中, 用言事, 故詔特予外補裕州守. 旣中不屑州, 而以諫出, 知當召, 益
驕甚, 臺省監司過州, 不出迎, 亦無所托疾. 人或勸之, 怒曰, 齷齪諸盲
官受廷陳迎邪當不愧死. 一日出候其師蔡潮, 以他藩道者, 潮好謂曰,
生來候我固厚, 而分守從後來, 亦一見否. 且生厚我以師故, 卽分守, 君
命也. 稚欽曰, 善. 乃前迎分守. 而分守旣下車, 數州吏微過, 當稚欽答
之十. 稚欽大罵曰, 蔡師悮王先生見辱. 挺身出, 悉呼其吏卒從守, 勿更
侍, 一府中慴伏, 亡敢留者. 分守窘不能具朝饌餔, 謀於蔡潮. 潮爲謝
過, 稍給之, 僅得夜引之去. 於是監司相戒, 莫敢道裕州, 而恨稚欽益
甚, 爲文致逮下獄, 削歸. 家居愈益自放, 達官貴人來購文好見者, 稚欽
多蓬首垢足囚服應之. 間衣紅絎窄衫, 跨馬或騎牛, 嘯歌田野間, 人多
望而避者. 晚節詩律尤精, 好縱倡樂, 有聞箏一首, 花月可憐春, 房櫳映
玉人. 思繁纖指亂, 愁劇翠蛾顰. 授色歌頻變, 留賓態轉新. 曲終仍自
敘, 家世本西秦. 又一書答人云, 綺席屢改, 伎俪雜陳, 絲肉競奏, 宮徵
暗和. 羲和旣逝, 蘭膏嗣輝, 逸興狎悰, 幹霄薄雲, 禮廢罰弛, 履遺纓絶.
俱妙極形容, 可謂才子.

7-3. 안목의 일화와 작품

유교(惟喬) 안목(顏木)이 박주(亳州)의 지주(知州)가 되었을 때 굳건히 의를 행한다는 명성이 있었다. 그러나 교활한 무장을 징계하려다가 도리어 그의 참소를 입어 파직되어 고향으로 돌아왔다. 한 번은 안목의 친구가 분수(分守)되어 안목이 사는 곳에 오게 되어, 친구는 안목을 방문하려 했다. 그러나 안목은 자취를 감춰 사라져 만나 볼 수가 없었다. 이윽고 안목의 친구가 다른 고을에서 감찰할 때, 어떤 농부가 닭 한 마리에 솥과 술병을 들고 길 가운데로 걸어오고 있었다. 이에 누구냐고 물으니, 그가 바로 안목이었다. 이에 자리를 펴고 실컷 마셔 취하게 되자 솥을 들고 떠났다. 안목이 머물렀던 여관 주인에게 쫓아가 물었으나 그의 행적을 알 수가 없었다.

안목은 『수지(隨志)』를 초(草)했는데 훌륭한 역사서라 일컬어진다. 그러나 내가 읽어보니 별로 뛰어난 것 같지 않다. 또한 자여(子與) 서중행(徐中行)이 그의 전집 약간 권을 보내와 읽어보니 또한 그저 그렇다. 유주(裕州) 왕정진(王廷陳)보다 훨씬 뒤떨어진다.

顏惟喬爲亳守, 有幹聲, 與武帥構訐, 罷歸. 故人爲分守, 至, 隨訪之, 屛跡不可復見. 旣行部他邑, 有田父荷擔以隻雞甒酒由中道入者, 訶之, 乃惟喬也. 因留劇飮至醉, 委甒擔而去. 追問邸舍人, 莫能蹤跡. 惟喬草隨志, 稱良史, 余讀這殊不稱. 又徐子與致其全集若幹卷, 亦平平耳, 遠不逮王裕州.

7-4. 정선부의 명성

낭중(郎中) 정선부(鄭善夫)는 의봉(儀封) 왕정상(王廷相)을 처음에는 알지 못했다. 정선부는 「만흥(漫興)」 10수를 지었는데, 그 가운데 "세상에서 자형(子衡) 왕정상의 시를 얘기하니, 봄바람이 노 땅의 문사들의 자리에 불어오네.[海內談詩王子衡, 春風坐遍魯諸生.]"란 구절이 있었다. 뒤에 정선부가 죽자, 왕정상은 그때서야 정선부를 알게 되었다. 그리고서 정선부의 위패를 세워 곡을 했다. 또한 천 리 밖에서 제사 물건을 보내 상(喪)의 경비로 쓰게 했으며, 정선부의 글을 모아 출간했다. 사람들이 정선부의 명성을 좋아한 것이 이와 같았다.

鄭郎中善夫初不識王儀封廷相, 作漫興十首, 中有云海內談詩王子衡, 春風坐遍魯諸生. 後鄭卒, 王始知之. 爲位而哭, 走使千里致奠, 爲經紀其喪, 仍刻其遺文. 人之愛名也如此.

7-5. 오만방자했던 손일원

태초(太初) 손일원(孫一元)은 잘 생겼고 수염도 아름다웠으며 문채(文彩)도 뛰어났다. 일찍이 무림(武林)에 살고 있었는데, 문헌(文憲) 비굉(費宏)이 재상을 그만두고 동쪽으로 돌아가다가 손일원을 방문한 적이 있었다. 마침 손일원이 낮잠을 자고 있었는데 손일원은 일부러 누운 채 일어나지 않았다. 오랜 시간이 지난 뒤 비굉은 앉아서 더욱 공손하게 말을 하니, 그때서야 손일원이 나왔는데 또한 끝내 미안하다는 말은 하지 않았다. 비굉이 돌아가니 손일원은 대문에 이르러서는 다만 고개를 꼿꼿이 들고 동쪽을 바라보며, "바닷가에서 푸른 구름이 일어

나 마침내 적성과 맞닿았으니, 기이하고도 기이하구나."라는 말을 했
다. 비굉이 대문을 나와서는 마부에게 "나는 한평생 손일원 같은 사람
은 보지 못했다."라고 했다.

孫太初玉立美髯, 風神俊邁, 嘗寓居武林. 費文憲罷相東歸, 訪之, 値
其晝寢, 孫故臥不起. 久之, 費坐語益恭, 孫乃出, 又不謝. 送之及門,
第矯首東望曰, 海上碧雲起, 遂接赤城, 大奇大奇. 文憲出, 謂馭者曰,
吾一生未嘗見此人.

7-6. 명대 삼절(三絶)

오(吳) 지역에서는 박사(博士) 창곡(昌穀) 서정경(徐禎卿)의 시와 경조
(京兆) 희철(希哲) 축윤명(祝允明)의 글씨 그리고 산인(山人) 계남(啓南) 심
주(沈周)의 그림이 명나라 삼절(三絶)이라고 칭할 만하다.

吳中如徐博士昌穀詩, 祝京兆希哲書, 沈山人啓南畫, 足稱國朝三絶.

7-7. 양신과 화찰의 문집

수찬(修撰) 양신(楊愼)의 『남중고(南中稿)』는 화려하면서도 너무도 아
름답다. 학사(學士) 화찰(華察)의 『암거고(巖居稿)』는 맑고 담백하며 간
결하고 심원하여, 이 두 사람의 문집은 옥당(玉堂)의 작품보다 훨씬 뛰
어나다. 그러나 양신의 『남중고』는 남충(南充)과 왕공(王公)이 판각 것
이외에는 그리 좋은 것이 없다. 정밀하게 선집한 것이 귀한 것이지 작
품의 수가 많다고 해서 좋은 것은 아니니, 어찌 병사를 운용하는데 만

해당되는 일이겠는가.

楊脩撰之南中稿, 穠麗婉至. 華學士之巖居稿, 淸淡簡遠, 俱遠勝玉堂之作. 然楊稿自南充王公刻外, 絕不能佳. 貴精不貴多, 寧獨用兵而已哉.

7-8. 호찬종의 재주와 풍류

효사(孝思) 호찬종(胡纘宗)이 일찍이 우리 오군(吳郡)의 수령이 되었는데, 그의 재주와 풍류는 전후로 짝할 만한 사람이 없을 정도였다. 호찬종 공은 시간이 있을 때면 호수와 산 및 정원과 정자 등에서 노닐었는데 여러 명사들도 그를 따라서 한 잔 술에 시 한 수 읊조렸으며 쓴 글씨가 석벽에 가득했다. 뒤에 어사중승(御史中丞)으로 벼슬자리가 옮겨졌고 하남(河南)을 다스리게 되었다. 그때에 숙제(肅帝)가 초(楚) 지역에 행차하자 호찬종은 그 일을 율시로 읊조렸는데, 다음과 같다.

聞道鑾輿曉渡河	새벽에 황제 수레가 황하 건넜다고 하니
嶽雲縹緲護晴珂	높은 산의 아득한 구름이 말을 보호하네.
千官玉帛嵩呼盛	옥백의 수많은 관리들의 숭호[21] 소리 성대하고
萬國衣冠禹貢多	의관을 갖춘 만국 사람 와서 조회했다네.
鎖鑰北門留統制	북문을 잠그려고 통제사를 머물게 했고
璿璣南極扈羲和	남극 순행하는 황제를 호종하네.

---

21) 숭호(嵩呼) : 국가의 중흥을 축하하며 임금 앞에서 만세(萬歲)를 부른다는 말이다. 한 무제(漢武帝)가 숭산(嵩山)에 올라갔을 때, 어디선가 만세 소리가 세 번 들려왔다는 고사에서 비롯된 말이다.

穆天八駿空飛電　목천자의 팔준마[22]는 허공에서 재빠르고
湘竹英皇淚不磨　상강의 대나무엔 영황[23]의 눈물 마르지 않네.

그리고는 이 작품을 석벽에 새겼다.

뒷날 다른 일에 연좌되어 파직당하여 집에서 두세 해를 보냈다. 그 전에 탐욕스러운 수령이었던 왕련(王聯)을 매질한 일이 있었다. 왕련이 호부주사(戶部主事)가 되었는데, 그 임무를 제대로 수행하지 못한다고 하여 벼슬에서 쫓겨나게 되었고 사람을 죽여 옥에 갇혀 죽을 처지에 놓이게 되었다. 이에 왕련은 호찬종의 위 작품에 보이는 '목천(穆天)'과 '상죽(湘竹)'의 시어를 가리키며 원망하고 저주하는 말이라고 지적했으며, 호찬종으로 인해 옥해 갇힌 사람과 평소에 호찬종을 흘겨보던 이들이 모두 호찬종이 간악한 무리라고 황제에게 알렸다. 황제는 이 말을 듣고 크게 노하여 모두 잡아들여 옥에 가두어 그들을 죽이고자 했다. 이때 분의(分宜) 사람으로 재상에 있었던 여숭(麗嵩)과 진인(眞人) 도중문(陶仲文)이 호찬종을 구하기 위해 힘을 쏟았는데, 시간이 지나 이들도 파직되었고 호찬종도 장형(杖刑) 30대에 처해졌다. 그 당시 호찬종은 나이가 여든에 가까웠는데도 전혀 두려워하지 않은 채 옥중의 형틀 여덟 가지를 소재로 「제옥팔경(制獄八景)」이란 시를 비단 옷에 적었다. 이 일로 사람들은 호찬종을 대단히 걱정하면서 그 붓을 막으며, "그대는 시에 연루되어 이런 지경에 이르렀으면서도 오히려 어찌 시 짓는 것[24]은 그만두지 않는가?"라 했다. 그러나 호찬종은 조

---

22) 목천자의 팔준마 : 목천자는 주(周)나라 제5대인 목왕으로 팔준마(八駿馬)를 얻어 서쪽으로 순수하면서 돌아갈 줄을 몰랐다 한다.
23) 영황(英皇) : 순임금의 두 비(妃)인 여영(女英)과 아황(娥皇)의 병칭이다. 순 임금이 상강에서 죽자, 두 비가 상강에서 순임금을 그리다 울며 죽었는데, 대나무가 되었다는 전설이 전한다.

용히 시 읊조리는 것을 그치지 않으면서, "시에 연루되어 죽을 지경에
이르렀지만, 지금 시를 짓지 않는다고 해서 죽음을 면할 수 있겠는
가."라 했다.

옥에서 풀려날 때, 무진(茂秦) 사진(謝榛)이 「송조서산인호세보서귀
(送鳥鼠山人胡世甫西歸)」란 작품을 호찬종에게 주었는데, 그 가운데 다
음과 같은 구절이 있다.[25]

白首全生逢聖主   흰머리로 오래 산 것은 성주 만났기 때문인데
靑山何意見騷人   청산은 무슨 뜻으로 시인에게 보이나.

호찬종은 장형(杖刑)의 상처가 더욱 심해져 병이 들어 신음하는 사
이에도 오히려 입으로 시를 읊조려 사례했다. 사람들은 호찬종의 의
기가 장공(長公) 소식(蘇軾)보다[26] 훨씬 낫지만 재주는 소식에 미치지
못한다고 생각한다.

胡孝思嘗爲吾吳郡守, 才敏風流, 前後罕儷. 公暇多游行湖山園亭間,
從諸名士一觴一詠, 題墨淋漓, 遍於壁石. 後遷御史中丞, 撫河南. 肅帝
幸楚, 爲一律紀事云, 聞道鑾輿曉渡河, 嶽雲縹緲護晴珂. 千官玉帛嵩呼

---

24) 시 짓는 것 : '오이(吾伊)'는 책 읽는 소리를 가리키는데, 여기에서는 시 읊조리는
    것을 말한다.
25) 사진(謝榛)의 「송조서산인호세보서귀(送鳥鼠山人胡世甫西歸)」는 다음과 같다.
    "愁中忽過薊門春, 歸騎蕭條復向秦. 白首全生逢聖主, 靑山何意見騷人. 隴雲朝度鄕關
    近, 渭水晴分草樹新. 自是揚雄多著述, 百年寧負舊綸巾."
26) 소식(蘇軾) : 소식이 담이(儋耳)에 귀양 갔을 적에 지은 시 가운데 '뒷날 누군가
    여지지를 짓는다면 해남 만 리야말로 나의 고향이리라.[他年誰作興地志, 海南萬里
    眞吾鄕.]'라는 구절이 있다. 소식이 담이처럼 멀고 험악한 지역에 처했으면서도 자
    기 고향과 같이 여기면서 달관(達觀)의 경지를 보여 준 것이다.

盛, 萬國衣冠禹貢多. 鎖鑰北門留統制, 璿璣南極扈羲和. 穆天八駿空飛
電, 湘竹英皇淚不磨. 刻之石. 後以他事坐罷, 家居者數載矣. 嘗扑一貪
令王聯, 其人爲戶部主事, 以不職免, 殺人下獄當死, 乃指穆天湘竹爲怨
望呪詛, 而所由成獄及生平睚眦, 皆指爲孝思奸黨, 奏之. 上大怒, 悉捕
下獄, 欲論死. 分宜相陶眞人力救解, 久之乃罷免, 猶摘杖孝思三十. 當
是時, 孝思將八十矣, 了不怖懼, 取錦衣獄中枉械之類八, 曰制獄八景,
爲詩紀之. 衆爭咎孝思, 掣其筆曰, 君正坐詩至此耳, 尚何吾伊爲. 孝思
澹然咏不輟曰, 坐詩當死, 今不作詩, 得免死耶. 出獄時, 謝茂秦貽之詩,
有云, 白首全生逢聖主, 青山何意見騷人. 孝思方病杖創甚, 呻吟間, 猶
口占韻以謝. 人謂孝思意氣差勝蘇長公, 才不及耳.

7-9. 황성증, 왕충, 원질, 육준명

효사(孝思) 호찬종(胡纘宗)이 오(吳) 지역을 다스릴 때, 여러 사람들
중에서도 면지(勉之) 황성증(黃省曾)과 이길(履吉) 왕충(王寵) 그리고 영
지(永之) 원질(袁袠)만을 가장 좋아했으며 육준명(陸浚明)은 알지 못했
었다. 황성증과 왕충 두 사람은 명성을 떨치지 못한 채 죽었으며, 원
질은 향시에 수석으로 급제하여 여전(臚傳)[27]의 임무를 맡았었다. 육
준명은 거듭 성시(省試)와 회시(會試)에 수석으로 급제하여 합격한 이
들 중에 가장 먼저 관직을 제수받아 급사중(給事中)이 되어, 절강성의
시험을 주관하게 되었다. 이때에 호찬종이 좌참정(左參政)으로 녹명연
(鹿鳴宴)[28]에 참석했다가 육준명이 호찬종의 글이 좋지 않다고 비판하

---

27) 여전(臚傳) : 윗사람의 말을 아랫사람에게 전하는 것 또는 그 사람을 일컫는다.
28) 녹명연(鹿鳴宴) : 향시(鄕試) 창방 뒤에 지방관이 시관(試官)과 급제자들을 불러
　　연회를 베풀고 녹명(鹿鳴)의 시를 노래 부르게 하는 풍습이 있었는데, 이를 '녹명

자, 두 사람이 서로를 인정하지 않게 되었다.

황성증은 그 사람됨이 본래 방탕했는데, 맡은 일에 힘써 스스로 자신의 위치에 걸맞게 되어 이따금 명류(名流)들에게 존중을 받아서 가장 박학하다고 칭송되었다. 그의 문장은 의고(擬古)가 많아 자연스러움이 드러나지 않았고 논의 펼치기를 좋아했지만, 자신도 문장을 제대로 감당하지 못했다. 경세제민(經世濟民)의 능력을 자부했지만 적절하게 쓰이기에는 부족했다. 그래도 오(吳) 지역의 천박한 재주를 가진 사람과 비교한다면 뛰어나다고 하겠다.

왕총은 옥 같은 모습으로 수려하고도 우아한 흥치가 있었다. 술 마신 뒤의 흥치도 넘쳐 나 사람들이 그를 좋아했다. 시는 우아하고 화려하여 명가(名家)라 칭송할 만했다.

육준명은 고결하고 호방했으며 기이하고도 뛰어났다. 의기(義氣)를 중요시하여 강개함이 많아서 다른 사람의 어려움을 해결해주는 데 있어 자신의 일보다도 급하게 여겼다. 세상에 쓰일만한 재주를 갖추고 있었지만 그 재주를 다 펼치지 못했다.

원질은 고결했지만 국량이 크지 않아 때때로 인색하다는 평을 받았다.

그런데 육준명과 원질 두 사람의 문장은 진실로 맑고도 우아하며 법도에도 맞아 다른 사람들의 자질구레한 작품과 비교할 바가 아니다. 육준명은 시에 뛰어나지 않았고 자신 또한 시로 자부하지도 않았다.

孝思守吳日, 與諸生最好黃勉之王履吉袁永之, 而不能知陸浚明. 黃王俱不振以死, 而永之領解甲第臚傳. 浚明再魁省會試, 館選第一, 爲給

연'이라 한다.

事中, 主試浙江. 時孝思以左參政與鹿鳴宴, 頗遭譏訕, 人兩不與也. 勉之爲人本任誕, 而矜局自位置, 時引勝流爲重. 最稱博洽, 于文多擬古而不出自然, 好持論而不甚當, 負經濟而寡切用, 然視吳人膚立皮相者天壤矣. 履吉玉立秀雅, 饒酒德, 使人愛而思之. 詩筆翩翩華麗, 足稱名家. 浚明高爽奇逸, 尙氣慷慨, 急人之難甚于己, 頗負用世才而不究. 永之高狷自好, 時有恡聲. 然二子文實淸雅典則, 非它瑣瑣比也. 浚明不長于詩, 亦不以詩自顯.

7-10. 황좌의 시작품

재백(才伯) 황좌(黃佐)의 시 또한 아름다운 시어가 있는데 다음과 같은 구절이다.

「조빙우소씨루상작(阻氷寓蕭氏樓上作)」의[29]

青山知我吏情澹　　청산은 날 알아 관리 마음 담담하게 하고
明月照人歸夢長　　밝은 달은 사람 비쳐 돌아가는 꿈 유장해라.

「춘야대취언지(春夜大醉言志)」의[30]

長空贈我以明月　　허공은 나에게 밝은 달빛 보내주나

---

29) 황좌(黃佐)의 「조빙우소씨루상작(阻氷寓蕭氏樓上作)」은 다음과 같다. "朔風蕭蕭吹雪霜, 登樓獨坐生悲凉. 青山知我吏情澹, 明月照人歸夢長. 雲影有時連去鴈, 水聲何日到垂楊. 側身天地頻回首, 誰道江湖遠廟廊."

30) 황좌(黃佐)의 「춘야대취언지(春夜大醉言志)」는 다음과 같다. "拔劍起舞臨高臺, 北斗揷地銀河廻. 長空贈我以明月, 天下知心惟酒杯. 門前馬踏簫鼓動, 柵上雞啼天地開. 倦遊却憶少年事, 笑擁如花歌落梅."

海內知心惟酒杯　천지에서 마음 알아주는 건 술뿐.
門前馬躍簫鼓動　문 앞에서는 말 날뛰고 풍악소리 울리며
柵上鷄啼天地開　울타리선 닭 울어 천지가 밝아지누나.
倦遊却憶少年事　실컷 노니 도리어 젊은 시절 생각이 나
笑擁如花歌落梅　꽃처럼 웃으면서 낙매곡31) 부르노라.

비록 이 구절의 격조가 그리 예스럽지는 않지만 구속됨이 없는 방
일함은 취할 만하다. 그러나 「춘야대취언지」의 작품 말미에 황좌가
스스로 "욕심이 다하여 이치가 돌아옴을 비유한 것이다.[欲盡理還之喩]"
라고 주를 붙여 놓았다. 아마도 황좌가 높은 벼슬이 되어 학문을 강론
하게 되었는데, 다른 사람들이 이 시를 가지고 이런저런 말을 할까 두
려워 이런 주를 붙인 것 같다. 문단에서 한바탕 웃을 만한 일이다.

黃才伯詩亦有佳語, 如靑山知我吏情澹, 明月照人歸夢長. 又長空贈
我以明月, 海內知心惟酒杯. 門前馬躍簫鼓動, 柵上鷄啼天地開. 倦遊
却憶少年事, 笑擁如花歌落梅. 雖格不甚古, 而逸宕可取. 然至末句,
乃自註云, 欲盡理還之喩. 蓋此公作美官講學, 恐人得而持之也. 可發
詞林一笑.

7-11. 이치를 벗어나 두보와 이반룡의 시구

소릉(少陵) 두보(杜甫)는 「증특진여양왕(贈特進汝陽王)」에서 "회남왕의
문하에는 빈객이 많으니, 끝내 손등에게 부끄럽지 않으리.[淮王門有客,

---

31) 낙매곡(落梅曲) : 매화락(梅花落) 또는 관산낙매곡(關山落梅曲)이라고 하는 악곡
　　으로, 옛날의 적곡(笛曲)이다.

終不愧孫登.]"라 했는데,32) 회남왕(淮南王)과 손등(孫登)은 아무런 관계가 없다.33) 다만 운자를 맞추기 위해 억지로 끌어온 것인데, 후세에 이런 사실을 잘 모르는 사람들이 도리어 이를 법으로 삼았다. 북지(北地) 이몽양(李夢陽)이 이른바 "정계34)는 노새를 타고 무공35)은 고을을 돌아다니네.[鄭綮騎驢, 無功行縣.]"36)라 했는데, 고을을 돌아다니는 것

---

32) 두보(杜甫)의 「증특진여양왕(贈特進汝陽王)」은 다음과 같다. "特進群公表, 天人鳳德升. 霜蹄千裏駿, 風翮九霄鵬. 服禮求毫髮, 推忠忘寢興. 聖情常有眷, 朝退若無憑. 仙醴來浮蟻, 奇毛或賜鷹. 清關塵不雜, 中使日相乘. 晚節嬉遊簡, 平居孝義稱. 自多親棣萼, 誰敢問山陵. 學業醇儒富, 辭華哲匠能. 筆飛鸞聳立, 章罷鳳騫騰. 精理通談笑, 忘形向友朋. 寸腸堪繾綣, 一諾豈驕矜. 已忝歸曹植, 何知對李膺. 招要恩屢至, 崇重力難勝. 披霧初歡夕, 高秋爽氣澄. 樽罍臨極浦, 鳧鷖遊張燈. 花月窮遊燕, 炎天避鬱蒸. 硯寒金井水, 簷凍玉壺氷. 瓢飲唯三逕, 巖棲在百層. 謬持蠡測海, 況挹酒如澠. 鴻寶寧全秘, 丹梯庶可凌. <u>進王門有客, 終不愧孫登.</u>"

33) 『신선전(神仙傳)』에서, "회남왕(淮南王) 유안(劉安)이 방술(方術)을 좋아하여 수천 명의 도사를 길렀다."고 했다. 『진서(晉書)』「은일전(隱逸傳)」에서는 "손등(孫登)은 급군(汲郡)의 북산(北山)에 거주하면서 『주역』읽기를 좋아했고 거문고를 즐겨 탔다. 때때로 세상에 나와 노닐었는데, 찾아가는 집에서 옷과 음식을 대접하는 자가 있어도 전혀 받지 않았다."라고 했다. 혜강(嵇康)은 「유분(幽憤)」에서, "옛날에는 유하혜에게 부끄러웠는데 지금은 손등에게 부끄럽네.[昔慚柳下, 今愧孫登.]" 라 했고 주주(朱注)에서, "두보의 입장에서 보면 '여양왕이 선비를 좋아하는 것은 참으로 회남왕이 도사를 좋아하는 것에 뒤떨어지지 않는다. 그러므로 나 두보도 어찌 손등에게 부끄럽겠는가.'라는 것을 말한 것이다. 대개 옷자락이나 끌며 왕후의 문하에 드나드는 손으로 자처하고 싶지 않은 것이다."라고 했다.

34) 정계(鄭綮) : 자는 온무(蘊武)이다. 광화 2년에 진사에 합격한 뒤에 산기상시와 평장사를 역임했다. 그는 해학적인 말을 잘하여 당시에 그를 '정헐후체(鄭歇後體)' 라 불렸다. 그가 재상에 임명되자 친척들이 축하했는데, 그는 "헐후한 정씨가 재상이 되다니, 상황을 알 만하다."라고 했다. 조정에 들어와서는 정성을 다해 공무를 보아 태도가 이전과 완전히 달랐다고 한다.

35) 왕적(王績, ?~644) : 자는 무공(無功), 자호는 동고(東皐)이다. 여러 차례 벼슬이 제수 되었으나 사양하고 고향으로 돌아가 시와 음악을 벗하며 살았다. 자신의 죽음을 미리 예견하고 장사를 소박하게 지낼 것을 명하고 스스로 묘지명을 쓴 후 죽었다.

36) 이몽양(李夢陽)의 「정생문여종수(鄭生聞予種樹)」는 다음과 같다. "<u>鄭綮騎驢雪故</u>

과 노새를 타는 것은 실제 있었던 일이 아니며 또한 왕적(王績)과 정계
(鄭綮)는 왕래하던 사이도 아니다. 이치에 맞지 않는 말을 심하게 해대
니 경계로 삼을 만하다. 근래에 무진(茂秦) 사진(謝榛)이 이러한 병통이
깊으니 아마도 학문에 힘쓰지 않아서일 것이다.

少陵句云, 淮王門有客, 終不愧孫登. 頗無關涉. 爲韻所强耳, 後世不
解事人翻以爲法. 至於北地所謂, 鄭綮騎驢, 無功行縣. 行縣騎驢旣非實
事, 王績鄭綮又否通人, 生俗無謂, 大可戒也. 近代謝茂秦大有此病, 蓋
不學之故.

7-12. 강휘의 문재(文才)

강휘(江暉)의 자는 경양(景暘)으로 문소공(文昭公) 강란(江瀾)의 아들
이다. 한림수찬(翰林修撰)으로 있다가 안찰첨사(按察僉事)가 되었는데
겨우 36세에 죽었다. 문집을 남겼는데, 이름이 『단원자집(亶爰子集)』
이다. 『산해경(山海經)』을 살펴보니, "단원산은 물이 많고 초목이 없
는데, 올라갈 수 없다. 짐승이 사는데, 그 모습이 살쾡이와 비슷하며
털이 많다. 그것을 류(類)라 부르는데 암수가 한 몸이다. 그 고기를
먹는 사람은 질투를 하지 않는다."라고 했다. 여기에서 취해서 문집
을 명명했으니 특별히 깊은 의미가 있는 것은 아니다. 강휘는 기벽한
글자를 사용하여 문장 짓기를 좋아했는데 처음 보면 쉽게 해독하지
못할 것 같으나 해독하고 보면 그저 그렇다. 치흠(稚欽) 왕정진(王廷陳)
이 「기조강자(寄嘲江子)」란 시를 지어 강휘를 조롱한 바 있는데, 그 작

來. 無功行樹及春栽. 沾濡立愛新松色, 冷凍回驚早杏開. 密片深當紅蕾集, 寒聲虛帶
翠葵廻. 思君蓑笠滄江上, 酒罷翻愁去舸催.

품은 다음과 같다.

江生突兀揚文風	강생은 갑자기 튀어나와 문풍을 드날렸으니
千奇萬怪難與窮	천만의 기괴함은 그와 짝할 이 없네.
博物豈惟精爾雅	박식하니 어찌 『이아』만 정통하랴
識字何止過揚雄	글자 아는 것은 양웅보다 뛰어나네.
古心已出丘索上	호고(好古)의 마음은 이미 구색[37] 위에 있고
邃旨或與神明通	깊은 지취는 간혹 신명과 통하네.
求深索隱苦不置	매우 궁벽한 것 찾아 괴로이 멈추지 않는데
一言忌使流俗同	쓰지 말아야 할 말 쓴다면 세속과 같아지네.
令弟大篆逼鍾鼎	훌륭한 아우의 큰 전자(篆字)는 종정과 비슷한데
絶藝恥作斯邕等	뛰어난 재주로 이사 채옹과 견주는 것 부끄럽네.
生也爲文遺弟書	강생이 문장을 지어 보내주니
一出皆稱二難並	일동은 모두 이난[38]이 갖춰졌다고 칭송하네.
縱有楚史不可讀	비록 『초사』가 있더라도 읽을 수가 없으니
滿堂觀者徒張目	당에 가득한 구경꾼은 한갓 눈만 꿈쩍이네.
少年往往致譏評	젊은이들 이따금 비평을 가하면
生也不言但捫腹	강생은 말을 않고 다만 배만 어루만지네.
君不見	그대는 보지 못하였나,
好醜從來安可期	미추(美醜)는 원래 어찌 기약할 수 있으랴
豪傑有時翻自疑	호걸은 때로 도리어 자신을 미혹하네.
伯牙竟爲知音惜	백아는 끝내 지음이 애석하게 여겼고

---

37) 구색(丘索) : 삼황오제(三皇五帝)의 책으로, 구색은 팔색구구(八索九丘)의 약어인데 고서의 뜻으로 쓰인다.

38) 이난(二難) : 어진 주인과 훌륭한 손님을 가리킨다.

卞氏能無抱璞悲　　변씨는 옥을 안고 슬퍼하지 않았으랴.
請君寶此無易轍　　청컨대 그대는 이를 받아들여 법으로 여기시게
聖人復起當相知　　성인이 태어난다면 마땅히 그대를 알아주리라.

이 작품을 읽으면 대략 그의 문장을 알 수 있다.

江暉字景暘, 文昭公瀾子也. 以翰林修撰爲按察僉事, 年三十六死. 有文集曰亶爰子集. 按山海經曰, 亶爰之山, 多水, 無草木, 不可以上. 有獸焉, 其狀如狸而有髮, 名曰類, 自爲牝牡, 食者不妬. 取以名集, 別無深義. 暉好以奇癖字作文, 初若不易解者, 解之得平平耳. 王稚欽有詩嘲之云, 江生突兀揚文風, 千奇萬怪難與窮. 博物豈惟精爾雅, 識字何止過揚雄. 古心已出丘索上, 邃旨或與神明通. 求深索隱苦不置, 一言忌使流俗同. 令弟大篆逼鍾鼎, 絶藝恥作斯邕等. 生也爲文遺弟書, 一出皆稱二難並. 縱有楚史不可讀, 滿堂觀者徒張目. 少年往往致譏評, 生也不言但捫腹. 君不見好醜從來安可期, 豪傑有時翻自疑. 伯牙竟爲知音惜, 卞氏能無抱璞悲. 請群寶此無易轍, 聖人復起當相知. 讀此大略可見.

7-13. 고뇌에 시달렸던 나기

오악(五嶽) 황성증(黃省曾)은 "남성(南城)의 나기(羅玘) 공은 기이한 고문을 좋아했는데, 대부분 기괴하고 험벽하며 의미 없는 문사를 나열하는데 불과했다."라고 말했다. 나기가 금릉에 거처할 때 매번 문장을 지을 때면 반드시 높은 나무 꼭대기에 올라가 웅크리고 앉아 상상력을 발휘했다. 때로 혹 방문을 닫아걸고 앉아 있었는데 손님들이 틈사이로 엿보니 비쩍 말라 마치 죽은 사람 같았다. 이에 사람들이 발소

리를 죽이고 나왔다.

소경(少卿) 도목(都穆)이 나기에게 아버지의 묘지명을 부탁한 일이 있다. 묘지명이 완성되자 나기가 도목에게, "내가 이 명을 짓느라 네댓 번 죽을 뻔했네."라고 했다. 현재 전하는 그의 문집 『규봉고(圭峰稿)』는 대체로 나무꼭대기에서 죽을 뻔하며 지은 것들이다.

黃五嶽省曾言南城羅公玘好爲奇古，而率多怪險組釘之辭．居金陵時，每有撰造，必棲踞於喬樹之巓，霞思天想．或時閉坐一室，客有於隙間窺者，見其容色枯槁，有死人氣，皆緩履以出．都少卿穆乞伊考墓銘，銘成，語少卿曰，吾爲此銘，瞑去四五度矣．今其所傳圭峰稿者，大抵皆樹巓死去之所得也．

7-14. 초당과 중당의 풍격을 갖춘 작품들

宮采初傳長命縷	궁녀가 비로소 장명루를 전하고
中官競揷辟兵符	내시는 다투어 벽병부[39]를 꽂네.

衡陽刺史新除道	형양의 자사는 새로 길을 닦고
濟北藩王已上書	제북의 번왕은 이미 글을 올렸네.

雪後錦裘行塞外	눈 내린 뒤 비단 갖옷 입고 변방을 가고
月明淸嘯滿樓中	달 밝을 때 시 읊조리며 누대에 모여 있네.[40]

---

39) 벽병부(辟兵符)：온갖 병을 물리치는 부적이다.

40) 당순지(唐順之)의 「기주중승비어관구(寄周中丞備禦關口)」는 다음과 같다. "牙旗高建白羊東，鼓角殷殷瀚海空．雪後錦裘行塞外，月明淸嘯滿樓中，幕南五部思歸義，薊北諸軍盡立功．燕頷書生人共羨，一朝投筆去平戎．"

賜第近連平樂觀　　집을 하사하니 평락관과 이웃하고

入朝新給羽林兵　　조정에 드니 새로 우림병을 내렸네.[41]

儒生東閣承顏色　　동각의 유생이 천자의 안색 받들고

酋長西羌識姓名　　서강의 추장은 성명을 아네.[42]

繁花向日宜供笑　　무성한 꽃은 해를 향해 활짝 웃고

幽鳥逢春各異啼　　그윽한 새들은 봄을 만나 서로 지저귀네.[43]

老去自吹秦觱栗　　늙어가며 진의 필률 부는데

西征曾比漢嫖姚　　서쪽 정벌을 일찍이 한 표요 장군에 비기네.

水落盡如雷電過　　물이 빠지는 것 마치 번개가 지나는 듯

山迴俱作鳳皇飛　　산이 구비 져 도니 봉황이 날아가는 듯.

山擁翠屏開作畫　　산이 푸른 병풍 배워 그림 같은 모습 열고

水從金谷瀉成春　　물은 금곡을 따라 완연한 봄을 쏟아내네.[44]

---

41) 당순지(唐順之)의 「상장상공(上張相公)」은 다음과 같다. "帷中運策九州淸, 共道
留侯在漢京. 賜第近連平樂觀, 入朝新給羽林兵. 儒生東閣承顏色, 酋長西羌識姓名.
却望上台多氣象, 年年常傍紫宸明."

42) 당순지(唐順之) 위의 작품에 보인다.

43) 도응준(屠應峻)의 「유성동관(遊城東觀)」은 다음과 같다. "病起尋遊强杖藜, 琳宮
寂寂枕廻溪. 繁花向日俱宜笑, 幽鳥逢春各異啼. 雲滿客衣庭樹合, 氣薰山酌芷蘭齊.
郊行亦有桃源在, 明日重來路不迷."

44) 황보방(皇甫汸)의 「제사고공지정(題史考功池亭)」은 다음과 같다. "名園十畝與城
鄰, 日夕風烟逐眺新. 山擁翠屏開作畫, 水從金谷瀉成春. 憑軒不斷啼花鳥, 閉戶應逢
看竹人. 見說玄暉池尙在, 知君前是謝家身."

．

門逕近連馳道樹　　문은 가까이 큰 길 나무로 이어지고
池塘遙接漢宮流　　연못은 멀리 대궐로 흘러가네.45)

雲裁玉葉和煙潤　　옥엽 모양 구름은 이내와 어울려 아름답고
瀑濺珠花映雨飛　　폭포는 구슬처럼 떨어져 비가 날리는 듯.46)

이상은 가정(嘉靖) 연간에 초당(初唐)의 시풍을 보인 작품들이다.

細雨薜蘿侵石徑　　가는 빗 속 벽라는 돌길로 뻗어나가고
深秋粳稻滿山田　　깊은 가을 벼는 산밭에 가득하네.47)

業淨六根成慧眼　　육근의 업이 고요하여 혜안을 이루니
身無一物到茅庵　　몸에 아무것도 없이 초가에 이르네.48)

空庭廬嶽晴雲色　　여산의 빈 뜰에 구름이 맑고
燕坐潯陽江水聲　　심수에 제비 차니 강물이 소리 나네.49)

---

45) 채애(蔡羽)의 「유서공자서원(遊徐公子西園)」은 다음과 같다. "西園飛蓋月中遊,
　　隨意登攀自可留. **門逕近連馳道樹, 池塘遙接漢宮流,** 坐看虛牖明朱礶, 行見深松間畫
　　樓. 一自王孫開別第, 鳳臺花鳥不知秋."
46) 포절(包節)의 「만망창산즉사(晚望蒼山卽事)」는 다음과 같다. "吏散庭閒靜掩扉,
　　點蒼西望翠霏微. **雲裁玉葉和煙潤, 瀑濺珠花映雨飛,** 石洞經秋龍未起, 松枝將暝鶴初
　　歸. 冷然忽動煙霞思, 擬陟丹梯一振衣."
47) 당순지(唐順之)의 「광덕도중(廣德道中)」은 다음과 같다. "蒼山百轉見炊烟, 茅屋
　　高栖古樹巓. **細雨薜蘿侵石逕, 深秋秔稻滿山田.** 雲中望影迷遙岫, 草裏聞聲覺暗泉.
　　儻遇秦人應不識, 只疑誤入武陵川."
48) 당순지(唐順之)의 「증암중노중승승해상인술(贈菴中老僧僧解相人術)」은 다음과
　　같다. "早從祝髮事棲嚴, 爲禮名師每向南. **業淨六根成慧眼, 身無一物寄茅菴.** 廚邊引
　　澗寧須汲, 松下翻經幾到龕. 若使焚香能證道, 前身應說是香嚴."
49) 황보방(皇甫汸)의 「송왕호조탁구강수(送王戶曹擢九江守)」는 다음과 같다. "甘泉

虎患已從鄰境去　호랑이 걱정은 이미 이웃 마을로 사라졌는데
猿聲偏近郡齋前　관아 앞에 원숭이 울음 가까이 들리네.[50]

萬里辭家身是夢　집 떠나 만 리 신세는 꿈에도 그리는데
三年作郡口爲碑　삼 년 동안 고을 관리 되니 사람마다 칭송하네.

遶院松林嵐翠重　담을 두른 송림에 푸른 이내가 짙고
滿庭蕉葉雨聲多　뜰 가득 파초 잎은 빗소리에 시끄럽네.[51]

淸樽自對叢花發　맑은 술잔 들고 활짝 핀 떨기 꽃 마주하는데
高枕無如啼鳥何　높은 베개는 새 지저귐에 어찌하랴.[52]

이상은 시풍이 조금 변하여 중당(中唐)의 풍격을 보인 것들이다.

宮采初傳長命縷, 中官競揷辟兵符. 衡陽刺史新除道, 濟北藩王已上書. 雪後錦裘行塞外, 月明淸淸嘯滿樓中. 賜第近連平樂觀, 入朝新給羽林兵. 儒生東閣承顔色, 酋長西羌識姓名. 繁花向日宜供笑, 幽鳥逢春各異啼. 老去自吹秦觱栗, 西征曾比漢嫖姚. 水落盡如雷電過, 山迴俱作鳳

獻賦早知名, 才子爲郞在兩京. 闕下承符初出守, 郡中森戟已相迎. 空庭廬嶽晴雲色, 燕坐潯陽江水聲. 試覓古來循吏傳, 幾人年少寄專城."

50) 황보방(皇甫汸)의 「기허기주(寄許蘷州)」는 다음과 같다. "城開白帝錦江連, 見說仙郞出守年. 虎患已從鄰境去, 猿聲偏近郡齋前. 相如文藻流巴蜀, 黃霸功名在潁川. 應是漢庭求吏治, 非關相府賤英賢."

51) 채애(蔡羹)의 「자제전산초당(自題前山草堂)」은 다음과 같다. "草堂舊結北山阿, 迺客還家洽薛蘿. 遶院松林嵐翠重, 滿庭蕉葉雨聲多. 淸樽自對叢花發, 高枕無如啼鳥何. 若道世情堪澹處, 門前終日俯滄波."

52) 채애(蔡羹) 위의 작품에 보인다.

皇飛. 山學翠屏開作畫, 水從金穀瀉成春. 門邇近連馳道樹, 池塘遙接漢
宮流. 雲裁玉葉和煙潤, 瀑濺珠花映雨飛. 此嘉靖時爲初唐者也. 細雨薜
蘿侵石徑, 深秋秔稻滿山田. 業淨六根成慧眼, 身無一物到茅庵. 空庭盧
嶽晴雲色, 燕坐潯陽江水聲. 虎患已從鄰境去, 猿聲偏近郡齋前. 萬里辭
家身是夢, 三年作郡口爲碑. 遠院松林嵐翠重, 滿庭蕉葉雨聲多. 清樽自
對叢花發, 高枕無如啼鳥何. 此其稍變而中唐者也.

7-15. 종신, 오국륜, 서중행, 양유예

나의 벗인 자상(子相) 종신(宗臣)은 자질이 훌륭하고 빼어났다. 그의
시는 기운을 위주로 하여 다른 사람을 이기는 데 힘을 쏟았으니, 간간
이 약간의 흠이 있거나 또는 시의 본질과 거리가 먼 것이 있다. 그러
나 종신은 그런 것에 신경을 쓰지 않았다.

명경(明卿) 오국륜(吳國倫)의 재주는 종신에 미치지 못하지만 실경(實
景)에 이르고자 했다. 작품의 수미(首尾)를 균형 잡으려 했고 음률을
조화롭게 했으며 정(情)과 실(實)이 잘 어울리도록 노력했다. 종신은
자신이 오국륜보다 뛰어나다고 말했는데, 오국륜은 침묵하면서 싸워
보지도 않고 굴복했다.

자여(子與) 서중행(徐中行)은 두 사람의 장단점을 파악하여 그 절충
점을 찾았는데 이윽고 경지에 올라 정밀한 사고를 이루었다.

공실(公實) 양유예(梁有譽)는 오랫동안 노력을 기울였고 재주 또한
그에 걸맞았는데 일찍이 우리들과 이별하며 지은 백운(百韻)의 시가
사람들에게 회자되었다. 애석하구나, 시도(詩道)를 깨우친 지 얼마 되
지 않아 중도에 죽었으니 매번 생각할 때마다 신명(神明)이 인재를 꺾
어버린 아픔을 견딜 수 없다.

吾友宗子相, 天姿奇秀, 其詩以氣爲主, 務於勝人, 間有小瑕及遠本
色者, 弗恤也. 吳明卿才不勝宗, 而能求詣實境, 務使首尾勻稱, 宮商諧
律, 情實相配. 子相自謂勝吳, 默已不戰屈矣. 徐子與斠酌二子, 頗得其
中, 已是境地, 精思便達. 梁公實工力故久, 才亦稱之, 嘗爲別余輩詩一
百韻, 膾炙人口. 惜悟汗未幾, 中道摧殞, 每一念之, 不勝戚明絶鍔之痛.

7-16. 종신의 아름다운 시구

자상(子相) 종신(宗臣)이 민중(閩中)에서 자신이 지은 시집 한 권을 내
게 보내주었는데 오언과 칠언의 근체시였다. 내가 그 가운데 아름다운
구절을 뽑아 병풍에 써 놓았으니, 비록 심약(沈約)이 왕균(王筠)의 화려
한 문사를 채택하고 피일휴(皮日休)가 맹호연(孟浩然)의 우수함을 추존
한 것도 이보다는 못할 것이다. 세상에서 옛날과 지금은 서로 미칠 수
없다고 하는데 대단히 어리석은 말로 지식이 있는 자들은 마땅히 분별
해야 한다. 나에게 보낸 것 중에서 좋은 연구(聯句)를 들어본다.

萬里蘼蕪色	만 리에 궁궁이 그립고
秋風一夜深	가을바람에 밤은 깊어가네.[53]

一身詩作癖	이 한 몸 시 짓는 벽이 있으니
萬事酒相捐	만사를 술로 풀어내네.[54]

---

53) 종신(宗臣)의 「문원미병이수(問元美病二首)」 첫 번째 수는 다음과 같다. "倦遊吾
未敢, 抱病爾何心. 萬里蘼蕪色, 秋風一夜深. 長嘯豈不得, 悲歌直至今. 茂陵消渴日,
還聽白頭吟."
54) 종신(宗臣)의 「문원미병이수(問元美病二首)」 두 번째 수는 다음과 같다. "爾已青
雲薄, 誰其白眼偏. 一身詩作癖, 萬事酒相捐. 枕簟疎秋雨, 江山隔暮煙. 登樓知有賦,

枕簟疏秋雨	잠자리는 가을비에 깨고
江山隔暮煙	강산은 저녁 연기에 가려 있네.55)
金山一柱立	금산에 한 기둥이 서 있고
滄海萬波隨	창해에 만파가 뒤따르네.56)
愁來失俯仰	근심에 생각을 잊고
書去畏江河	쓰면서 강하를 두려워하네.57)
屢書心盡折	여러 편지에 마음은 산산조각 나고
一字眼堪枯	한 글자마다 눈은 메말라버렸네.58)
袖中芳草寒相負	소매 안의 방초는 추위에 시들고
馬首梅花春自憐	말머리 매화는 봄날에 아름답네.59)
孤角千家滄海戍	천가의 외론 뿔피리 창해의 수자리에 들려오고

莫向衆人傳."

55) 종신(宗臣) 위의 작품에 보인다.

56) 종신(宗臣)의 「원미강상지약미득거부창연유사이수(元美有江上之約未得遽赴悵然有思二首)」는 다음과 같다. "亦自悲春暮, 居然負所期. 金山一柱立, 滄海萬波隨. 征鴈群群急, 浮雲日日吹. 淹留吾有待, 吾愛桂花枝."

57) 종신(宗臣)의 「오중병란기원미육수(吳中兵亂寄元美六首)」 다섯 번째 수는 다음과 같다. "傳檄紛天地, 徵兵到薜蘿. 愁來失俯仰, 書去畏江河. 痛哭千村暮, 橫行萬騎多. 滄洲狂客在, 應悔罷鳴珂."

58) 종신(宗臣)의 「득원미서(得元美書)」는 다음과 같다. "使者春何往, 吾徒日轉孤. 屢書心盡折, 一字眼堪枯, 未測皇天意, 其如壯士圖. 自知寒色甚, 不敢怨明珠."

59) 종신(宗臣)의 「대원미불지(待元美不至)」는 다음과 같다. "塞上音書胡不傳, 遲君明月幾嬋娟. 袖中芳草寒相負, 馬首梅花春自憐. 孤角千家滄海戍, 故人雙鬢薊門烟. 褰帷莫訝星辰亂, 知我行吟入斗邊."

故人雙鬢薊門煙　　노인의 살쩍은 계문의 연기에 희어지네.60)

보낸 책에 실리지 않은 다른 작품을 들어본다.

開尊銷夜燭　　술동이 열며 밤의 촛불 녹이고
聽雨長春蔬　　빗소리 들으며 봄날 채소는 자라네.61)

爾輩甘雲臥　　너희는 구름에 누운 것 달게 여기라
吾生豈陸沉　　나의 생이 어찌 불우하랴.62)

宦情疏病後　　벼슬 생각 병든 뒤 사그라지니
世事得愁先　　세상일은 근심이 앞서네.63)

青山移病遠　　청산은 병 때문에 멀어지는데
白雁寄書輕　　흰기러기는 편지 가볍게 전하네.64)

忽雨新楓橘　　소나기에 단풍과 귤나무 산뜻하고

---

60) 종신(宗臣) 위의 작품에 보인다.

61) 종신(宗臣)의 「기회향원유호오수(寄懷鄉園游好五首)」 두 번째 수는 다음과 같다.
"最憶論心者, 乾坤一草廬. 開尊銷夜燭, 聽雨長春蔬. 作客殊寒暑, 憑誰共起居. 翩翩
北來鴈, 似有故人書."

62) 종신(宗臣)의 「기회향원유호오수(寄懷鄉園游好五首)」 다섯 번째 수는 다음과 같
다. "貧賤有情在, 風塵一病深. 向人歌白雪, 畏路失黃金. 爾輩甘雲臥, 吾生肯陸沈. 故
園松菊在, 早晩問投簪."

63) 종신(宗臣)의 「병중답오명경증이수(病中答吳明卿見贈二首)」 두 번째 수는 다음
과 같다. "伏枕花頻改, 登樓月乍圓. 宦情踈病後, 世事得愁先. 才已金門隱, 名非白雪
傳. 新詩酬偃蹇, 三嘆暮雲前."

64) 종신(宗臣)의 「답주명부(答周明府)」는 다음과 같다. "相望一江暮, 難期對月明. 青
山移病遠, 白鴈繫書輕. 天地看喬鳥, 兵戈阻漢纓. 秋風散麋鹿, 憶爾闔閭城."

如雲長蕨薇　　　지나가는 구름에 고사리는 자라네.[65]

江樹低從密　　　강가 나무는 드리워 빽빽하고
溪流曲更分　　　계곡 물은 굽이졌다가 나뉘네.[66]

雨氣千江入　　　비는 천 강으로 흘러들고
秋聲萬木多　　　가을 소리는 만 나무에서 들리네.[67]

日落中原紫　　　해 지니 들판은 자주색이고
天高北斗垂　　　하늘 높으니 북두 드리웠네.[68]

夜立殘砧杵　　　밤에 서성이니 다듬이 소리 잦아들고
園行久薜蘿　　　뜰에 노니니 벽라는 무성하네. [69]

江平低雁翼　　　강은 평평하니 기러기 낮게 날고
潮落進漁竿　　　조수가 밀려가니 어부 낚싯대 드리우네.[70]

---

65) 종신(宗臣)의 「유객(有客)」은 다음과 같다. “豈亦沈淪者, 頻來問釣磯. 靑天雙鳥
去, 白髮一漁歸. 忽雨新楓橘, 如雲長蕨薇. 山花似留客, 隨處傍人衣.”

66) 종신(宗臣)의 「백마호범주삼수(白馬湖泛舟三首)」 세 번째 수는 다음과 같다. “靑
蘿堪作服, 白鹿遂爲群. 江樹低從密, 溪流曲更分. 停盃生桂月, 掃石起松雲. 徙倚悲歌
去, 翩翩向紫氛.”

67) 종신(宗臣)의 「우후야침이장지이수(雨夜沈二丈至二首)」 첫 번째 수는 다음과 같
다. “榻有何人下, 君能此夜過. 寒蟬吳客賦, 衰鳳楚狂歌. 雨氣千江入, 秋聲萬木多. 明
朝寒浦望, 搖落有漁蓑.”

68) 종신(宗臣)의 「진정(進艇)」은 다음과 같다. “白苧聞歌好, 滄波進艇遲. 暮雲殘薜
荔, 秋水失鸕鷀. 日落中原紫, 天高北斗垂. 梅花已零亂, 玉笛莫頻吹.”

69) 종신(宗臣)의 「간육자화이수(簡陸子和二首)」 첫 번째 수는 다음과 같다. “歲月仍
吾病, 風塵奈爾何. 靑天應自問, 白雪向誰歌. 夜立殘砧杵, 園行久薜蘿. 相逢恨咫尺,
況乃隔江河.”

星河雙杵夕　　　다듬이 소리 은하에 울리는 저녁
風雨七陵秋　　　일곱 능에 비바람 들이치는 가을.71)

戰伐乾坤色　　　천지에 가득한 전쟁의 기운
安危將相功　　　장상의 공에 안위 달렸네.72)

白雪孤調世　　　백설부 외로이 노래하는 세상
黃金巧識人　　　황금을 공교롭게 짜는 사람.73)

種橘開新溜　　　귤나무 심어 새로 물을 대고
尋芝數落霞　　　지초 찾아 지는 노을 자주 헤매네.74)

生難看白髮　　　살아서 백발을 보기 어려우니
死豈負青山　　　죽어서 어찌 청산을 저버리랴.75)

---

70) 종신(宗臣)의 「간육자화이수(簡陸子和二首)」 두 번째 수는 다음과 같다. "握手朱
明過, 驚心白露薄. 江平低鴈翼, 潮落進漁竿. 野色藤蕪淨, 秋聲蟋蟀寒. 相思對新月,
疑在異鄕看."

71) 종신(宗臣)의 「문여보덕병이수(問余德甫病二首)」 두 번째 수는 다음과 같다. "獨
憐靑桂侶, 高臥白雲樓. 見爾能稱病, 何人肯倦遊. 星河雙杵夕, 風雨七陵秋. 且莫歌芝
曲, 商山不易求."

72) 종신(宗臣)의 「답명경급사(答明卿給事)」 첫 번째 수는 다음과 같다. "世事憑誰
問, 浮生得爾同. 有心俱欲折, 無路不歸窮. 戰伐乾坤色, 安危將相功. 君看鳴玉者,
楚楚日華東."

73) 종신(宗臣)의 「답명경급사(答明卿給事)」 두 번째 수는 다음과 같다. "蕭然雙鬢短,
莽矣百憂新. 白雪孤調世, 黃金巧識人. 勢應駭積羽, 心或急批鱗. 遂恐風塵色, 難圖蘿
薜身."

74) 종신(宗臣)의 「동고은거위자여존인부(東臯隱居爲子與尊人賦)」 첫 번째 수는 다
음과 같다. "一逕斜臨水, 長汀曲抱沙. 古來鴻鵠侶, 雪上白雲家. 種橘開新溜, 尋芝數
落霞. 武陵溪不遠, 石壁有桃花."

75) 종신(宗臣)의 「곡양공실십수(哭梁公實十首)」 아홉 번째 수는 다음과 같다. "漢省

誰家羌笛吹明月　　어느 집서 밝은 달 밤 강적을 부나

無數梅花落早春　　무수한 매화는 이른 봄에 지는구나.76)

愁邊鴻雁中原去　　시름겨운 기러기는 중원으로 가고

眼底龍蛇畏路多　　눈 아래 용과 뱀에 길을 매우 두려워하네.77)

衝泥匹馬時時立　　진창 내달리는 필마는 때때로 서고

入座寒雲片片孤　　자리에 스며드는 찬 구름은 조각조각 외롭네.78)

絶壁晝開風雨色　　절벽에 비바람이 낮에 개고

斷虹秋掛薛蘿長　　잘린 무지개는 기다란 벽라에 가을날 걸렸네.79)

뛰어난 결구(結句)는 다음과 같다.

登樓知有賦　　　　누대 올라 시를 지을 줄 알아도

空題柱, 文園早閉關. **生難看白髮, 死豈負靑山.** 天柱浮雲色, 茫茫去不還. 肯思黃石侶, 萬一到人間."

76) 종신(宗臣)의 「춘일(春日)」은 다음과 같다. "帝里頻看柳色新, 那能金馬坐沈淪. **誰家羌笛吹明月, 無數梅花落早春.** 群盜烽烟時更急, 五陵冠蓋日相親. 故園歲事滄江上, 腸斷孤舟起釣綸."

77) 종신(宗臣)의 「제전전유중야지(除前錢惟重夜至)」는 다음과 같다. "朔雪千門擁騎過, 西風搖落龍鳴珂. **愁邊鴻鴈中原去, 眼底龍蛇畏路多.** 關塞豈無邊馬策, 江湖眞負楚漁歌. 衣裳歲暮吾將換, 好與靑山長薛蘿."

78) 종신(宗臣)의 「대설(大雪)」은 다음과 같다. "一夜西風吹大都, 相逢朔雪滿長衢. **衝泥匹馬時時立, 入座寒雲片片孤.** 萬里長途驚白髮, 千山一望斷蒼梧. 可憐漢卒無衣者, 猶自持戈拂曼胡."

79) 종신(宗臣)의 「등관음산(登觀音山)」은 다음과 같다. "一上孤峯破大荒, 吳山楚水共蒼茫. 雲間棟宇垂天渚, 江上鼉鼉吹石梁. **絶壁晝開風雨色, 斷虹秋掛薛蘿長.** 吾將從此尋瑤草, 黃鵠天風好共翔."

莫向衆人傳　　　많은 사람 향해 전하지 마시라.80)

浮生同遠近　　　떠도는 인생은 원근이 같으니
斟酌向鸕鶿　　　가마우지 향하여 술을 따르네.81)

泰陵千古淚　　　태릉의 천고의 눈물로
一灑翠華東　　　동쪽 천자 깃발을 한번 씻으리.82)

吾將付風雨　　　내 장차 풍우를 주리니
片片作龍鱗　　　조각조각 용의 비늘 만들라.83)【죽순을 읊다】

自知寒色甚　　　스스로 차가운 빛 심한 줄 아니
不敢怨明珠　　　감히 명주를 원망하지 않네.84)

薊門舊侶能相憶　　계문의 옛 동료는 나를 기억하는가
八月雙鴻起太湖　　8월 쌍 기러기가 태호에서 날아오르네.85)

---

80) 종신(宗臣)의 「문원미병이수(問元美病二首)」 두 번째 수는 다음과 같다. "爾已靑
雲薄, 誰其白眼偏. 一身詩作僻, 萬事酒相捐. 枕簟疎秋雨, 江山隔暮煙. <u>登樓知有賦,
莫向衆人傳.</u>"

81) 종신(宗臣)의 「오중병란기원미(吳中兵亂寄元美)」 네 번째 수는 다음과 같다. "不
盡黃塵起, 重驚赤羽馳. 無書問消息, 有淚到瘡痍. 家國愁兼入, 行藏事可疑. <u>浮生同遠
近, 斟酌向鸕鶿.</u>"

82) 종신(宗臣)의 「상릉배사이수(山陵陪祀二首)」는 다음과 같다. "石馬鳴何日, 金鳧起
別宮. 關山不改色, 天地自相雄. 惆悵君臣禮, 凄涼歲序同. <u>泰陵千古淚, 一灑翠華東.</u>"

83) 종신(宗臣)의 「명경댁동원미분부득석상순(明卿宅同元美分賦得席上笋)」은 다음
과 같다. "二月破雲根, 千行碧玉新. 湘痕知有日, 孟泣豈玆辰. 酒對殊方夕, 盤留故國
春. <u>吾將付風雨, 片片作龍鱗.</u>"

84) 종신(宗臣)의 「득원미서(得元美書)」는 다음과 같다. "使者春何往, 吾徒日轉孤. 屢
書心盡折, 一字眼堪枯. 未測皇天意, 其如壯士圖. <u>自知寒色甚, 不敢怨明珠.</u>"

衣裳歲暮吾將換　　세모에 옷을 내 갈아입으리

好與靑山長薜蘿　　청산의 긴 벽라와 짝할 것이니.86)

浮生轉覺江湖窄　　떠돌이 인생에 강호가 좁은 줄 알겠노니

難把衣裳任芰荷　　기하의 옷을87) 입을 수 없네.88)

醉來偃蹇三湘裏　　술 취해 삼상에 누워 있는데

更是何人白雪篇　　어떤 사람이 백설부를 읊조리나.89)

江門十里垂楊色　　강문 십리에 수양이 짙어 가니

莫把時名負釣綸　　명성 때문에 낚시 드리움 저버리지 마시라.90)

　　다듬은 말과 빼어난 말의 높은 곳은 왕유(王維)와 맹호연(孟浩然)에
필적하고 낮은 곳도 전기(錢起)와 유장경(劉長卿) 수준은 된다.

---

85) 종신(宗臣)의 「송웅수지태창인변성근(送熊守之太倉因便省觀)」은 다음과 같다.
　　"羨爾新分刺史符, 南方千騎亂平蕪. 瀟湘天闊春歸楚, 震澤風高曉入吳. 父老幾年憂戰
　　伐, 使君到日問樵蘇. 薊門舊侶能相憶, 八月雙鴻起太湖."

86) 종신(宗臣)의 「제전전유중야지(除前錢惟重夜至)」는 다음과 같다. "朔雪千門擁騎
　　過, 西風搖落罷鳴珂. 愁邊鴻鴈中原去, 眼底龍蛇畏路多. 關塞豈無邊馬策, 江湖眞負
　　楚漁歌. 衣裳歲暮吾將換, 好與靑山長薜蘿."

87) 기하(芰荷)의 옷 : 은자(隱者)가 입는 옷을 가리킨다.

88) 종신(宗臣)의 「춘흥팔수(春興八首)」 여덟 번째 수는 다음과 같다. "司馬提兵夜渡
　　河, 羽林諸將擁雕戈. 靑山一戰殘鼙鼓, 落日千家泣綺羅. 盜賊似聞皆壯語, 東南何地
　　不哀歌. 浮生轉覺江湖窄, 難把衣裳任芰荷."

89) 종신(宗臣)의 「조춘기명경사인(早春寄明卿舍人)」은 다음과 같다. "湖北湖南春氣
　　鮮, 渚鷗沙鷺何翩翩. 梅花千嶂暮不落, 芳草雙江寒可憐. 漢使近持金馬節, 楚漁難別
　　洞庭船. 醉來偃蹇三湘裏, 更是何人白雪篇."

90) 종신(宗臣)의 「석상동명경(席上同明卿)」은 다음과 같다. "二月逢君帝里塵, 一尊
　　且爲駐征輪. 長卿白璧誰留趙, 季子黃金又去秦. 短劍不開閶闔雨, 孤舟猶及廣陵春.
　　江門十里垂楊色, 莫把時名負釣綸."

子相自閩中手一編遺餘, 乃五七言近體, 予摘其佳句書之屛間, 雖沈
侯采王筠之華, 皮生推浩然之秀, 不是過也. 世言古今不相及, 殊瞋瞋,
有識者當辨之耳. 中聯寄贈予者, 如萬裏蘿燕色, 秋風一夜深, 又一身詩
作癖, 萬事酒相捐, 枕簟疏秋雨, 江山隔暮煙, 又金山一柱立, 滄海萬波
隨, 又愁來失俯仰, 書去畏江河, 又屢書心盡折, 一字眼堪枯, 又袖中芳
草寒相負, 馬首梅花春自憐, 孤角千家滄海戍, 故人雙鬢薊門煙. 他作如
開尊銷夜燭, 聽雨長春蔬, 又爾輩甘雲臥, 吾生豈陸沉, 又宦情疏病後,
世事得愁先, 又靑山移病遠, 白雁寄書輕, 又忽雨新楓橘, 如雲長蕨薇,
又江樹低從密, 溪流曲更分, 又雨氣千江入, 秋聲萬木多, 又日落中原
紫, 天高北斗垂, 又夜立殘砧杵, 圍行久薛蘿, 又江平低雁翼, 潮落進漁
竿, 又星河雙杵夕, 風雨七陵秋, 又戰伐乾坤色, 安危將相功, 又白雪孤
調世, 黃金巧識人, 又種橘開新溜, 尋芝數落霞, 又生難看白髮, 死豈負
靑山, 又誰家羌笛吹明月, 無數梅花落早春, 又愁邊鴻雁中原去, 眼底龍
蛇畏路多, 又衝泥匹馬時時立, 入座寒雲片片孤, 又絶壁畫開風雨色, 斷
虹秋掛薛蘿長. 結句如登樓知有賦, 莫向衆人傳, 又浮生同遠近, 斟酌向
鷗鷺, 又泰陵千古淚, 一灑翠華東, 又吾將付風雨, 片片作龍鱗. 【賦筍】
又自知寒色甚, 不敢怨明珠, 又薊門舊侶能相憶, 八月雙鴻起太湖, 又衣
裳歲暮吾將換, 好與靑山長薛蘿, 又浮生轉覺江湖窄, 難把衣裳任芸荷,
又醉來偃蹇三湘裏, 更是何人白雪篇, 又江門十里垂楊色, 莫把時名負
釣綸, 精言秀語, 高處可掩王孟, 下亦不失錢劉.

7-17. 사진의 시작품

무진(茂秦) 사진(謝榛)[91]이 조목왕(趙穆王) 주상청(朱常淸)의 막하에
있을 때 일찍이 문민(文敏) 최선(崔銑)을 알현한 적이 있었는데, 최선은

시를 지어 사진에게 주었다. 그 뒤에 차편(次楩) 노남(盧柟)을 구제하
고 북쪽으로 연(燕) 지역에 유람 갔는데, 그때 심혈을 기울려 시를 지
어 마침내 일가를 이루게 되었다. 「유하효발(楡河曉發)」의 "바람은 만
마리 말 사이로 불어오네.[風生萬馬間]"란 구절과[92] 「송왕시어안하남
(送王侍御按河南)」의 "말이 황하 건너면 봄풀이 돋아나겠지.[馬渡黃河春草
生]"란 구절은[93] 모두 아름다운 의경(意境)이다. 작품의 안배나 성률의
조화는 한 시절 최고였다. 다만 흥치를 일으킨 것이 약간 부족하고 작
품의 변화도 적은 편이다. 내가 생각하기로는, 사진의 칠언시는 오언
시만 못하고 절구는 율시만 못하며 고체는 절구만 못한 것 같다. 또
정불식(程不識)[94]이 병사를 다스리는데 그 대오를 엄격하게 하려고 조
두(刁斗)[95]를 때때로 쳤지만 즐겁게 따르고자 하는 기운이 적은 경우
와 같다고 생각된다.

謝茂秦曳裾趙藩, 嘗謁崔文敏銑, 崔有詩贈之. 後以救盧次楩, 北游
燕, 刻意吟詠, 遂成一家. 句如風生萬馬間, 又馬渡黃河春草生, 皆佳境
也. 其排比聲偶, 爲一時之最, 第興寄小薄, 變化差少. 僕嘗謂其七言不

---

91) 사진(謝榛, 1495~1575) : 명대(明代) 포의시인(布衣詩人)으로, 자는 무진(茂秦),
    호는 사명산인(四溟山人)이다.
92) 사진(謝榛)의 「유하효발(楡河曉發)」은 다음과 같다. "朝暉開衆山, 遙見居庸關. 雲
    出三邊外, 風生萬馬間, 征塵何日靜, 古戍幾人間. 忽憶棄繻客, 空慙旅鬢斑."
93) 사진(謝榛)의 「송왕시어안하남(送王侍御按河南)」은 다음과 같다. "塞上初歸復此
    行, 燕南極目送飛旌. 天連嵩嶽寒雲盡, 馬渡黃河春草生, 簪筆常思未央殿, 封
    章時發大梁城. 知君最愛應劉賦, 更向西園一寄聲."
94) 정불식(程不識) : 전한(前漢) 때 변방에서 활약했던 명장(名將)이다. 문제(文帝)
    때에 이광(李廣)과 함께 변방의 태수로서 흉노를 공격했는데, 출동할 때 이광과는
    달리 군대를 엄중하게 통솔했다고 한다.
95) 조두(刁斗) : 낮에는 취사 용구로 쓰다가 밤이 되면 순라(巡邏)를 돌면서 치는
    군대의 기물(器物)로, 구리로 되어 있다.

如五言, 絶句不如律, 古體不如絶句, 又謂如程不識兵, 部伍肅然, 刁斗
時撃, 而寡樂用之氣.

7-18. 유윤문의 시작품

나는 이전에 차편(次楩) 노남(盧柟)과 중울(仲蔚) 유윤문(俞允文) 및 무
진(茂秦) 사진(謝榛)의 문집을 모아 출간한 적이 있다. 노남의 부(賦)와
유윤문의 오언고시, 사진의 근체시를 뽑아서 한 권으로 엮은 것이었
다. 그래서 가행(歌行)의 작품은 없었고 절구 또한 적었다. 유윤문이
「보검편(寶劍篇)」이란 작품을 지었는데, 그 가운데 "천하의 모든 일이
평온하게 된다면, 상자 속에서 천 년 동안 죽어 있어도 아깝지 않으
리.[海內嘗令萬事平, 匣中不惜千年死.]"란 구절이 있는데, 이와 같은 말은
또한 쉽게 얻을 수 없다.

吾嘗合刻盧次楩俞仲蔚及茂秦集, 蓋取次楩騷賦, 俞五言古, 謝近體
爲一耳. 然歌行旣乏, 絶句亦少. 俞嘗有寶劍篇, 中云, 海內嘗令萬事平,
匣中不惜千年死. 如此語亦不可多得.

7-19. 서중행과 오국륜의 시

자여(子與) 서중행(徐中行)96)은 각 시체(詩體)에 뛰어나지 않음이 없
었고 명경(明卿) 오국륜(吳國倫)97)은 자신만의 시세계가 있었다.

---

96) 서중행(徐中行, 1517~1578) : 명대 문학가로 자는 자여(子輿)·자여(子輿), 호는
　　용만(龍灣)이다.
97) 오국륜(吳國倫, 1524~1593) : 명대 문학가로, 자는 명경(明卿), 호는 천루자(川

徐子與之於各體, 無所不工. 明卿乃有獨至.

7-20. 이반룡의 문장

우린 이반룡의 문장은 한 마디도 한(漢)나라 이후의 말이 없고 또한
한 글자도 한나라 이전의 글에서 나오지 않은 것이 없다. 이반룡 자신
이 쓴 「고악부서(古樂府敍)」에서 "고악부를 헤아려 그것을 근간으로 삼
아 이로써 변화를 이루었다."고 한 것이나 "날마다 새롭게 하는 것이
성덕(盛德)이다."라고 한 언급이 또한 이러한 의도에서 비롯된 것이다.
그러나 고악부를 헤아려 그것을 근간으로 삼고 거기에서 실마리를 찾
아 날마다 새로워지기를 바란 것에 있어서는 조금은 미진한 부분이
있다. 그런데 세상 사람들은 사소한 것들을 들추어 이를 심하게 헐뜯
으니, 이것은 옛사람을 비방하는 것과 같다.

李于鱗文, 無一語作漢以後, 亦無一字不出漢以前. 其自敍樂府云,
擬議以成其變化. 又云, 日新之謂盛德. 亦此意也. 若尋端議擬以求日
新, 則不能無微憾, 世之君子, 乃欲淺摘而痛訾之, 是訾古人矣.

7-21. 이반룡과 왕도곤의 문장

문장이 번잡하지만 법도가 있고 또 굴곡이 있지만 자연스러운 사람
으로는 우린 이반룡이 있다. 문장이 간결하면서도 법도가 있으며 또
한 운치가 있는 사람으로는 백옥(伯玉) 왕도곤(汪道昆)[98]이 있다.

樓子)·유초산인(惟楚山人)·남악산인(南岳山人)이다.
98) 왕도곤(汪道昆, 1525~1593) : 명대 문학가로, 자는 백옥(伯玉), 호는 남명(南

文繁而法, 且有委, 吾得其人曰李于鱗. 簡而法, 且有致, 吾得其人曰汪伯玉.

7-22. 왕세정의 「만흥」

내가 예전 「만흥(漫興)」이란 작품 열 수를 지었는데, 그 첫 번째 작품은 다음과 같다.

野夫興到不復刪	촌사람 흥이 일면 흥을 만끽하노니
大海回風生紫瀾	바다에 회오리바람 불어 붉은 물결 인다.
欲問濟南奇絕處	제남 땅 경치 좋은 곳을 묻는다면
峨眉天半雪中看	하늘에 솟은 아미산을 눈 속에 보는 것.

아, 이 작품의 의미가 너무 아득하여 그 의미를 이해하는 사람이 없구나.

余嘗有漫興十絕, 其一云, 野夫興到不復刪, 大海回風生紫瀾. 欲問濟南奇絕處, 峨眉天半雪中看. 於乎, 此義邈矣, 寥寥誰解者.

7-23. 유희삼매(游戲三昧)의 경지

우린 이반룡이 자여(子與) 서중행(徐中行)에게 보낸 편지에서 다음과 같이 말했다.

溟) · 태함(太函)이다.

"전경(殿卿) 허방재(許邦才)의 『해우창화집(海右唱和集)』의 서문을 아무개 중위(中尉)에게 부탁해서 서문을 받았는데, 나는 그 서문을 불구덩이 속에 버리고 싶네. 주공하(周公瑕) 또한 그렇게 하는 것이 좋겠다고 했네. 그런데 이미 지난 일이라, 그 서문이 이 세상에 전해지는 것을 막을 수 없네. 그러나 지자(智者)를 속일 수 없는 법이니, 또한 다만 그대로 두어야겠네."

예전 정백(楨伯) 구대임(歐大任)이 바닷가에 있는 나를 방문하고서는 다음과 같이 말했다.

"우린 이반룡이 근래 지은 「과일국위원정부시(過一國尉園亭賦詩)」의 마지막 구절에서 '사마상여의 자는 장경이네.[司馬相如字長卿]'라 했는데,[99] 이에 대해서 아무개가 '비루하여 시어가 되지 못하는데도 헛된 명성만을 얻은 것이라.'라고 했네."

이것이 바로 유희삼매(游戲三昧)[100]이니, 어리석은 듯하면서도 어리석지 않고 졸렬한 듯하면서도 졸렬하지 않으며 공교로운 것 같으면서도 공교롭지 않은 경지이다. 다만 유희삼매의 법은 모의(模擬)하는데 힘 쏟지 않을 뿐이다. 이반룡이 그 서문을 불태워버리고자 한 것은 확실히 옳은 판단이었다.

于鱗與子與書云, 許殿卿海右集屬某中尉爲序, 不侫甞欲畀諸炎火,

---

99) 이반룡(李攀龍)의 「근중위원정(勤中尉園亭)」은 다음과 같다. "分竹穿苔暑自平, 披襟小閣坐來淸. 使君河上浮槎興, 公子夷門結轡情. 自有明珠堪照乘, 豈無佳色解傾城. 時人若問游梁客, 司馬相如字長卿."

100) 유희삼매(游戲三昧) : 본래 불교어(佛敎語)로 의도한 대로 자유롭게 응하며 막힘이 없는 것을 이른다. 뒤에 초월한 경계를 의미하는 말로 쓰였다.

乃周公瑕亦曰是. 旣已, 不能禁其傳, 然不可以欺智者, 亦唯任之. 昨歐
楨伯訪海上云, 某謂于鱗近過一國尉園亭賦詩, 落句云司馬相如字長卿,
鄙不成語乃爾, 定虛得名耳. 此正是游戱三昧, 似稚非稚, 似拙非拙, 似
巧非巧, 不損大家, 特此法無勞模擬耳. 于鱗之欲焚某序, 的然不錯也.

7-24. 이반룡의 『고금시산』

우린 이반룡의 재주는 비길 만한 고인(古人)이 없다고 할 만하지만,
작품을 비평함에 있어서는 또한 의도하는 바가 없다고 할 수 없다. 내
가 이반룡의 『고금시산(古今詩刪)』에 서문을 썼는데, 서문에서 "우린
이반룡이 경솔하게 옛사람의 작품을 빠트린 것이 간혹 있다. 그러나
이반룡이 격조(格調)를 버리고 경솔하게 옛사람의 작품을 실은 것은
전혀 없다."라 했다. 이 말이 비록 이반룡을 위해 오해의 소지를 풀어
준 것이지만 또한 큰 틀에서 보자면 실제 그렇다.

于鱗才, 可謂前無古人, 至於裁鑒, 亦不能無意向. 余爲其古今詩刪
序云, 令于鱗而輕退古之作者, 間有之. 于鱗舍格而輕進古之作者, 則無
是也. 此語雖爲于鱗解紛, 然亦大是實錄.

7-25. 이반룡의 선집

처음 우린 이반룡이 명나라 시를 선집한 것을 보고서 나는 '이와 같
다면, 어떻게 당음(唐音)을 고쳐시킬 수 있겠는가?'라고 생각했다. 또
이반룡이 당나라 시를 선집한 것을 보고 '어떻게 소명태자의 『문선(文
選)』을 포괄할 수 있겠는가?'라고 했으며, 옛『문선』을 선집한 것을 보

고서는 '어떻게 『시경(詩經)』의 풍아(風雅)를 이을 수[101] 있겠는가?'라 생각했다. 더구나 진사왕(陳思王) 조식(曹植)의 「증백마(贈白馬)」란 작품과 두보(杜甫)와 이백(李白)의 가행(歌行)이 또한 선집되지 않는 것이 많다. 이른바 영웅이 사람을 속인다는 말을 믿지 않을 수 있겠는가.

始見于鱗選明詩, 余謂如此何以鼓吹唐音. 及見唐詩, 謂何以衿裾古選. 及見古選, 謂何以箕裘風雅. 乃至陳思贈白馬, 杜陵李白歌行, 亦多棄擲. 豈所謂英雄欺人, 不可盡信耶.

7-26. 이반룡의 일화

우린 이반룡이 안찰부사(按察副使)가 되었다가 섬서(陝西)의 학문을 주관하게 되었는데, 그 고을 사람 은(殷) 아무개가 순무사(巡撫使)[102]가 되어 섬서에 왔다. 은 아무개는 가혹한 다스림으로 이름나 있었는데, 순무사로 오게 되자 더욱 오만하여 예의가 없었다. 일찍이 은 아무개가 이반룡에게 어른께 올리는 편지나 송행서(送行序) 등의 글을 억지로 대신 쓰게 하니 이반룡이 이를 좋아하지 않았다. 마침내 이반룡이 병을 핑계로 돌아가기를 바라니, 은 아무개는 머물러 달라고 간청했다. 이반룡이 은 아무개에게 가서 거절하면서 이에 청하기를 "대

---

101) 이을 수 : '기구(箕裘)'는 키와 가죽옷이라는 뜻으로, 가업(家業)을 비유하는 말이다. 『예기(禮記)』「학기(學記)」의 "훌륭한 대장장이의 아들은 아비의 일을 본받아 응용해서 가죽옷 만드는 것을 익히게 마련이고, 활을 잘 만드는 궁장(弓匠)의 아들은 아비의 일을 본받아 응용해서 키 만드는 것을 익히게 마련이다.[良冶之子, 必學爲裘. 良弓之子, 必學爲箕.]"라는 말에서 유래한 것이다.

102) 순무사 : 명대(明代)에 임시로 지방에 파견하여 민정·군정을 순시하던 대신을 말한다.

감은[103] 나를 낮은 관리로 대하여 명을 내리니, 그렇게 하지 않고 편지로 글을 대신 써달라고 부탁을 해도 대신 글을 써 줄 수 있습니다. 강제로 쓰라는 명령을 내리지 않았으면 좋겠습니다."라고 했다. 은 아무개가 놀라 일어나 자신의 잘못을 사죄하고서는 글을 대신 써 달라고 부탁하면 명함을 보내 정중하게 부탁했다. 시간이 지나자 다시 강제로 글을 쓰게 하니, 이반룡이 화를 내면서 "저 사람이 어찌 나를 관직에서 두 번이나 떠나게 하는가."라 했다. 곧바로 소장을 올려 벼슬 그만두기를 바랐는데, 황제의 비답이 내려오기를 기다리지 않고 마침내 고향으로 돌아갔다. 이부에서도 이 일을 애석하게 생각해 하경명(何景明)에게 했던 것처럼 병을 조리하라고 허락했으며 병이 나으면 다시 벼슬에 나오게 하려고 했으니 대단한 성은(聖恩)이었다.

그러나 이반룡은 고향으로 돌아가서는 두문불출했다. 양대(兩臺)의 감사 등이 이반룡을 보고자 했지만 볼 수 없었다. 떠나면서 또한 사직한다는 보고도 하지 않았기에, 이때부터 이반룡은 거만하다는 소리를 듣게 되었다.

또 일찍이 「핍제과우사수촌강산인동부(逼除過右史水村江山人同賦)」란 작품을 지었는데, 그 가운데 다음과 같은 구절이 있다.[104]

---

103) 대감 : '대하(臺下)'는 상대에 대한 경칭(敬稱)이다.

104) 이반룡(李攀龍)의 「핍제과우사수촌강산인동부(逼除過右史水村江山人同賦)」는 다음과 같다. "夜來北渚北風急, 打頭雪花大如笠. 片紙東飛右史書, 詰朝小作湖中集. 到門白鳥出高巢, 繫馬南山迸人入. 使君亭午未解醒, 肅客登筵一長揖. 地僻兼無俗子妨, 樽空況有鄰家給. **意氣還須我董看, 功名但任兒曹立.** 瞥眼旋驚青歲徂, 沾脣莫放金杯澁. 世上悠悠已自諳, 即今不飲嗟何及. 醉聽楚調起寒雲, 綵筆憑陵朱絲濕. 平生多少伯牙心, 此日因之寄篇什."

意氣還從我輩生　　의기는 오히려 우리들에게서 나왔지만

功名且付兒曹立　　공명은 너희들에게 붙는구나.

여러 사람들이 이 소리를 듣고 이반룡을 존경하는 마음이 생기게
되었다.

于鱗爲按察副使, 視陝西學, 而鄕人殷者來巡撫. 殷以刻覈名, 尤傲
而無禮. 嘗下檄于鱗代撰奠章及送行序, 于鱗不樂, 移病乞歸, 殷固留
之. 入謝, 乃請曰, 臺下但以一介來命, 不則尺蹏見屬, 無不應者, 似不
必檄也. 殷愕然起謝過, 有所屬撰, 以名刺往. 而久之復移檄, 于鱗恚曰,
彼豈以我重去官耶. 卽上疏乞休, 不待報竟歸. 吏部惜之, 用何景明例,
許養疾, 疾愈起用, 蓋異數也. 于鱗歸杜門, 自兩臺監司以下請見不得.
去亦無所報謝, 以是得簡倨聲. 又嘗爲詩, 有云, 意氣還從我輩生, 功名
且付兒曹立. 諸公聞之, 有欲甘心者矣.

7-27. 이반룡의 임탄(任誕)

우린 이반룡이 하루는 술을 마시다가 나를 보고 웃으며 "세상에는
진실로 서로 짝이 없는 경우가 없으니, 공자(孔子)의 경우에는 반드시
좌구명(左丘明)이 짝이 될 만하겠지."라 했다. 나는 응대하지 않고 다
만 째려보았다. 그러니 이반룡이 갑자기 "내가 잘못했네. 공자라면
반드시 노자(老子)와 짝이 되어야겠지."라 했다. 이반룡이 제멋대로인
것이 이와 같았다.

于鱗一日酒間, 顧余而笑曰, 世固無無偶者, 有仲尼, 則必有左丘明.

余不答, 第目攝之. 遽曰, 吾誤矣. 有仲尼, 則必有老聃耳. 其自任誕
如此.

7-28. 이반룡의 용사(用事)

우린 이반룡이 예전에 주사공(朱司空)을 위해 「상주대사공(上朱大司
空)」이란 작품을 지었는데, 그 가운데 다음과 같은 구절이 있다.[105]

春流無恙桃花水　　봄물은 예전처럼 도화수요
秋色依然瓠子宮　　가을빛은 여전히 호자궁이네.

이 작품의 의미를 제대로 알지 못하는 사람들은 이 구절에 대해 앞
구절은 너무 가볍고 뒤 구절은 무게감이 있다고 여겼다. 그러나 내가
보기에는, '삼월수(三月水)'를 바로 '도화수'라고 했다면 너무 잘못된
것이 되지만, 이 연(聯)은 대우가 정밀할 뿐만 아니라 용사(用事)을 운
용한 묘미를 이루다 말할 수 없다.

감인(闞駰)은 『구주기(九州記)』에서 물에 대해 다음과 같이 말했다.

"정월은 해빙수(解凍水), 2월은 백빈수(白蘋水), 3월은 도화수(桃花
水), 4월은 과만수(瓜蔓水), 5월은 맥황수(麥黃水), 6월은 산반수(山礬
水), 7월은 두화수(豆花水), 8월은 적묘수(荻苗水), 9월은 상강수(霜降
水), 10월은 후조수(後槽水), 11월은 주릉수(走凌水), 12월은 축릉수(蹙
凌水)이다."

---

105) 이반룡(李攀龍)의 「상주대사공(上朱大司空)」은 다음과 같다. "河隄使者大司空,
無領中丞節制同. 轉餉千年軍國壯, 朝宗萬里帝圖雄. 春流無恙桃花水, 秋色依然瓠子
宮. 太史但裁溝洫志, 丈人何減漢臣風."

于鱗嘗爲朱司空賦新河詩, 中一聯曰, 春流無恙桃花水, 秋色依然瓠
子宮. 不知者以爲上單下重. 按三月水謂之桃花水, 爲害極大. 此聯不惟
對偶精切, 而使事用意之妙, 有不可言者. 闞駰九州記, 正月解凍水, 二
月白蘋水, 三月桃花水, 四月瓜蔓水, 五月麥黃水, 六月山礬水, 七月豆
花水, 八月荻苗水, 九月霜降水, 十月後槽水, 十一月走凌水, 十二月蹙
凌水.

7-29. 이반룡의 칠언율시와 가행

우린 이반룡이 벼슬을 버리기 전에는 7언 율시가 대단히 고화(高華)
했다. 그러나 그의 대지(大志)는 글자 때문에 구(句)에 허물이 생기고
구 때문에 작품에 허물이 생길까 두려워했기에 빼어난 말을 굳게 지
켜 쉽게 변화하지 않았다. 그러므로 세 작품을 넘어서면 비슷한 양상
을 보였다. 그러나 만년에 비로소 이것저것을 대단히 넓게 구하여 읊
조리는 대상을 해박하고 절실하게 그려내면서 시법을 자유스럽게 펼
쳐 내었는데 비록 망망대해를 상상하여도 마경(魔境)에 떨어지지는 않
았다. 그의 시를 보고 듣는 세상 사람들은 이전에 비하여 조금 퇴보했
다고 여겼으니, 참으로 헛웃음만 나온다. 가행(歌行)은 바야흐로 입신
의 경지에 들었는데 갑자기 죽었으니, 애석하구나! 작품이 많지 않음
이여, 적막하게도 소리가 끊어졌구나.

于鱗自棄官以前, 七言律極高華, 然其大意, 恐以字累句, 以句累篇,
守其俊語, 不輕變化, 故三首而外, 不耐雷同. 晚節始極旁搜, 使事該切,
措法操縱, 雖思探溟海, 而不墮魔境. 世之耳觀者, 乃謂其比前少退, 可
笑也. 歌行方入化而遂沒, 惜其不多, 寥寥絶響.

7-30. 채여남의 교유와 풍모

내가 비부랑(比部郞)이 되었는데, 일찍이 안찰부사 자목(子木) 채여
남(蔡汝楠), 주사 자여(子輿) 서중행(徐中行), 사인 명경(明卿) 오국륜(吳國
倫), 포의 무진(茂秦) 사진(謝榛) 등과 어울려 술을 마셨다. 사진은 이
당시 두 번째로 북경을 유람하고 있었는데 시가 점점 퇴락하여 채여
남이 자주 얕보았다. 이윽고 채여남이 술에 취하자 기주(蘷州) 시기에
지은 여러 작품을 큰 목소리로 노래했는데 그저 그런 평범한 작품이
었다. 채여남이 막 노래를 시작하자 오국륜은 곧 잠을 자면서 코를 골
았다. 코를 고는 소리가 노래 소리와 더불어 오르락내리락 했는데, 채
여남의 노래가 끝나자 오국륜의 코 고는 소리도 멈췄다. 그리고 막 잠
에서 깬 것처럼 행동하자 채여남은 낯빛이 흑색으로 변했다. 비록 우
리들끼리라고 하여도 또한 속으로는 지나치다고 생각했었다. 서중행
이 다시 채여목과 문장에 대해 논했는데 의견이 합치되지 않은 채 자
리가 파했다.

5년이 지난 뒤에, 채여남은 중승(中丞)으로 하남(河南)을 진무(鎭撫)
했고 서중행은 여녕(汝寧)의 지방관이 되었으며 오국륜은 귀덕(歸德)의
사리(司理)로 좌천되었으며 초보(肖甫) 장가윤(張佳允)은 유주(裕州)의
동지(同知)로 쫓겨나 있었으니, 모두 중승(中丞) 소관(所管)의 하급관리
였다. 채여남이 잔치를 열어 빈주(賓主)의 예를 갖추고 몸소 술과 고기
를 내오면서, "내가 어찌 그 하나를 얻었다고 세 군자를 업신여기겠는
가."라고 하고 곧 소장을 올려 그들을 천거했다. 내가 생각하건데, 채
여남은 속되지 않은 우아한 선비로 전배의 풍모를 지녔다. 근래에는
이러한 사람이 없어 적막하다.

余爲比部郎, 嘗與蔡子木梟副徐子與主事吳明卿舍人謝茂秦布衣飮.
謝時再遊京師, 詩漸落, 子木數侵之, 已被酒, 高歌其虁州諸詠, 亦平平
耳. 甫發歌, 明卿輒鼾寢, 鼾聲與歌相低昂, 歌竟, 鼾亦止, 爲若初醒者,
子木面色如土, 雖予輩亦私過之. 子與復與子木論文, 不合而罷. 後五
歲, 子木以中丞撫河南, 子與守汝寧, 明卿謫歸德司理, 張肖甫謫裕州同
知, 皆屬吏也. 子木張宴, 備賓主, 身行酒炙, 曰, 吾烏得有其一以慢三
君子. 尋具疏薦之. 余謂子木雅士不俗, 居然前輩風, 近更寥寥也.

7-31. 윤녕 왕유정

윤녕(允寧) 왕유정(王維楨)이 수찬(修撰)이 되었을 당시에 내가 일찍
이 그를 한두 번 보았는데 장대한 체구에 살결이 희었다. 시사(時事)를
논할 때면 강개하여 말에 기운이 넘쳤으니 참으로 대장부이다. 문장
을 놓고 보면, 멀리 사마천(司馬遷)과 두보(杜甫)를 이어받았으며 가까
이로는 북지 이동양(李東陽)을 사숙했는데 한 시대의 문장가로 그치지
않으려고 했다. 그는 사람을 업신여기며 욕하기를 좋아하여, 사람들
은 겉으로는 그를 존경했지만 속으로는 두려워했다. 그와 가장 친한
사람은 상서(尙書) 손승(孫陞)이었는데 그 당시 중윤(中允)의 자리에 있
었다. 그와 같은 해에 과거에 합격한 좨주(祭酒) 오(敖) 아무개가 편지
를 보내 그의 잘못을 바로잡으려고 했는데, 왕유정은 답장에서 다음
과 같이 말했다.

"나는 옛날의 나와 같네. 그러나 남중(南中)106)에는 어울리지 않으며, 남중 또한 나에게는 어울리지 않네. 그러므로 벗이 비슷한 말을 골라 이름을 지었으니, '강직하고 엄숙하게 원칙을 고수하는 사람.[伉㒜守高]'이라 했다네. 또한 나는 어리석을 정도로 곧으며 순박하니 나의 외모처럼 본성은 이미 이렇게 정해졌지. 기다란 체구에 넓은 이마를 지녔는데 머리를 쳐들고 눈썹을 움직이며 가슴을 펴고 활보하는 것은 모두 조물주가 빚어낸 것으로 바꿀 수가 없네. 옛날의 선술(仙術)을 지닌 자라도 사람의 뼈를 벗어날 수 있지만 사람의 외모를 바꿀 수는 없었지. 지금 그대가 나에게 고상하지도 비루하지도 말고 중간을 선택하여 처하라고 하니 또한 마을 아낙의 효빈(效顰)으로 그대에게 말해준 사람이 있었던 것인가. 나는 곧 죽어도 그런 것은 원치 않는다네."

후에 왕유정이 자신의 노모(老母)가 병든 것을 염려하여 남쪽 지방관이 되기를 조정에 요청하여 국자좨주(國子祭酒)가 되었다. 노모가 있는 곳으로 돌아갈 때 화산(華山)을 지나게 되었는데, 그는 글을 지어 제사를 지냈다. 대략의 의미는 "노모는 본래 신을 공경했는데도 보살핌을 받지 못했으니, 이제 나의 노모의 병을 낫게 하라. 나는 태사(太史)로 능히 문장을 지어 산신(山神)의 공덕을 세상에 영원히 드러낼 수 있다."는 것으로, 문사가 대단히 조리가 없으며 괴이하다.

얼마 지나지 않아 지진(地震)이 나서 그가 죽게 되었다. 서안(西安)의 호부(戶部) 이유(李愈)는 본래 왕유정을 미워했는데 화산의 신에게 올리는 문장을 지어 그를 꾸짖으며, 그를 죽여 달라고 했다. 지금 두 작품이 모두 관중(關中)에 전해진다.

---

106) 남중(南中) : 남경(南京)을 가리키는 것으로 보인다. 왕유정이 남경에서 벼슬살이 한 적이 있다.

王允寧爲修撰時, 余嘗一再識之, 長大白晢, 談說時事, 慷慨激烈, 男子也. 遠則祖述司馬少陵, 近則師稱北地而已, 意不可一世士. 又好嫚罵人, 人多外慕而中畏之. 其所最善者, 孫尚書陞, 時爲中允. 其同年敎祭酒, 以書規切之, 允寧答云, 僕猶夫故吾耳. 顧於南中不宜, 且南中亦不宜於吾, 以故人取其近似者以爲名, 曰伉厲守高也. 且僕戇直樸略, 受性已定, 猶僕之貌, 修幹廣顙, 昂首掀眉, 揭脣闊步, 皆造化陶冶, 不可移易. 古之挾仙術者, 能蛻人骨, 不能易人貌. 今公責仆勿高忽卑, 擇中而居之, 亦嘗有以裏婦之效顰聞於公者乎. 仆卽死勿願也. 允寧後念其母老病, 乞南, 得國子祭酒, 歸省, 道經華山, 爲文祭之, 大約以母素敬神而不蒙庇, 卽愈吾母病, 吾太史也, 能爲文以不朽神, 其辭頗支離怪誕. 居無何, 以地震死. 西安李戶部愈素恨允寧, 假華山神爲文詈而傯之, 今並傳關中.

7-32. 사진과 유윤문에 대한 시평

무진(茂秦) 사진(謝榛)은 근래 더욱 노망이 들었다. 일찍이 이백과 두보의 장가(長歌)를 모방한 작품을 지어 보내왔는데 추하고 속되며 어리석어서 한 글자도 통하지 않았다. 스스로 서문을 지어 자신을 높이 기렸는데, 대략은 다음과 같다.

"절간에 거처하면서 불서(佛書)를 빌려 보다가 깨달음을 얻었다. 이백과 두보의 장편을 보게 되었는데 그들의 작품은 기운이 충만하고 격조가 뛰어나지만 이백의 표일함과 두보의 침울함은 서로 다르다. 그러나 나는 그것을 합쳐 하나로 만들어 둘의 간격이 없는 혼융한 경지에 들었다. 각각 그 형상을 빚어서 정신에 두 사람의 오묘함을 어렸으니 이 또한 정수(精髓)를 빼앗는 방법이다."

이러한 말은 스스로 돌아보며 반성하지 않는다는 의미이다.

또한 중울(仲蔚) 유윤문(俞允文)은 고조(古調)[107]에 본래 명가이며 오언 율시 또한 나쁘지 않는데, 우쭐거리고 뽐내며 칠언 율시를 그치지 않고 짓는 것은 어째서인가. 우주가 커서 포함하지 않는 것이 없음을 아는 것인가.

謝茂秦的來益老詩, 嘗寄示擬李杜長歌, 醜俗稚鈍, 一字不通, 而自爲序, 高自稱許, 甚略云, 客居禪宇, 假佛書以開悟. 暨觀太白少陵長篇, 氣充格勝, 然飄逸沉鬱不同, 遂合之爲一, 入乎渾淪, 各塑其像, 神存兩妙, 此亦攝精奪髓之法也. 此等語何不以溺自照. 又兪仲蔚古調本是名家, 五言律亦不惡, 沾沾爲七言律不已, 何也. 乃知宇宙大矣, 無所不有.

7-33. 왕유정의 오만함

윤녕(允寧) 왕유정(王維楨)이 평소 추앙한 자는 다만 두보뿐이다. 그가 논의하기를 좋아하면서 홀로 깨달았다고 여기는 것은 두보의 칠언 율시이다. 그가 말하는 요점을 들어보면 다음과 같다.

"칠언 율시에서 중요한 것은 조응(照應)이 있어야 하며 개합(開闔)이 있어야 하며 관건(關鍵)이 있어야 하며 돈좌(頓挫)가 있어야 한다. 의미를 표현할 때 흥(興)을 주로 하고 비(比)를 주로 해야 한다. 법으로는 정삽(正挿)과 도삽(倒挿)이 있어야 한다. 요컨대 두보의 작품도 한두

---

107) 고조(古調) : 고시(古詩)를 의미하는 것으로 보인다.

가지만 구사되었지, 모든 것이 갖춰진 것은 아니다."

내가 생각하건대, 왕유정이 두보의 시법을 해석한 것은 마치 주희(朱熹)가 『중용(中庸)』에 주를 단 것과 같아서 성현의 말을 지루하게 만들어 작고 자잘한 소승율(小乘律)로 묶어 놓았으니 전혀 선적(禪的)인 이해가 없다.

王允寧生平所推伏者, 獨杜少陵. 其所好談說, 以爲獨解者, 七言律耳. 大要貴有照應, 有開闔, 有關鍵, 有頓挫其意主興主比, 其法有正揷, 有倒揷. 要之杜詩亦一二有之耳, 不必盡然. 予謂允寧釋杜詩法, 如朱子註中庸一經, 支離聖賢之言, 束縛小乘律, 都無禪解.

7-34. 이반룡의 시문에 대한 논의

우린 이반룡의 의고악부(擬古樂府)는 한 글자 한 구절도 정미하지 않은 것이 없다. 그러나 고악부와는 나란히 놓고 읽을 수 없으니, 만약 읽게 된다면 베낀 화첩을 보는 것과 같을 것이다. 그의 오언 고시는 서경(西京)과 건안(建安)에서 나왔기에 대단히 풍신(風神)을 얻었지만 일반적으로 그 체는 많이 지어서는 안 되니, 많이 지으면 전부 변할 수 없어서 결국 서로 인습하여 비슷하게 되는 잘못을 저지르게 된다. 삼사(三謝)[108] 이후에 나온 작품들은 대단히 초준(峭峻)하지만 고악부의 본질과는 거리가 멀다. 칠언 가행은 처음에는 언사(語辭)에 공력을 기울였기에 그 기운이 약간 손상되었다. 만년에 웅려정미(雄麗精美)하

---

108) 삼사(三謝) : 사령운(謝靈運), 사혜련(謝惠連), 사조(謝朓)를 가리킨다.

여 자주자재로 변화하니 봄날 조물주와 같은 오묘함이 있었다. 오언 율시와 칠언 율시는 절로 신경(神境)에 이르렀으니 비평을 가할 수가 없다. 절구 또한 태백 이백 및 소백 왕창령과 나란하다. 배율은 심전기, 송지문과 비견되지만 두보의 변화를 온전히 배우지는 못했다.

지(志)와 전(傳)의 산문은 좌씨(左氏)와 사마천(司馬遷)을 드나들어 법은 대단히 높지만, 조금 부족한 부분은 현재 일을 헤아려 옛 말을 가져다 쓴 점이다. 서(序)와 논(論)은 『전국책(戰國策)』과 『한비자(韓非子)』의 양식을 섞어 사용하기에 뜻이 깊어 문사가 널리 아우르지만 정돈되지 않고 대단히 혼란스럽다. 명사(銘辭)는 뛰어나고 우아하지만 변화가 적다. 기사(記辭)는 고준(古峻)하나 너무 조탁했다. 서독(書牘)은 한 글자도 평범한 말이 없다. 만약 헌길 이몽양과 나란히 놓고 논한다면 이반룡은 높고 이몽양은 크며, 이반룡은 정화(精華)롭고 이몽양은 웅장하며, 이반룡은 정결하고 이몽양은 군더더기가 많으며, 이반룡은 힘겨운데 이몽양은 쉽다. 제대로 감식할 눈을 갖춘 자로 하여금 누구를 편들지 손들라고 한다면 반드시 귀결하는 곳이 있을 것이다.

于鱗擬古樂府, 無一字一句不精美, 然不堪與古樂府並看, 看則似臨摹帖耳. 五言古, 出西京建安者, 酷得風神, 大抵其體不宜多作, 多不足以盡變, 而嫌於襲, 出三謝以後者, 峭峻過之, 不甚合也. 七言歌行, 初甚工於辭, 而微傷其氣, 晚節雄麗精美, 縱橫自如, 燁然春工之妙. 五七言律, 自是神境, 無容擬議. 絶句亦是太白少伯雁行. 排律比擬沈宋, 而不能盡少陵之變. 志傳之文, 出入左氏司馬, 法甚高, 少不滿者, 損益今事以附古語耳. 序論雜用戰國策韓非諸子, 意深而詞博, 微苦纏擾. 銘辭奇雅而寡變. 記辭古峻而太琢. 書牘無一筆凡語. 若以獻吉並論, 于鱗高, 獻吉大, 于鱗英, 獻吉雄, 于鱗潔, 獻吉冗, 于鱗艱, 獻吉率. 令具眼者左右袒, 必有歸也.

7-35. 풍유눌의 『고시기』

여언(汝言) 풍유눌(馮惟訥)[109]이 고시를 모아 『고시기(古詩紀)』를 엮었는데 상고(上古)로부터 진(陳)과 수(隋) 때까지 채록하지 않은 것이 없었다. 또한 사람들이 그 대략을 전하고 있으니, 사가(詞家)의 고심(苦心)이요 예원(藝苑)의 공인(功人)이라 할 만하다. 그러나 먼 시대로는 한(漢)나라 초연수(焦延壽)가 지은 『역림(易林)』과 진(晉)나라 곽박(郭璞)의 『산해경도찬(山海經圖贊)』, 가까운 시대로는 양(梁)의 주흥사(周興嗣)가 지은 『천자문(千字文)』이 모두 빠져 있으니 다시 보충해야 할 듯하다.

馮汝言纂取古詩, 自穹古以至陳隋, 無所不採, 且人傳其略, 可謂詞家之苦心, 藝苑之功人矣. 然遠則延壽易林山海經圖贊, 近而周興嗣千文, 皆在所遺, 恐當補錄.

7-36. 교세영의 시작품

경숙(景叔) 교세영(喬世寧)[110]이 기유년(己酉年, 1549)에 초번(楚藩)으로 황제의 만수연(萬壽宴)에 하례(賀禮)하러 왔는데, 나는 그때 교세영을 보았다. 작은 키에 구레나룻가 있었고 인자한 성품의 어른이었다.

---

109) 풍유눌(馮惟訥, 1513~1572) : 자는 여언(汝言), 호는 소주(少洲)이다. 그가 선집한 『고시기(古詩紀)』 156권과 『풍아광일(風雅廣逸)』 8권이 전한다.
110) 교세영(喬世寧, 1503~1563) : 자는 경숙(景叔)으로, 저서에는 『요주지(耀州志)』가 있다.

가지고 있던 행권(行卷)에 겨우 100여 편의 작품밖에 없었지만 사람들의 입에 널리 전해지고 있었다. 그 후 10여 년이 지난 뒤 교세영은 죽었다. 최근에 교세영의 문집인 『구우집(丘隅集)』을 가지고 온 사람이 있었는데, 이 문집은 교세영이 직접 선집한 것이라고 했다. 나는 지금까지도 황제의 만수연에 왔던 때 가지고 있었던 행권 속의 칠언율시 「기왕태사원사적수옥루(寄王太史元思謫戌玉壘)」란 작품을 기억하고 있었는데, 그 작품은 다음과 같다.

學士兩朝供奉年	학사는 두 황제 받들어 모시었고
上林詞賦萬人傳	상림원에서 글 지어 온 사람에게 전해졌지.
一從玉壘長爲客	한 번 옥루로 가서 길이 떠돌이 되었는데
幾放金雞未擬還	몇 번이나 금계 풀었는데[111] 돌아오지 않으시나.
聞道買田臨灌口	들자니, 밭을 팔고 관구에 가셨다 하니
能忘歸馬向秦川	말이 진나라 시내로 향하는 것 잊으리오.
五陵他日多豪俊	오릉에는 훗날 호걸들이 많을 터이니
空望在南尺五天	헛되이 남쪽이 척오천[112]만 바라다보네.

이 작품의 시어는 자못 좋은데 그의 문집에 실리지 않았으니, 무엇 때문인가.

교세영의 문집에 실린 시작품은 볼품이 없어 칭송받지 못하니, 아

---

111) 금계(金鷄) : 죄수를 사면할 때 쓰던 황금으로 장식한 닭을 말한다. 조정에서 사면령(赦免令)이 내려지는 것을 말한다. 『수서(隋書)』 「형법지(刑法志)」에 "죄수를 석방시킬 때 창합문(閶闔門) 밖 우측에 금계와 북을 설치하여 북소리가 일천 번 울린 뒤에 죄수의 가쇄(枷鎖)를 풀어 준다."라고 했다.

112) 척오천 : 척오(尺五)는 1자 5촌이니, 척오천(尺五天)은 하늘과 대단히 가까운 거리임을 말한다. 여기에서는 궁궐과 매우 가깝다는 의미이다.

마도 장길(長吉) 이하(李賀)의 벗인 이번(李藩)이 한스러워한 것과 같은
것이 문집을 간행한 사람에게도 있었기 때문인 듯하다.[113] 듣자니,
덕함(德涵) 강해(康海)[114]가 죽은 뒤에 그의 훌륭한 글을 맹독(孟獨) 장
치도(張治道)가 모두 훔쳐갔기에, 지금 강해의 문집은 사람들의 마음
에 차지 않는다고 한다. 이러한 옛일 때문에 나도 이반룡의 글에 대해
서는 산삭을 하지 않았다.

喬景叔世寧己酉歲以楚藩參入賀萬壽, 余時見之, 短而髯, 溫然長者
也. 所有行卷, 僅百餘篇耳, 頗膾炙人口. 又十餘年, 景叔卒. 近有以其
丘隅集來者, 云景叔所自選. 余猶記其行卷內一七言律寄王太史元思謫
戍玉壘者云, 學士兩朝供奉年, 上林詞賦萬人傳. 一從玉壘長爲客, 幾放
金雞未擬還. 聞道買田臨灌口, 能忘歸馬向秦川. 五陵他日多豪俊, 空望
在南尺五天. 詞頗佳, 而集不之選, 何也. 集詩小弱不稱, 豈梓行者有長
吉友人之恨耶. 聞康德涵卒後, 佳文章俱爲張孟獨摘取, 今其集殊不滿
人意. 以此, 予於于鱗, 不爲刪削耳.

7-37. 명대 이름난 형제와 부자들

태원(太原)의 형제들은 모두 뛰어난 글로 추앙받았다.【공상(貢上) 황보

---

113) 천재 시인 이하가 죽자, 그의 벗인 이번(李藩)이 이하의 시를 모으면서 이하
의 표형(表兄)에게 유실된 작품을 찾아 정리하여 책으로 꾸며달라고 부탁했다.
그러면서 필요한 경비까지 그에게 주었다. 그러나 이하의 표형은 일 년이 넘도
록 자취를 보이지 않고서는 "나는 항상 이하의 오만함에 질려 살았다. 이 때문
에 내가 이하의 글을 이미 다 태워버렸다."고 한 일이 있다. 『당재자전(唐才子
傳)』에 보인다.

114) 강해(康海, 1475~1540) : 명대 문학가로, 자는 덕함(德涵), 호는 대산(對山)이다.

충(皇甫沖), 사직(司直) 황보효(皇甫涍), 사훈(司勳) 황보방(皇甫汸), 우부(虞部) 황보렴(皇甫濂)이다.】 여남(汝南)의 부자(父子)는 굴원(屈原)의 『이소(離騷)』와 『시경』의 「소아(小雅)」와 「대아(大雅)」를 이어받으면서 크게 떨쳤다.【황성증(黃省曾)과 아들 황희수(黃姬水)이다.】 징중(徵仲) 문징명(文徵明)은 시서화(詩書畵)에 뛰어났는데, 그의 아들인 문팽(文彭)은 서법(書法)에, 문가(文嘉)는 화법(畵法)에 뛰어났다. 도복(道復) 진순(陳淳)은 시서(詩書)에 뛰어났으며, 그의 아들인 진괄(陳括)은 화법에 뛰어났다. 오(吳) 지역의 한 시절 뛰어난 인물들은 온 나라에서 견줄 만한 이가 없었다.

太原兄弟, 俱擅菁華【貢上沖司直涍司勳汸虞部濂.】 汝南父子, 嗣振騷雅.【省曾姬水.】 徵仲三絕, 彭嘉有二. 道復二妙, 括得其一. 吳中一時之秀, 海內寡儔.

7-38. 불우했던 명대 시인들

자안(子安) 황보효(皇甫涍)의 『동람(東覽)』에 선집된 고시는 자못 아름답다. 자둔(子遁) 황보방(皇甫汸)의 『선서(禪棲)』에 실린 근체시도 좋다. 황보효가 죽은 뒤에 자목(子木) 채여남(蔡汝楠)이 시를 지어 슬퍼하면서, "오언으로 읊조린 시작품은 뛰어났는데, 초라한 벼슬아치로 세상살이 힘들었지.[五字沉吟詩品絕, 一官憔悴世途難.]"라 했는데, 황보효의 실제 삶의 모습을 기록한 것이다. 채여남이 나를 마주하고 이 작품을 읊조리다가 문득 목메어 울었다. 또 자잠(子潛) 화찰(華察) 선생이 자우(子羽) 시점(施漸)을 곡하면서 "살아생전 독불장군처럼 함께 한 이 적었으니, 죽은 후 남긴 글을 다시 누가 엮어주리오.[生前獨行殊寡諧, 死後遺文更誰輯.]"라 했는데, 당시(唐詩)의 "하나의 푸른 옷 생각 없어지지 않네.[一領

青衫消不得]"라는 구절과 비교해보아도 더욱 마음이 아플 뿐이다.

皇甫子安之東覽, 古選頗勝. 子遁之禪棲, 近體爲佳. 子安卒, 蔡子木
以詩哭之云, 五字沈吟詩品絶, 一官憔悴世途難. 可謂實錄. 蔡生對余
讀, 輒哽咽淚. 又華先生哭施子羽云, 生前獨行殊寡諧, 死後遺文更誰
輯. 比之一領青衫消不得者, 更神傷矣.

7-39. 왕세정의 교유

내가 열다섯 살 때, 산음(山陰)의 낙행간(駱行簡) 선생에게 『주역』을
배웠다. 하루는 칼을 팔러 온 사람이 있었는데 선생은 장난으로 운자
를 나누어 나에게 시를 지으라고 하셨다. 나는 '막(漠)'자 운을 얻어 곧
바로 다음과 같은 시구를 지었다.

少年醉舞洛陽街　　소년은 낙양 거리에서 술 취해 춤추고
將軍血戰黃沙漠　　장군은 누런 사막에서 피 흘리며 싸우네.

선생이 이 구절을 보고 대단하다고 하면서, "너는 뒷날 반드시 글
로써 세상에 이름을 떨칠 것이다."라 했다. 당시에는 아버지의 엄함
이 두려워 문장을 짓는 데 감히 마음을 두지 못했다.[115] 그러나 시간

---

115) 염지(染指) : 손가락에 찍어 먹는다는 말로 『좌전(左傳)』에 나오는데, 정(鄭)나라
　　자공(子公)이 평일에 진기한 음식을 얻어먹게 되면 반드시 식지(食指)가 움직였
　　다. 하루는 자공이 영공(靈公)을 보러 들어가는데, 식지가 동하므로 같이 가던
　　자가(子家)도 함께 들어가니 과연 자라[鼈]를 잡아서 국을 끓이고 있었다. 두 사람
　　이 서로 보고 웃으니 영공이 물었다. 자가가 이야기를 했더니, 영공이 자공에게는
　　국을 주지 않았다. 자공은 국솥에 손가락을 넣어서 찍어서 맛을 보고 나왔다.

이 있을 때마다 사마천(司馬遷)의 『사기(史記)』와 반고(班固)의 『한서(漢書)』 및 이백과 두보의 시를 몰래 가져다가 읽고서는 그 내용을 모두 이해했을 뿐만 아니라 마음이 기뻐 절로 유쾌해지곤 했다.

나는 열여덟에 향시(鄕試)를 보았는데 간혹 지은 작품 중에 한두 말이 마음에 드는 것이 있었다. 또 4년 후에 진사(進士)가 되어 형부(刑部)의 일을 잘 처리했다. 산동(山東)의 백승(伯承) 이선방(李先芳)은 화려하다는 대단한 명성이 있었는데, 평소 나를 좋게 보셔 지론(持論)이 자신과 막상막하라고 칭찬했다. 다음 해에 형부랑(刑部郞)이 되었는데 같은 부서의 벼슬아치였던 준백(峻伯) 오유악(吳維嶽)과 신보(新甫) 왕종목(王宗沐) 및 이선(履善) 원복징(袁福徵)이 시사(詩社)에 나를 참여시켰다. 오유악은 당시 우리보다 뛰어나다고 칭송되었는데 이름난 문장가였다. 그런데도 매번 내가 한 편을 글을 지으면 언제나 무릎을 치며 잘 지었다고 칭찬하지 않은 적이 없었다. 얼마 지나지 않아 각자 자신의 일로 인해 벼슬자리를 옮겨 떠나게 되었다. 이선방은 이전에 나를 이미 이반룡에게 소개시켜 주었고 또 나를 위해 이반룡에게 말을 잘 해 주었다. 시간이 꽤 지나고 나서야 비로소 나는 이반룡과 정식으로 교제하게 되었다.

이때부터 대력(大歷) 이전의 시(詩)가 있다는 것과 서경(西京) 이전의 문(文)이 있다는 것을 알게 되었다. 얼마 후 이반룡이 친하게 지내고 있던 포의(布衣) 무진(茂秦) 사진(謝榛)이 모임에 왔고 또 얼마 후에는 같은 부서에 있던 자여(子與) 서중행(徐中行)과 공실(公實) 양유예(梁有譽)가 이 모임에 왔으며, 이부랑(吏部郞) 자상(子相) 종신(宗臣)이 이 모임에 왔다. 휴가(休暇)가 되면, 서로 모여 문장을 지어 잘된 것을 칭찬하고 잘못된 것을 지적하면서 작가의 은미한 뜻을 찾아보려고 했는데 문(文)과 질(質)을 두루 갖추어 동조(同調)[116]라고 일컬어졌다. 그러나 사진과 양유예가 다시 떠나가게 되자, 이반룡은 「오자시(五子詩)」를 지어 한 시절 교유했던 정(情)을 기록했다.

또 다음해 나는 사신의 일을 마치고 북쪽에서 돌아왔고 이반룡은 순덕(順德) 지방의 수령이 되었고 사진이 이 모임에서 나갔으며 명경(明卿) 오국륜(吳國倫)이 이 모임에 들어왔다. 또 다음해에 같은 부서에 있던 벼슬아치 덕보(德甫) 여왈덕(余日德)[117]이 이 모임에 참여했으며, 또 그 다음해에 호부랑(戶部郎) 초보(肖甫) 장가윤(張佳允)이 이 모임에 참여했다. 이들이 읊조린 작품들이 당시 세상에 널리 퍼졌는데, 어떤 이는 '칠자(七子)'라고도 하고 어떤 이는 '팔자(八子)'라고도 하는데 우리들은 진실로 서로 표방하지 않았다. 그러나 분의씨(分宜氏) 엄숭(嚴嵩)이 국정을 맡게 되면서 자신이 풍아(風雅)를 채록할 권리를 얻었다고 스스로 말을 하니, 참소하는 자들이 틈을 엿보아 호시탐탐 우리를 노려보았기에 우리는 그 화를 모두 면할 수 없었다.

余十五時, 受易山陰駱行簡先生. 一日, 有鬻刀者, 先生戲分韻敎余詩, 余得漠字, 輒成句云, 少年醉舞洛陽街, 將軍血戰黃沙漠. 先生大奇之曰, 子異日必以文鳴世. 是時畏家嚴, 未敢染指, 然時時取司馬班史李杜詩竊讀之, 毋論盡解, 意欣然自愉快也. 十八擧鄕試, 乃間於篇什中得一二語合者. 又四年成進士, 隷事大理. 山東李伯承燁燁有俊聲, 雅善余, 持論頗相下上. 明年爲刑部郎, 同舍郎吳峻伯王新甫袁履善進余於社. 吳時稱前輩, 名文章家, 然每余一篇出, 未嘗不擊節稱善也. 亡何,

---

116) 동조(同調) : 지취(志趣)나 주장(主張)이 일치하는 사람을 말하는데, 사우(社友)를 의미한다.
117) 여왈덕(余日德, 1514~1583) : 자는 덕보(德甫)이다. 위상(魏裳), 왕도곤(汪道昆), 장가윤(張佳允), 장구일(張九一)과 '가정후오자(嘉靖后五子)'라 일컬어졌다.

各用使事, 及遷去, 而伯承者前已通余於于鱗, 又時時爲余言于鱗也, 久
之, 始定交. 自是詩知大歷以前, 文知西京而上矣. 已于鱗所善者布衣謝
茂秦來, 已同舍郎徐子與梁公實來, 吏部郎宗子相來. 休沐則相與揚扢,
冀于探作者之微, 蓋彬彬稱同調云. 而茂秦公實復又解去, 于鱗乃倡爲
五子詩, 用以紀一時交游之誼耳. 又明年而余使事竣還北, 于鱗守順德,
出茂秦, 登吳明卿, 又明年同舍郎余德甫來, 又明年戶部郎張肖甫來, 吟
詠時流布人間, 或稱七子或八子, 吾曹實未嘗相標榜也. 而分宜氏當國,
自謂得旁採風雅權, 讒者間之, 眈眈虎視, 俱不免矣.

7-40. 왕세정과 삼보(三甫)

나는 상(喪)을 당한 이후로, 먹고 입는 일 이외에는 출입하지 않고
멍청하게 박혀 지냈다. 다만 신채(新蔡) 사람 조보(助甫) 장구일(張九
一)[118]이 이때에 험봉주사(驗封主事)가 되었는데 열흘에 한두 번씩 찾
아왔다. 나는 진실로 찾아오지 말라고 만류했지만, 장구일은 웃으며
"그대는 예전 이부의 관리였는데, 제가 지금 그대를 찾아보는 것을 영
광스럽게 여기십니까."라 했다. 내가 조정으로 돌아왔고 장구일 역시
마침내 좌천되어 떠나갔다. 이때부터 우리 무리에 '삼보(三甫)'가 있게
되었다. 초보(肖甫) 장가윤(張佳允)은 웅장하고 시원하며 유창했고 조
보(助甫) 장구일은 빼어나고 높은 수준에 올랐으며 덕보(德甫) 여왈덕
(余曰德)은 정밀하고 엄중하며 체제에 맞게 구사했는데, 모두 내가 미
칠 수 없는 경지였다.

---

118) 장구일(張九一, 1534~1599) : 자는 조보(助甫), 호는 주전(周田)이다.

余自遭家難時, 橐饘之暇, 杜門塊處, 獨新蔡張助甫爲驗封郎, 旬一
再至. 余固却之, 張笑曰, 足下乃以一吏部榮我乎. 余歸, 張亦竟左遷以
去. 自是吾黨有三甫, 肖甫之雄爽流暢, 助甫之奇秀超詣, 德甫之精嚴穩
稱, 皆吾所不及也.

7-41. 왕세무에 대한 시평

나의 아우 왕세무(王世懋)[119]는 집안의 삼년상을 마친 뒤로 한결같
이 작문(作文)에 전념하여 마침내 뛰어난 경지에 올랐다. 귀신이 만든
것 같은 구절은 다른 작가들을 압도했다. 다만 고악부만 잘 짓지 못했
을 뿐이고 다른 장르는 모두 어느 정도 체재는 갖추었으나 미약한 수
준이었다. 내가 우연히 이반룡에게 편지를 보내면서 덧붙여 언급하기
를, "아우가 먼지를 일으키며 수레를 내달려 덜커덩거리며 사람들을
피하게 하는데, 그는 술에 취하여 조금도 걱정하지 않고 마음을 놓고
있다네."라고 했다.[120] 이반룡도 또한 이르기를, "경미(敬美) 왕세무는
조보(助甫) 장구일(張九一)의 무리들과 비교하면 앞에서 내달리는 격이
며 원미(元美) 자네와 비교하면 비슷한 수준이네. 나는 일찍이 사첨(謝
瞻)의 '꽃술과 새소리[華萼嚶鳴]'[121]라는 구절을 좋아했는데, 이 구절이

---

119) 왕세무(王世懋, 1536~1588) : 자는 경미(敬美), 호는 인주(麟州)·소미(少美)이
  다. 왕세정(王世貞)의 아우이다.

120) 왕세정(王世貞)의 「망제중순대부태상시소경경미행장(亡弟中順大夫太常寺少卿
  敬美行狀)」에 보인다.

121) 사첨(謝瞻)의 「어안성답영운(於安城答靈運)」은 다음과 같다. "條繁林彌蔚, 波淸
  源逾濬. 華宗誕吾秀, 之子紹前胤. 綢繆結風徽, 烟熅吐芳訊. 鴻漸隨事變, 雲臺與年
  峻. 華萼相光飾, 嚶鳴悅同響. 親親子敦余, 賢賢吾爾賞. 比景後鮮輝, 方年一日長.
  萋葉愛榮條, 涸流好河廣."

그대 집안의 형제를 비유한 말이니, 그렇지 않은가."라고 했다.[122]

이반룡은 또 한 편지에서, "왕세무는 종신(宗臣)과 오국륜(吳國倫)을 넘어서려는 뜻을 지녔었지. 천하의 으뜸이 되는 것은 자신의 국량을 넘어서는 것이라고 생각하여 호시탐탐 강남(江南)의 작은 영웅이라도 되려했었네. 이에 백인(伯仁) 주의(周顗)에게 촛불을 던진 주숭(周崧)이 되려고 했으니,[123] 어찌 잘 준비한 것이 아니겠는가."라고 했다.[124] 이처럼 왕세무는 인정을 받았었다.

吾弟世懋, 自家難服除後, 一操觚, 遂爾靈異, 神造之句, 憑陵作者. 唯未爲古樂府耳, 其他皆具體而微. 吾偶遣信問于鱗漫及之曰, 家弟軼 塵而奔, 咄咄來逼人, 賴其好飮, 稍自寬耳. 于鱗亦云, 敬美視助甫輩自 先驅, 視元美雁行也. 嘗取謝句花萼嚶鳴, 標君家兄弟, 不然耶. 又一書 云, 敬美乃負包宗舍吳之志, 稱天下事未可量, 眈眈欲作江南一小英雄. 尋將火攻伯仁, 奈何不善備之也. 其見賞如此.

7-42. 오(吳) 지역의 문인들

오(吳) 지역 사람 계광(季狂) 고성소(顧聖少)는 자못 시에 뛰어났으나, 오 지역에서 뜻을 얻지 못하자 방외(方外)에서 노닐었다. 매번 나에게

---

122) 이반룡(李攀龍)의 「영왕원미서(與王元美書)」에 보인다.

123) 『세설신어(世說新語)』 「아량(雅量)」에 다음과 같은 이야기가 보인다. "주숭이 술을 마시고 취하여 눈을 부라리면서 얼굴을 돌려 주의에게 말하기를, '형은 재 주가 이 동생만 못하는데 어울리지 않는 높은 명성을 얻고 있소이다.'라고 했다. 잠시 뒤에 촛불을 집어 들어 주의에게 던지자, 주의가 웃으면서, '아우의 화공은 진실로 하책(下策)에서 나온 것이로군.'이라 했다."

124) 이반룡(李攀龍)의 「답원미서(答元美書)」에 보인다.

오 지역 시인들이 만족스럽지 못하다고 말했는데 편지로 그런 내용을 쓸 때는 간간이 한 번씩 언급했지만 모든 오 지역의 문사들이 다 그렇게 형편없는 것은 아니었다. 기억하기로는 내가 중년에 벼슬에서 물러난 뒤 유람하던 고성소를 여러 문사들과 교유하게 했다. 도화(道華) 장미중(章美中)은 단점을 경계하여 낮은 격조에 들어가지 않았다. 자위(子威) 유봉(劉鳳)은 장점을 발휘하여 평범한 말을 짓지 않았다. 공하(公瑕) 주천구(周天球)는 명성을 낮추고 겸손하여 우리 문사 그룹에 마음을 주었다. 순부(淳父) 황희수(黃姬水)의 아름다운 구절과 정밀한 말은 때때로 좌중을 감탄시켰다. 백곡(百谷) 왕치등(王稚登)은 조탁을 멀리했으며 많이 짓지 않아도 충분히 세상에 이름을 날렸다. 계랑(季郞) 위학례(魏學禮)의 문사는 도도하여 막힘이 없다. 유우(幼于) 장헌익(張憲翼)의 낭랑한 문사는 생각을 경각시킨다. 백기(伯起) 장봉익(張鳳翼)은 참으로 절로 문채(文彩)를 갖추었다. 노망(魯望) 원존니(袁尊尼)는 매우 흥미롭다. 숙평(叔平) 육치(陸治)와 중울(仲蔚) 유윤문(俞允文)을 마주하면 문득 옛사람을 바라보는 것 같다. 또한 운간(雲間)의 운경(雲卿) 막시룡(莫是龍)과 연천(練川)의 무미(無美) 은도(殷都)의 문사는 청려(淸麗)한데 때때로 나의 초가로 찾아왔다. 동료들 이외에 조카 조자념(曹子念)은 근체시와 가행체가 대단히 자신의 장인과 비슷하다. 왕군재(王君載)는『이소』의 부(賦)와 같은 고문을 지을 수 있으며, 술을 잘 마셨으니 또한 어찌 홀로 적막하게 지낼 수 있으랴. 내가 진양(晉陽)에 있을 때 감회가 일어 다음과 같이 읊조렸다.

借問吳閶詩酒席　문노니 오창의 시와 술자리에
十年雞口有誰爭　십 년 동안 우두머리 누가 다투었나.

이것은 전부 사실을 기록한 것이다.

吳人顧季狂頗豪於詩, 不得志吳, 出遊人間, 每謂余不滿吳子輩, 至
有筆之書者, 間一有之, 而未盡然也. 記中年挂冠時, 命遊屐與諸子周
旋. 章道華用短, 不入卑調, 劉子威用長, 不作凡語, 周公瑕挫名割愛,
潛心吾黨, 黃淳父麗句精言, 時時驚坐, 王百谷苟能去巧去多, 便足名
世, 魏季朗滔滔洪藻, 張幼于朗朗警思, 伯起正自斐然, 魯望必爲娓娓.
對陸叔平愈仲蔚, 便似見古人. 又雲間莫雲卿練川殷無美詞翰淸麗, 時
時命駕吾廬. 步武之外, 有曹甥子念者, 近體歌行酷似其舅. 王君載者,
能爲騷賦古文, 饒酒德, 亦何嘗落莫也. 吾在晉陽有感云, 借問吳閶詩酒
席, 十年雞口有誰爭. 殆是實錄.

7-43. 왕세정의 시문에 대한 자평

나는 시문에 전문가로 자처하지 않았지만 그렇다고 개념 없이 아무
렇게나 지으려고는 하지 않았다. 대저 뜻은 붓 앞에 있고 붓은 뜻을
따라 움직이는데 법은 기세에 얽매이지 않고 재주는 법에 얽매이지
않아야 한다. 경계가 있으면 반드시 끝까지 궁구하고 증명을 대는 것
은 반드시 들어맞아야 한다. 감히 앞 단락의 여러 사람들에게 나도 조
금은 장점이 있다고 말하지만 그들에게는 미치지 못한다. 그러나 앞
에서 말한 것에 뜻을 두려고 한다.

吾於詩文, 不作專家, 亦不雜調, 夫意在筆先, 筆隨意到, 法不累氣,
才不累法, 有境必窮, 有證必切, 敢於數子云有微長, 庶幾未之逮也, 而
竊有志耳.

7-44. 사방지음과 유향

유융씨(有娀氏)의 두 딸이 구성(九成)의 대각(臺閣)에서 거처했는데, 하늘의 제비를 얻어 옥 광주리에 덮어두었다. 이윽고 열어 보니 제비가 두 개의 알을 낳고 날아가 돌아오지 않았다.[125] 이에 두 딸은 노래를 지어 불렀으니 북음(北音)의 시작이 된다.

우(禹) 임금이 남방을 살필 때 도산(塗山)의 여자가 자신의 잉첩으로 하여금 도산의 남쪽에서 우 임금을 기다리게 했다.[126] 여자가 이에 노래를 지어 불렀으니 남음(南音)의 시작이 된다.

하(夏)나라 임금인 공갑(孔甲)이 동양(東陽)의 부산(蒷山)에서 사냥할 때 하늘에서 바람이 크게 불고 어두워졌다. 백성의 집에 들어갔는데, 그 집 아낙이 바야흐로 아기를 낳았다. 어떤 이는 "임금이 찾아왔으니 좋은 날이다. 반드시 길하게 될 것이다."라 했으며, 또 어떤 이는 "임금의 기운을 이길 수가 없으니 반드시 재앙이 있을 것이다."라고 했다. 그러자 공갑이 "나의 아들로 삼을 것이니 누가 감히 재앙을 주리오."라 했다. 훗날 서까래가 무너지면서 도끼를 쳐서 그 도끼에 아이의 다리가 잘렸다. 공갑이 말하기를, "오호라! 운명이로다."라 하고, 이에 「파부(破斧)」의 노래를 불렀으니 동음(東音)의 시작이 된다.

주(周)나라 소왕(昭王)의 거우(車右)[127]인 신여미(辛餘靡)가 공을 세워 서적(西翟)에 봉해졌다. 이윽고 서하로 옮겨지게 되자 옛 고을이 생각

---

125) 유융씨의 두 딸은 간적(簡狄)과 건자(建疵)로, 이들이 강가에서 목욕할 때 제비가 날아와 알을 낳았다. 그 알을 간적이 먹고 아이를 낳았는데, 그 아들이 은나라 시조 설(契)이라고 한다.

126) 우 임금은 이때 만난 도산씨(塗山氏)의 딸과 결혼하여 장남 계(啓)를 낳는다.

127) 거우(車右) : 수레를 모는 어자(御者)의 오른쪽에 탔던 무사로, 임금이 행차할 때 배승(陪乘)했다

나 노래를 읊었으니 서음(西音)의 시작이 된다. 이것이 이른바 "사방의
노래가 국풍의 시작이다."란 의미이다. 만약 조정에서 아뢰는 자들이
종과 북, 피리 등의 악기로 이 곡들을 연주했다면, 이 노래들은 『시경』
의 아(雅)와 송(頌)이 되었을 것이다.

진청(秦靑)[128]이 노래를 부르자 지나가던 구름이 멈추고 우공(虞
公)[129]의 노래 소리는 들보의 먼지를 일으켰다. 한아(韓娥)[130]의 소리
는 들보에 삼 일 동안 맴돌며 임승(臨乘)의 노파가 부른 노래는 골짜기
를 며칠 울렸었다.[131] 이들과 함께 면구(綿駒)와 왕표(王豹)[132]의 무리
들은 모두 옛날 노래의 성인(聖人)이라 할 수 있다. 그러나 또한 노래
만 가지고는 음악이 될 수 없다. 훗날 강남의 「자야(子夜)」, 「전계(前
溪)」, 「단선(團扇)」, 「오뇌(懊憹)」 등의 작품은 앞에서 거론한 작가들의
유향(遺響)이다.

당(唐)의 기녀가 노래한 왕지환(王之渙)과 고적(高適)의 시와 악공들
이 노래한 원진(元稹)과 백거이(白居易)의 시들은 모두 절구이다. 송(宋)
나라의 사(詞)는 지금의 남북곡(南北曲)으로, 모두 두어 차례 변하여 그
본질을 잃었다. 다만 오중(吳中) 지역 사람들의 뱃노래는 비록 천한 사

---

128) 진청(秦靑) : 『열자(列子)』 「탕문(湯問)」에 보이는 인물로, 노래를 잘 불러 지나
   가는 구름이 멈췄다고 한다.
129) 우공(虞公) : 한(漢)나라 때 노(魯) 땅 사람으로 노래를 매우 잘 불렀는데, 그가
   소리를 내면 맑고도 애절하여 들보의 먼지가 날렸다고 한다. 『예문유취(藝文類
   聚)』에 보인다.
130) 한아(韓娥) : 『열자(列子)』 「탕문(湯問)」에 보이는 여성으로, 그녀가 노래를 부
   르고 떠나도 노래 소리가 용마루를 오랫동안 맴돌아 흩어지지 않았다고 한다.
131) 『태평환우기(太平寰宇記)』에 다음과 같은 내용이 보인다. "섬현(剡縣)에 천모산
   (天姥山)이 있는데, 산에 올라가면 천모(天姥)가 노래하는 소리를 들을 수 있다고
   한다."
132) 면구(綿駒)와 왕표(王豹) : 『맹자』 「고자(告子)」에 노래를 잘하는 인물로 나온다.

투리로 속됨을 면치 못하지만 옛날 시인들의 유음(遺音)을 지니고 있다. 그 가사 가운데 채택할 만한 것이 있으니, 예를 들면 문량(文量) 육용(陸容)이 기록한 것은 다음과 같다.

月子彎彎照九州   활 같은 반달이 구주를 비추니
幾家歡樂幾家愁   몇 집은 즐겁고 몇 집은 근심스럽겠지.
幾人夫婦同羅帳   몇 집의 부부는 같은 이불에 들고
幾人飄散在它州   몇 집은 흩어져 다른 고을에 있네.

또한 전해들은 작품은 다음과 같다.

約郞約到月上時   약속한 낭군은 달이 뜰 때 오기로 약속했는데
只見月上東方不見渠 동쪽에는 달 떠오르나 그대 보이지 않네.
不知奴處山低月上早 내 곳이 산 낮아 달이 일찍 뜨는 것인가
又不知郞處山高月上遲 아님 낭군 계신 곳 산 높아 달 더디 뜨나.

조식(曹植)과 이백(李白)으로 하여금 천한 사투리로 지으라고 하여도 이보다 나을 수는 없을 것이다. 그러나 밭에서 일하는 아낙이 노동요를 지어 부르고 장년의 초청(樵靑)[133]이 산과 호수에서 서로 화답하다가도, 이들이 성시에 들어가면 부끄러워 땀을 흘리고 말문을 닫아버릴 것이다. 그러나 고악(古樂)을 들으면서도 아마도 흥미를 잃어 누워버리는 자가 어찌 위 문후(魏文侯) 한 사람뿐이겠는가.[134]

---

133) 초청(樵靑) : 장지화(張志和)는 당나라 숙종 때 조정에서 조그만 벼슬을 하다가 폄적된 일이 있다. 이 일이 있은 뒤 그는 관직을 사퇴했다. 황제가 그에게 남녀종 한 명씩을 주었는데 그는 그들을 부부로 짝 지어 준 뒤 '어동(漁童)'과 '초청(樵靑)'이라는 이름을 지어 주었다고 한다. 『구당서(舊唐書)』에 보인다.

有娀氏二女, 居九成之臺, 得天燕, 覆以玉筐. 旣而發視之, 燕遺二卵, 飛去不返. 二女作歌, 始爲北音. 禹省南土, 塗山之女令其媵, 候禹於塗山之陽. 女乃作歌, 始爲南音. 夏後孔甲田於東陽萯山, 天大風晦, 入民室, 其主方乳, 或曰, 后來, 良日也, 必吉. 或曰, 不勝之, 必有殃. 孔甲曰, 以爲余子, 誰敢殃之. 後折橑, 斧斷其足. 孔甲曰, 嗚呼命矣. 乃作破斧之歌, 始爲東音. 周昭王之右辛餘靡, 有功, 封於西翟, 徙西河而思故處, 始爲西音. 所謂四方之歌, 風之始也. 若在朝而奏者, 被之鍾鼓管龠爲雅頌. 秦青響遏行雲, 虞公梁上塵起, 韓娥之音, 繞梁三夜, 臨乘老姥, 傳谷數日, 綿駒王豹之流, 皆古歌之聖者, 然亦單歌不合樂. 以後江南子夜前溪團扇懊憹這屬, 是其遺響. 唐妓女所歌王之渙高適及伶工歌元白之詩, 皆是絶句. 宋之詞, 今之南北曲, 凡幾變而失其本質矣. 唯吳中人棹歌, 雖俚字鄕語不能離俗, 而得古風人遺意. 其辭亦有可採者, 如陸文量所記, 月子彎彎照九州, 幾家歡樂幾家愁, 幾人夫婦同羅帳, 幾人飄散在它州. 又所聞, 約郞約到月上時, 只見月上東方不見渠. 【音其】不知奴處山低月上早, 又不知郞處山高月上遲. 卽使子建太白降爲俚談, 恐亦不能過也. 然此田畯紅女作勞之歌, 長年樵青, 山澤相和, 入城市間, 愧汗塞吻矣. 然則聽古樂而恐臥者, 寧獨一魏文侯也.

7-45. 절창이었던 기녀의 시

정덕(正德) 연간(1506~1521)에 기녀가 있었는데, 그 이름은 잊어버렸

---

134) 『예기(禮記)』 「악기(樂記)」에 다음과 같은 내용이 있다. "위 문후(魏文侯)가 자하(子夏)에게 묻기를, '나는 의관을 단정히 하고 고악(古樂)을 들으면 눕고 싶으며, 정(鄭)나라와 위(衛)나라의 음악을 들으면 질리지 않는다. 감히 묻노니 고악은 어째서 저렇고 신악(新樂)은 어째서 이런가.'라고 했다."

다. 객관에서 운자를 나눠 서로 시를 읊조렸는데 투자(骰子, 주사위)를 소재로 지었다. 기녀가 내 시구에 다음과 같이 화답했다.

一片寒微骨	한 조각 보잘것없는 뼈가
翻成面面心	변해 면면이 얼굴을 이뤘네.
自從遭點汗	점이 찍힌 이후로
抛擲到如今	지금까지 던져지는구나.

이 작품은 대단히 청절하고 감개하니 즐겨 읊조릴 만하다. 또 다른 기녀가 지은 한 연은 다음과 같다.

故國五更蝴蝶夢	고향의 새벽에 호접의 꿈꾸더니
異鄕千里子規心	천리 타향에서 자규의 마음이네.

이 작품 역시 절로 음미할 만하다.

正德間有妓女, 失其名, 於客所分詠, 以骰子爲題, 妓應聲曰, 一片寒微骨, 翻成面面心. 自從遭點汗, 抛擲到如今. 極淸切感慨可喜. 又一妓得一聯云, 故國五更蝴蝶夢, 異鄕千里子規民. 亦自成語.

7-46. 소복의 「초월」

조양(潮陽) 사람 소복(蘇福)이 8살에 「초월(初月)」이란 시를 지었다.

氣朔盈虛又一初	기삭이 차고 비어[135] 다시 처음이 되니
嫦娥底事半分無	달의 아래가 반이 없어졌네.

卻於無處分明有 　　없는 곳을 보면 분명히 있으니
恰似先天太極圖 　　선천의 태극도와 같구나.

애석하도다. 14세에 요절했으니. 백사(白沙) 진헌장(陳獻章)과 정산
(定山) 장창(莊㫤)에게 나이가 지긋한 상태에서 붓을 잡게 해 짓게 했더
라도, 이보다는 잘 지을 수는 없었을 것이다.

潮陽蘇福八歲賦初月詩, 氣朔盈虛又一初, 嫦娥底事半分無. 卻於無
處分明有, 恰似先天太極圖. 惜乎十四而夭. 令陳白沙莊定山白首操觚,
未必能勝.

---

135) 기삭이 차고 비어 : 기영(氣盈)과 삭허(朔虛)로, 기영은 양(陽)의 과함이고 삭허
　　는 음(陰)의 모자람을 뜻한다. 즉 기운이 차서 보름이 되고 초하루에는 기운이
　　빠져 달이 보이지 않는다는 의미이다.

예원치언

卷八

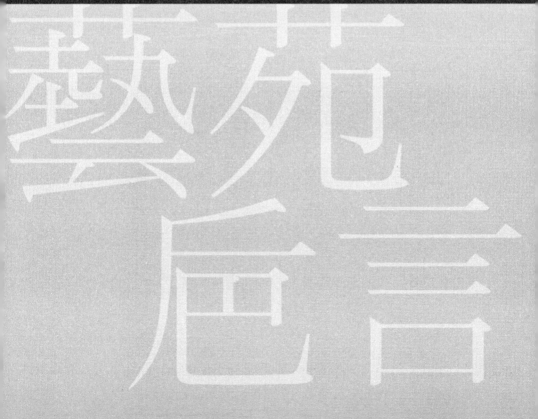

8-1. 문장으로 이름 난 역대 군주

삼대(三代) 이후, 임금 문장의 좋은 것으로는 한(漢) 무제(武帝) 유철(劉徹)과 위(魏) 문제(文帝) 조비(曹丕)가 있을 뿐이다. 그 다음으로는 한(漢)의 문제(文帝) 유항(劉恒)·선제(宣帝) 유순(劉詢)·광무제(光武帝) 유수(劉秀)·명제(明帝) 유장(劉莊), 숙종(肅宗) 유달(劉炟), 그리고 위(魏) 고귀향공(高貴鄕公)인 조모(曹髦), 진(晉) 간문제(簡文帝) 사마욱(司馬昱), 유송(劉宋) 문제(文帝) 유의륭(劉義隆)·효무제(孝武帝) 유준(劉駿)·명제(明帝) 유욱(劉彧), 원진(元魏)의 효문제(孝文帝) 원굉(元宏)·효정제(孝靜帝) 원선견(元善見), 양(梁) 무제(武帝) 소연(蕭衍)·간문제(簡文帝) 소망(蕭綱)·원제(元帝) 소역(蕭繹), 진후주(陳後主) 진숙보(陳叔寶), 수(隋) 양제(煬帝) 양광(楊廣), 당(唐) 문황(文皇) 이세민(李世民)·명황(明皇) 이융기(李隆基)·덕종(德宗) 이괄(李适)·문종(文宗) 이앙(李昻), 남당(南唐) 원종(元宗) 이경(李璟)·후주(後主) 이욱(李煜), 전촉(前蜀) 후주(後主) 왕연(王衍), 후촉(後蜀) 후주(後主) 맹창(孟昶), 송(宋) 휘종(徽宗) 조길(趙佶)·고종(高宗) 조구(趙構)·효종(孝宗) 조신(趙脊) 등 모두 29인이다.

또한 저작의 성대함으로는 양(梁) 무제(武帝) 소량(蕭梁) 부자만한 이가 없다. 양(梁) 고조(高祖) 소연(蕭衍)은 『효경』, 『주역』, 『악사(樂社)』, 『모시(毛詩)』, 『춘추』, 『중용』, 『상서』, 『공노의소(孔老義疏)』, 『정언(正言)』, 『답문(答問)』 등 200권과 『열반(涅槃)』, 『대품(大品)』, 『정명(淨名)』, 『삼혜(三慧)』 등 불교 경전과 관련된 책 수백 권, 『통사(通史)』 600권, 문집 120권, 『금해(金海)』 30권, 『삼례단의(三禮斷疑)』 천 권을 저술했다.

소명태자(昭明太子) 소통(蕭統)은 문집 20권, 고금의 전고(典誥)[1]나

---

1) 전고(典誥) : 『서경(書經)』의 전(典), 모(謨), 훈(訓), 고(誥), 서(誓), 명(命) 등 문체(文體)에서 온 말이다.

문언(文言)2)을 모은 『정서(正序)』 10권, 오언시(五言詩) 중에 좋은 것을 고른 『문장영화(文章英華)』 20권, 『문선(文選)』 30권을 저술했다.

간문제(簡文帝) 사마욱(司馬昱)은 『소명태자전(昭明太子傳)』 5권, 『제왕전(諸王傳)』 30권, 『예대의(禮大義)』 20권, 『노자의(老子義)』 2권, 『장자의(莊子義)』 2권, 『장춘의기(長春義記)』 100권, 『법보연벽(法寶連璧)』 300권, 『역간(易簡)』 50권, 시문집 100권, 잡저(雜著) 『광명부(光明符)』 등 59권을 저술했다.

원제(元帝) 소역(蕭繹)은 『효덕전(孝德傳)』 30권, 『충신전(忠臣傳)』 30권, 『난양윤전(丹陽尹傳)』 10권, 『한서(漢書)』에 주(注)한 책 115권, 『역강소(易講疏)』 10권, 『내전박요(內典博要)』 100권, 『연산(連山)』 30권, 『동림(洞林)』 3권, 『옥도(玉韜)』 10권, 『금루자(金樓子)』 10권, 『보궐자(補闕子)』 10권, 『노자강소(老子講疏)』 4권, 『전덕(全德)』 1권, 『회구지(懷舊志)』 1권, 『형남지(荊南志)』 1권, 『강주기(江州記)』 1권, 『직공도(職貢圖)』 1권, 『고금동성록(古今同姓錄)』 1권, 『서경(筮經)』 12권, 『식찬(式贊)』 3권, 문집 50권을 저술했다.

소명태자는 재주는 부족하지만 지식은 풍부했으며, 간문제(簡文帝) 소망(蕭綱)은 재주는 넉넉했지만 지식은 부족했다. 양(梁) 무제(武帝) 소연(蕭衍)과 원제(元帝) 소역(蕭繹) 두 임금은 재주와 지식이 조금은 미치지 못한 부분이 있지만 배움은 훨씬 나았다. 그러나 사람들은 소명태자만을 대단하다고 여긴다.

自三代而後, 人主文章之美, 無過於漢武帝魏文帝者, 其次則漢文宣光武明肅魏高貴鄉公晉簡文劉宋文帝孝武明帝元魏孝文孝靜梁武簡文

---

2) 문언(文言) : 산문(散文) 문체의 하나로, 질언(質言)과 상대적인 말이다.

元帝陳陵後主隋煬帝唐文皇明皇德宗文宗南唐元宗後主蜀主衍孟主昶
宋徽高孝, 凡二十九主. 而著作之盛, 則無如蕭梁父子. 高祖著孝經周易
樂社毛詩春秋中庸尚書孔老義疏正言答問二百卷, 涅槃大品淨名三慧
等經義復數百卷, 通史六百卷, 文集百二十卷, 金海三十卷, 三禮斷疑一
千卷. 昭明太子文集二十卷, 撰古今典誥文言爲正序十卷, 五言詩之善
者爲文章英華二十卷, 文選三十卷. 簡文帝昭明太子傳五卷, 諸王傳三
十卷, 禮大義二十卷, 老莊義各二卷, 長春義記一百卷, 法寶連璧三百
卷, 易簡五十卷, 詩文集一百卷, 雜著光明符等書五十九卷. 元帝孝德忠
臣傳各三十卷, 丹陽尹傳十卷, 注漢書一百十五卷, 易講疏十卷, 內典博
要一百卷, 連山三十卷, 洞林三卷, 玉韜金樓子補闕子各十卷, 老子講疏
四卷, 全德懷舊志各一卷, 荊南志江州記職貢圖古今同姓錄各一卷, 筮
經十二卷, 式贊三卷, 文集五十卷. 昭明才不足而識有餘, 簡文才有餘而
識不足. 武元二主, 才識小不逮, 而學勝之. 人則昭明美矣.

8-2. 신하의 능력에 대한 군주의 태도

예로부터 좋은 글이 반드시 군주의 눈에 띈 것은 아니며, 군주의
눈에 들었다고 해서 반드시 좋은 일이 일어난 것도 아니었다. 다만 사
마상여(司馬相如)가 한 무제(漢武帝)에게 『자허부(子虛賦)』를 지어 올리
자, 생각지도 않게 군주가 칭찬하면서 "짐이 이 사람과 함께 하지 못
함이 한스럽구나."라 했다. 또 사마상여가 『대인부(大人賦)』를 지어 올
리자 한 무제는 대단히 기뻐했는데, 구름 위를 날아오르는 기상이 있
어 마치 하늘과 땅 사이에서 노니는 것 같았다. 사마상여가 죽자 한
무제는 사마상여가 남긴 글을 찾았는데 『봉선서(封禪書)』를 얻어 보고
대단하다고 여겼다. 이것은 예전 군주와 신하가 서로 뜻이 맞은 것인

데, 화려하게 꾸미기만 하는 대가들에게 이를 읽어보게 하더라도 또
한 구두점도 찍지 못할 것이다.

　이 이후로는 수(隋) 양제(煬帝)는 설도형(薛道衡)의 "텅 빈 들보에선
제비가 물어온 진흙만 떨어진다.[空梁落燕泥]"란 구절을 시기 질투했
고3) 양(梁) 무제(武帝)는 효표(孝標) 유준(劉峻)을 고사(故事)에 박학하다
고 해서 쫓아냈으며,4) 주애(朱崖) 이덕유(李德裕)는 향산(香山) 백거이
(白居易)의 시를 감추어 두고 보지 않으면서 "보았다면 마땅히 좋아했
겠지."라 했다.5) 왕승건(王僧虔)은 악필로 글씨를 썼으며,6) 명원(明遠)

---

3) 공량락연니(空梁落燕泥)는 설도형(薛道衡)의 「석석염(昔昔鹽)」이란 작품의 한 구
　절이다. 『수당가화(隋唐佳話)』에 따르면, 양제는 글을 잘 지었지만 자기보다 나은
　사람이 나오기를 바라지 않았다. 그런데 당시 사례(司隷)인 설도형이 "어두운 창에
　는 거미줄만 걸려 있고, 텅 빈 들보에선 제비가 물어온 진흙만 떨어진다.[暗牖懸蛛
　網, 空梁落燕泥]."라는 시구를 지어 양제의 미움을 샀다. 훗날 양제는 어떤 일로
　그를 주벌하면서 "다시 '공량락연니'라고 지을 수 있겠느냐?"라고 했다.
4) 양 무제는 매번 문사들을 불러 경전과 사서의 전고에 대해 시문(試問)을 했다.
　당시 범운(范雲)과 심약(沈約) 등은 모두 자신을 낮추고 상대방을 높였기에 무제가
　기뻐하며 하사품을 주었다. 한번은 '비단 이불'의 전고에 대해 시문하면서, 유준을
　불러 시문했다. 유준은 당시 하급관리였는데, 갑자기 종이와 붓을 청하더니 10여
　가지의 전고를 써내어 좌중을 놀라게 했다. 무제는 자기도 모르게 얼굴빛이 변했
　으며, 이때부터 유준을 꺼려 더 이상 접견하지 않았다. 유준이 『유원(類苑)』을 완
　성하자, 무제는 곧바로 여러 학사들에게 『화림편략(華林徧略)』을 수찬하라고 명해
　유준의 『유원』을 능가하게 했다. 유준은 끝내 등용되지 못하고 「변명론(辯命論)」
　을 지어 자신의 마음을 실었다.
5) 『전당시화(全唐詩話)』 권2 「백거이(白居易)」에 다음과 같은 기사가 보인다. "이
　덕유(李德裕)는 백낙천을 좋아하지 않았다. 매번 백낙천이 문장을 보내오면, 이덕
　유는 상자에 그것을 담아두고 열어보지 않았다. 유몽득(劉夢得)이 이따금 그 문장
　을 보여 달라고 하면, 이덕유는 '그 글을 보면 내가 마음을 돌릴까 그렇다.'라고
　했다."
6) 왕승건(王僧虔)은 남조 송(宋)·제(齊) 간의 저명한 서법가이다. 당시 제 무제(齊
　武帝)가 명필가라는 이름을 독차지하고 싶어 하자, 왕승건은 재능을 드러내지 않
　고 일부러 나쁜 글씨를 썼다.

포조(鮑照)는 일부러 중복된 말을 자주 썼다.[7]

　아, 피하려고 했기에 피한 것인데 후세에 그 피하려고 했던 의도를
제대로 아는 사람을 찾으려고 해도 찾을 수가 없다.

　　自古文章於人主未必遇, 遇者政不必佳耳. 獨司馬相如於漢武帝奏子
虛賦, 不意其令人主嘆曰, 朕獨不得此人同時哉. 奏大人賦則大悅, 飄飄
有凌雲之氣, 似游天地間. 旣死, 索其遺篇, 得封禪書, 覽而異之. 此是
千古君臣相遇, 令傅粉大家讀之, 且不能句矣. 下此則隋煬恨空梁於道
衡, 梁武紬徵事於孝標, 李朱崖至屛白香山詩不見, 曰見便當愛之. 僧虔
拙筆, 明遠累辭, 於乎, 忌則忌矣, 後世覓一解忌人, 了不可得.

8-3. 효성제의 문예 취향

　효성제(孝成帝)는 많은 책을 두루 읽었는데 자운(子雲) 양웅(揚雄)을
좋아하여 유람을 하거나 사냥을 할 때 양웅이 수레를 타고 효성제를
따랐다. 또 군산(君山) 환담(桓譚)이 많은 책을 소장하고 있다는 것을
알고 자신의 문하로 불러 들였다. 당시 사람들이 "자운 양웅의 작품을
탐독하면서 천석의 관직에 있는 것을 즐기네. 군산 환담의 책을 옆에
끼면서 부자인 의돈[8]보다 더 풍족했다네.[玩揚子雲之篇, 樂於居千石之官.

---

7) 문제(文帝)는 포조(鮑照)를 중서사인(中書舍人)에 임명했는데, 문제는 글 짓는 것
　을 좋아하여, 스스로 사람들이 자기에게 미치지 못한다고 생각했다. 포조가 문제
　의 마음을 알아채고 일부러 문장에 비속한 말과 중복되는 구절들을 많이 넣었다.
　그래서 사람들은 "포조의 재주가 다했다."라 했으나 사실은 그런 것이 아니었다.
　『남사(南史)』에 보인다.

8) 의돈(猗頓) : 춘추 시대 노(魯)나라 사람이다. 도주공(陶朱公 : 范蠡)에게 치부술
　을 배워 의(猗) 지방에서 소와 양을 먹였는데, 10년 만에 크게 부(富)해서 왕공(王
　公)에 비길 만했다.

挾桓君山之書, 富於積猗頓之財.]"라고 말들 했다.

孝成帝玩弄衆書, 善揚子云, 出入游獵, 子雲乘從. 又以桓君山藏書多, 待詔門下. 時人語曰, 玩揚子雲之篇, 樂於居千石之官. 挾桓君山之書, 富於積猗頓之財.

8-4. 문예에 밝았던 군주들

왕충(王充)은 『논형(論衡)』에서 다음과 같이 말했다.

"한비자(韓非子)의 책이 진(秦)나라 조정에 전해졌는데, 진시황이 그 책을 보고서는 함께 하지 못한 것을 아쉬워했다. 육가(陸賈)가 『신어(新語)』 한 편을 고조(高祖)에게 올리자, 고조는 매우 좋다고 칭찬했고 좌우의 신하들은 만세를 외쳤다. 왕망(王莽)9) 때에 낭리(郎吏)에게 명하여 책을 받치게 했는데, 자준(子駿) 유흠(劉歆)의 문장이 너무도 좋아 유흠을 크게 기용했다. 영평(永平) 연간에 신비스러운 참새가 무리지어 모여들자, 효명제(孝明帝)가 『작송(爵頌)』을 지어 올리게 했다. 온갖 관리들의 글은 모두 기왓돌처럼 거의 비슷한 수준이었는데, 오직 반고(班固), 가규(賈逵), 부의(傅毅), 양종(楊終), 후풍(侯諷) 다섯 사람의 작품은 금옥과도 같았다. 효명제가 이들의 작품을 보고서 대단하게 여겼다."

당시의 군주들은 문예(文藝)에 절로 밝아, 자신이 직접 주관하여 시험을 보았기에 사람들이 작품을 짓는 데 힘을 쏟을 수 있었다.

---

9) 왕망(王莽) : 서한(西漢) 말에 권력을 찬탈하고 국호를 신(新)으로 고친 인물이다.

王充有云, 韓非之書傳在秦廷, 始皇嘆不得與此人同時. 陸賈新語奏
一篇, 高祖稱善, 左右呼萬歲. 王莽時, 郎吏上奏, 劉子駿章尤美, 因至
大用. 永平中, 神雀群集, 孝明詔上爵頌, 百官文皆比瓦石, 惟班固賈逵
傳毅楊終侯諷五頌若金玉, 孝明覽而異焉. 當時人主自曉文藝, 作主試,
令人躍然.

8-5. 우문(右文)을 펼친 효성제

효성제(孝成帝)가 『상서(尙書)』 백 편을 읽으면서 자신도 모르는 부
분을 박사들에게 물었는데 그 의미를 아무도 알지 못했다. 그래서 천
하에서 『상서』를 잘 아는 사람을 불러들였다. 동해에 사는 장패(張霸)
는 『좌씨춘추전(左氏春秋傳)』에 해박했는데 『좌씨춘추전』의 훈의(訓義)
로 『상서』 102편을 풀이하자 효성제는 비서성에 보내어 살펴보라고
했다. 비서성에서 이를 자세히 살펴보니 하나도 제대로 된 것이 없었
다. 그래서 벼슬아치들은 장패가 거짓으로 만들었기에 죄를 주어야
한다고 했다. 그러나 효성제는 그 재주를 대단하다고 여겨 그 죄를 사
면해 주었고 또한 장패가 지은 『상서』도 버리지 않았다.

자산(子山) 양종(楊終)이 고을의 회계를 담당하는 아전이 되어 세 관
청을 살펴보고는 「애뢰전(哀牢傳)」을 지었는데 완성하지는 못했다.
고을로 돌아와 다시 「애뢰전」을 완성하여 황제에게 올리니, 효명제가
대단하게 여기며 양종을 난대(蘭臺)로 불러들였다. 그렇다면 영락(永
樂) 연간에 주계지(朱季支)를 죄 준 것과[10] 가정(嘉靖) 연간에 임희원(林

---

10) 명 태종(明太宗) 때에 사인(士人) 주계우(朱季支)가 황제에게 바친 저서에서 전적
    으로 염·락·관·민(濂洛關閩)의 설을 배척하자, 태종은 노하여 그를 요주(饒州)로
    압송해 돌려보낸 뒤 현관(縣官)과 향사(鄕士)들을 모아놓고 태형(笞刑)을 행함과

希元)을 죄 준 것이나[11] 홍치(弘治) 연간에 동문옥(董文玉)에게 죄목을
씌운 것은[12] 우문(右文)의 의도를 다 펼치지 못한 것 같다.

　孝成讀尙書百篇, 博士莫曉, 徵天下能爲尙書者. 東海張霸通左氏春,
以左氏訓義解尙書百二篇, 上覆案秘書, 無一應者, 吏當霸辜大不謹, 帝
奇其才, 赦其辜, 亦不廢其經. 楊子山爲郡上計吏, 見三府爲哀牢傳, 不
能成篇, 歸郡重作上, 孝明奇之, 徵在蘭臺. 然則永樂中之罪朱季支, 嘉
靖中之罪林希元, 弘治中之罪薦董文玉者, 似亦未盡右文之意也.

8-6. 양 무제의 문예 애호

　양(梁) 무제(武帝)가 이부(吏部) 경척(景滌) 사람(謝覽)과 시중(侍中) 왕
간(王暕)으로 하여금 즉석에서 시를 지어 사람들에게 답시로 주게 했
는데, 지은 작품에 대해 좋다고 했다. 다시 짓게 하여도 또한 무제의
마음에 흡족한 작품을 지었다. 이에 다음과 같은 시를 하사했다.

雙文卽後進	두 문장가는 후진이지만
二少實名家	두 젊은이 실로 명문장가라네.
豈伊止棟隆	어찌 다만 대들보에 그치랴
信乃俱聲華	참으로 모두 화려한 명성 떨치리.

동시에 집에 있는 그의 저서들을 찾아내서 태우라고 명했다.

11) 변방에 오랑캐가 침입하자 임희원은 연속해 소장을 올려 정벌할 것은 주장하다
　가, 권신(權臣)에게 죄를 얻어 관직을 떠나게 되었다.

12) 미상.

또한 중양절의 조정 연회에 오직 경양(景陽) 소자현(蕭子顯)에 명령하기를, "오늘 경관이 대단히 좋으니 그대는 그것을 문장으로 그려내야 하지 않겠는가."라 하니, 소자현이 이에 시를 지었다. 시가 완성되자 교지를 내려, "재자(才子)라 이를 만하다."라고 했다.

梁武帝令謝吏部景滌與王侍中暕卽席爲詩答贈, 善之. 仍使褪作, 褪合旨, 乃賜詩曰, 雙文卽後進, 二少實名家. 豈伊止棟隆, 信乃俱聲華. 又於九日朝宴, 獨命蕭景陽曰, 今雲物甚美, 卿得不斐然. 乃賦詩. 詩成, 又降旨曰, 可謂才子.

8-7. 진 후주와 장기

진(陳) 후주(後主)가 아직 태자로 있을 때 관료들을 모아 잔치를 열고 시를 읊조렸는데 장기(張譏)도 그 자리에 있었다. 옥 자루로 된 털이개가 갓 완성되자 후주가 몸소 잡아보고서, "현재 비록 선비들이 숲의 나무처럼 많다고 하더라도 이 털이개를 잡을 만한 사람은 오직 장기뿐이다."라 하고 손수 장기에게 주었다. 이윽고 온문전(溫文殿)에서 『장자(莊子)』와 『노자(老子)』를 강의하게 했다. 후주의 아버지인 고종(高宗)이 그 자리에 참석하여 듣고서 자신이 입던 옷 한 벌을 장기에게 하사했다.

陳後主在東宮, 集官僚宴詠, 學士張譏在坐. 時新造玉柄塵尾成, 後主親執之, 曰, 當今雖復多士如林, 堪執此者, 獨譏耳. 卽手授之, 仍令於溫文殿講莊老, 高宗臨聽, 賜御所服衣一襲.

8-8. 최전과 최첨 부자

위(魏) 효정(孝靜) 황제가 인일(人日)에 운룡문(雲龍門)에 올랐다. 최전
(崔悛)이 연회 자리에서 모셨는데 또한 아들인 최첨(崔瞻)에게도 명령
하여 어좌(御座) 가까이에서 모시게 하면서, 황제의 지시에 응해 시를
짓게 했다. 황제가 형소(邢邵)에게 묻기를, "이 시는 그 아버지의 시에
비해 어떤가."라 묻자, 형소가 "최전의 시는 박식하며 우아하고 드넓
으며 아름답고 최첨의 시는 기운과 격조가 청신합니다. 두 사람은 모
두 으뜸가는 시인입니다."라고 했다. 연회가 파하자 두 사람의 시에
대해 감탄하며 상을 주었다. 모두들 "오늘 연회는 전적으로 최첨 부자
를 위하여 열었다."라고들 했다.

魏孝靜人日登雲龍門, 崔悛侍宴, 又勅子瞻令近御坐, 亦有應詔詩.
帝問邢邵曰, 此詩何如其父. 邢曰, 悛博雅弘麗, 瞻氣調清新, 並詩人之
冠. 燕罷, 共嗟賞之, 咸曰, 今日之讌, 並爲崔瞻父子.

8-9. 수 양제와 유변

수 양제(隋煬帝)가 아직 왕으로 있을 때 매번 문장을 지으면 문득 유
변(柳䫫)에게 다듬게 했다. 학사(學士)가 백여 명이었지만 유변의 문장
이 제일 뛰어났기 때문이다. 이윽고 황세로 즉위하자 유변은 더욱 총
애를 받게 되었으니, 제갈영(諸葛穎) 등과 함께 별궁(別宮)이나 별전(別
殿)에서 격의 없이 고상하게 노는 연회에 빠지지 않고 참여했다. 수
양제는 어두운 밤에 물시계인 동룡(銅龍)이 쉽게 떨어지면 유변을 곁
에 더 이상 두고 볼 수 없는 것을 생각하여 목각 인형을 만드는 이에

게 유변의 모습을 본떠 나무 인형을 만들라고 명령했다. 그러자 유변의 얼굴을 본떠 만들면서 거기에 기계를 설치하여 인형이 앉거나 일어날 수 있게 하여 계속 그것을 마주하고 한밤중까지 술을 마시곤 했다. 이런 일은 비록 올바른 일은 아니지만 유변이 특별한 총애를 받았다고 할 만하다.

煬帝爲諸王時, 每有文什, 輒令柳䛒藻潤, 學士百餘, 䛒爲之冠. 旣卽位, 彌見幸重, 與諸葛頴等, 離宮曲殿, 狎宴淸遊, 靡不在坐. 猶念昏夜銅龍易乖, 爰命偃師之流爲木偶, 效䛒面目, 施以機械, 使能坐起, 續對酣飮, 往往丙夜. 事雖不經, 可謂寵異矣.

8-10. 당 중종의 미사(美事)

연국공(燕國公) 장열(張說)은 "심삼형(沈三兄) 심전기(沈佺期)의 시를 1등의 자리에 두어야 한다."라고 했으며,[13] 승려 만회(萬廻)는 첨사(詹事) 심전기는 재자(才子)라고 했다. 세상의 평판은 송지문(宋之問)을 대단히 추존하지는 않은 것 같은데 다만 응제시를 지을 때는 으뜸을 다투어 이따금 시장(詩場)을 장악했다.

예를 들면, 중종(中宗)이 곤명지(昆明池)에 행차했을 때 '밝은 달에 야광주[明月夜珠]'를 읊어 상관소용(上官昭容)이 으뜸으로 골랐고,[14] 무

---

13) 『전당시화(全唐詩話)』 권1 「심전기(沈佺期)」에 보인다.

14) 『전당시화(全唐詩話)』 권1 「상관소용(上官昭容)」에 다음과 같은 기록이 보인다. "중종이 정월 그믐에 곤명지에 행차하여 시를 짓고, 뭇 신하들에게 응제시를 짓게 하자 백여 편의 작품이 완성되었다. 휘장을 친 임시 궁궐 앞에 채루를 만들고 소용에게 명하여 한 수를 뽑아 「신번어제곡」으로 삼게 했다. 시종하던 신하들이 모두 그 아래에 모였다. 잠깐 사이에 뽑히지 않고 버려진 작품들이 나는 듯이 떨어졌는

후(武侯)가 신하들과 용지(龍池)에서 시를 지을 때 동방규(東方虬)에게 내린 비단 옷을 다시 송지문에게 준 일이 있으니,15) 그의 시명은 대단하여 짝할 만한 이가 없다. 연청 송지문의 시는 이처럼 세상에 칭송되었지만 다만 횡사(橫死)를 당했다.

또한 무평일(武平一)이란 자가 있었는데, 정월 8일 입춘 채화(彩花)에 응제하여 시를 완성하니 중종이 손수 비답을 내려, "무평일이 나이가 비록 가장 어리지만 시는 매우 참신하다. '붉은 꽃이 먼저 열려 기쁜데, 노란 꾀꼬리 울지 않아 의아하네.[悅紅蕊之先開, 訝黃鶯之未囀.]'란 구절을 반복하여 읊조리니 감탄하며 생각에 젖게 만든다. 이제 그에게 꽃 한 가지를 하사하여 그 아름다움을 드러낸다."라고 했다. 꽃을 하사받은 학사들과 나란히 꽃을 꽂은 뒤에 다시 중종은 장난스레 말을 건네고 술 한 잔을 따라주니 당시 사람들이 그 일을 부러워했다.

『중종기(中宗紀)』를 읽어보면 독자들에게 기가 막히도록 낙심하게 만들지만 다만 시도(詩道)에 대해서는 조금이나마 도움이 있는 것 같

데, 각자 자신의 이름을 확인하고 집어 들었다. 이렇게 모두 물러났는데, 다만 심전기와 송지문 두 사람의 작품만 떨어지지 않았다. 얼마 시간이 지난 뒤에 작품 하나가 날아 떨어졌는데, 앞다퉈 이름을 확인하니 심전기의 작품이었다. 소용은 다음과 같이 평을 했다. '두 시의 공력(工力)은 서로 온전히 적수가 된다. 심전기 시의 낙구에서, '보잘것없는 자질의 미천한 신하, 뛰어난 인재 보기 부끄럽네.[微臣雕朽質, 羞睹豫章才.]'라 했는데, 이것은 사기(詞氣)가 이미 다한 것이다. 송지문의 시에서, '밝은 달이 다함을 걱정하지 않노니, 절로 야광주 있어서이네.[不愁明月盡, 自有夜珠來.]'라는 구절은 여전히 굳세고 호방한 기상을 지니고 있다.' 이에 심전기는 이에 복종하여 더 이상 다투려 하지 않았다."

15) 『구당서(舊唐書)』에 다음과 같은 이야기가 있다. "무후가 용문(龍門)에 유람 갔을 때, 따라온 신하들에게 시를 짓게 한 적이 있었다. 좌사(左史) 동방규(東方虬)가 먼저 시를 이루자, 무후는 그에게 금포를 하사했다. 송지문이 뒤를 이어 즉시 시를 올리자 무후가 이를 보고 칭찬을 아끼지 않으며, 동방규에게 주었던 금포를 빼앗아 송지문에 주었다."

다. 별궁(別宮)에 자리를 차려놓고 아름다운 시절을 음미하며 재사(才士)들에게 작품을 짓게 만들어 차례대로 상을 하사한 것은 또한 인주(人主)의 즐거운 일이며 사림(詞林)의 아름다운 이야기이다.

燕公大雅, 稱三兄第一, 萬廻聖僧, 呼詹事才子. 外議似不專宋, 獨應制爭標, 往往擅場, 如昆明夜珠入上官之選, 龍池錦袍奪東方之氣, 聲華艷羨, 遂無其偶. 延清詩達如此, 直得一橫死耳. 又有武平一者, 以正月八日立春彩花應制詩成, 中宗手敕批云, 平一年雖最少, 文甚警新, 悅紅蕊之先開, 訝黃鶯之未囀, 循環吟咀, 賞歎兼懷, 今更賜花一枝, 以彰其美. 所賜學士花並揷, 後復以謔詞賜酒一杯, 當時歎羨. 讀中宗紀, 令人懣懣氣塞, 惟於詩道, 似有小助. 至離宮列席, 領略佳候, 使才士操觚, 次第稱賞, 亦是人主快事, 爲詞林佳話.

8-11. 당 현종의 하지장과 이백 예우

개원(開元) 황제 현종(玄宗)은 본성이 호려(豪麗)한데다 더욱이 필묵을 연마했기에 재상을 임명하는 자리에서나 지방 수령이 외직으로 나갈 때면 이따금 몸소 문장을 짓고 주변의 많은 사람들에게 화답시를 짓게 했으니 한때의 아름다운 일이다. 사명광객(四明狂客) 하지장(賀知章)은 낮은 관료로 늙어 고향으로 돌아가겠다고 현종에게 요청하여 허락을 받았는데, 그가 떠날 때 지은 현종의 시는 대단히 아름답고 뛰어나다.[16] 청련(靑蓮) 이백(李白)은 포의로 벼슬길에 나서 조정에 들어

---

16) 『전당시화(全唐詩話)』 권1 「하지장(賀知章)」에 현종의 시가 보이는데, 다음과 같다. "遺榮期入道, 辭老竟抽簪. 豈不惜賢達, 其如高尙心. 環中得秘要, 方外散幽襟. 獨有靑門餞, 群英悵別深." "筵開百壺餞, 詔許二疏歸. 仙記題金籙, 朝章換羽衣. 悄然承

가 공봉(供奉)이 되었는데, 현종이 그를 대우한 내용인, "임금 배는 그
대 늦게까지 기다리고, 짐승 무늬 금포를 새로 하사하였네.[龍舟移棹
晚, 獸錦奪袍新.]"라는 구절은 두보의 시에 보이며17) 다른 전기(傳奇)에
서 현종이 이백의 국의 간을 맛보았으며 이백을 위해 양귀비가 먹을
갈았던 이야기가 보인다. 이백이 만년에 비록 세상을 떠돌았지만 또
한 그런대로 괜찮은 삶을 살았다.

　開元帝性旣豪麗, 復工詞墨, 故於宰相拜上, 岳牧出鎭, 往往親御宸
章, 普令和贈, 爲一時盛事. 四明狂客以庶僚投老得之, 尤足佳絶. 靑蓮
起自布素, 入爲供奉, 龍舟移饌, 獸錦奪袍, 見於杜詩. 及他傳奇, 所載
天子調羹, 宮妃捧硯, 晚雖淪落, 亦自可兒.

8-12. 인주(人主)의 사신(詞臣) 친압

　성현(誠懸) 유공권(劉公權)은 '눈물 흘리네.'라고 읊은 시와18) 영흥(永
興) 우세남(虞世南)의 요염함을 노래한 시는19) 대단히 비슷하다. 임금

睿藻, 行路滿光輝."
17) 두보(杜甫)의 「이기백이십운(寄李白二十韻)」은 다음과 같다. "昔年有狂客, 號爾
謫仙人. 筆落驚風雨, 詩成泣鬼神. 聲名從此大, 汨沒一朝伸. 文采承殊渥, 流傳必絶
倫. **龍舟移棹晚, 獸錦奪袍新.** 白日來深殿, 靑雲滿後塵. 乞歸優詔許, 遇我宿心親. 未
負幽棲志, 兼全寵辱身. 劇談憐野逸, 嗜酒見天眞. 醉舞梁園夜, 行歌泗水春. 才高心不
展, 道屈善無鄰. 處士禰衡俊, 諸生原憲貧. 稻粱求未足, 薏苡謗何頻. 五嶺炎蒸地, 三
危放逐臣. 幾年遭鵩鳥, 獨泣向麒麟. 蘇武先還漢, 黃公豈事秦. 楚筵辭醴日, 梁獄上書
辰. 已用當時法, 誰將此義陳. 老吟秋月下, 病起暮江濱. 莫怪恩波隔, 乘槎與問津."
18) 유공권(劉公權)의 「응제위궁빈영(應制爲宮嬪詠)」은 다음과 같다. "不分前時忤主
恩, 已甘寂寞守長門. 今朝却得君王顧, 重入椒房拭**淚痕.**"
19) 우세남(虞世南)의 「응조조사화녀(應詔嘲司花女)」는 다음과 같다. "學畵鴉黃半未
成, 垂肩嚲袖太憨生. 緣憨卻得君王惜, 長把花枝傍輦行."

이 문신(文臣)을 가까이 둔 것을 볼 수 있을 뿐 아니라 그 당시의 비밀스런 일도 회피하지 않고 드러내었다.

柳誠懸淚痕之詠與虞永興調憨計絶相類. 不唯見人主觀狎詞臣. 遇時秘密. 亦所不避.

8-13. 당 악공과 기녀들이 부르던 노래

당(唐)나라 때에 악공과 관기들이 부르는 노래는 유명한 시인들의 오언과 칠언의 절구를 많이 채택했는데, 또한 장편에서 어느 부분만 따온 것도 있었다. 예를 들면 고적(高適)의 「곡단보양구소부(哭單父梁九少府)」[20]의 앞부분 같은 경우로 다음과 같다.

開篋淚沾臆	상자를 여니 눈물이 가슴을 적시는데
見君前日書	전일 그대가 보낸 편지가 보이네.
夜臺猶寂寞	무덤은 아직도 적막한데
疑是子雲居	아마도 양웅의 거처[21]인가.

왕창령(王昌齡), 왕지환(王之渙), 고적이 미복(微服)으로 술집에서 술을 마시는데, 마침 여러 명기(名妓)들이 노래를 부르니 모두 그들의 시

---

20) 고적(高適)의 「곡단보양구소부(哭單父梁九少府)」는 다음과 같다. "**開篋淚沾臆, 見君前日書, 夜臺今寂寞, 猶是子雲居**. 疇昔探靈奇, 登臨賦山水. 同舟南浦下, 望月西江裏. 契闊多別離, 綢繆到生死. 九原卽何處, 萬事皆如此. 晉山徒峩峩, 斯人已冥冥. 常時祿且薄, 歿後家復貧. 妻子在遠道, 弟兄無一人. 十上多苦辛, 一官常自哂. 靑雲將可致, 白日忽先盡. 惟有身後名, 空留無遠近."

21) 양웅의 거처 : '자운(子雲)'은 양웅(揚雄)의 자로, 양웅은 원한을 가진 사람을 피해 사천 민산으로 이주하여 농사를 지으며 가난하고 쓸쓸하게 지냈다.

였다. 이에 즐겁게 술을 하루 종일 마셨다.

　대력(大曆) 연간에 누가 한 여자를 팔게 되었는데 용모는 평범했으나 부르는 값은 수십만 전을 요구했다. 그리고는 "이 여자는 학사 백거이의 「장한가(長恨歌)」를 외울 줄 아니 어찌 다른 여자와 비교하랴." 라고 말을 했다.

　명황(明皇) 현종(玄宗)이 달빛에 산책하면서 이원의 악공에게 이교(李嶠)의 「분음행(汾陰行)」을 노래하게 하니 현종이 눈물을 흘리면서, "이교는 참으로 재자(才子)로다."라고 했다. 또한 선종(宣宗)은 악공이 백거이의 「양류지사(楊柳枝詞)」[22]를 부르는 가운데 "영풍[23] 동각의 황폐한 정원에[永豊東角荒園裏]"라는 가사가 있는 것을 보고 빨리 영풍의 버드나무를 캐다가 궁궐에 심게 했다. 원진(元稹)의 「연창궁(連昌宮)」 등의 가사는 모두 백여 장이나 되는데 궁녀들이 모두 그 노래를 불렀으며, 그를 원재자(元才子)라고 불렀다. 이하(李賀)의 악부는 수십 수인데 음악으로 연주되었다. 또한 이익(李益)과 이하는 이름이 나란했는데 매번 한 작품이 나오면 곧바로 비싼 가격으로 사서 악부로 만들었으며 그들을 '이이(二李)'라고 일컬었다. 오호라! 그 시대의 악공과 여자들은 지금 어디에 있단 말인가.

　唐時伶官伎女所歌, 多採人五七言絶句, 亦有自長篇摘者, 如開篋淚沾臆, 見君前日書. 夜臺猶寂寞, 疑是子雲居之類是也. 王昌齡王之渙高適微服酒樓, 諸名伎歌者咸是其詩, 因而歡飮竟日. 大曆中, 賣一女子, 姿首如常, 而索價至數十萬, 云, 此女子誦得白學士長恨歌, 安可他比.

---

22) 백거이(白居易)의 「양류지사(楊柳枝詞)」는 다음과 같다. "一樹春風萬萬枝, 嫩于金色軟于絲. 永豊東角荒園裏, 盡日無人屬阿誰."

23) 영풍(永豊) : 당나라 때 동도(東都) 낙양(洛陽)에 있던 방이다.

李嶠汾水之作, 歌之, 明皇至爲泫然曰, 李嶠眞才子. 又宣宗因見伶官歌
白楊柳枝詞, 永豊坊裏千條柳. 趣令取永豊柳兩株, 栽之禁中. 元稹連昌
宮等辭凡百餘章, 宮人咸歌之, 且呼爲元才子. 李賀樂府數十首, 流傳管
弦. 又李益與賀齊名, 每一篇出, 輒以重賂購之入樂府, 稱爲二李. 嗚呼,
彼伶工女子者, 今安在乎哉.

8-14. 군신 수창의 망국 조짐

송(宋)의 기국공(岐國公) 왕규(王珪)가 학사가 되었는데, 어느 날 달밤
에 황제가 불러 궁중에 들어갔다. 황제는 술상 하나를 준비해 놓고 자
리에 앉으라고 했는데, 왕규는 사양하며 감히 앉지 못했다. 이에 황제
는 "이 밤에 그대를 불러들인 것은 번거로운 절차를 없애고 함께 풍류
를 즐기고자 한 것이네."라 했다. 이윽고 잔치를 열었는데, 바다와 육
지의 진귀한 안주가 가득했고 신선세계의 음악인 「선소곡(仙韶曲)」과
「예상우의곡(霓裳羽衣曲)」이 연주되어 수없이 많은 술을 마셨다. 주위
에 있던 희빈(姬嬪)들이 모두 옷소매와 비단 부채에 시를 적어 달라고
요청하기에 왕규는 그들에게 모두 시를 적어주었다. 희빈들은 머리에
꽂고 있던 구슬 장식의 꽃을 시를 적어둔 대가로 주었는데[24] 왕규의
옷소매가 가득할 정도였다. 새벽이 되어서야 비로소 연꽃 모양의 등
잔을 들고 집으로 돌아오게 되었다. 다음날 도성에서 황제가 왕규를
불러 잔치를 연 일이 두루두루 퍼졌다.

송(宋) 휘종(徽宗)의 정화(政和)와 선화(宣和) 이후로는 채경(蔡京), 채
유(蔡攸), 왕보(王黼), 이방언(李邦彦)이 휘종과 시를 수창하면서 한 시

---

24) 윤필(潤筆) : 시·서·화를 써준 대가로 받는 예물을 말한다.

절 황제의 총애를 대단히 받았었다.

　송 고종(高宗)과 효종(孝宗), 위공(衛公) 사미원(史彌遠), 군왕(郡王) 오익(吳益), 증적(曾覿), 장륜(張掄)이 또한 황제와 수창하면서 특별한 총애를 받았는데, 모두 나라가 망할 조짐이었다. 이밖에도 한때의 안일함에 빠져 멋대로 노닌 것을 다 기록할 수는 없다.

　宋王岐公珪爲學士, 嘗月夜上召入禁中, 對設一榻賜坐, 王謝不敢. 上曰, 所以夜相命者, 正欲略去苛禮, 領略風月耳. 旣宴, 水陸奇珍, 仙韶霓羽, 酒行無算. 左右姬嬪, 悉以領巾紈扇索詩, 王一一爲之, 咸以珠花一枝潤筆, 衣袖皆滿. 五夜, 乃令以金蓮歸院. 翌日, 都下盛傳天子請客. 宣政以還, 京攸王李, 諧謔唱和, 寵焰一時. 德壽重華史衛公吳郡王曾覿張掄亦復接踵, 然皆亡國之徵, 或是偏安逸豫, 不足多載.

8-15. 주원장의 선비 예우

　명나라가 흥기함은 고황제(高皇帝) 주원장(朱元璋)의 말 위에서 시작되었지만 또한 훌륭한 선비들을 다시 예우하기 시작했다. 몸소 감로주(甘露酒)를 맛보고 직접 「취학사가(醉學士歌)」를 찬술하여 금화(金華) 땅의 승지(承旨) 송렴(宋濂)에게 하사하기도 했다.

　明興, 高帝創自馬上, 亦復優禮儒碩, 至親調甘露漿及御撰醉學士歌, 賜金華宋承旨濂.

8-16. 명 선종의 신하와의 수창

명나라 선종(宣宗)이 건의(蹇義)와 하원길(夏原吉) 그리고 양사기(楊士奇), 양영(楊榮), 양부(楊溥)를 데리고 만세산(萬歲山)에서 노닐었다. 소보(少保) 황회(黃淮)가 이때 벼슬을 그만두고 조정에 와서 사은숙배를 했는데, 특명을 내려 만세산의 잔치에 참여하게 하면서 견여(肩輿)를 하사했다. 황제와 신하가 서로 시를 수창했는데 한 시절 성대한 일로 이전에 있었던 경우보다 훨씬 빛났다.

宣宗與蹇夏三楊游萬歲山. 少保黃淮, 時以致仕趨朝謝恩, 特令從宴, 仍賜肩輿. 賡歌贊詠, 爲一時盛事, 有光前古.

8-17. 변국에서의 문장 요구

양(梁)나라 때에 사신이 토곡혼(吐谷渾)에 이르러 책상머리에 있는 몇 권의 책을 보았는데, 이것은 바로 남조(南朝) 양(梁)나라의 『유효표집(劉孝標集)』이었다.

당(唐)나라 측천무후(則天武后) 때에는 일본(日本)과 서번(西番)에서 금과 보배를 많이 주고 장작(張鷟)을 글을 사갔다.

대력(大歷) 연간에는 신라국(新羅國)에서 글을 올려, 소부자(蕭夫子) 영사(穎士)로 스승을 삼게 해달라고 요청했다.

원화(元和) 연간에는 계림(鷄林)의 상인이 원진(元稹)·백거이(白居易)의 시집(詩集)을 팔라고 하면서, "동국(東國)의 재상들이 백금(百金)으로써 시 한 편과 바꾸는데, 위작(僞作)일 경우에는 바로 구별해낸다."라고 했다.

원풍(元豐) 연간에는 거란의 사신들이 모두 자첨(子瞻) 소식(蘇軾)의 문장을 외웠다.

홍무(洪武) 연간에는 일본(日本)과 안남국(安南國)에서 모두 글을 올려, 금 등의 패물을 주며 송경렴(宋景濂)의 비문(碑文)을 요구했다.

가정(嘉靖) 초에는 조선국에서 상언(上言)하여 관서(關西)의 여(呂) 아무개와 마(馬) 아무개의 문장을 내려주시어 법식으로 삼게 해 달라고 요청했었다.

이것이 이른바 이 게가 저 게만 못하다[一蟹不如一蟹]라는 것으로,25) 시대가 지남에 따라 요구하는 문장의 수준도 점점 낮아졌다.

梁時使臣至吐谷渾, 見床頭數卷, 乃劉孝標集. 天后朝, 日本西番重用金寶購張鷟文. 大歷中, 新羅國上書, 請以蕭夫子穎士爲師. 元和中, 雞林賈人鬻元白詩云, 東國宰相以百金易一篇, 僞者輒能辨. 元豐中, 契丹使人俱能誦蘇子瞻文. 洪武中, 日本安南俱上章, 以金幣乞宋景濂碑文. 嘉靖初, 朝鮮國上言, 願頒示關西呂某馬某文以爲式. 所謂一蟹不如一蟹.

---

25) 소식(蘇軾)의 글에 나오는 이야기이다. 중원에 애자(艾子)라는 사람이 살았다. 바다를 구경해 본 적이 없는 애자가 바다 구경을 했다. 어부가 큰 게 한 마리를 잡자, 애자는 그것이 무어냐고 물었고 어부는 게라고 가르쳐 주었다. 그 뒤 애자는 처음 본 게와 비슷한 게를 보았다. 애자가 이것도 게냐고 묻자, 이것은 민물 게라고 했다. 그 뒤 애자는 민물 게와 비슷한 게를 보게 되었다. 애자는 이것도 게냐고 물었는데, 게는 게인데 지금까지 본 게와는 다른 게라고 말해주었다. 그러자 애자는 "어찌 이렇게 같으면서 다른 물건이 있는가. 어찌 이 게가 저 게와 다르단 말인가."라 하며 한숨 쉬었다. '일해불여일해(一蟹不如一蟹)'는 게가 다 다르다는 의미로도 이해할 수 있고, 하나하나가 모두 다르다는 뜻도 된다. 그래서 같아 보이지만 다르고 차이가 나는 것을 비유한다.

8-18. 대를 이은 문예의 집안들

당(唐)나라 방경(方慶) 왕침(王綝)의 고조(高祖)와 증조(曾祖) 등 28대 조상까지 모두 글씨로 이름을 드날렸다.

남조(南朝) 양(梁)나라 유효작(劉孝綽)은 추종하는 무리가 70여 인으로 모두 훌륭한 문장을 잘 지었으니 성대하다고 하겠다. 유효작에게는 왕숙영(王叔英), 장승(張崃), 서비(徐悱)에게 시집간 세 누이가 있었다. 이 세 누이는 모두 글을 잘 지었는데, 서비에게 시집간 누이의 작품은 더욱 청발(淸拔)한 맛이 있다.

남조(南朝) 양(梁)나라 원례(元禮) 왕균(王筠)이 자식들에게 준 『논가집(論家集)』에서, "역사책에서는 안평(安平) 최씨(崔氏)와 여남(汝南) 응씨(應氏)가 여러 대(代)에 문재(文才)가 있었다고 칭송하였으니, 그러므로 위종(蔚宗) 범엽(范曄)이 그 가문에서 대대로 문장을 독점했다[世擅雕龍]고 말했다. 그러나 불과 2, 3대에 불과한 것으로, 우리 집안처럼 일곱 세대에 걸쳐 명성과 덕망이 거듭 빛나고 높은 작위가 연이어진 것은 아니다. 그러니 저 양씨(梁氏)나 등씨(鄧氏), 김씨(金氏), 장씨(張氏)가 몇 대에 높은 지위에 오른 것은 말해 무엇하겠는가."라 했다.

王方慶高曾二十八祖, 俱擅臨池. 劉孝綽群從七十餘人, 咸工掞藻, 盛哉. 孝綽有三妹, 適王叔英張崃徐悱, 有文學, 悱妻尤淸拔. 王元禮與諸兒論家集云, 史稱安平崔氏及汝南應氏, 幷累世有文才, 所以范蔚宗稱世擅雕龍, 然不過兩三世耳, 非有七葉之中, 名德重光, 爵位相繼, 如吾世者也. 彼梁鄧金張, 貂綿蟬聯者, 何足道哉.

8-19. 고사(故事) 놀이의 풍류

남조(南朝) 제(齊)나라의 하헌(何憲) 등 여러 학사들이 중보(仲寶) 왕검(王儉)의 집에서 고사(故事)를 인용하는 놀이를 하면서[26] 두건 상자와 탁자, 이러저런 의복과 장식품을 상품으로 걸었는데 사람들마다 한두 물건씩을 갖게 되었다. 언심(彦深) 육징(陸澄)이 늦게 와서 작품을 지었는데, 고사를 인용한 것이 다른 사람보다 뛰어나 한 번에 모든 물건을 빼앗아갔다.

하헌은 또한 중보 왕검이 고사 놀이에서 홀로 승리를 했기에 왕검에게 상으로 오화점(五花簟)과 백단선(白團扇)을 주자, 왕검은 마음속으로 대단히 만족해했다. 그런데 왕리(王摛)가 이 자리에 늦게 와서는 붓을 들자마자 바로 완성했다. 인용한 고사가 심오하면서도 해박했으며 말 또한 화려하고 아름다웠기에 자리에 있던 모든 사람들은 감탄해 마지않았다.

왕리는 이에 주변 사람들에게 왕검에게 주었던 오화점을 빼어오게 했고 손으로 백단선을 쥐고서는 수레를 타고 그 자리를 떠나가 버렸다.

하헌이 왕리를 작대(作對)한 것은 후대 당(唐) 무후(武后)가 동방규(東方虬)의 비단옷을 빼앗아 송지문(宋之問)에게 준 것과 같으니,[27] 또한 한때의 아름다운 일이다.

何憲等諸學士於王仲寶第隷事, 賭巾箱幾案雜服飾, 人人各一兩物. 陸彦深後成, 隷出人表, 一時奪去. 憲又於仲寶隷事獨勝, 仲寶賞以五花

---

26) 예사(隷事) : 특정한 물건과 관련된 고사(故事)를 인용하는 놀이의 일종이다.

27) 당(唐) 무후(武后)가 용문에서 놀며 시종하는 신하들에게 시를 짓도록 명한 뒤에 좌사(左史) 동방규(東方虬)가 먼저 지어 비단옷을 하사했다가 송지문(宋之問)이 지은 것을 보고 감탄하여 비단옷을 도로 빼앗아 송지문에게 주었다.

篁白團扇, 意殊自得. 王攭後至, 操筆便成, 事旣奧博, 辭亦華美, 衆皆擊賞. 攭乃命左右抽篁, 手自擊扇, 登車而去. 憲之犯對, 便是後來東方虯, 然亦一時佳事.

8-20. 원굉과 복도, 위수의 자부심

동진(東晉)의 원백(彦伯) 원굉(袁宏)과 현도(玄度) 복도(伏滔)는 환온(桓溫)의 기실(記室)로 있었는데, 두 사람은 모두 문장으로 명성이 있었다. 효무제(孝武帝)가 큰 모임을 열었는데 복도가 이 자리에 참석했다가 돌아왔다. 복도는 수레에서 내리자마자 먼저 아들 계지(系之)를 불러, "수많은 사람들의 성대한 모임에서 천자가 먼저 복도가 이 자리에 있는지 물었다. 그런 사람이 너의 아버지이니, 너는 어떠냐?"라 했다.

환온의 관청에서는 원굉과 복도를 병칭하여 '원복(袁伏)'이라 불렀다. 그러나 원굉은 복도와 병칭되는 것을 늘 부끄럽게 여기면서, "환온공의 두터운 은혜를 입었다. 비록 국사(國士)보다는 낫지 못하지만 그래도 복도와 함께 병칭되니, 너무도 치욕스럽다."라 했다.

북제(北齊)의 위수(魏收)의 종숙(從叔) 위계경(魏季景)은 재주와 학식이 있었고 명성과 벼슬도 위수보다 앞섰다. 돈구(頓丘) 사람인 이서(李庶)가 "북제에는 다만 두 사람의 위씨(魏氏)가 있구나."라 하자, 위수가 대답하길, "종숙을 가지고서 나를 비교하려 한다면 곧 야수(耶輸)를 그대에게 견주어야겠네."라 했다. 야수는 이서의 멍청이 종숙이었다.

袁彦伯伏玄度在桓公府, 俱有文名. 孝武當大會, 伏預坐還, 下車先呼子系之曰, 百人高會, 天子先問伏滔在否, 爲人作父, 定何如. 府中呼爲袁伏. 然袁恆恥心, 每嘆曰, 公之厚恩, 未優國士, 而與伏滔比肩, 何

辱如之. 魏收從叔季景, 有才學, 名位在收前. 頓丘李庶謂曰, 霸朝便有
二魏. 收對曰, 以從叔見比, 便是耶輸之比卿. 耶輸者, 庶癡叔也.

8-21. 문인들의 자만적인 기질

회남왕(淮南王) 유안(劉安)은 자신이 지은 「홍보(鴻寶)」란 작품에 대
해 바람서리 같은 엄숙한 기상이 있다고 했다.

동진(東晉)의 흥공(興公) 손작(孫綽)은 자신이 지은 「천태부(天台賦)」
란 작품에 대해 금석(金石) 같은 소리가 있다고 했다.

송(宋)의 오매원(吳邁遠)은 일찍이 사람들에게, "내 시는 너의 시의
아버지가 될 만하다."라 했다. 그리고는 늘 마음이 맞는 시구를 얻으
면 땅에 내던지면서, "자건(子建) 조식(曹植)을 말할 필요가 있겠는가."
라 소리쳤다.

당(唐)의 필간(必簡) 두심언(杜審言)은 죽으면서 송지문(宋之問)과 무
평일(武平一)에게, "내가 오랫동안 그대들을 압도해 왔지."라 했으며,
또 "내 문장은 굴원(屈原)과 송옥(宋玉)을 부하로 삼을 만하네."라 했다.

남조(南朝) 제(齊)나라의 왕융(王融)은 유효작(劉孝綽)에게, "천하의 문
장이 만약 내가 없었다면 마땅히 그대에게 돌아가겠지."라 했다.

남조(南朝) 양(梁)나라의 구령국(丘靈鞠)은 심약(沈約)의 문장이 나아
졌다고 말하는 사람의 보고서, "내가 나아지지 못할 때와 비교하면 어
떠한가?"라 했다.

근래에 민역(民懌) 상열(桑悅)은 상공(相公) 구준(丘濬)을 만났는데, 구
준이 천하의 문인들 중에 누가 가장 뛰어나냐고 물었다. 이에 상열이,
"상열이 가장 뛰어나고 다음은 축윤명(祝允明)이고 그 다음은 나기(羅
玘)입니다."라 했다.

문인들이 자신을 뽐내는 것은 예전부터 그랬으니, 이것이 문인들의 기질이다.

淮南鴻寶, 謂挾風霜之氣. 興公天臺, 云有金石之聲. 吳邁遠嘗語人, 吾詩可爲汝詩父. 每於得意語, 擲地呼, 曹子建何足道哉. 杜必簡死謂宋武, 吾在久壓公等. 又云, 吾文章可使屈宋作衙官. 王融謂劉孝綽, 天下文章, 若無我, 當歸阿士. 丘靈鞠見人談沈約文進曰, 何如我未進時. 近代桑民懌見丘相公, 問天下文人誰高者, 曰, 惟桑悅最高, 其次祝允明, 其次羅玘耳. 文人矜誇, 自古而然, 便是氣習.

8-22. 오만한 시평들

최신명(崔信明)의 "단풍 떨어지자 오강이 차갑네.[楓落吳江冷]"[28]라는 구절은 훌륭하지만 다른 구절은 볼만할 것이 없으니 "땅에 던져 버릴 정도이다."라고 하고서는 정세익(鄭世翼)은 떠나가버렸다.[29] 최호(崔顥)가 "열다섯에 왕창에게 시집갔네.[十五嫁王昌]"[30]라고 읊조리자, 이옹(李邕)이 최호에게 "어린놈이 무례하다."라는 꾸짖었다.[31] 이를 보면 세상에는 참으로 상대방을 면전에서 꺾어버리기를 좋아하는 사람이 있다.

군겸(君謙) 양순길(楊循吉)이 매번 문장을 지어 사람에게 보여주면,

---

28) 『신당서(新唐書)』에 이 구절만이 전한다.

29) 『당재자전(唐才子傳)』 권1 「최신명(崔信明)」에 보인다.

30) 최호(崔顥)의 「왕가소부(王家少婦)」는 다음과 같다. "十五嫁王昌, 盈盈入畫堂. 自矜年最少, 復倚壻爲郎. 舞愛前溪綠, 歌怜子夜長. 閑來鬪百草, 度日不成妝."

31) 『당재자전(唐才子傳)』 권1 「최호(崔顥)」에 보인다.

그 사람은 "아름답다."라 하는데, 그러면 양순길은 즉시 책을 덮고 "어디가 아름다운가?"라 물었다. 그 사람이 끝내 대답하지 못하면 양순길은 곧바로 떠나면서 다시 작별 인사도 하지 않았다. 구규(九逵) 채우(蔡羽)는 매번 사람을 마주하면 두보(杜甫)를 어린아이 같다고 헐뜯었다.

윤녕(允寧) 왕유정(王維楨)이 하루는 나에게 "형부(刑部) 조(趙) 아무개가 법을 어떻게 집행하는가요?"라 묻자, 나는 "선량한 관리입니다. 공의 시를 대단히 존모하며 또한 고심하여 시를 짓습니다."라고 대답했다. 왕유정이 크게 웃으면서 "선량한 관리는 될 수 있지만 시를 어찌 곧바로 지을 수 있겠는가?"라 했다. 또다시 나에게 이르기를 "왕(王) 아무개의 시를 본 적이 있소?"라 묻자, 내가 "보았소."라 대답했다. "일찍이 나에게 책 한 권을 보여주었는데, 내가 평을 하려고 하니 그는 평을 받으려 하지 않더이다. 그는 내가 사람들에게 그를 칭송하기를 바라지, 내가 그의 시를 기리게는 하지 않더이다."라고 그가 말했다.

崔信明, 楓落吳江冷. 以它句不稱投地. 崔顥, 十五嫁王昌. 得小兒無禮之呵. 世固有好面折人者. 楊君謙每以文示人, 其人曰, 佳. 卽掩卷曰, 何處佳. 其人卒不能答, 便去不復別. 蔡九逵每對人罵杜家小兒. 王允寧一日謂余曰, 趙刑部某治狀何如. 余曰, 循吏也. 甚慕公詩, 且苦吟. 王大笑曰, 循吏可作, 詩何可便作. 又謂余曰, 見王某詩否. 曰, 見之. 又曰, 曾示我一冊, 吾欲與評之, 渠意不受評, 渠欲吾延譽, 令吾無可譽.

8-23. 동향(同鄕) 문인에 대한 편견

우린(于鱗) 이반룡(李攀龍)이 순덕(順德)의 수령이 되었을 때, 제학(提學) 호(胡) 아무개란 사람이 그곳을 지나갔다. 그 사람은 촉(蜀) 지역 출신이었다. 이반룡이 찾아갔는데, 그는 바야흐로 차를 물리고 있었다. 이반룡이 무심코 묻기를 "승암(升庵) 양신(楊愼)[32]은 잘 지냅니까." 라 묻자, 호 제학이 뜬금없이 "승암은 비단 장기(臟器)를 지녔으니 소리개가 날고 물고기가 뛰노는[33] 백사(白沙) 진헌장(陳獻章)과는 같지 않네."라고 대답했다. 이에 이반룡이 옷을 털고 일어나 떠나면서 입으로 계속해서 툴툴거렸다.

뒤에 이반룡이 관중(關中)의 안찰사가 되었는데 중승(中丞) 허종노(許宗魯)가 사는 곳을 지나게 되었다. 허종노가 "지금 천하에 시를 잘 짓기로 이름난 자가 누구인가?"라 묻자, 이반룡은 "제일은 왕(王) 아무개이고【왕세정을 이른다.】 그 다음은 자상(子相) 종신(宗臣)입니다."라고 대답했다. 그 당시 종신은 고공랑(考功郎) 이었다. 허종노가 종신의 시를 보자고 요청하니, 이반룡이 갑자기 화를 내면서 "어제 불로 태워버렸습니다."라고 하자 허종노는 계면쩍어 얼굴이 붉어졌다.

李于鱗守順德時, 有胡提學者過之. 其人, 蜀人也. 于鱗往訪, 方掇茶次, 漫問之曰, 楊升庵健飯否. 胡忽云, 升庵錦心繡腸, 不若陳白沙鳶飛魚躍也. 于鱗拂衣去, 口咄咄不絶. 後按察關中, 過許中丞宗魯, 許問今天下名能詩何人, 于鱗云, 唯王某.【謂余也.】其次爲宗臣子相. 時子相爲考功郎. 許請子相詩觀之, 于鱗忽勃然曰, 夜來火燒却. 許面赤而已.

---

32) 양신(楊愼) : 양신이 촉(蜀) 지역 사천성(四川省) 출신이기에 한 말이다.

33) 소리개가 날고 물고기가 뛰노는 : 이 구절은 『중용(中庸)』에 보인다. 진헌장은 철학가이기 때문에 이런 문장으로 그를 비유한 것 같다.

8-24. 이창부와 노경연

이창부(李昌符)의 「비복(婢僕)」은 50운(韻)이고 노경연(路敬延)의 「치자(稚子)」는 100운으로 모두 비웃을 만한 작품이지만, 대단히 자세하게 형용했으니 자못 그 재능만은 볼 수 있다. 이창부는 과거에 높은 성적으로 합격했고 노경연은 성난 파도에 휩쓸려 강에 빠져 죽었으니, 사람의 행과 불행이 이와 같다. 요컨대 죽은 자는 경계의 대상이 된다.

李昌符婢僕詩五十韻, 路敬延稚子詩一百韻, 皆可鄙笑者, 然曲盡形容, 頗見才致. 昌符至以取上第, 而敬延觸怒沉河而死, 幸不幸乃如此. 要之, 死者可用爲戒.

8-25. 시작품의 절취(竊取)

보월(寶月)이 이동양(李東陽)의 「시곽(柴廓)」이란 작품을 훔치자, 이동양의 아들이 거의 송사(訟事)를 일으킬 뻔했다. 연청(淸愛) 송지문이 유희이(劉希夷)의 작품을 사랑하여 마침내 그를 죽이게 되었다.[34] 위수(魏收)와 형소(邢劭)가 모두 임방(任昉)과 심약(沈約)을 도적이라고 비방했다. 양형(楊衡)의 행권은 어떤 사람에게 도둑을 맞았는데, 그 도둑은 그것으로 과거에 합격했다.[35] 소릉(少陵) 두보(杜甫)의 시를 표절하

---

34) 송지문이 유희이를 죽이고 유희이의 「낙양편(洛陽篇)」을 자신이 지은 것으로 만들었다. 지금까지도 유희이의 「낙양편」이 송지문의 문집에 실려 있다. 『전당시화(全唐詩話)』 권1 「유희이(劉希夷)」에 보인다.

35) 양형이 처음에 여산(廬山)에 은거했는데, 양형의 글을 훔쳐 과거에 급제한 사람이 있었다. 양형이 이 일로 인해 자신도 궁궐에 가서 과거를 보고 또한 급제했다. 양형이 자신의 글을 훔쳐 급제한 사람을 보고서는 몹시 성난 목소리로 "'학이 한

고 의산(義山) 이은상(李商隱)의 시구를 훔치기까지 했는데도, 지금의
하경명(何景明)과 이몽양(李夢陽)은 골격을 이루긴 했지만 살을 붙이지
못했으니 한번 웃고 말 따름이다.

　寶月盜東陽柴廓之什, 其子幾成構訟. 延淸愛劉希夷之詠, 遂至殺人.
魏收邢劭交罵爲任昉沈約之賊. 楊衡行卷爲人竊以進取. 至生剝少陵,
搯擒義山, 今世何李, 亦遂體無完膚, 可供一笑.

8-26. 공졸(巧拙)과 지속(遲速)

　공교롭게 천천히 완성하는 작품과 졸렬하게 빨리 지은 작품은 누에
가 실을 짜듯 말을 늘어놓은 것과 병사를 배치하는 듯해서 문장 구성이
절대로 같을 수가 없다. 전해지는 말에 "매고(枚皐)는 졸렬하지만 신속
하게 지었고 사마상여(司馬相如)는 공교로웠지만 더디었다."라고[36] 했
으며, 또한 "공교로우면서도 빠른 것은 오직 사간(士簡) 한 사람뿐이었
다."라고 했는데, 사간은 장솔(張率)의 자이니 한 시절의 영예로운 호칭
이다. 황보방(皇甫汸)이 『해이신어(解頤新語)』에서 이러한 내용을 이야기
한 까닭은 무엇인가.

　또한 난릉(蘭陵) 소문염(蕭文琰)과 오흥(吳興) 구령해(丘令楷)는 한 번
동발(銅鉢)을 쳐서 울리는 소리가 사라지기 전에 시를 완성했으며,[37]

　마리씩 울며 하늘로 오른다.[——鶴聲飛上天]'란 구절이 그대 과거답안지에 있는
　가 없는가?"라 물었다. 이에 그 사람은 "이 구절을 그대께서 가장 아끼는 것을 알
　기에, 이 구절만은 훔칠 수가 없습니다."라 했다. 양형이 이에 웃으며, "이 구절
　을 훔치지 않았으니, 용서해 주겠네."라 했다. 『전당시화(全唐詩話)』 권4 「양형(楊
　衡)」에 보인다.

36) 유협(劉勰)의 『문심조룡(文心雕龍)』「신사(神思)」에 보인다.

당(唐)의 비경(飛卿) 온정균(溫庭筠)은 팔을 여덟 번 교차하면 8운의 짧은 시를 완성했는데,[38] 이는 모두 말할 것도 못 된다.

대개 공교로우면서도 빨리 짓는 무리로는 회남왕(淮南王) 유안(劉安), 정평(正平) 예형(禰衡), 진사왕(陳思王) 조식(曹植), 자안(子安) 왕발(王勃), 태백(太白) 이백(李白) 등이 충분히 그 분류에 속한다. 예형은 「앵무부(鸚鵡賦)」를 일필휘지로 지었고 사마상여는 「자허부(子虛賦)」를 백 일에 걸쳐 지었으며, 조식은 「자두(煮豆)」를 일곱 걸음에 지었고 좌사(左思)는 「삼도부(三都賦)」를 십 년에 걸쳐 지었는데, 모두 아름다운 작품이다.

巧遲拙速, 擒辭與用兵, 故絶不同. 語曰, 枚皐拙速, 相如工遲. 又曰, 工而速者, 唯士簡一人. 士簡, 張率也, 第一時賞譽之稱耳. 皇甫氏以入談, 何也. 時又蘭陵蕭文琰吳興丘令楷, 一擊銅鉢響滅而詩成. 唐溫飛卿八叉手而成八韻小賦. 俱不足言. 蓋有工而速者, 如淮南王禰正平陳思王王子安李太白之流, 差足倫耳. 然鸚鵡一揮, 子虛百日, 煮豆七步, 三都十年, 不妨兼美.

---

37) 양(梁)나라 경릉왕(竟陵王) 소자량(蕭子良)이 문사(文士)를 모아놓고 시를 지을 때, 소문염(蕭文琰)과 구령해(丘令楷)가 동발(銅鉢)을 치게 하고, 그 소리가 떨어지자 시를 지었다고 한다. 『남사(南史)』 「왕승유전(王僧孺傳)」에 보인다.

38) 온정균은 재사가 풍부하고 아름다웠으며, 짧은 작품에 뛰어났다. 매번 과장에 들어가 시험을 볼 때, 관운을 압운하여 작품을 짓는데 모두 여덟 번 팔을 교차하고 생각하면 여덟 운이 완성되었기에 당시에 그를 온팔차(溫八叉)라고 불렀다. 그는 여러 번 옆 자리의 다른 수험생을 위해 답안지를 작성해 주기도 하여, 하루에 많은 사람이 그를 찾았다. 『전당시화(全唐詩話)』 권4 「온정균(溫庭筠)」에 보인다.

8-27. 문재(文才)의 소멸

문통(文通) 강엄(江淹)은 꿈속에서 비단을 찢고 붓을 돌려 준 이후부터는 곧바로 아름다운 문장을 짓지 못하자, 사람들은 그의 재주가 다했다고 여겼다.[39] 포조(鮑照) 또한 재주가 다했다고 말들 하는데 매우 그렇지 않다.

옛날에 어떤 사람이 밤에 「위성곡(渭城曲)」을 부르는 소리를 들었는데 대단히 아름다웠다. 새벽에 물어물어 찾아보니 바로 술집에서 고용살이 하는 소민(小民)이었다. 그에게 백 냥의 돈을 주면서 술을 샀는데, 오래되자 다시는 「위성곡」을 부르지 못하게 되었다. 근래에 강우(江右)의 한 귀인이 40에 벼슬에 나갔는데, 벼슬에 나가기 전에는 시가 매우 청담(淸淡)했었다. 그러나 현달하게 되자 비록 날마다 많은 작품을 지었지만 좋지 못한 시만 어지러이 나왔다. 사람들이 그 까닭을 괴이하게 여겼는데, 내가 "이것은 앞에 소민이 「위성곡」을 부르지 못하게 된 것과 같은 이치다."라고 말했다. 어떤 사람은 "포조가 화를 피하기 위해 졸렬하게 작품을 지었다."고들 한다.

文通裂錦還筆入夢以來, 便無佳句. 人謂才盡. 鮑照亦謂才盡, 殆非也. 昔人夜聞歌渭城甚佳, 質明跡之, 乃一小民傭酒館者, 捐百緡予使釃酒, 久之不復能歌渭城矣. 近一江右貴人, 強仕之始, 詩頗淸淡, 旣涉貴顯, 雖篇什日繁, 而惡道叢出. 人怪其故. 予曰, 此不能歌渭城也. 或云,

---

39) 양(梁)나라 때 문장가인 강엄(江淹)이 어느 날 밤에 꿈을 꾸니, 곽박(郭璞)이라 자칭하는 사람이 이르기를, "내 붓이 다년간 그대에게 가 있었으니, 이제는 나에게 돌려주어야겠다."라 했다. 강엄이 품속을 더듬어 오색필(五色筆)을 찾아서 그에게 돌려주었는데, 그 꿈을 꾼 이후로는 강엄에게서 좋은 시문이 전혀 나오지 않으므로, 당시 사람들이 그의 재주가 다했다고 했다. 『남사(南史)』「강엄열전(江淹列傳)」에 보인다.

鮑是避禍令拙耳.

8-28. 사안의 학구열

안석(安石) 사안(謝安)이 광록(光祿) 완유(阮裕)를 보고 공손룡(公孫龍)의 「백마론(白馬論)」을 강론해 달라고 요청했다. 그러나 사안이 완유의 말을 곧바로 이해하지 못하자 완유는 거듭 자세히 묻고 답해 주었다. 이에 완유가 감탄하면서 "다만 능히 언변이 뛰어난 사람을 찾아보기도 어려울 뿐만 아니라, 참으로 이처럼 알려고 노력하는 사람도 찾아보기 어렵도다."라 했다.40) 두보가 "문장은 천고의 일이라, 득실은 내 마음속으로만 아는 것이네.[文章千古事, 得失寸心知.]"41)라고 한 것은 또한 이를 두고 한 말이다.

대개 심장과 장기(臟器)를 가르고 조물주의 비밀을 찾아내기를 마치 대해(大海)에서 산호 보물을 꺼내는 것처럼 한 것을, 어찌 냄새를 풍기며 시끄럽게 짖어대는 이들로 하여금 가볍게 읽게 만들겠는가. 아름다운 부분에 이르면 마치 산울림처럼 반드시 칭송을 받으니, 여러 성(城)과 바꾼 숨어 있던 옥은 변화(卞和)를 감탄하게 했고 흐르는 물을 생각하며 백아(伯牙)가 거문고를 탈 때 종자기(鍾子期)가 마음으로 이를 알았으니, 옛사람들이 지기(知己)를 중시하고 감은(感恩)을 박하게 여긴 것이 어찌 나를 속이랴.

---

40) 『세설신어(世說新語)』「문학(文學)」에 보인다

41) 두보(杜甫)의 「우제(偶題)」는 다음과 같다. "**文章千古事, 得失寸心知.** 作者皆殊列, 名聲豈浪垂. 騷人嗟不見, 漢道盛於斯. 前輩飛騰入, 餘波綺麗爲. 後賢兼舊例, 歷代各淸規. 法自儒家有, 心從弱歲疲. 永懷江左逸, 多病鄴中奇. 騄驥皆良馬, 麒麟帶好兒. 車輪徒已斲, 堂構惜仍虧. 謾作潛夫, 論虛傳幼婦. ……"

謝安石見阮光祿白馬論, 不卽解, 重相咨盡. 阮歎曰, 非唯能言人不可得, 正索解人亦不可得. 杜公有云, 文章千古事, 得失寸心知. 亦謂此耳. 夫劇鉥心腑, 指摘造化, 如探大海出珊瑚, 奈何令逐臭吠聲之士輕讀之也. 至於有美必賞, 如響之應, 連城隱璞, 卞生動容, 流水離弦, 鍾子拊心, 古人所以重知己而薄感恩, 夫豈欺我.

8-29. 사령운, 유효작, 형소의 명성

사령운(謝靈運)이 회계(會稽)로 옮겨 살 때 별장을 지었는데 주변은 강물이 흘러나가는 산으로 대단히 그윽한 아름다움을 지녔다. 매번 시 한 수가 지어지면 도성으로 전해져 귀천 구별 없이 다퉈 베꼈으니 하룻밤 안에 선비들 사이에 널리 전해졌다. 양(梁)나라 때에 남조(南朝)에서는 유효작(劉孝綽)과 북조(北朝)에서는 자재(子才) 형소(邢邵)의 문학이 한 시대에 독보적으로 뛰어났다. 매번 한 작품이 지어지면 도성(都城)의 종이 값이 귀하게 되었으며 한번 읊조리면 문득 원근에까지 널리 알려졌다. 사령운을 내가 더욱 존중하는데, 애석하게도 마지막이 좋지 않았도다. 이른바 동산에서 자연을 즐긴다는 뜻을 세운 것은 마땅히 천하 사람들이 추존할 것이니 어찌 문학의 비조(鼻祖)에만 그치랴.

謝靈運移籍會稽, 修營別業, 傍山帶江, 盡幽居之美. 每一詩至都, 貴賤莫不競寫, 宿昔之間, 士庶皆徧. 梁世, 南則劉孝綽, 北則邢子才, 雕蟲之美, 獨步一時. 每一文出, 京師爲之紙貴, 讀誦俄遍遠近. 靈運尤吾所賞, 惜其不終, 所謂東山志立, 當與天下推之, 豈唯鼻祖.

8-30. 임종과 관련된 작품들

나는 늘 해강(秸康)이 거문고를 연주하며 죽음을 초탈한 것과[42] 하후현(夏侯玄)은 죽을 때 얼굴색이 하나도 변하지 않았다는 것을[43] 칭송했다. 천고(千古)의 다른 사람에게 보게 했더라도 오히려 대단히 칭송했을 것이지만, 자기 자신의 몸이 죽음에 처했다면 그렇게 하기란 더욱 어려웠을 것이다. 징사(徵士) 도잠(陶潛)이 지은 자신의 제문(祭文)이나 만사(輓詞)는 모두 인간세상을 초월한 것으로, 묵묵히 선종(禪宗)과 부합되고 불가의 공(空)을 깨달아 해탈했으며 무생(無生)·무멸(無滅)의 진리를 깨달았다.[44]

도잠은 "다만 한스러운 것은 살아생전에 맘껏 술 마시지 못한 것. [但恨在生時, 飮酒未得足.]"이라 했는데, 이것은 그의 사상에 걸림돌이 되는 말은 아니고 다만 우스갯소리를 했을 뿐이다.

문거(文擧) 공융(孔融)은 "살아생전에 무얼 근심하리오, 죽으면 모든 일 끝나는데.[生存何所慮, 長寢萬事畢.]"라 했고 견석(堅石) 구양건(歐陽建)은 "궁달은 정해진 분수가 있노니, 어찌 다시 강개하게 탄식하리오. [窮達有定分, 慷慨復何嘆.]"라 했으며, 계륜(季倫) 석숭(石崇)은 "천하에서는 영웅을 죽이는데, 그대는 또한 어찌하리오.[天下殺英雄, 卿亦何爲爾.]"라 했고 안인(安仁) 반악(潘岳)은 "준걸의 시신이 개천을 메우다 보니, 그 여파가 내게까지 미친 것이오.[俊士塡溝壑, 餘波來及人.]"라 했다. 사

---

42) 해강이 동시(東市)에서 처형당할 적에, 태학생(太學生) 3천 명이 스승으로 삼기를 청했으나 허락하지 않았다. 혜강은 해 그림자를 돌아보고는 거문고를 찾아 타며, "광릉산(廣陵散)이 지금부터 끊어졌다."라고 했다.

43) 하후현이 동시(東市)에서 처형당할 때에 안색이 전혀 변하지 않았고 행동거지도 평소와 같았다고 한다.

44) 무생인(無生忍) : 무생법인(無生法忍)과 같은 뜻으로, 불생불멸(不生不滅)하는 법성(法性)을 인지(忍知)하고, 거기에 안주(安住)하여 움직이지 않는 것을 말한다.

령운(謝靈運)은 "해후함이 결국 몇 번이리오, 목숨 길고 짧은 것 근심할 바 아니라오.[邂逅竟幾何, 修短非所慇.]"라 했고 부랑(傅朗)은 "마음 고요히 화창함을 타노니, 죽고 사는 것 알지 못하겠네.[冥心乘和暢, 未覺有終始.]"라 했으며, 진흥(眞興) 원희(元熙)는 "어떻게 이 절개를 드러낼까, 죽음으로써 드러내야 할까.[何以明是節, 將解七尺身.]"라 했다. 이들은 모두 고상함을 드러내어 극심한 두려움을 떨쳐냈다. 완전하게 죽음을 초월하지는 못했지만, 그래도 다른 사람들보다는 뛰어나다고 하겠다.

식부궁(息夫躬)45)이 먹구름 속에서 죽게 될 것이라는 「절명사(絶命辭)」를 지은 바 있었고46) 울종(蔚宗) 범엽(范曄)47)은 "호추(好醜)가 일구(一丘)에 있다."는 내용의 「임종시(臨終詩)」를 지었는데,48) 둘 다 몇 년이 되지 않아 자신이 지은 작품처럼 죽게 되었다. 삶과 죽음에 대한 훌륭한 말이라 할 수 있으니, 내가 누굴 속이겠는가.

每嘆嵇生琴夏侯色, 令千古他人覽之, 猶爲不堪, 況其身乎. 與陶徵士自祭輓, 皆超脫人累, 默契禪宗, 得蘊空解證無生忍者. 陶云, 但恨在

---

45) 식부궁(息夫躬) : 전한(前漢) 애제(哀帝) 때의 변설가로, 흉노가 쳐들어온다고 애제를 설득했다가 승상인 왕가(王嘉)의 비판을 받았다. 나중에 황제를 속인 죄로 죽음을 당했다.

46) 식부궁은 "玄雲泱鬱, 將安歸兮. 鷹隼橫厲, 鷺徘徊兮. ……"라는 내용의 「절명사(絶命辭)」를 지은 바 있다.

47) 범엽(范曄) : 남조(南朝) 송(宋)나라 사람으로, 자가 울종(蔚宗)이고 순양(順陽) 사람이며, 범태(范泰)의 아들이다. 어려서부터 학문을 좋아하여 경사(經史)를 두루 읽었으며, 문장을 잘 지어 『후한서(後漢書)』를 저술했다. 그러나 조정에서 뜻을 얻지 못하자 사종(謝綜), 공희선(孔熙先) 등과 역모를 꾀했다가 동료인 서담지(徐湛之)의 고발로 인해 체포되어 참수당했다.

48) 범엽(范曄)의 「임종시(臨終詩)」는 다음과 같다. "禍福本無兆, 性命歸有極. 必至定前期, 誰能延一息. 在生已可知, 來緣懂無識. 好醜共一丘, 何足異枉直. 豈論東陵上, 寧辨首山側. 雖無嵇生琴, 庶同夏侯色. 寄言生存子, 此路行復卽."

生時, 飮酒未得足. 此非牽障語, 第乘遽云耳. 孔文擧生存何所慮, 長寢
萬事畢, 歐陽堅石窮達有定分, 慷慨復何嘆, 石季倫天下殺英雄, 卿亦何
爲爾, 潘安仁俊士塡溝壑, 餘波來及人, 謝靈運邂逅竟幾何, 修短非所
愍, 符朗冥心乘和暢, 未覺有終始, 元眞興何以明是節, 將解七尺身, 皆
能驅使大雅, 以豁至怖, 便未眞得, 猶足過人. 若乃息夫絶命於玄雲, 蔚
宗推醜於一丘, 可謂利口, 則吾誰欺.

8-31. 영락한 삶을 읊조린 시인들

태충(太沖) 좌사(左思), 사령운(謝靈運), 자재(子才) 형소(邢邵)가 작품
을 한 번 짓기만 하면 종이 값을 비싸게 했으며, 원장(元長) 왕융(王融),
효목(孝穆) 서능(徐陵), 설도형(薛道衡)⁴⁹⁾이 아침에 시를 읊조리면 저녁
에 먼 곳까지 그 작품이 두루 퍼졌다. 계림(雞林)에서 백거이(白居易)의
작품을 사갔는데 백금의 값을 지불했다. 촉(蜀) 땅의 오랑캐가 도관(都
官) 매요신(梅堯臣)의 시 작품을 얻고서는 법금(法錦)⁵⁰⁾으로 수를 놓았
었다.

자운(子雲) 양웅(揚雄)은 현정(玄亭)에서 쓸쓸하게 지냈고 원량(元亮)
도잠(陶潛)은 동쪽 울타리에서 서성거렸으며, 자미(子美) 두보(杜甫)는
완화계(浣花溪)에서 머뭇거렸고 왕창령(王昌齡)은 궁벽진 곳에서 영락
하게 지내면서 음식을 얻어먹으며 술집에서 옷을 구해 입었다.

공부(工部) 두보는 「여야서회(旅夜書懷)」에서 "이름을 어찌 문장으로
드러내랴.[名豈文章著]"라 했으니,⁵¹⁾ 슬프다, 자신의 한을 풀어낸 것인

---

49) 설도형(薛道衡) : 『예원치언』에는 '穆蘇道'로 되어 있는데, '薛蘇道'로 보인다.

50) 법금(法錦) : 고대 서남쪽의 소수 민족이 사는 곳에 생산되던 면직물이다.

51) 두보(杜甫)의 「여야서회(旅夜書懷)」는 다음과 같다. "細草微風岸, 危檣獨夜舟. 星

데, 수백 년 후에 다시 그 마음을 헤아려보는 사람이 없구나. 다만 작가는 자신의 처지 때문에 자신의 작품을 제대로 감상하지 못하고 그런 작품을 감상하는 사람들은 그런 작품을 짓지 못한다. 그들이 한스럽게 여긴 것을 한스러워할 따름이다.

左太沖謝靈運邢子才篇賦一出, 能令紙貴. 王元長徐孝穆蘇道衡朝所吟諷, 夕傳遐方. 雞林購白學士什, 至値百金. 蜀僰獲梅都官詩, 繡之法錦. 而子雲寂寞玄亭, 元亮徘徊東籬, 子美躑躅浣花, 昌齡零落窮障, 寄食人手, 共衣酒家. 工部云, 名豈文章著. 悲哉乎其自解也, 令數百歲後有人無所復虞. 第作者不賞, 賞者不作, 以此恨恨耳.

8-32. 억울함을 풀어준 일화들

범터(范攄)는 자신이 찬한 『운계우의(雲溪友議)』에서 다음과 같이 말했다.

> "장구(章仇)가 검남절도사(劍南節度使)로 있으면서 습유(拾遺) 진자앙(陳子昻)을 위해 옥사(獄事)를 풀어주었고 고적(高適)이 시어(侍御)로 있으면서 강녕(江寧) 왕창령(王昌齡)을 위해 억울함을 풀어주었다."

이러한 일은 사람으로 하여금 통쾌하게 만들기에 문단의 모범이 될 만하다. 그러나 정사(正史)나 다른 책에서는 이 일이 보이지 않는다.

雲溪友議稱章仇劍南爲陳拾遺雪獄, 高適侍御爲王江寧申冤, 此事殊

垂平野闊, 月湧大江流. 名豈文章著, 官應老病休. 飄飄何所似, 天地一沙鷗."

快人, 足立藝林一幟, 但不見正史及他書耳.

8-33. 문장의 아홉 가지 운명[文章九命]

옛사람은 "시가 사람을 궁하게 만든다."라고 했는데, 그 실상을 헤아려보면 진실로 합당한 점이 있다. 지금 가난하고 늙고 근심하고 병들고 떠돌거나 귀양살이하며 타지(他地)에 머물러 있는 것을 사람들은 좋게 여기지 않는다. 그러나 이러한 것들이 시 속에 들어오면 아름다워진다. 부귀하게 되거나 현달하는 것을 사람들은 좋게 여긴다. 그러나 이러한 것들이 시 속으로 들어오면 아름답게 되지 않는다. 이것이 첫 번째 합당한 점이다.

조화의 비밀을 누설하면 조물주가 조용히 재앙을 내리고 사람들의 칭송을 독차지하면 사람들이 그를 좋아하지 않는다. 그래서 끙끙거리며 시를 갈고 다듬다 보면 본성(本性)을 해치는 도끼가 되고 제멋대로 읊조리며 길게 늘어뜨리면 죄인을 심문하는 서류[爰書]가 되기 마련이다. 서로를 해치는 창과 칼이 붓끝에서 일어나고 죄의 그물이 먹을 씻는 못에서 펼쳐지니, 이것이 두 번째 합당한 점이다.

옛날의 뛰어난 시인을 두루 살펴보니 진실로 온전하게 마친 이가 적었기에, 이를 위해 구슬피 탄식하고 엄숙히 두려워한다. 이전에 동인들과 장난삼아 '문장의 아홉 가지 운명[文章九命]'을 만들어 보았다. 첫 번째는 빈곤(貧困), 두 번째는 미움[嫌忌]을 받는 것, 세 번째는 과오를 저지르는 것[玷缺], 네 번째는 좌절당해 고생함[偃蹇], 다섯 번째는 유배 가는 것과 폄직(貶職) 되어 쫓겨남[流竄], 여섯 번째는 형벌과 욕됨을 당함[刑辱], 일곱 번째는 요절함[夭折], 여덟 번째는 좋지 못하게 죽음[無終], 아홉 번째는 후사가 없음[無後]이다.

古人云, 詩能窮人. 究其質情, 誠有合者. 今夫貧老愁病, 流竄滯留,
人所不謂佳者也, 然而入詩則佳. 富貴榮顯, 人所謂佳者也, 然而入詩則
不佳. 是一合也. 洩造化之秘, 則眞宰默讎, 擅人群之譽, 則衆心未厭.
故呻占椎琢, 幾於伐性之斧, 豪吟縱揮, 自傅爰書之竹, 矛刃起於兎鋒,
羅網布於雁池. 是二合也. 循覽往匠, 良少完終, 爲之愴然以慨, 肅然以
恐. 曩與同人戲爲文章九命, 一曰貧困, 二曰嫌忌, 三曰玷缺, 四曰偃蹇,
五曰流竄, 六曰刑辱, 七曰夭折, 八曰無終, 九曰無後.

첫 번째는 빈곤(貧困)이다.

안연(顏淵)은 대바구니 밥을 먹고 표주박 물을 마셨으며, 공자의 제
자 원사(原思)는 콩죽도 먹지 못했다. 자하(子夏)는 메추라기를 매달아
놓은 것처럼 옷이 남루했고 열자(列子)는 위(衛)나라로 가면서 길에서
밥을 먹었다. 장주(莊周)는 집이 가난해 감하후(監河侯)에게 곡식을 빌
리러 갔으며, 자신을 마른 고기[枯魚]에 견주었다. 검루(黔婁)는 옷을
입어도 몸을 다 가리지 못했으며, 동방삭(東方朔)은 배고픔에 시달리
다 죽어버리고자 했으며, 주유(侏儒)가 되기를 바랐다.52) 사마상여
(司馬相如)의 집은 네 벽만이 있을 뿐이어서 숙상구(鷫鸘裘)53)를 전당
잡혔고 양창(陽昌)의 집에서 술을 팔았다. 태사공(太史公) 사마천(司馬
遷)은 속죄(贖罪)할 만한 돈이 없어 감옥에서 궁형(宮刑)을 당했다. 광

---

52) 주유 : 기예(技藝)를 연출하던 난쟁이 광대를 말한다. 한나라 때 동방삭(東方朔)
　이 무제(武帝)에게 말하기를 "난쟁이 광대는 키가 작은데도 봉록이 일낭속(一囊粟)
　이고, 신은 키가 큰데도 역시 일낭속을 받으므로, 난쟁이 광대는 배가 불러서 죽을
　지경이고, 신은 배가 고파서 죽을 지경입니다."라고 했다.
53) 숙상구(鷫鸘裘) : 한(漢)나라 때 사마상여(司馬相如)가 입었던, 숙상이란 새의 가
　죽으로 만든 갖옷 이름인데, 그가 일찍이 부인 탁문군(卓文君)과 함께 고향인 성도
　(成都)로 돌아갔을 적에 워낙 가난해서 자기가 입고 있던 숙상구를 전당잡히고 술
　을 사서 탁문군과 함께 마시며 즐겼던 데서 온 말이다.

형(匡衡)은 다른 사람을 위해 대신 글을 써 주며 살아갔고 동곽선생(東郭先生)은 눈 속을 걸어 다니면 발가락이 모두 밖으로 드러났다.

왕장(王章)은 병에 걸렸는데도 이불이 없어 소 거적을 덮고 누웠다. 왕충(王充)은 저자거리에서 노닐면서 책을 파는 곳만을 살펴보았다.54) 사운(史雲) 범염(范冉)은 솥 속에서 먼지가 생길 정도였고 제오힐(第五頡)은 전답과 집이 없어 영대(靈臺)에서 기숙(寄宿)했는데, 열흘이나 밥을 해 먹지 못했었다. 임종(林宗) 곽태(郭太)는 몸의 한쪽 만을 가릴 정도의 옷 밖에 없었기에, 들어갈 때는 앞부분을 가리고 나올 때는 뒤 부분을 가렸다. 손신(孫晨)은 짚 한 다발 밖에 없었기에 저녁에는 이 짚을 깔고 자며 아침에는 짚을 말아 두었다. 오근(吳瑾)은 품팔이 하면서 책을 읽었었다. 조일(趙壹)은 「자세질사부(刺世疾邪賦)」에서 "배 속에 책이 가득 차 있어도, 돈주머니 하나 있는 것만 못하네.[文籍雖滿腹, 不如一囊錢.]"라 한 바 있다. 속석(束晳)은 돈을 받으러 오면 이곳저곳에서 빌려 갚았지만, 나중에는 빌릴 곳도 없게 되었다. 왕니(王尼)는 수레를 끌던 소까지 잡아먹고 끝내 굶어 죽었다. 동경(董京)은 해진 솜으로 몸을 가리며 저자거리에서 구걸했다. 하통(夏統)은 들판을 파서 먹을 것을 구했다. 극선(郤詵)은 닭을 기르고 달래를 심어 이로써 상(喪)을 치렀다.

도잠(陶潛)은 배고픔을 달래기 위해 먹을 것을 구했으며, 저승에서라도 보답할 것이라 했다.55) 응거(應璩)는 띠풀의 지붕이 날아갔는데

---

54) 후한(後漢)의 왕충(王充)이 항상 낙양(洛陽)의 시사를 돌아다니면서 팔려고 내놓은 책을 한 번 보고는 곧장 외워 버려 마침내 제자백가(諸子百家)에 능통하게 되었다는 고사가 전한다.

55) 도잠이 팽택 현령(彭澤縣令)으로 있다가, 오두미(五斗米) 때문에 소인배에게 허리를 굽히게 되자 벼슬을 그만두고 돌아갔다. 그런데 「걸식(乞食)」이란 시의 후반부에서 "그대가 베푼 표모(漂母)의 은혜 감사한데, 내가 한신(韓信)의 재주 없음이

도, 책상에서 공부했었다. 계도원(啓道元)은 「여천공전(與天公箋)」에서 "옷이 낡고 짧아 다리를 쭉 뻗으며 다리가 나오고 몸을 구부리면 어깨가 밖으로 나왔다."라 했다. 장융(張融)은 조그마한 배를 끌어다 놓고 안상(岸上)에 거주했다. 우화(虞和)는 비가 오면 펼쳐놓았던 책을 몸으로 덮어, 몸이 비에 흠뻑 젖었다. 왕지심(王智深)은 5일 동안이나 아무것도 먹지 못하자, 왕골의 뿌리를 캐 먹었다. 유준(劉峻)은 사나운 아내가 있어 시름 속에 야위어갔다. 배자야(裵子野)는 관청의 땅 이묘(二畝)를 빌려 살았는데 띠풀 집은 겨우 두어 칸이었다. 노수(盧叟)는 평생 베 주머니 하나를 등에 지고 다녔는데, 부귀한 집에 가면 술과 안주를 먹은 뒤에, 남은 고기는 아이에게 나눠주었다.

두보(杜甫)는 완사계(浣花溪)에서 누에 치는 계절이 되면 사람들에게 한두 가닥의 실을 구걸했다. 정건(鄭虔)은 사명(四明)의 눈길을 헤치며 갔고 굶주림에 산음(山陰)의 상수리를 주었다. 소원명(蘇源明)은 땔나무를 태워 그 빛으로 책을 보았으며 때 낀 옷에서는 이끼가 생겨났다. 양성(陽城)은 느릅나무를 가루로 만들어 죽을 쑤어 먹으면서도 이웃에 구걸하지 않았다. 가도(賈島)는 눈처럼 흰머리가 된 것을 탄식하면서도 옷도 제대로 입지 못했다. 맹교(孟郊)는 추위에 고통스러워했는데, 부싯돌로 태울 땔감도 없었다. 노동(盧仝)은 긴 수염과 맨발로 산수 간에 은거하며 살아갔다. 주박(周朴)은 절집에서 기식(寄食)했으며 아내를 얻지도 못했다.

명나라의 섭대년(聶大年)과 당인(唐寅) 등은 모두 떠돌아다니며 객점에서 지냈는데, 보통 사람들은 감당하지 못할 정도였다. 근래에는 사

부끄럽소. 가슴속 고마움 어찌 보답하리오, 저승에서라도 갚아 드리오리다.[感子漂母恩, 愧我非韓才. 銜戢知何謝, 冥報以相貽.]"라고 했다.

진(謝榛)이 사방으로 떠돌며 먹고 살고 유윤문(俞允文)은 가난한 집에서 자신의 그림자만 껴안고 있으며, 노남(盧楠)은 송곳을 꽂을 만한 작은 땅도 없이 죽었다.

내가 이전에 사진(謝榛)에게 준 「재증사진(再贈謝榛)」에서 다음과 같이 말했다.56)

| 隱士代失職 | 은사는 번갈아가며 직책을 잃고 있으니 |
| 達者慚其故 | 벼슬하는 사람 옛 벗에게 부끄럽구나. |

一貧困, 顏淵簞食瓢飮. 原思藜藿不糝. 子夏衣若懸鶉. 列子不足嫁衛. 莊周貸粟監河, 枯魚自擬. 黔妻被不覆形. 東方朔苦饑欲死, 願比侏儒. 司馬相如家徒壁立, 典鷫鸘裘, 陽昌家備酒. 太史公無賂贖罪, 乃至就腐. 匡衡爲人傭書. 東郭先生履行雪中, 足指盡露. 王章病無被, 臥牛衣中. 王充游市肆, 閱所賣書. 范史雲釜中生塵. 第五頡無田宅, 寄上靈臺中, 或十日不炊. 郭林宗以衣一幅障出入, 入則護前, 出則掩後. 孫晨有薖一束, 暮臥旦卷. 吳瑾備作讀書. 趙壹言文籍雖滿腹, 不如一囊錢. 束晳債家相敦, 乞貸無處. 王尼食車牛, 竟餓死. 董京殘絮覆體, 乞勾於市. 夏統採梠求食. 邰誎養雞種蒜, 以給治喪. 陶潛驅饑乞食, 思效冥報. 應璩屠蘇發徹, 機榻見謀. 呑道元與天公箋, 言布衣粗短, 申脚足出, 攣捲卷脊露. 張融寄居一小船, 放岸上. 虞和遇雨舒被覆書, 身乃大濕. 王智深嘗五日不得食, 掘莞根食之. 劉峻家有悍室, 轗軻憔悴. 裴子野借官

56) 왕세정의 「재증사진(再贈謝榛)」은 다음과 같다. "浮雲何所之, 高天莽回互. 空谷非所依, 疇能測衷慕. 念我平生歡, 揮手不反顧. 朔氣日夜侵, 霜霰浩無度. 洪流颯然交, 萬木倏改素. 廬巷墐戶炊, 停車飯中路. 吐沫鮮餘潤, 裁襦狹廣步. 隱士代失職, 達者慚其故. 欲以儷世工, 御風而飱露."

地二畝. 蓋茅屋數間. 盧叟每作一布囊, 至貴家飮啖後, 餘肉餠付螟蛉.
杜甫浣花蠶月, 乞人一絲兩絲. 鄭虔履穿四明雪, 饑拾山陰橡. 蘇源明爇
薪照字, 垢衣生蘚. 陽城屑楡作粥, 不干鄰里. 賈島嘆鬢絲如雪, 不堪織
衣. 孟郊苦寒, 恨敲石無火. 盧仝長鬚赤脚, 灌園自資, 周朴寄食僧居,
不能娶婦. 國朝如聶大年唐寅輩, 咸旅食廛居, 不堪其憂. 邇來謝客糊口
四方, 兪子抱影寒廬, 盧生無立錐之地以死. 余嘗有詩貽謝云, 隱士代失
職, 達者慚其故.

두 번째는 미움[嫌忌]을 받는 것이다.

굴원(屈原)은 상관(上官)에게 미움을 받았고, 손빈(孫臏)은 방연(龐涓)
에게 미움을 받았다. 한비(韓非)는 이사(李斯)에게 미움을 받았고, 장주
(莊周)는 혜자(惠子)에게 미움을 받았다. 순경(荀卿)은 춘신군(春申君)에
게 미움을 받았고, 가의(賈誼)는 강후(絳侯) 주발(周勃)과 관영(灌嬰)에게
미움을 받았다. 동중서(董仲舒)는 공손홍(公孫弘)에게 미움을 받았고,
채옹(蔡邕)은 왕윤(王允)에게 미움을 받았다. 변양(邊讓)과 공융(孔融)과
양수(楊脩)는 위 무제(魏武帝)에게 미움을 받았고, 조식(曹植)은 위 문제
(魏文帝)에게 미움을 받았다. 우번(虞翻)은 손권(孫權)에게 미움을 받았
고, 장화(張華)는 순욱(荀勖)에게 미움을 받았다. 육기(陸機)는 노지(盧
志)에게 미움을 받았고, 사혼(謝混)은 남송(南宋) 고조(高祖)인 유유(劉裕)
에게 미움을 받았다. 유준(劉峻)은 양 고조(梁高祖)에게 미움을 받았고,
설도형(薛道衡)과 왕주(王胄)는 수 양제(隋煬帝)에게 미움을 받았다.

유변(柳耆)은 제갈영(諸葛穎)에게 미움을 받았고, 장구령(張九齡)과
이옹(李邕)과 소영사(蕭穎士)는 이임보(李林甫)에게 미움을 받았다. 안진
경(顔眞卿)은 원재(元載)에게 미움을 받았고, 무원형(武元衡)은 왕숙문
(王叔文)에게 미움을 받았다. 한유(韓愈)은 이봉길(李逢吉)에게 미움을

받았고, 이덕유(李德裕)는 이종민(李宗閔)에게 미움을 받았다. 백거이
(白居易)는 이덕유(李德裕)에게 미움을 받았고, 온정균(溫庭筠)과 이상은
(李商隱)은 영호도(令狐綯)에게 미움을 받았다. 한악(韓偓)은 최윤(崔胤)
에게 미움을 받았고, 양억(楊億)은 정위(丁謂)에게 미움을 받았다. 소식
(蘇軾)은 서단(舒亶)에게 미움을 받았고, 이정(李定)과 석개(石介)는 하송
(夏竦)에게 미움을 받았다.

어떤 이는 재주가 뛰어나 핍박을 당했으며 어떤 이는 문사가 훌륭
하여 노력하는 이를 참담하게 만들었으니, 크게는 도끼로 베는 참수
형을 당하거나 작게는 참소(讒訴)를 입기도 했다. 근래의 헌길(獻吉) 이
몽양(李夢陽)과 군채(君采) 설혜(薛蕙) 등도 또한 참소를 입었으니, 이런
경우를 다 셀 수 없을 정도이다.

二嫌忌, 原見忌上官, 孫臏見忌龐涓, 韓非見忌李斯, 莊周見忌惠子,
荀卿見忌春申, 賈誼見忌絳灌, 董仲舒見忌公孫, 蔡邕見忌王允, 邊讓孔
融楊脩見忌魏武, 曹植見忌文帝, 虞翻見忌孫權, 張華見忌荀勖, 陸機見
忌盧志, 謝混見忌宋祖, 劉峻見忌梁高, 薛道衡王冑見忌隋煬, 柳璧見忌
諸葛穎, 張九齡李邕蕭穎士見忌李林甫, 顔眞卿見忌元載, 武元衡見忌
王叔文, 韓愈見忌李逢吉, 李德裕見忌李宗閔, 白居易見忌李德裕, 溫庭
筠李商隱見忌令狐綯, 韓偓見忌崔胤, 楊億見忌丁謂, 蘇軾見忌舒亶, 李
定石介見忌夏竦. 或以材高畏逼, 或以詞藻慚工. 大則斧質, 小猶貝錦.
近代如李獻吉薛君采輩, 亦遭讒沮, 不可悉徵.

세 번째는 과오를 저지르는 것[玷缺]이다.

광록대부(光祿大夫) 안지추(顔之推)는 『안씨가훈(顔氏家訓)』에서 다음
과 같이 말했다.

"옛날부터 문인들은 대부분 경박한 실수를 저지른다. 굴원(屈原)은 임금의 허물을 너무 드러내었고, 송옥(宋玉)은 광대들과 친하게 지냈다. 만청(方蒨) 동방삭(東方朔)의 골계는 우아하지 못했고, 사마상여(司馬相如)는 재물을 훔쳤으며 지조도 없었다. 왕포(王襃)는 「동약(僮約)」을 지어 노비를 과하게 부리는 것을 드러냈고, 양웅(揚雄)은 덕이 낮았으며 왕망(王莽)의 신(新)나라를 찬미했다. 이릉(李陵)은 오랑캐에게 항복하여 모욕을 당했고, 유흠(劉歆)은 왕망이 정권을 잡은 뒤에 모반하려다 발각되었다. 부의(傅毅)는 권문세가에 아첨하여 따랐고, 반고(班固)는 아버지의 역사를 훔쳤다. 원숙(元叔) 조일(趙壹)은 지나치게 거만했고 경통(敬通) 풍연(馮衍)은 겉만 그럴 듯하여 내쫓겼다. 계장(季長) 마융(馬融)은 아첨하다가 책망을 당했고, 백개(伯喈) 채옹(蔡邕)은 악에 가담했다가 죽임을 당했다. 오질(吳質)은 고을 사람들에게 미움을 받았고, 조식(曹植)은 패악하여 법을 범했다. 두독(杜篤)은 항상 사람들에게 구걸했고, 노수(路粹)는 대단히 편협했다. 진림(陳琳)은 실제로 너무 거칠었고, 번흠(繁欽)은 자신의 행동을 절제하지 않았다.

유정(劉楨)은 조비(曹丕)에게 굽히지 않다가 관직을 삭탈당했고, 왕찬(王粲)은 경솔하여 미움을 받았다. 공융(孔融)과 예형(禰衡)은 방탄하여 죽임에 이르렀고, 양수(楊脩)와 정이(丁廙)는 사람을 선동하다가 죽었다. 완적(阮籍)은 예를 지키지 않고 풍속을 어지럽혔으며, 혜강(嵇康)은 사람들을 업신여기다가 좋지 않게 죽었다. 부현(傅玄)은 쉽게 성을 내며 싸우다가 관직에서 쫓겨났고, 손초(孫楚)는 자긍심으로 오만하여 상관을 능멸했다. 육기(陸機)는 순리(順理)를 벗어나 위험한 길을 걸었고, 반악(潘岳)은 이익만 탐하다가 위험을 자초했다. 안연년(顔延年)은 기세를 믿고 오만하다가 쫓겨났고, 사령운(謝靈運)은 실질이 없고 기강을 어지럽혔다. 원장(元長) 왕융(王融)은 흉악하게 행동하다가 스스로를 해쳤고, 현휘(玄暉) 사조(謝朓)는 오만하게 굴다가 해를 당했다. 또한 비록 천자(天子)이면서 화려한 재주를 지닌 자들이 있는데, 한 무제(漢武帝), 위 태조(魏太祖), 위 문제(魏文帝), 위 명제(魏明帝), 송 효무(宋孝武) 등이다. 그러나 그들은 모두 세상에서 비판을 받는다."

이에 대해 나는 안지추 공의 말은 모두 사실은 아니라고 생각한다. 장의(張儀)와 소진(蘇秦), 소대(蘇代)와 소려(蘇厲)는 권모술수로 자주 말을 바꿨으며, 한비자(韓非子)는 각박하여 미움을 자초했었다. 이사(李斯)는 잔학하여 맏아들을 죽였으며, 유안(劉安)은 어지러움을 좋아하여 나라를 망쳤다. 육가(陸賈)는 남방 오랑캐에게 뇌물을 받았으며, 매고(枚皐)는 경박하게 꾸며 광대처럼 행동했다. 양운(楊惲)은 형벌받은 것을 원망했고, 광형(匡衡)은 내시들에게 아첨했다. 유향(劉向)은 도가(道家)의 황백술(黃白術)로 사람들을 속였고, 곡영(谷永)과 두업(杜鄴)은 귀척(貴戚)들에게 대우를 받았다. 왕충(王充)은 오만방자하여 성스럽지 못했고, 진수(陳壽)는 사필(史筆)을 왜곡하여 쌀을 받아먹으려고 했다. 유곤(劉琨)은 젊어서부터 권세에 빠졌고, 손작(孫綽)은 사람들이 행실이 더럽다고 비난했다. 왕검(王儉)은 나라를 팔아 재상이 되었으며, 심약(沈約)은 기회를 타서 제후로 봉해지려 했다.

장찬(張纘)은 술잔으로 사람을 죽였고, 사초종(謝超宗)은 물고기 젓으로 이간질했으며 복정(伏挺)은 뇌물을 바치고 머리를 깎았다. 위수(魏收)는 계집종을 간음하고 뇌물을 받았으며, 강총(江總)은 공교로운 말로 아첨했다. 우세기(虞世基)는 수 양제(隋煬帝)에 아첨하여 수 양제를 폭군으로 만들었고, 우세남(虞世南)은 수(隋)와 당(唐) 두 나라의 황제를 섬겼다. 초당사걸(初唐四傑)인 왕발(王勃)·양형(楊炯)·노조린(盧照鄰)·낙빈왕(駱賓王)은 모두 경부(輕浮)함을 다퉜고, 심전기(沈佺期)와 송지문(宋之問)은 대단히 음험하고 교활했다. 이교(李嶠)는 자신의 부침

(浮沈)을 남의 탓으로 돌렸고, 소미도(蘇味道)는 모호한 태도로 자리를 지켰다. 장열(張說)은 대단히 많은 뇌물을 받았고, 하지장(賀知章)은 도가(道家)에 침닉했다. 왕유(王維)와 정건(鄭虔)은 안녹산(安祿山)의 반란군에 잡혀 벼슬을 받았으며, 유종원(柳宗元)과 유우석(劉禹錫)은 권신(權臣)을 섬겼다.

유장경(劉長卿)은 사람들을 원망하여 많은 미움을 받았으며, 엄무(嚴武)는 교만하여 황제도 없는 듯 행동했다. 이백(李白)은 천자에게 불려가 광태(狂態)를 부렸으며, 최호(崔顥)는 배우자를 자주 버렸다. 원진(元稹)은 나중에 절개를 바꿔 훈구(勳舊)와 결탁했고, 이덕유(李德裕)는 당파를 세워 상대를 배격했다. 왕건(王建)은 내시와 인척관계였고, 이익(李益)은 번진세력의 은혜에 감동을 받았다. 양억(楊億)은 동료를 학대했으며, 증공(曾鞏)은 부모를 모질게 대했다. 구양수(歐陽脩)는 복왕(濮王) 호칭 문제에서 명성이 어그러졌고, 소식(蘇軾)는 촉당(蜀黨)을 만들어 정호(程顥)와 정이(程頤) 형제가 주축인 낙당(洛黨)을 공격했다. 왕안석(王安石)은 원풍(元豊) 연간에 복수를 했고, 육유(陸遊)는 만년에 한탁주(韓侂冑)를 위하여 글을 써 주어 절개를 잃었다.

임금으로는 양 무제(梁武帝), 수 양제(隋煬帝), 상동군왕(湘東郡王)으로 봉해졌던 양 원제(梁元帝), 장성현공(長城縣公)으로 봉해진 진 후주(陳後主) 등은 천명을 어기고 덕에 어두웠으니 말할 것도 없다. 당 태종(唐太宗)과 현종(玄宗)은 어질었지만 규문(閨門)의 행실은 입을 꼭꼭 싸맬 수 없으니, 다른 임금들은 말해 무엇하랴.

또한 오매원(吳邁遠)과 두필간(杜必簡)과 같은 무리들은 다 헤아릴 수 없다. 근래 헌길(獻吉) 이몽양(李夢陽)은 기격(氣格)이 세상에 드높은데 또한 광간(狂簡)하다는 비평을 면하지 못한다. 이밖에 대신(大紳) 해진(解縉), 원박(原博) 유부(劉溥), 민역(民懌) 상열(桑悅), 백호(伯虎) 당인(唐

寅), 치흠(稚欽) 왕정진(王廷陳), 명경(明卿) 상륜(常倫), 태초(太初) 손일원(孫一元), 경부(敬夫) 왕구사(王九思), 덕함(德涵) 강해(康海) 등은 모두 어지러이 이러한 소리를 듣고 있으니, 왜 그러한가. 안으로 자부심이 있으면 출입할 때 오만하지 않지만, 밖에 꺼리는 대상이 있으면 더욱 더 심하게 공격하기 때문에 이들이 모나게 행동하는 것이다. 그러므로 차라리 흠이 있는 옥이 될지언정, 깨끗한 돌이 되지 말아야 한다.

三玷缺. 顏光祿家訓云, 自古文人, 多陷輕薄. 屈原顯暴君過, 宋玉見遇俳優, 東方曼倩滑稽不雅, 司馬長卿竊貲無操, 王褒過彰僮約, 揚雄德敗美新, 李陵降辱夷虜, 劉歆反覆莽世, 傅毅黨附權門, 班固盜竊父史, 趙元叔抗竦過度, 馮敬通浮華擯壓, 馬季長佞媚獲誚, 蔡伯喈同惡受誅, 吳質底忤鄕裏, 曹植悖慢犯法, 杜篤乞假無厭, 路粹隘狹已甚, 陳琳實號粗疏, 繁欽性無檢格, 劉楨屈强輸作, 王粲率躁見嫌, 孔融禰衡傲誕致殞, 楊脩丁廙扇動取斃, 阮籍無禮敗俗, 稽康陵物凶終, 傅玄忿鬪免官, 孫楚矜誇凌上, 陸機犯順履險, 潘岳乾沒取危, 顏延年負氣摧黜, 謝靈運空疏亂紀, 王元長凶賊自貽, 謝玄暉侮慢見及. 雖天子有才華者, 漢武魏太祖文帝明帝宋孝武, 皆負世議. 予謂顏公談尚未悉, 如儀秦代屬權謀翻覆, 韓非刻薄招忌, 李斯吏虐覆宗, 劉安好亂亡國, 陸賈納賂夷荒, 枚臯輕冶媒賤, 楊惲怨望被刑, 匡衡阿比中貴, 劉向誣罔黃白, 谷杜宗傅戚里, 王充狂誕非聖, 陳壽售米史筆, 劉琨少沒權遊, 孫綽人稱穢行, 王儉市國取相, 沈約乘時徼封, 張纘杯酒殺人, 謝超宗鮑鮓納間, 伏挺納賄削發, 魏收淫婢徵賄, 江總獻諂麗詞, 世基從吏荒君, 世南遨遊二帝, 四傑皆競輕浮, 沈宋並馳險獪, 李嶠浮沉致責, 蘇味道模稜充位, 張說大肆苞苴, 賀知章縱心沉湎, 王維鄭虔陷身逆虜, 柳宗元劉禹錫躁事權臣, 劉長卿怨懟多忤, 嚴武驕矜無上, 李白見辟狂王, 崔顥數棄伉偶, 元稹改節奧

援, 李德裕樹黨培擊, 王建連姻貂瑙, 李益感恩藩鎭, 楊億譴侮同舍, 曾
鞏陵轢維桑, 歐陽脩乖名濮議, 蘇軾取攻蜀黨, 王安石元豊斂怨, 陸遊平
原失身. 人主如梁武隋煬湘東長城違命昏德, 不足言矣. 以唐文玄之賢,
而閨門之行, 不可三緘, 況其他乎. 卽如吳邁遠杜必簡之流, 不能盡徵.
邇時李獻吉, 氣誼高世, 亦不免狂簡之譏. 他若解大紳劉原溥桑民懌唐
伯虎王稚欽常明卿孫太初王敬夫康德涵, 皆紛紛負此聲者, 何也. 內恃
則出入弗矜, 外忌則攻摘加苦故爾. 然寧爲有瑕璧, 勿作無瑕石.

  네 번째는 좌절당해 고생함[偃蹇]이다.

  순자(荀子)는 난릉(蘭陵)에서 늙어가면서 참소를 피해 물러나 살았
다. 맹자(孟子)는 거듭 말했지만 받아들이지 않자 서성이다 주(晝) 땅
을 나갔다. 사마상여(司馬相如)는 낭(郎)이 되었다가 여러 번 파직당하
자, 무릉(茂陵)에서 배회했다. 동중서(董仲舒)는 강도상(江都相)에서 파
직된 후에 은거하면서 제자를 가르쳤다. 가의(賈誼)는 장사(長沙)의 습
한 곳에 유배 가서, 오래 살지 못할 것을 알고「붕부(鵩賦)」를 지었다.
동방삭(東方朔)은 오랫동안 창을 잡고 호위하는 관직에서 고생하다가,
부국강병책을 올렸으나 받아들여지지 않자 자조(自嘲)하며 「객난(客
難)」을 지었다. 양웅(揚雄)은 흰머리가 될 때까지 책을 교정했는데, 사
람들이 조롱하자「해조(解嘲)」를 지어 스스로를 해명했다. 풍연(馮衍)
은 늙어 집에서 죽었는데, 자신의 생애와 뜻을 드러낸「현지부(顯志
賦)」를 지었다. 진수(陳壽)는 참소 때문에 두 번이나 치욕을 당했었다.
손초(孫楚)는 석포(石苞)를 경솔하게 대하여 오랜 세월 동안 벼슬길에
서 버려졌다.

  하후담(夏侯湛)은 중서시랑(中書侍郎)에서 오랫동안 진급을 하지 못
하자, 「저의(抵疑)」를 지어 스스로 위로했다. 극정(郤正)은 30년 동안

벼슬을 했는데, 겨우 육백 석의 녹만을 받자 자신의 담박한 심정을 드러낸 「석기(釋譏)」란 작품을 지었다. 안인(安仁) 반악(潘岳)은 30년 동안 한 번 승진을 했고 두 번 면직을 당했는데, 한 번은 제명(除名)되어 평민이 되었고 한 번은 벼슬에 제수받았지만 부임하지 않았다. 그리고는 한가롭게 살겠다는 뜻을 담아 「한거부(閑居賦)」를 지었다. 변빈(卞彬)은 그 몸이 죽을 때까지 벼슬을 하지 못하고서 가난하게 사는 삶을 「조슬부(蚤蝨賦)」와 「와충부(蝸蟲賦)」에 담아냈다. 유준(劉峻)은 양 무제(梁武帝)에게 내침을 당하여 기용되지 못하자, 「변명론(辨命論)」을 지었다. 하한(何儦)은 벼슬을 구하기 위해 돌아다녔지만, 결국 벼슬하지 못하고서는 「박장부(拍張賦)」를 지었다. 사도(思道) 노현(盧玄)은 벼슬 길에서 승진하지 못하고 오랫동안 머물러 있자 「고홍부(孤鴻賦)」를 지었다.

순조(詢祖) 노관(盧觀)은 배척당해 변방을 다스리게 되자 자신의 강개함을 담은 「장성부(長城賦)」를 지었다. 왕침(王沈)은 하급 관리로 있으면서 답답함에 「석시론(釋時論)」를 지었다. 채응(蔡凝)은 왕부장사(王府長史)로 있으면서 자신의 뜻을 펼치지 못하자, 「소실부(小室賦)」를 지었다. 유현(劉顯)은 나이가 예순이 넘어서야 왕부(王府)에 들어갔다. 구령국(丘靈鞠)은 무사(武士)의 지위를 좋아하지 않아 고영(顧榮)의 무덤을 파헤치고자 했다.[57] 유효작(劉孝綽)은 다섯 번이나 면직을 당했다. 호혜개(蕭惠開)는 벼슬하면서 자신의 뜻을 펴지 못하자, 집 앞에 모두 백양(白楊)[58]을 심었다. 중용(仲容) 경열(庚悅), 왕적(王籍), 사기경(謝幾

---

[57] 구령국은 무사로 있으면서 무사의 지위에 있는 것을 좋아하지 않았기에, 고영의 무덤을 파헤치고 싶다고 사람들에게 말을 하곤 했다. 당시 강남 지방 선비의 풍류가 모두 고영에게서 나왔기에 한 말이다.

[58] 두보(杜甫)의 「장유(壯遊)」에 "두곡에 노인들 이미 많이 죽어, 사방 들에는 백양

卿)은 모두 오랫동안 승진을 하지 못하자, 술에 빠져 지내다 죽었다. 복정(伏挺)은 열 여덟 살에 벼슬에 나아갔지만, 늙도록 높은 벼슬에는 이르지 못하자 그 자식이 화를 내고 한스럽게 여기면서 도적이 되었다. 후백(侯白)은 등용되려 했으나 바로 저지당하고서는 오품(五品)의 먹을거리를 얻어 열흘을 지내다가 죽었다.

초당사걸(初唐四傑)59) 중에 영천(盈川) 양형(楊炯)만이 영장(盈長)의 벼슬을 했다. 이백(李白)과 두보(杜甫)는 오(吳)와 촉(蜀) 땅에서 영락하게 지냈다. 맹호연(孟浩然)은 궁중에서 황제의 뜻을 어겨, 쫓겨났다가 돌아와 늙어 죽었다. 설령지(薛令之)는 「자도(自悼)」라는 시에서 ‘목숙 나물[苜蓿]’을 언급했다고 미움을 받고 관직에서 쫓겨났다.60) 소영사(蕭穎士)는 과거에 급제한 후 30년 동안 겨우 기실(記室)의 지위에 올랐다. 왕창령(王昌齡)은 시명(詩名)이 세상에 가득했지만, 용표위(龍標尉)로 있다가 고향으로 돌아갔다. 가도(賈島)61)와 비경(飛卿) 온정균(溫庭筠)62)은 모두 황제[龍鱗魚服]와 만난 이후로 쫓겨나 떨쳐 일어나지 못

이 많구나.[杜曲晩耆舊, 四郊多白楊.]”라고 했는데, 백양은 고대 중국에서 무덤 위에 심는 나무로 무덤을 가리키는 말로 쓰인다.

59) 초당사걸(初唐四傑) : 왕발(王勃), 양형(楊炯), 노조린(盧照鄰), 낙빈왕(駱賓王)을 말한다.

60) 설령지(薛令之)가 동궁 시독(東宮侍讀)으로 있을 적에 초라한 밥상을 보고는 슬픈 표정으로 “아침 해가 둥그렇게 떠올라, 선생의 밥상을 비추어 주네. 소반엔 무엇이 담겨 있는고, 난간에서 자라난 목숙 나물이로세.[朝旭上團團, 照見先生盤. 盤中何所有, 苜蓿長欄干.]”라는 내용의 「자도(自悼)」라는 작품을 지은 바 있다. 목숙(苜蓿)은 소채(蔬菜)의 일종으로, 빈약한 식생활을 비유할 때 흔히 쓰인다.

61) 당나라 선종(宣宗)이 미복(微服)을 입고 돌아다니다가 가도를 만나게 되었다. 가도는 책상 위에 시집을 놓고 읽던 중이었는데, 가도는 선종을 알아보지 못하고 노려보았다. 선종이 보던 시집을 빼앗으며, “보아하니 그대는 훌륭하고 좋은 옷 입은 것으로 만족하면 됐지, 이런 시집을 보아 무엇 하려는 거요.”라 했다. 그 후 선종은 가도를 유배 보냈다.

62) 당나라 선종은 미행(微行)을 좋아했다. 여관에서 온정균을 만났는데, 온정균은

했다.

맹교(孟郊), 공승억(公乘億), 온헌(溫憲), 유언사(劉言史), 반분(潘賁) 등
은 늙도록 과거 공부에 시달리다 겨우 급제를 하여 한 지역을 맡아
다스리기도 했지만, 초라하게 지내다가 죽었다. 온헌은「제숭경사벽
(題崇慶寺壁)」이란 작품에서 "눈처럼 흰 머리, 재가 된 마음, 더구나 장
안의 낙방생이 되었구나.[鬢毛如雪心如死, 猶作長安下第人.]"라고 했고[63]
공승억(公乘億)은 "열 번 과거를 보았으나 모두 낙방하니, 집안의 반이
이미 먼지가 되었네.[十上十年皆下第, 一家一半已成塵.]"라고 했으며, "한
깃의 청삼도 얻지 못했네.[一領靑衫消不得]", "붉은 옷 입고 말을 탄 이
들은 누구인가.[着朱騎馬是何人]" 등의 시구가 이런 상황을 언급한 것이
다. 또한 낙빈왕(駱賓王)은「춘일리장안객중언회(春日離長安客中言懷)」에
서 "길에서 만난 귀신의 야유에 부끄럽고[64] 파신이 초췌함을 꾸짖는
구나.[65][揶揄慙路鬼, 憔悴切波臣.]"라고 비유했으며,[66] "원숭이가 흙 소

그가 황제인지 알지 못하고 거만하게 비꼬면서, "그대는 장사나 사마 나부랭이가
아니오."라 하자, 황제는 "아니오."라 대답했다. 그러자 "육참이나 주부, 현위 정도
되시오?"라 하자, 황제는 "아니오."라 했다. 온정균은 이 일로 인해 방성(方城)의
현위로 쫓겨났다. 이후 끝내 세상에 등용되지 못하고 떠돌다가 죽었다.

63) 온헌(溫憲)의「제숭경사벽(題崇慶寺壁)」은 다음과 같다. "十口溝隍待一身, 半年
千里絶音塵. 鬢毛如雪心如死, 猶作長安下第人."

64) 동진(東晉) 나우(羅友)가 재질과 학식으로 환온(桓溫)에게 인정은 받으면서도 중
용(重用)되지 못하자, 자기가 길을 가던 중에 귀신 하나가 나타나 야유하면서 "너
는 남이 부임하는 것만 전송하고, 네가 부임하는 것을 사람들이 전송하게는 못
하는구나."라고 하면서 비웃더라고 환온에게 익살을 떨었다는 고사가 있다.『세설
신어(世說新語)』「임탄(任誕)」에 보인다.

65) 파신(波臣)은 목마르게 구원을 요청하는 학철부어(涸轍鮒魚)의 고사에서 붕어가
자신을 지칭한 말로, 곤경에 처한 사람이 급히 구원을 요청하다가 낙담한 나머지
모든 것을 운명에 맡기고 체념하는 것을 말한다.『장자(莊子)』「외물(外物)」에, 동
해의 파신(波臣)을 자처하는 물고기 한 마리가 수레바퀴에 파인 얕은 물속에서 허
우적대면서 한 말이나 한 되의 물이면 살아날 수 있겠다고 하소연을 했는데도,

를 타고 있다.[獼猴騎土牛]"란 비유와67) "메기가 대나무를 타고 오른
다.[鮎魚上竹竿]" 등의 비유가 있다.68)

아, 어려움이 대단히 심했구나. 중신(仲申) 호한(胡翰), 섭대년(聶大
年), 흠모(欽謨) 유창(劉昌), 화백(華伯) 변영(卞榮), 헌길(獻吉) 이몽양(李
夢陽), 덕함(德涵) 강해(康海), 경부(敬夫) 왕구사(王九思), 군채(君采) 설혜
(薛蕙), 명경(明卿) 상륜(常倫), 치흠(稚欽) 왕정진(王廷陳), 자안(子安) 황
보효(皇甫涍), 자순(子循) 황보방(皇甫汸), 도사(道思) 왕신(王愼)는 모두
근래의 좌절 속에 고생한 이들이다.

四偓寒. 荀卿垂老蘭陵, 避讒引卻. 孟氏再說不合, 傍徨出晝. 長卿爲
郎數免, 婆娑茂陵. 仲舒飢罷江都, 衡門教授. 賈生長沙卑濕, 作鵩賦.

서강(西江)의 물을 길어다가 구원해 줄 테니 조금만 참으라는 말을 듣고는, "차라
리 나를 건어물 가게에서 빨리 찾아보는 것이 나을 것이다."라고 말했다는 이야기
가 실려 있다.

66) 낙빈왕(駱賓王)의 「춘일리장안객중언회(春日離長安客中言懷)」는 다음과 같다.
"年華開早律, 霧色蕩芳晨. 城闕千門曉, 山河四望春. 御溝通太液, 戚里對平津. 寶瑟
調中婦, 金罍引上賓. 劇談推曼倩, 驚坐揖陳遵. 意氣一言合, 風期萬里親. 自惟安直
道, 守拙忌因人. 談器非先木, 圖榮異後薪. 揶揄憨路鬼, 憔悴切波臣. 玄草終疲漢, 烏
裘幾滯秦. 生涯無歲月, 岐路有風塵. 澶嗟太行道, 處處白頭新."

67) 원숭이가 흙 소를 타고 있다는 것은 승진되지 못한 채 지방 수령으로 오래도록
머물고 있는 불편한 심사를 토로한 것이다. 삼국 시대 위(魏)나라 주태(州泰)가 신
성 태수(新城太守)로 나가게 되었을 때, 종요(鍾繇)가 조소하며 비웃자, 주태가 "원
숭이가 흙소를 타고 있는 것처럼 그대는 어찌 그다지도 승진하는 것이 더디기만
한가.[郡侯騎土牛, 又何遲也.]"라고 답변했던 고사가 있다. 『삼국지(三國志)』「등
애전(鄧艾傳)」에 보인다.

68) 송(宋)나라 매성유(梅聖兪)가 시로 이름을 날리면서도 30년 동안 관직을 얻지
못하다가 만년에 『당서(唐書)』를 편수하게 되었을 때, 아내에게 말하기를, "자유
스럽던 원숭이가 푸대 속에 들어가 구속당하는 것 같다.[可謂猢猻入布袋矣]"고 하
면서 호소하자, 아내가 말하기를, "당신의 벼슬살이는 메기가 대나무를 타고 오르
는 것과 다를 것이 없다.[君於仕宦, 亦何異鮎魚上竹竿耶.]"고 대꾸했다는 고사가
구양수(歐陽脩)의 『귀전록(歸田錄)』에 보인다.

東方朔久困執戟, 作客難. 揚雄白首校書, 作解嘲. 馮衍老廢於家, 作顯志賦. 陳壽以謗議, 再致黜辱. 孫楚以輕石苞, 湮廢積年. 夏侯湛中郞不調, 作抵疑. 郤正三十年不過六百石, 作釋譏. 潘安仁三十年一進階, 再免, 一除名, 一不拜, 作閑居賦. 卞彬擯棄形骸, 仕旣不遂, 作蚤蝨蝸蟲賦. 劉峻爲梁武所抑, 不見用, 作辨命論. 何佪宦游不進, 作拍張賦. 盧思道宦途遲滯, 作孤鴻賦. 盧詢祖斥修邊堠, 作長城賦. 王沈爲掾鬱鬱, 作釋時論. 蔡凝爲長史不得志, 作小室賦. 劉顯六十餘, 曳裾王府. 丘靈鞠不樂武位, 欲掘顧榮塚. 劉孝綽前後五免. 蕭惠開仕不得志, 齋前悉種白楊. 庚仲容王籍謝幾卿俱久不調, 沉酣以終. 伏挺十八出仕, 老而不達, 其子以恚恨從賊. 侯白欲用輒止, 得五品食, 旬日而終. 四傑惟盈川至令長. 李杜淪落吳蜀. 孟浩然以禁中忤旨, 放還終老. 薛令之以苜蓿致嫌奪官. 蕭穎士及第三十年, 纔爲記室. 王昌齡詩名滿世, 栖遲一尉. 賈島溫飛卿皆以龍鱗魚服, 顚躓不振. 孟郊公乘億溫憲劉言史潘賁之徒, 老困名場, 僅得一第, 或方鎭一闢, 憔悴以死, 至其詩所謂鬢毛如雪心如死, 猶作長安下第人. 十上十年皆下第, 一家一半已成塵. 一領靑衫消不得. 着朱騎馬是何人. 又有揶揄路鬼, 憔悴波臣, 攔猴騎土牛, 鮎魚上竹竿之喩. 噫, 其窮甚矣. 胡仲申轟大年劉欽謨卞華伯李獻吉康德涵王敬夫薛君采常明卿王稚欽皇甫子安子循王道思, 皆邇時之偃蹇者.

다섯 번째는 유배 가는 것과 폄직(貶職)되어 쫓겨남[流竄]이다.

유배 간 사람으로는 굴원(屈原), 여불위(呂不韋), 마융(馬融), 채옹(蔡邕), 우번(虞翻), 고담(顧譚), 설영(薛榮), 변삭(卞鑠), 제갈굉(諸葛宏), 장온(張溫), 왕탄(王誕), 사령운(謝靈運), 사초종(謝超宗), 유상(劉祥), 이의부(李義府), 정세익(鄭世翼), 심전기(沈佺期), 송지문(宋之問), 원만경(元萬頃), 염조은(閻朝隱), 곽원진(郭元振), 최액(崔液), 이선(李善), 이백(李白),

오무릉(吳武陵)이 있다. 명나라 때 유배 간 사람으로는 송렴(宋濂), 구우(瞿佑), 당숙(唐肅), 풍희(豊熙), 왕원정(王元正), 양신(楊愼)이 있다.

편직(貶職)되어 쫓겨난 사람으로는 가의(賈誼), 두심언(杜審言), 두이간(杜易簡), 위원단(韋元旦), 두보(杜甫), 유윤제(劉允濟), 이옹(李邕), 장열(張說), 장구령(張九齡), 이교(李嶠), 왕발(王勃), 소미도(蘇味道), 최일용(崔日用), 무평일(武平一), 왕한(王翰), 정건(鄭虔), 소영사(蕭穎士), 이화(李華), 왕창령(王昌齡), 유장경(劉長卿), 전기(錢起), 한유(韓愈), 유종원(柳宗元), 이신(李紳), 백거이(白居易), 유우석(劉禹錫), 여온(呂溫), 육지(陸贄), 이덕유(李德裕), 우승유(牛僧孺), 양우경(楊虞卿), 이상은(李商隱), 온정균(溫庭筠), 가도(賈島), 한악(韓偓), 한희재(韓熙載), 서현(徐鉉), 왕우칭(王禹偁), 윤수(尹洙), 구양수(歐陽脩), 소식(蘇軾), 소철(蘇轍), 황정견(黃庭堅), 진관(秦觀), 왕안중(王安中), 육유(陸游)가 있다. 명나라 때에는 해진(解縉), 왕구사(王九思), 왕정상(王廷相), 고린(顧璘), 상륜(常倫), 왕신중(王愼中) 등이 모두 폄직되어 쫓겨남을 면하지 못했다.

유배가고 쫓겨나 어렵기는 어려웠지만, 산천의 승경이 정신과 하나가 되어 작품을 짓기도 했다.

五流貶. 流徙則屈原呂不韋馬融蔡邕虞翻顧譚薛瑩卞鑠諸葛宏張溫王誕謝靈運謝超宗劉祥李義府鄭世翼沈佺期宋之問元萬頃閻朝隱郭元振崔液李善李白吳武陵, 明則宋濂瞿佑唐肅豊熙王元正楊愼. 貶竄則賈誼杜審言杜易簡韋元旦杜甫劉允濟李邕張說張九齡李嶠王勃蘇味道崔日用武平一王翰鄭虔蕭穎士李華王昌齡劉長卿錢起韓愈柳宗元李紳白居易劉禹錫呂溫陸贄李德裕牛僧孺楊虞卿李商隱溫庭筠賈島韓偓韓熙載徐鉉王禹偁尹洙歐陽脩蘇軾蘇轍黃庭堅秦觀王安中陸游, 明則解縉王九思王廷相顧璘常倫王愼中輩, 俱所不免. 窮則窮矣, 然山川之勝, 與精神有相發者.

여섯 번째는 형벌과 욕됨을 당함[刑辱]이다.

손빈(孫臏)은 발이 잘리었고 범수(范雎)는 갈비뼈가 부러졌다. 장의(張儀)는 수백 대의 태형(笞刑)을 받았고 사마천(司馬遷)은 궁형(宮刑)을 당했으며, 신공서(申公胥)는 묵형(墨刑)을 당했다.

예형(禰衡)은 북을 치는 아전이 되었고 유정(劉楨)은 상방(尙方)에서 돌을 갈았으며, 장온(張溫)은 감옥에 갇히었다. 마융(馬融), 채옹(蔡邕), 반고(班固)로 부터 사장(謝莊), 최위조(崔慰祖), 원단(袁彖), 육궐(陸厥) 등은 모두 머리가 깎이고 형구(形具)를 찼으며, 뒤쪽이 짧은 옷을 입었고[69] 성단형(城旦刑)[70]이나 귀신형(鬼薪刑)[71]을 받았다.

제갈욱(諸葛勗)은 「동야도부(東野徒賦)」를 지었고 역염(酈炎)은 「유령(遺令)」 사첩(四帖)을 지었다. 고상(高爽)은 「확어부(鑊魚賦)」를 지었고 두독(杜篤)은 「오한뢰(吳漢誄)」를 지었다. 추양(鄒陽)과 강엄(江淹)은 모두 황제에게 글을 올렸는데, 모두 감옥에 갇혀 있으면서 지은 것이었다.

명나라 초기 문사들도 이따금 수레를 만들거나 밭갈이를 했는데, 근래에도 삼목(三木)[72]을 걸치고 자의(赭衣)[73]를 입는 치욕을 또한 면하지 못한 이들도 있다.

---

69) 단후(短後) : 옷의 뒤쪽 옷깃을 짧게 누빈 옷이다. 즉 노동하기에 편리하도록 만든 옷으로, 무부(武夫)들이 많이 입는다.
70) 성단형(城旦刑) : 옛날 매일 일찍 일어나서 성(城)을 쌓게 하던 형벌로 형기는 4년이다.
71) 귀신형(鬼薪刑) : 진·한(秦漢) 시대의 형벌 명칭이다. 죄가 경미한 자에게 3년 동안 종묘(宗廟)의 땔나무를 하게 하는 형벌이다.
72) 삼목(三木) : 죄인의 목과 손과 발에 채우는 3개의 형틀을 말한다
73) 자의(赭衣) : 죄수들이 입던 붉은 옷인데, 전(轉)하여 죄수로 쓰인다.

六刑辱. 孫臏刖足, 范雎折脇, 張儀捶至數百, 司馬遷腐刑, 申公胥
靡, 禰衡鼓吏, 劉楨尙方磨石, 張溫幽繫, 馬融蔡邕班固之流, 至謝莊崔
慰祖袁象陸厥輩, 咸髡鉗短後, 城旦鬼薪. 諸葛勗有東野徒賦, 酈炎有遺
令四帖, 高爽有鑢魚賦, 杜篤有吳漢誄, 鄒陽江淹俱有上書, 皆是囚繫中
成者. 明初文士, 往往輸作耕佃, 逼來三木赭衣, 亦所不免.

일곱 번째는 요절함[夭折]이다.

　양웅(揚雄)의 아들 양오(揚烏)는 7살에 양웅이 『태현경(太玄經)』의 문
장을 짓는데 함께 했지만 9살에 죽었다. 하후영(夏侯榮)은 7살에 문장
을 지었으나 13살에 전장(戰場)에서 죽었다. 범터(范攄)의 아들은 7살
에 시를 지었으나 10살에 죽었다. 왕자진(王子晉)은 15살에 사광(師曠)
을 상대했는데, 17살에 하늘로 올라가 천자(天子)의 손님이 되었다. 주
불의(周不疑)와 소자회(蕭子回)는 17살에 죽임을 당했다. 임걸(林傑)은 6
살에 문장을 지었고 17살에 죽었다. 하후칭(夏侯稱), 유의진(劉義眞), 소
갱(蕭鏗), 진숙신(陳叔愼), 진백무(陳伯茂)는 모두 18살에 죽었는데, 유
의진과 소갱은 죽임을 당했다. 원저(袁著)는 19살에, 육찬(陸瓚)과 형거
실(邢居實)은 20살에, 옥적(王寂)과 소헌(蕭巘)은 21살에 죽었다. 서빈(徐
份)은 9살에 『몽부(夢賦)』를 지었는데, 하형(何炯)과 함께 22살에 죽었
다. 유굉(劉宏)은 23살에, 왕필(王弼)과 왕수(王脩), 왕연수(王延壽), 왕현
(王絢), 하자랑(何子朗)은 모두 24살에 죽었다. 원탐(袁耽)【자는 언도(彦
道)】과 유경소(劉景素)는 25살에 예형(禰衡)과 왕훈(王訓), 이하(李賀)는
모두 26살에 죽었다. 위개(衛玠)와 왕융(王融)은 27살에 역염(酈炎)과
육궐(陸厥)과 최장겸(崔長謙)은 모두 28살에 죽었다. 양경(楊經)과 심우
(沈友)와 왕발(王勃)은 모두 29살에, 도구(陶丘)와 홍완첨(洪阮瞻)과 도경
(到鏡)과 도항(到沆)과 유포(劉苞)와 구양건(歐陽建)은 모두 30살에 죽었

다. 양소명(梁昭明)과 유우(劉訏)는 31살에 죽었고, 안연(顔淵)과 육적(陸績), 유고(劉敲)와 노순조(盧詢祖)은 모두 32살에 죽었다. 가의(賈誼)와 왕승작(王僧綽)은 33살에 죽었고, 육담(陸琰)은 34살에 죽었다. 소자량(蕭子良)과 사첨(謝瞻), 최위조(崔慰祖)는 35살에 죽었고, 낙통(駱統)과 왕흡(王洽)과 유염(劉琰)과 왕석(王錫)과 왕승달(王僧達)과 사조(謝朓)는 모두 36살에 죽었다. 사회(謝晦)와 왕담수(王曇首)와 사혜련(謝惠連)과 소면(蕭緬)과 육개(陸玠)는 모두 37살에 죽었다. 왕민(王瑉)과 왕검(王儉)과 왕소(王肅)는 38살에 죽었고, 왕몽(王濛)은 39살에 죽었고, 혜강(嵇康)과 구양첨(歐陽詹)은 40살에 죽었다.

근래의 고계(高啓)와 정선부(鄭善夫), 하경명(何景明)과 고숙사(高叔嗣)는 모두 39살에 죽었다. 왕구(王謳)와 은운소(殷雲霄), 임대흠(林大欽)과 벗인 종신(宗臣)은 모두 36살에 죽었다. 양유예(梁有譽)는 35살에 죽었고, 상륜(常倫)은 34살에 죽었다. 서정경(徐禎卿)과 진속(陳束)은 모두 33살에 죽었고, 이조선(李兆先)은 27살에 죽었다. 양회인(梁懷仁)과 마증(馬拯)은 겨우 20여 살에 죽었다. 또한 소복(蘇福)은 14살에, 장도(蔣燾)는 17살에 죽었다. 재주가 좋은 이들이 일찍 죽는다는 말이 참으로 맞구나.

七夭折. 揚烏七歲預玄文, 九歲卒. 夏侯榮七歲屬文, 十三歲戰歿. 范攄子七歲能詩, 十歲卒. 王子晉十五對師曠, 十七上賓於帝. 周不疑蕭子回十七被殺. 林傑六歲能文, 十七歲卒. 夏侯稱劉義眞蕭鏗陳叔愼陳伯茂俱十八, 義眞及鏗俱賜死. 袁著十九. 陸瓚邢居實二十. 王寂蕭巘二十一. 徐份九歲爲夢賦, 與何炯俱二十二. 劉宏二十三. 王弼王脩王延壽王絢何子朗俱二十四. 袁耽【字彦道】劉景素二十五. 禰衡王訓李賀俱二十六. 衛玠王融俱二十七. 酈炎陸厥崔長謙俱二十八. 楊經沈友王勃俱二十九. 陶丘洪阮瞻到鏡到伉劉苞歐陽建俱三十. 梁昭明劉訐俱三十一.
顔淵陸績劉敲盧詢祖俱三十二. 賈誼王僧綽俱三十三. 陸琰三十四. 蕭
子良謝瞻崔慰祖俱三十五. 駱統王洽劉琰王錫王僧達謝朓俱三十六. 謝
晦王曇首謝惠連蕭緬陸玠俱三十七. 王瑁王儉王肅俱三十八. 王濛三十
九. 嵇康歐陽詹俱四十. 近代高啓鄭善夫何景明高叔嗣俱三十九. 王謳
殷雲霄林大欽及友人宗臣俱三十六. 梁有譽三十五. 常倫三十四. 徐禎
卿陳束俱三十三. 李兆先二十七. 梁懷仁馬拯僅二十餘. 又有蘇福年十
四. 蔣燾十七. 蘭摧玉折, 信哉.

여덟 번째는 좋지 못하게 죽음[無終]이다.

한비(韓非), 몽의(蒙毅), 조조(晁錯), 양운(楊惲), 경방(京房), 가연지(賈
捐之), 반고(班固), 원저(袁著), 최기(崔琦), 채옹(蔡邕), 공융(孔融), 양수
(楊脩), 예형(禰衡), 변양(邊讓), 장유(張裕), 주불의(周不疑), 역담(酈炎),
하후현(夏侯玄), 고대(高岱), 심우(沈友), 위요(韋曜), 하소(賀邵), 위소(韋
昭), 혜강(嵇康), 여안(呂安), 장화(張華), 배외(裴頠), 석숭(石崇), 반악(潘
岳), 손증(孫拯), 구양건(歐陽建), 육기(陸機), 육운(陸雲), 부랑(苻朗), 사
혼(謝混), 안준의(顔峻義), 유진(劉眞), 유경소(劉景素), 심회문(沈懷文), 사
조(謝朓), 유지린(劉之遴), 왕승달(王僧達), 왕융(王融), 단초(檀超), 구거
원(丘巨源), 사초(謝超), 종순(宗荀), 비소장(丕蕭鏘), 소삭(蕭鑠), 소봉(蕭
鋒), 소분(蕭賁), 최호(崔浩), 순제(荀濟), 왕흔(王昕), 우문(宇文), 양왕(楊
汪), 육침(陸琛), 왕흔(王炘), 양음(楊愔), 온자승(溫子升), 우작(虞綽), 부
재(傅縡), 장화(章華), 왕주(王胄), 설도형(薛道衡), 유적(劉逖), 구양거(陽
租), 장온고(張蘊古), 유위지(劉禕之), 이복업(李福業), 왕무경(王無競), 왕
극(王劇), 왕면(王勔), 범리빙(範履冰), 묘신객(苗神客), 진자앙(陳子昂),
왕창령(王昌齡), 이옹(李邕), 왕애(王涯), 서원여(舒元興), 노동(盧仝), 요

한영(姚漢衡), 극연(劇燕), 노덕연(路德延), 왕태부(汪台符), 이소경(離昭慶), 종모(鍾謨), 반우(潘佑), 고계(高啓), 장우(張羽), 장맹겸(張孟兼), 손분(孫蕡), 해진(解縉)은 원통하게 죽었다.

이사(李斯), 유안(劉安), 왕보언(主父偃), 식부궁(息夫躬), 하안(何晏), 등양(鄧颺), 은번(隱蕃), 환현(桓玄), 은중문(殷仲文), 부량(傅亮), 사회(謝晦), 사령운(謝靈運), 범엽(范曄), 공희선(孔熙先), 사종(謝綜), 왕위(王偉), 복지명(伏知命), 장형(張衡), 정음(鄭愔), 송지문(宋之問), 최식(崔湜), 소지충(蕭至忠), 설직(薛稷), 소환(蘇渙), 가강위(江爲), 송제구(宋齊丘), 정수(鄭首)는 모두 법을 어겨 법에 따라 죽임을 당했다.

굴원(屈原), 두독(杜篤), 주처(周處), 유곤(劉琨), 곽박(郭璞), 임효공(任孝恭), 원숙(袁淑), 원찬(袁粲), 왕승작(王僧綽), 진숙신(陳叔愼), 허선심(許善心), 낙빈왕(駱賓王), 장순(張巡), 안진경(顏眞卿), 온정호(溫庭皓), 주박(周朴), 손성(孫晟), 진교(陳喬), 문천상(文天祥), 여궐(余闕), 왕의(王禕), 방효유(方孝孺)는 의리를 지키다가 죽었다.

진준(陳遵), 종회(鍾會), 장현(蔣顯), 하후영(夏侯榮), 위긍(衛恆), 조터(曹攄), 왕연(王衍), 유애(庾敳), 원번(袁翻), 원산송(袁山松), 은중감(殷仲堪), 양선지(羊璿之), 심경(沈警), 심목지(沈穆之), 포조(鮑照), 원하(袁嘏), 장찬(張纘), 강간(江簡), 포천(鮑泉), 윤식(尹式), 공덕소(孔德紹), 왕유(王由), 위유(韋諛), 소환(蕭瓛), 왕규(王頍), 조군언(祖君彥), 우세기(虞世基), 피일휴(皮日休)는 난리로 인해 죽었다.

그밖에 왕균(王筠)은 우물에 빠져 죽었고 왕연수(王延壽)와 하장유(何長瑜)와 노조린(盧照鄰)은 물에 빠져 죽었고, 장시균(張始均)은 불에 타 죽었고, 이번(伊璠)은 맹수에 물려 죽었다.

근래에 상륜(常倫)은 미친 자의 칼에 맞아 죽었고 한방기(韓邦奇)와 마리(馬理)와 왕유정(王維楨)은 지진(地震)으로 죽었다. 고귀향공(高貴鄉

公)과 양 간문제(梁簡文帝)와 상동왕(湘東王)과 위 효정제(魏孝靜帝)와 수 양제(隋煬帝)에 대해서는 감히 논의하지 않겠다.

八無終. 韓非, 蒙毅, 晁錯, 楊惲, 京房, 賈捐之, 班固, 袁著, 崔琦, 蔡邕, 孔融, 楊脩, 禰衡, 邊讓, 張裕, 周不疑, 酈炎, 夏侯玄, 高岱, 沈 友, 韋曜, 賀邵, 韋昭, 嵇康, 呂安, 張華, 裴頠, 石崇, 潘岳, 孫拯, 歐陽 建, 陸機, 陸雲, 苻朗, 謝混, 顔峻義, 劉眞, 劉景素, 沈懷文, 謝朓, 劉之 遴, 王僧達, 王融, 檀超, 丘巨源, 謝超, 宗荀, 丕蕭鏘, 蕭鑠, 蕭鋒, 蕭 賁, 崔浩, 荀濟, 王昕, 宇文, 楊汪, 陸琛, 王炘, 楊愔, 溫子升, 虞綽, 傅緯, 章華, 王胄, 薛道衡, 劉逖, 歐陽詢, 張蘊古, 劉禕之, 李福業, 王 無競, 王劇, 王勔, 範履冰, 苗神客, 陳子昂, 王昌齡, 李邕, 王涯, 舒元 輿, 盧仝, 姚漢衡, 劇燕, 路德延, 汪台符, 離昭慶, 鍾謨, 潘佑, 高啓, 張羽, 張孟兼, 孫蕡, 解縉以冤. 李斯, 劉安, 主父偃, 息夫躬, 何晏, 鄧 颺, 隱蕃, 桓玄, 殷仲文, 傅亮, 謝晦, 謝靈運, 范曄, 孔熙先, 謝綜, 王 偉, 伏知命, 張衡, 鄭愔, 宋之問, 崔湜, 蕭至忠, 薛稷, 蘇渙, 江爲, 宋齊 丘, 鄭首俱以法. 屈原, 杜篤, 周處, 劉琨, 郭璞, 任孝恭, 袁淑, 袁粲, 王僧綽, 陳叔愼, 許善心, 駱賓王, 張巡, 顔眞卿, 溫庭皓, 周朴, 孫晟, 陳喬, 文天祥, 余闕, 王禕, 方孝孺以義. 陳遵, 鍾會, 蔣顯, 夏侯榮, 衛 恆, 曹攄, 王衍, 庾敳, 袁翻, 袁山松, 殷仲堪, 羊璿之, 沈警, 沈穆之, 鮑照, 袁昉, 張纘, 江簡, 鮑泉, 尹式, 孔德紹, 王由, 韋諒, 蕭瓛, 王頍, 祖君彦, 虞世基, 皮日休以亂. 他如王筠以井. 王延壽, 何長瑜, 盧照鄰 以水. 張始均以火. 伊璠以猛獸. 近代常倫以狂刃. 韓邦奇, 馬理, 王維 楨以地震. 至若高貴鄕公, 梁簡文湘東王, 魏孝靜, 隋煬, 所不敢論.

아홉 번째는 후사가 없음[無後]이다.

숙향(叔向)은 귀신이 되어서도 굶주렸고 중랑(中郎) 동사(董祀)는 딸 아이만이 겨우 살아났다. 유환(劉瓛)과 유진(劉璡)은 모두 제사가 폐해 졌고 유고(劉敲), 유우(劉訏), 하윤(何胤), 하점(何點)은 아내가 먼저 죽었 다. 태백(太白) 이백(李白)과 소영사(蕭穎士)는 자식이 있었지만 먼저 죽 어 자식 없이 늙어갔으며, 손녀는 이곳저곳 떠돌며 모두 일반 사람의 아내가 되었다. 최서(崔曙)는 딸이 하나 있었는데, 이름은 최성(崔星)이 었고 백거이(白居易)는 조카가 한 명 있었는데, 이름은 백귀(白龜)이다. 왕유(王維)는 동생이 네 명 있었는데 모두 자식이 없었고 양성(陽城)은 형이 세 있었지만, 모두 장가들지 못했다. 공융(孔融)의 딸은 어린 나 이에 형벌을 받아 죽었고 육기(陸機), 육운(陸雲), 종회(鍾會), 범엽(范曄) 은 그의 친척들과 함께 죽임을 당했다. 왕균(王筠)은 온 집안이 도둑의 손에 죽었다. 죽은 영혼들의 비참함이 이에 극에 이르렀다. 근래에는 종신(宗臣)으로 왕유정(王維楨)과 고대(高岱)가 후손 없이 죽었다.

九無後. 叔向之鬼飢餒, 中郎之女僅存. 劉瓛劉璡並廢蒸嘗, 劉敲劉 訏何胤何點先虛伉儷. 李太白蕭穎士有子而獨, 孫女流落, 俱爲市人妻. 崔曙一女名星, 白公一侄曰龜, 王維四弟無子, 陽城三昆不娶. 孔融女子 髫年被刑, 機雲會曄期功駢僇. 王筠闔門盜手. 神理茶酷, 於斯極矣. 邇 來宗臣王維楨高岱亦然.

8-34. 병마에 시달린 시인들

내가 병인년(丙寅年, 1566)에 종기가 났는데, 침상에 반 년 이상 누워 있으면서 거의 죽을 뻔했다. 수재(秀才) 은도(殷都)가 내 집을 지나며

장난삼아, "마땅히 열 사람의 목숨을 붙여야 살겠네"라 했는데, 그만
큼 낫기 어려운 병이라는 말이다. 이 일로 인해 붓을 가져다가 병에
걸렸던 사람들을 기록했는데, 다음과 같다.

공자의 제가 백우(伯牛)는 문둥병에 걸렸었고 장경(長卿) 사마상여(司
馬相如)는 소갈병(消渴病)에 시달렸다. 조기(趙岐)는 병으로 7년이나 누
워있었고 주초도(朱超道)는 늘그막에 고질병이 더 심해졌다. 현안(玄
晏)은 노년에까지 병을 잘 치료했으며, 조린(照鄰)은 악질(惡疾)이 낫지
않자 물에 몸을 던져 죽었다. 이화(李華)는 풍비(風痺)로 초(楚) 땅에서
죽었다. 대경(臺卿) 두필(杜弼)은 귀머거리가 되었고 조정(祖珽)과 호단
(胡旦)은 눈에 멀었다. 소릉(少陵) 두보(杜甫)는 3년 동안 학질에 시달렸
는데, 학질은 사라지지 않았다.[74]

吾於丙寅歲, 以瘡瘍在床褥者逾半歲, 幾殆. 殷都秀才過而戲曰, 當
加十命矣. 蓋謂惡疾也. 因援筆志其人, 伯牛病癩. 長卿消渴. 趙岐臥蓐
七年. 朱超道歲晚沉痾. 玄晏善病至老. 照鄰惡疾不愈, 至投水死. 李華
以風痺終楚. 杜臺卿聾廢. 祖珽胡旦瞽廢. 少陵三年瘧疾, 一鬼不消.

8-35. 역대 장수한 벼슬아치들

채경명(蔡景明)이 나에게 "옛 사람 중에서도 높은 지위에 올랐으면
서도 장수한 사람이 있는가?"라 물었다. 이에 내가 다음과 같이 대답
했다.

---

74) 일귀(一鬼)는 학질(瘧疾)을 말한다. 두보(杜甫)의 「팽주고삼십오사군(彭州高三十
五使君)」에서 "삼 년 동안 학질을 앓았는데도 한 귀신은 녹아 없어지지 아니하였
네.[三年猶瘧疾, 一鬼不銷亡.]"라고 한 바 있다.

"있지. 공손홍(公孫弘)과 위현(韋賢), 광형(匡衡)은 재상에 배수(拜受)
되었고 제후에 봉해졌으며, 호광(胡廣)은 삼공(三公)의 벼슬을 두루 역
임했으며 태부(太傅)에까지 이르렀는데, 공손홍, 위현, 호광은 모두 여
든까지 살았네. 사안(謝安)은 태보(太保)까지 올랐고 왕검(王儉)은 개부
(開府)가 되었으며, 심약(沈約)은 상서령(尙書令)이 되었고 범운(范雲)과
서면(徐勉)은 복사(僕射)가 되었지. 주이(朱异)는 영군(領軍)이 되었고
강총(江總)은 상서령(尙書令)이 되었지. 서릉(徐陵)은 궁부(宮傅)가 되었
는데, 모두들 권력을 잡았다네. 고윤(高允)은 중서령(中書令)이 되었는
데, 아흔 여덟까지 살았고 범장생(范長生)은 승상(丞相)이 되었는데, 백
살 이상 살았지. 양소(楊素)는 장상(將相)으로 20년을 지냈네.

당(唐)나라 때 위징(魏徵), 이교(李嶠), 소미도(蘇味道), 장열(張說), 소
정(蘇頲), 한휴(韓休), 장구령(張九齡), 육지(陸贄), 무원형(武元衡), 권덕
여(權德輿), 영호초(令狐楚), 원진(元稹)은 황제를 보필하던 재상이었네.
좌복야(左僕射) 왕기(王起)는 나이가 여든 여덟이었고 상서(尙書) 백거
이(白居易)는 나이가 일흔 여섯이었네.

송(宋)나라 때의 송상(宋庠), 사마광(司馬光), 주필대(周必大)는 모두
재상에 배수(拜受)되었고 범중엄(范仲淹), 구양수(歐陽脩)는 나라의 정
권을 잡았는데, 주필대는 나이가 일흔 아홉이었네.

원(元)나라 때의 조맹부(趙孟頫), 허형(許衡), 두묵(竇默), 요추(姚樞),
왕반(王磐), 요수(姚燧), 구양현(歐陽玄)은 모두 일품(一品)의 벼슬에까
지 올랐는데, 왕반은 나이가 아흔이었네.

명(明)나라 때는 성의(誠意) 유기(劉基), 신건(新建) 왕수인(王守仁)은
제후에 봉해졌었고75) 문정(文貞) 양사기(楊士奇), 문장(文莊) 구준(丘
濬), 문정(文正) 이동양(李東陽), 문각(文恪) 왕오(王鏊)는 황제의 사부(師

---

75) 제후에 봉해졌었고 : '모토(茅土)'는 천자가 제후를 봉할 때 흰 띠에 황토를 하사
하는 것을 말한다.

傳)을 역임했는데, 양사기는 나이가 여든이었고 구준과 이동양, 왕오
는 모두 일흔이 넘은 나이였지. 허경종(許敬宗), 채경(蔡京)과 근래의
재상 분의(分宜) 엄숭(嚴嵩)도 황제의 총애를 독점하여 한 시대에 명성
이 있었고 오랫동안 장수한 것은 말할 필요도 없네."

그러자 채경명은 살짝 웃으며 대답하지 않았다. 내가 이에 다음과
같이 말했다.

"이윤(伊尹), 태공(太公), 주공(周公), 필공(畢公), 소공(召公)은 재상
에 배수(拜受)되었고 위 무공(衛武公)은 제후의 최고가 되었는데, 모두
백세에 이르지 않았던가?"

채경명은 이에 "좋구나."라 했다.

蔡景明問余, 古亦有貴而壽者乎. 余對, 有之. 公孫弘韋賢匡衡拜相
封侯. 胡廣周歷三公, 至太傅. 弘賢廣皆八十. 謝安以太保, 王儉以開府,
沈約以尚書令, 范雲徐勉以僕射, 朱异以領軍, 江總以尚書令, 徐陵以宮
傅, 各秉政. 高允爲中書令, 年九十八. 范長生爲丞相, 年百餘歲. 楊素
將相二十載.   唐世宰輔魏徵李嶠蘇味道張說蘇頲韓休張九齡陸贄武元
衡權德輿令狐楚元稹. 左僕射王起年八十八. 尚書白居易年七十六. 宋
世宋庠司馬光周必大俱拜相. 范仲淹歐陽脩俱執政. 必大年七十九. 元
世趙孟頫許衡竇默姚樞王磐姚燧歐陽玄俱登一品. 王磐年九十. 明興,
劉誠意王新建至開茅土. 楊文貞丘文莊李文正王文恪俱歷師臣. 楊壽八
十, 丘李王皆七十之上. 毋論許敬宗蔡京及近分宜相, 權寵冠絶, 並有遐
齡. 蔡匿笑不答. 余乃謂曰, 伊尹太公周公畢公召公不拜相乎, 衛武公不
爲侯伯乎, 不皆至百歲乎. 蔡乃曰, 善.

8-36. 문장의 길과 벼슬길

안지추(顏之推)는 『안씨가훈(顏氏家訓)』「문장(文章)」에서 다음과 같이 말했다.

"문장의 핵심은 흥취(興趣)를 끄집어내고 성령(性靈)을 이끌어내어 사람들이 자신을 뽐낼 수 있게 한다. 그래서 지조를 고수하는 것을 등한시하고 벼슬길에 나아가는 데만 과감한다. 지금 세상의 문사들은 이러한 폐단이 더욱 심하다. 한 가지 전고(典故)를 적당하게 사용하고 한 구절을 교묘하게 사용하면서 정신은 높은 하늘에까지 닿은 것이라 생각하고 의기는 천 년을 뛰어넘을 것처럼 여겨 스스로 읊고 즐기면서 옆에 다른 사람이 있는 줄도 알지 못한다. 게다가 모래나 자갈 같은 언어로 상처받은 것은 창에 찔린 것보다 더 참혹하고 풍자로 인한 재앙이 바람 먼지보다 더 빠르니, 마땅히 깊이 조심하고 생각하여 길운(吉運)을 보호해야 할 것이다."

나는 평생 문장으로 인해 벼슬길에 나아갈 생각이 없었는데, 어릴 적에는 정신이 높은 하늘에까지 닿고 의기가 천 년을 뛰어넘는 폐단이 조금은 있었다. 지금 늙어 지난 일을 돌아보니, 말을 삼가야겠다.

顏之推云, 文章之體, 標擧興會, 發引性靈, 使人矜伐, 故忽於持操, 果於進取. 今世文士, 此患彌切. 一事愜當, 一句淸巧, 神屬九霄, 志凌千載, 自吟自賞, 不覺更有傍人. 加以砂礫所傷, 慘于矛戟, 諷刺之禍, 速于風塵, 深宜防慮, 以保元吉. 吾生平無進取念, 少年時神屬志凌之病亦或有之, 今老矣, 追思往事, 可爲捫舌.

8-37. 근래 명성 있는 문장이란

세상의 문장이란, 귀한 신분으로 인해 이름난 경우도 있고 과거에 합격하여 이름을 떨친 경우도 있으며, 서화(書畵)와 같은 다른 재주로 인해 이름난 경우도 있고 한 시절의 호오(好惡)에 부합되어 이름난 경우도 있다. 또한 문장으로 명성을 날린 선배에 붙어서 일시적인 바람으로 이름난 경우도 있고 과대(誇大)한 데만 힘을 쏟아 문호(門戶)를 세워 이름난 경우도 있다. 벗들을 널리 끌어 모아 서로 칭찬하면서 이름난 경우도 있다. 그러나 결과적으로 문장의 명성이 오래가거나 크게 될 방법은 아니다. 요즘 교활한 오랑캐 장사치들이 금과 비단으로 문장의 명성을 사고 어리석고 미친놈들이 욕하고 헐뜯는 말까지 사용하면서 사대부를 협박하여 문장의 명성을 취하려고 하니, 한스럽구나.

大抵世之於文章, 有挾貴而名者, 有挾科第而名者, 有挾他技如書畵之類而名者, 有中於一時之好而名者, 有依附先達, 假吹噓之力而名者, 有務爲大言, 樹門戶而名者, 有廣引朋輩, 互相標榜而名者. 要之, 非可久可大之道也. 邇來狙獪賈胡, 以金帛而買名, 淺夫狂豎, 至用詈罵謗訕, 欲以脅士大夫而取名. 嗟, 可恨哉.

인명색인

ㅈ

왕세정 王世貞, 1526~1590

중국 명대의 문학가이자 역사학자로, 자는 원미(元美), 호는 봉주(鳳洲)·엄주산인(弇州山人)이다. 복고파인 '후칠자(後七子)'의 주요인물로, 이반룡(李攀龍)이 죽자 20년간 문단을 이끌었다. 문장은 반드시 진(秦)·한(漢)을 본받고 시는 반드시 성당(盛唐)을 모범으로 삼을 것을 주장하면서, 문학복고운동에 힘을 기울였다.

이관성 李灌成

곡부서당에서 서암 김희진 선생에게 한문을 배웠으며, 고려대 한문학과 박사과정을 수료했다. 현재 부여에서 서당을 운영하고 있다. 역서로는 『두시경전 1·2·3』, 『해동사부』(공역) 등이 있다.

예원치언 下

2016년 4월 29일 초판 1쇄 펴냄

지은이 왕세정
옮긴이 이관성
펴낸이 김흥국
펴낸곳 보고사

책임편집 이경민
표지디자인 손정자

등록 1990년 12월 13일 제6-0429호
주소 경기도 파주시 회동길 337-15 보고사 2층
전화 031-955-9797(대표)
  02-922-5120~1(편집), 02-922-2246(영업)
팩스 02-922-6990
메일 kanapub3@naver.com / bogosabooks@naver.com
http://www.bogosabooks.co.kr

ISBN 979-11-5516-541-6 94820
  979-11-5516-539-3 (세트)
ⓒ 이관성, 2016

정가 24,000원

이 도서의 국립중앙도서관 출판예정도서목록(CIP)은 서지정보유통지원시스템 홈페이지(http://seoji.nl.go.kr)와 국가자료공동목록시스템(http://www.nl.go.kr/kolisnet)에서 이용하실 수 있습니다.(CIP제어번호: CIP2016009081)